Winters Gespenst

Winter-Black-Serie 5

Mary Stone

Aus dem
Amerikanischen übersetzt von
Norbert Stöbe

Contents

Beschreibung

Manche Gespenster suchen ihr Opfer nicht bloß heim – sie jagen es.

Ein Strafgefangener, der in der Nacht, als der Preacher gestellt wurde, an einem Massaker in einer Mall beteiligt war, wird von einer gut gezielten Kugel aus fast einer Meile Entfernung getötet. Der Profi-Heckenschütze – ausgebildet vom Militär oder von der Polizei – hinterlässt keine Spuren, dafür aber eine Notiz.

Als mehrere mutmaßliche Vergewaltiger und Mörder tot aufgefunden werden, wird das Tatmuster erkennbar: Der Killer handelt als Richter, Jury und Henker in solchen Fällen, die die Polizei unter den Teppich kehrt. Wer möchte da nicht heimlich Beifall klatschen?

Dann aber gerät ein FBI-Mitarbeiter in Verdacht.

Letztlich geht es um richtig oder falsch. Winter weiß genau, wo die Trennlinie zu ziehen ist – das hat sie in der Nacht gelernt, als ihre Eltern abgeschlachtet wurden und ihr kleiner Bruder verschwand. Diese Nacht hat sie geprägt, und sie will sich an Recht und Gesetz halten, auch wenn die Opfer den Tod verdient haben. Unterdessen kommen ihr die Gespenster der Vergangenheit immer näher.

Winters Gespenst, der fünfte Band von Mary Stones bahnbrechender Winter-Black-Serie, ist ein genial konstruierter psychologischer Thriller, der Sie begeistern wird. Überzeugen Sie sich selbst – und passen Sie auf, dass Ihre Haustür abgeschlossen ist.

Erstes Kapitel

Tyler Haldane schnitt eine Grimasse, als der Deputy Sheriff den letzten Gurt der Schutzweste strammzog. Er versuchte tief Luft zu holen, doch sein Brustkasten wurde eng eingeschnürt. Es wunderte ihn, dass er sich mit der Weste und der Stahlkette, die seine Handgelenke mit den Fußfesseln verband, überhaupt bewegen konnte.

Na ja, zumindest am Anfang hatte es ihn gewundert. Jetzt, fast ein halbes Jahr, nachdem man ihn und seinen Kumpel Kent Strickland festgenommen hatte, war er die grobe Behandlung des Deputys gewohnt.

Immer wenn Tyler von der Zelle zu einer Sitzung in der Psychiatrie oder zum Gericht transportiert wurde, galten vergleichbare Sicherheitsvorkehrungen wie beim amtierenden Präsidenten. Die Ironie des Ganzen blieb ihm nicht verborgen.

Tyler konnte noch immer nicht glauben, dass es sechs Monate her war, dass er und Kent kugelsichere Westen, Kampfstiefel und Tarnanzüge angelegt hatten. Sechs lange Monate, seit sie ihrem Plan gefolgt waren, den sie im Sommer zuvor ausgeheckt hatten.

Gegen Ende ihres ersten College-Jahrs hatte Tyler zusammen mit Kent seinen Vater in Bowling Green besucht. In den Frühjahrsferien hatte er sie mit dem Jungen bekanntgemacht, der gegen Bezahlung den Rasen mähte.

Jaime war ein paar Jahre jünger als Kent und Taylor, doch der Zufall wollte es, dass seine Schulferien in ihre vorlesungsfreie

Zeit fielen. Ihr neuer Freund hatte interessante Vorstellungen, die nahezu deckungsgleich waren mit denen von Tyler und dessen bestem Freund.

Es hatte einiger Überzeugungsarbeit bedurft, bis Tylers Mutter ihm gestattete, das Frühjahr mit Kent zusammen auf dem Stück Land seines Vaters zu verbringen. George Strickland besaß eine eindrucksvolle Waffensammlung, und er und Kent veranstalteten fast täglich Schießübungen.

Bei Sonnenuntergang hockten sie sich um eine Feuergrube und sprachen über ihre Vision für die Zukunft der amerikanischen Gesellschaft. Wenn Jaime dazukam, spornte er Kent und Tyler an und bestärkte sie in ihren Ansichten.

Sie wollten alle drei das Gleiche – eine Rückbesinnung auf die gute alte Zeit. Als eine Familie aus Mann, Frau und deren Kindern bestanden hatte. Als hart arbeitende Männer ihre Familien ernähren und *Männer* sein konnten, ohne sich Sorgen wegen der Launen von Frauen machen zu müssen, die den Bogen überspannten.

Die Unterhaltungen führten zu Plänen, die Pläne zu Taten, und vor Wiederbeginn des Unterrichts hatten Kent und Tyler einen detaillierten Plan für die Riverside Mall in Danville, Virginia, ausgearbeitet.

Zwar wäre das naheliegende Ziel die Großstadt Richmond gewesen, doch dort befand sich auch eine FBI-Niederlassung. Um die Zugriffszeit der bestens ausgerüsteten Einsatzkräfte zu erhöhen, entschieden Tyler und Kent sich für einen Ort, der mehrere Fahrstunden von ihrem Feriendomizil in Bowling Green entfernt lag.

Sie rechneten nicht damit, dass sie die Riverside Mall als freie Menschen verlassen würden, doch sie wollten eine Botschaft übermitteln und nicht ungestraft mit einem Verbrechen davonkommen. Die SS-Armbinden kamen erst in letzter Minute hinzu, und obwohl Kent und Tyler nicht unbedingt Neonazis waren, wussten sie doch, dass die schwarzen Hakenkreuze in weißem Kreis auf rotem Grund für mediale Aufmerksamkeit sorgen würden.

Letztlich ging es ihnen genau darum – um Aufmerksamkeit.

Und ohne diesen Hurensohn, den Preacher, hätten sie auch alle Aufmerksamkeit der Welt bekommen. Es ärgerte Tyler noch immer, dass der alte Mann ihnen die Schau gestohlen hatte.

Aber woher hätten sie wissen sollen, dass die Ergreifung eines Serienkillers ebenso viele Schlagzeilen produzieren würde wie ein Massaker in einer Mall?

Diese Scheißgesellschaft war total auf den Hund gekommen.

Auch wenn es nicht ganz so geklappt hatte wie geplant, waren Tyler Haldane und Kent Strickland jetzt doch im ganzen Süden bekannt, und das Ereignis war in aller Munde. Von Virginia über Maine bis zur Europäischen Union sprachen alle über die fünfzehn Toten in der unscheinbaren Mall.

Ob perfekt oder nicht, Tyler und Kent hatten Geschichte geschrieben.

Dreizehn Menschen hatten sie vor Ort erwischt, zwei weitere waren binnen vierundzwanzig Stunden ihren Verletzungen erlegen. Die Zahl war enttäuschend klein, aber bevor sie sie erhöhen konnten, hatte Kent einen Kopfschuss abbekommen. Als Tyler seinen Freund zusammenbrechen sah, hielt er ihn für tot.

Tyler nahm sofort die FBI-Agentin ins Visier, die den Schuss abgefeuert hatte, konnte aber nur einen Schultertreffer anbringen, bevor er zu Boden geworfen und ihm die Luft abgepresst wurde.

Am nächsten Tag erwachte er in einer tristen grauen Betonzelle. Kurze Zeit darauf eröffnete ihm sein Pflichtverteidiger, Kent sei einer langwierigen Operation unterzogen worden, welche die Gehirnschäden minimieren solle. Man hatte ihn ins künstliche Koma versetzt, und die Ärzte bezifferten seine Überlebenschancen auf fünfzig zu fünfzig.

Zwei Wochen später weckte man ihn jedoch auf. Nach aktueller Einschätzung würde Kent vollständig genesen.

Wenn das nicht ein Zeichen göttlicher Billigung war.

Lautes Stimmengewirr versetzte Tyler in die Gegenwart zurück. Flankiert von zwei bewaffneten Deputys, begann er den Weg durch den Flur. Die Neonleuchten an der Decke schienen alle Farben auszubleichen. Selbst Tylers orangefarbenes Hemd und die gleichfarbene Hose wirkten in dem grellen Licht eher gedeckt.

Die Ketten klirrten, als sie durch die erste und die zweite Doppeltür schritten. Die psychiatrische Einrichtung war fast ebenso gut gesichert wie ein Gefängnis, doch Tyler wusste, dass hinter dem Maschendrahtzaun Reporter und Gaffer stehen und ihn mit Fragen bombardieren würden.

Vielleicht würde er irgendwann mal reagieren, aber nicht heute. Er hatte keine Erklärung vorbereitet und wollte warten, bis seine Worte so viel Gewicht hätten, dass sie den scharfen Verweis der beiden Deputys an seiner Seite aufwiegen würden.

Die einzelnen Stimmen wurden deutlicher, als sich die Doppeltür teilte und das Abendlicht hereinließ. Wie erwartet drängte sich am Zaun eine Horde von Gaffern, deren Kameras und Blicke auf Tyler gerichtet waren.

Unwillkürlich musste er grinsen, und trotz der Handschellen, die sich schmerzhaft in seine Gelenke gruben, fühlte er sich wohl in seiner Haut. Ihre Botschaft würde durchs Internet landesweit verstreut und schließlich von den großen Nachrichtensendern aufgegriffen werden.

Wandel lag in der Luft. Er spürte es ganz deutlich.

Auch wenn er hinter Gittern dabei würde zusehen müssen, konnte er doch stolz sein auf seine Rolle und würde indirekt die Früchte seiner Bemühungen ernten. Egal welches Urteil das Gericht fällen würde, er stand am Anfang seines Lebens, und er würde noch viele neue Ideen verbreiten.

Als er tief die frische Luft einatmete, glaubte er, alles liege vor ihm, doch dann auf einmal ... ein Knall.

Ehe er das Geräusch einordnen konnte, wurde es für immer schwarz um ihn.

Zweites Kapitel

Noah Dalton schaute sich an seinem staubigen Arbeitsplatz um und unterdrückte ein Gähnen hinter vorgehaltener Hand. Es war Viertel vor elf, und ein Tatort war das Letzte, was er um diese Zeit sehen wollte.

Die Ballistiker hatten ihn und Bree Stafford auf das sechsstöckige Wohngebäude aufmerksam gemacht, nachdem sie die Zusammenfassung ihrer Berechnungen abgeschlossen hatten. Dabei ging es um eine komplizierte Gleichung, die Tyler Haldanes Körpergröße mit der Eintrittsstelle der Kugel in seinem Kopf in Beziehung setzte – das war alles, was Noah sich gemerkt hatte.

In der obersten Etage waren er und Bree an der dem psychiatrischen Krankenhaus zugewandten Seite von Wohnung zu Wohnung gegangen. Aus einer Dreiviertelmeile Entfernung wirkte das Krankenhaus so unauffällig wie das kleine Einkaufszentrum an der gegenüberliegenden Straßenseite.

Das leise Knirschen von Schritten auf Staub und Dreck lenkte seine Aufmerksamkeit zu der breiten Tür in seinem Rücken. Weißes Neonlicht fiel auf Brees Gesicht, als sie ein Fernglas hervorholte.

Der Wohnkomplex wurde gerade saniert und hatte noch keinen Strom. Deshalb waren hier und da batteriebetriebene Arbeitsleuchten angebracht.

„Hast du schon mit dem Bauleiter gesprochen?“, fragte Noah.

„Ja." Bree nickte und reichte ihm das Fernglas. „Er konnte uns nicht weiterhelfen. Da hier gebaut wird, gibt es keine Überwachungskameras. Die Tankstelle und das Einkaufszentrum liegen im falschen Winkel, aber wir versuchen dort morgen unser Glück. Der Bauleiter meint, die Arbeiter sind alle vor fünf gegangen. Aus Gründen des Arbeitsschutzes bleibt niemand allein zurück, um Überstunden zu leisten."

Noah wischte sich mit dem Unterarm den Schweiß vom Gesicht. „Und Haldane wurde natürlich gegen sieben erschossen. Die Kriminaltechniker sind unterwegs, aber mir ist nichts Ungewöhnliches aufgefallen. Keine Patronenhülsen, und da das hier eine Baustelle ist, wimmelt es bestimmt von Fingerabdrücken."

Bree richtete ihre dunklen Augen auf den Fensterrahmen, der die ganze Wand einnahm. Die Glasscheibe war noch nicht eingesetzt, deshalb würde die Spurensicherung sich nicht nur mit zahllosen Fingerabdrücken im Haus, sondern auch mit den Wetterbedingungen auseinandersetzen müssen.

„Also", sagte sie und deutete aufs Stadtpanorama. „Die Psychiatrie liegt fast eine Meile entfernt, hab ich recht? Und nach allem, was Ted uns in der Trigonometrie-Stunde erzählt hat, hat keines der näher gelegenen Gebäude die passende Höhe für den Schuss."

Noah nickte und blickte durchs Fernglas. Mit der höchsten Zoomeinstellung sah er die Kriminaltechniker, die auf dem blutverschmierten Gehsteig umherwimmelten. Auch Winter befand sich dort, doch er konnte sie bei der flüchtigen Musterung nicht erkennen.

Mit einem leisen Pfiff reichte er Bree das Fernglas an.

„Das klang irgendwie beeindruckt." Bree lächelte ihn kurz an und blickte wieder aus dem Fenster.

„Allerdings. Das war ein Mordsschuss, selbst für einen ausgebildeten Scharfschützen. Es gibt ein paar Gewehre speziell für diesen Zweck, aber die sind nicht billig und auch schwer zu bekommen. Wenn sie die Kugel finden, dann wissen wir wenigstens, womit wir es zu tun haben."

„Das Ganze hier musste man genau auskundschaften." Bree musterte noch immer das vor ihnen liegende Gebäude. „Einen Ort, wo ein Scharfschütze in Stellung gehen kann, findet man nicht im Handumdrehen. Der hat das gut geplant."

Noah sah das auch so. Ein gelungener Fernschuss beruhte zu neunundneunzig Prozent auf der Vorbereitung, zu einem Prozent auf der Durchführung.

Entfernung. Windgeschwindigkeit. Luftdruck. Selbst die Temperatur konnte einen Fernschuss beeinflussen.

„Was meinst du?"

Bree spitzte die Lippen und klopfte mit dem Zeigefinger aufs Fernglas. „Wegen des Motivs? Es muss mit dem Massaker in Danville zu tun haben. Glaube kaum, dass jemand, der einen persönlichen Groll hegt und mit Tyler Haldane ein Hühnchen zu rupfen hat, so lange wartet, bis er sich in Polizeigewahrsam befindet und von vier Bewaffneten zum Gefängnis zurückeskortiert wird."

„Er und Kent Strickland haben fünfzehn Menschen getötet, und die SS-Armbinden haben ihnen bestimmt nicht viele Fans eingebracht. Es herrscht also jedenfalls kein Mangel an Verdächtigen." Seufzend verschränkte er die Arme vor der Brust.

„Eine schöne Scheiße", pflichtete sie ihm bei.

Er blickte seine Partnerin an, in deren Miene sich Verwirrung abzeichnete. „Was meinst du?", wiederholte er.

Sie klopfte wieder aufs Fernglas. Immer wenn sie sich ärgerte, wurde sie zappelig. Daran musste sie noch arbeiten. Selbst nach zwanzig Jahren als FBI-Agentin gelang es ihr nicht zuverlässig, ihre Gereiztheit zu verbergen. „Welche Leute werden von einem Scharfschützen aus fast einer Meile Entfernung getötet?"

Statt zu antworten, zuckte er mit den Schultern.

Sie klopfte weiter und beantwortete ihre eigene Frage. „Solche, die eine Menge Dreck am Stecken oder Feinde ganz weit oben haben. Selbst in Baltimore und D.C. schalten die Gangster ihre Konkurrenten nicht mit Scharfschützen aus."

Noah nickte. Bree musste es wissen. Sie hatte jahrelang in der Abteilung Organisiertes Verbrechen gearbeitet.

„Einige haben es schon getan", fuhr sie fort, „aber niemals aus einer solchen Entfernung. Also hatte Haldane entweder einen persönlichen reichen Feind, oder jemand war sehr darauf bedacht, ein offenes Problem zu lösen."

„Du glaubst, da steckt mehr dahinter?"

Bei der Vorstellung, dass ein ganzer Haufen von gewaltbereiten Leuten Haldanes verschrobenen Ideen anhingen, wurde ihm fast übel. Aber es wunderte ihn nicht. In seiner Zeit beim Militär und durch die Arbeit bei Strafverfolgungsbehörden hatte er gelernt, dass es viele verdrehte Menschen mit gleichermaßen verdrehten Ideen gab.

„Das halte ich für möglich", erwiderte Bree und nickte bedächtig. „Aber wenn ja, könnte Kent Strickland als Nächster drankommen."

„Strickland liegt immer noch im Krankenhaus. Er wird rund um die Uhr bewacht."

Sie schnaubte. „Er sollte aufpassen, dass er nicht zu nahe ans Fenster tritt."

Ihre Bemerkung triefte vor Sarkasmus, und er verkniff sich ein Lachen, als er sich das Handy an den Mund hielt, um ihre Warnung weiterzugeben.

Sarkasmus hin oder her, vermutlich lag sie richtig.

Drittes Kapitel

Hallo, Schwester, hab gehört, du hast nach mir gesucht. Hallo, Seit sie die E-Mail bekommen hatte, gingen Special Agent Winter diese neun Worte nicht mehr aus dem Kopf.

Kam die Nachricht wirklich von ihrem kleinen Bruder?

Oder von seinem Gespenst?

Oder von einem Spinner mit einem perversen Sinn für Humor?

Winter hatte noch keine Gelegenheit gehabt, sich eingehender mit den verschiedenen Optionen zu beschäftigen. Sie hatte die E-Mail einfach an die Cyber Division, die FBI-Abteilung für Cyber-Kriminalität, weitergeleitet und mit einem Wortschwall ihre Gedanken erläutert. Dann war sie zusammen mit Bree und Noah zur psychiatrischen Einrichtung gefahren.

Sie wäre gern im Büro geblieben, um Justins Mail nachzugehen – um herauszufinden, ob sie *echt* war -, doch Max hatte für die Untersuchung von Tyler Haldanes Tod alle Leute vor Ort haben wollen.

Die Lokalsender hatten nicht mal ihre Live-Berichterstattung unterbrochen, als die aus großer Distanz abgefeuerte Kugel Haldanes Kopf durchschlagen hatte und seine Gehirnmasse aufs Pflaster gespritzt war. Mehrere Kameras hatten seinen Tod aufgezeichnet, und das Video war inzwischen weit verbreitet worden. Die australischen Nachrichtensender hatten am Morgen die brutalen Bilder gesendet, und jetzt berichtete vermutlich alle Welt von der Tötung.

Ein Massaker in den Vereinigten Staaten schaffte es nicht immer in die globalen Nachrichten, doch die vorsätzliche, sorgfältig geplante Erschießung eines Massenmörders war ein gefundenes Fressen.

Vorerst konnte Winter mit Justins mutmaßlicher Mail nichts weiter tun. Sie hatte nicht die nötigen Mittel, die Herkunft einer elektronischen Nachricht herauszufinden. Die Cyber Division hingegen schon. Wenn jemand den Urheber der Mail bestimmen konnte, dann die Männer und Frauen der Cyber-Abteilung. Wie ihre Freundin Autumn zu sagen pflegte: Sie musste nicht ‚alles selbst erledigen'.

Im Moment hatte der aktuelle Fall Vorrang.

Ungeachtet der Meinung des Teams gegenüber Tyler Haldane und seiner extremistischen Ideologie, wollte Max den Medienzirkus auf Abstand halten. Dem SAC zufolge lockten Sensationsnachrichten wie die von Haldanes Ermordung alle möglichen Spinner aus ihren Löchern hervor, Journalisten wie Zivilisten gleichermaßen.

Und auch Winter selbst hatte nicht die geringste Lust, sich im Zentrum eines Mediensturms wiederzufinden. Sie schützte ihre Privatsphäre, und je weniger Blicke auf sie gerichtet waren, desto geringer die Wahrscheinlichkeit, dass jemand auf ihren sechsten Sinn aufmerksam wurde.

Sie trat geduckt unter dem gelben Absperrband hindurch und nickte einem ihr bekannten Ballistiker zu.

„Agent Black", grüßte sie der Mann und reichte ihr die Hand.

Winter schüttelte sie. „Ted. Wo sind die anderen?"

„Ja, wir sind unterbesetzt. Als klar war, von welchem Gebäude der Schuss abgefeuert wurde, haben sich die meisten Techniker dorthin begeben. Jo und ich suchen noch immer nach der verdammten Kugel."

Achselzuckend zog er das Klemmbrett unter dem linken Arm hervor und hielt es ihr vor die Nase.

Auf den ersten Blick hätte es sich um chinesische Schriftzeichen handeln können, doch bei näherer Betrachtung erkannte sie Zahlenreihen und Gleichungen.

Mit zusammengezogenen Brauen blickte sie ihn an. „Das ergibt für mich keinen Sinn. Selbst wenn ich Ihre Handschrift lesen könnte, würde ich nicht draus schlau."

Das grelle Licht einer Arbeitsleuchte wurde vom Plastik reflektiert, als er ihr das Klemmbrett entzog und darauf niedersah.

„Genau. Meine Schuld", murmelte er. „Also, ich sag Ihnen, wie weit wir gekommen sind." Er stellte sich neben sie und zeigte auf ein großes Gebäude in der Ferne. „Von dort wurde der Schuss abgefeuert. Die Eintrittswunde und das Videomaterial lassen daran keinen Zweifel. Nur dieses Haus ist hoch genug für einen solchen Einschusswinkel."

Sie schaute sich um. „Wie das?"

„Die Kugel kam aus nördlicher Richtung, und alle anderen Gebäude außer diesem in einem Umkreis von zwei Meilen sind höchstens drei Stockwerke hoch. Dieses Wohngebäude hat sechs Etagen. Ich habe bei den Berechnungen Haldanes Körpergröße, die Absenkung der Flugbahn der Kugel in Abhängigkeit von der Entfernung, die Windgeschwindigkeit und weitere Parameter berücksichtigt. Demzufolge befand sich der Schütze im sechsten Stock."

Winter kniff die Augen zusammen. „Täusche ich mich, oder ist das Gebäude eine Meile entfernt?" Sie wusste genug über Waffen, um beurteilen zu können, dass ein solcher Schuss für einen Profi schwierig, aber nicht unmöglich war. Dadurch wurde die Liste der Verdächtigen erheblich kürzer.

„Ja, fast eine Meile. Etwas mehr als vier Fünftel einer Meile, und der Wind wehte mit etwa sieben Meilen pro Stunde aus westlicher Richtung." Das Klemmbrett in der Hand, zeigte er auf die dunklen Blutspritzer auf dem Beton. „Wir wissen, es war ein glatter Durchschuss, aber ich finde die Kugel einfach nicht."

Als Winter vom dunkelroten Blutfleck aufsah, wurde ihr das Problem bewusst. Der Spritzrichtung nach zu schließen, war nicht ausgeschlossen, dass die Kugel an der Ecke der psychiatrischen Klinik vorbeigeflogen war. Sie konnte ganze Straßenblocks entfernt liegen, im Asphaltbelag eines Parkplatzes stecken oder in die Karosserie eines Wagens oder in einen Baumstamm.

Als sie sich wieder Ted zuwenden wollte, bemerkte sie am Rand des Gebäudes etwas Rotes. Es war winzig, möglicherweise die Kontrollleuchte einer Überwachungskamera oder eines anderen elektronischen Geräts.

Nein, das konnte keine Kamera sein. Das Leuchten befand sich auf Höhe ihres Bauchs.

Sie bezähmte ihre aufkeimende Erregung, räusperte sich und wandte sich zu Ted um. Mit geheuchelter Lässigkeit zuckte sie mit den Schultern. „Und wenn sie die Seite des Gebäudes getroffen hat?"

Seufzend senkte er den Blick aufs Papier und sah dann wieder sie an. „Es ist nicht auszuschließen, dass die Kugel vom Schädelknochen unberechenbar abgelenkt wurde. Das sollten wir wohl besser checken, bevor wir die ganze Gegend absuchen, oder?"

Winter nickte lächelnd. „Unbedingt. Die einfachsten Möglichkeiten zuerst verwerfen."

Nachdenklich kratzte er sich die stoppelige Wange. Als er sie ansah, erwiderte er ihr Kopfnicken. „In Ordnung. Überprüfen wir das. Jo war dran mit Kaffeeholen, aber sie sollte bald zurück sein. Zumindest hoffe ich das, denn ich könnte einen kleinen Muntermacher gebrauchen."

Winter unterdrückte ein Gähnen. „Wir beide, schätze ich."

Sie gingen schweigend weiter, und als die Ecke des Gebäudes näher rückte, verdichtete sich ihre Vermutung fast zur

Gewissheit.

Obwohl das Leuchten immer intensiver wurde, bewahrte Winter kaltes Blut. Ihr Herzschlag beschleunigte sich, und sie ballte und entspannte abwechselnd die Hand, so sehr stand sie unter Adrenalin.

Als sie dreizehn war, hatte sich ein Wahnsinniger in ihr Haus geschlichen, ihren Vater ermordet und ihre Mutter zu Tode gefoltert. Winter hatte ihn nur ganz kurz gesehen, dann hatte er ihr einen Schlag auf den Kopf versetzt und sie damit beinahe getötet.

Als sie Wochen später aus dem Koma erwachte, teilte man ihr mit, ihr kleiner Bruder Justin sei verschwunden. Später stellte sich heraus, dass sie von dem Schlag auf den Kopf unerklärliche Fähigkeiten zurückbehalten hatte.

Zum Beispiel die Gabe, eine Gewehrkugel zu erkennen, die in einer Fassade steckte.

Wenn Ted nur eine ähnliche Intuition besessen hätte.

Sie tat so, als würde sie an einer anderen Stelle suchen, und ärgerte sich bereits darüber, dass es so lange dauerte, als Ted auf einmal scharf den Atem einsog.

„Das sieht aus wie ein Einschlagsloch“, sagte sie, klopfte ihm aufmunternd auf den Rücken und ging mit ihm hinüber.

Ted kniff die Augen zusammen, beugte sich vor und untersuchte das Loch aus dreißig Zentimetern Abstand.

„Ja“, sagte er. „Ja, Agent. Das ist die Einschussstelle.“

„Sie kommen alleine klar?“, fragte Winter nach einem Moment des Schweigens.

Max erwartete von ihr, dass sie die Aussagen der Deputy Sheriffs aufnahm, die sich noch immer am Tatort aufhielten. Der Fund der Kugel würde den SAC nicht zufriedenstellen, wenn sie ins Büro zurückkehrte, ohne den Auftrag abgeschlossen zu haben.

„Hey!“, rief jemand vom Gehsteig aus. Einen Pappbecher in der Hand, näherte sich ihnen die dunkelhaarige Frau mit fragendem Blick. „Seid ihr fündig geworden?"

„Aber klar doch, Jo", sagte Ted und richtete sich zu voller Größe auf. „Wir haben die verdammte Kugel."

„Super!" Jo klang begeistert, aber auch ein wenig belustigt. „Nicht gerade da, wo ich angefangen habe, aber ich bin froh, dass wir nicht Haus für Haus jeden Quadratzentimeter absuchen müssen." Sie reichte Ted den Kaffee. „Ich hole die Ausrüstung, dann puhlen wir das Ding raus." Sie bedachte Winter mit einem forschenden Blick.

Winter lief ein Schauder über den Rücken. Wusste Jo von ihrer speziellen Gabe? So sehr sie sich auch bemühte, sie geheim zu halten, gelang es ihr doch nicht immer. Und die Leute redeten.

Da sie verlegen wurde, schob sie die Hände in die Taschen. „Ich lasse Sie dann mal in Ruhe arbeiten."

Als sie davoneilte, spürte sie, wie Teds Blick sich ihr in den Rücken bohrte. Auch der Anblick der beiden braun-gelb uniformierten Deputys vermochte ihr Unbehagen nicht zu zerstreuen. Obwohl sie sich angeregt unterhielten, verstummten die beiden Männer, bevor sie in Hörweite gelangte.

„Deputys ..." Sie zog ihre Dienstmarke aus dem schwarzen Blazer hervor und hielt sie hoch, als sie sich den Männern näherte. „Ich bin Special Agent Black vom FBI. Sie wissen ja wohl, dass Tyler Haldanes Fall von der Bundesbehörde bearbeitet wurde, deshalb führen wir die Ermittlungen durch."

Der Größere der beiden verschränkte die muskulösen Arme vor der Brust und zuckte mit den Schultern. Auf seinem Namensschild stand ‚Peterson'. „Wir reißen uns bestimmt nicht drum, also legen Sie los."

Das überraschte sie. Normalerweise waren Gesetzeshüter auf die Wahrung ihrer Kompetenzen bedacht. „Sie wollen den Fall nicht? Wie das?"

Ortiz, der zweite Deputy, lachte glucksend. „Wir haben Wichtigeres zu tun, als die Ermordung eines Arschlochs wie Tyler Haldane zu untersuchen. Bei allem Respekt vor dem FBI.

Ich meine, irgendjemand muss es ja schließlich machen, oder? Aber wenn Sie rausbekommen, wer das war, bedanken Sie sich bei ihm im Namen des Sheriff-Büros."

Sie konnte ihnen diese Einstellung nicht verdenken, ließ sich jedoch nichts anmerken. „Offenbar waren Sie keine Fans von Mr. Haldane."

„Hören Sie, Agent", sagte Peterson. „Wir machen den Job schon eine ganze Weile. Das Sheriff-Büro ist fast immer für Gefangenentransporte zuständig, und wir gehören beide seit mehr als zehn Jahren zum Team. Wir haben ein paar wirklich miese Kerle eskortiert, aber dieses kleine Arschloch hat den Vogel abgeschossen."

Winter trat neugierig einen Schritt vor. „Gibt es dafür einen bestimmten Grund?" Sie lächelte und registrierte, dass beide Männer leicht erröteten. „Abgesehen vom Offensichtlichen, meine ich."

Ortiz schnaubte und blickte über ihre Schulter hinweg. „Der konnte einfach nicht die Klappe halten. Hat ständig von seiner Mission und dem ganzen Scheiß gelabert, von dem er glaubte, er würde passieren, jetzt wo er und sein Kumpel die Leute in Danville erschossen haben. Ich weiß, was paranoide Schizos und mit Drogen vollgestopfte Typen so von sich geben, aber Haldane war weder schizophren noch ein Meth-Junkie. Der Typ war stocknüchtern, und man konnte merken, dass er den ganzen Scheiß nicht deshalb raushaute, weil er halluziniert hätte."

„Und außerdem", setzte Peterson hinzu, „war er genau deshalb heute hier. Ein Psychologe wollte ihn befragen, um festzustellen, ob er verhandlungsfähig war."

„War er das?"

Peterson nickte. „Auf jeden Fall. Der Doc meint, der Scheißkerl wusste genau, was er tat. Er und Kent Strickland haben die Tat ein halbes Jahr lang geplant."

„Hat Mr. Haldane jemals eine dritte Person erwähnt? Einen anderen Mittäter außer ihm und Strickland?"

„Fehlanzeige“, antwortete Ortiz. „Hätten wir was gehört, hätten wir's gemeldet.“

„Sicher.“ Winter unterdrückte ein Seufzen.

Sie hatten die Kugel, rief sie sich ins Gedächtnis. Und ein Tatsachenbeweis war ihr allemal lieber als das Gequatsche eines Massenmörders.

Viertes Kapitel

Aiden Parrish wusste, dass Dan Nguyen erst seit ein, zwei Stunden über Tyler Haldanes Leichnam verfügte, hatte in der entscheidenden Anfangsphase der Untersuchung aber nicht tatenlos herumsitzen wollen. Und wenn jemand ihm nach so kurzer Zeit nützliche Informationen geben könnte, dann der staatlich geprüfte Gerichtsmediziner.

Als Aiden sich durch die Schwingtür schob, sah Nguyen von dem Klemmbrett auf, das er in der Hand hielt. Vor ihm auf dem Edelstahltisch lag ein Toter mit zerschmettertem Kopf, von dem Aiden annahm, dass es sich um Haldane handelte. Wegen des entstellten Gesichts war das jedoch nicht eindeutig zu erkennen.

„Parrish“, sagte Dan und lenkte Aiden von dem schaurigen Anblick ab. „Hab nicht erwartet, Sie so bald hier zu sehen.“

„Also, das FBI versucht schon loszulegen, bevor der Medienzirkus auf Touren kommt. Ein Massenmörder, der von einem Scharfschützen einen Kopfschuss verpasst bekommt, gibt fabelhafte Schlagzeilen ab.“ Er deutete auf den Toten. „Können Sie mir schon etwas sagen?“

Dan legte das Klemmbrett seufzend auf einem Metalltisch ab. Er zog einen Stift aus einer Tasche seines weißen Laborkittels und trat an den Untersuchungstisch.

Die Neonröhre an der Decke beleuchtete das ordentlich gekämmte Haar, das pastellblaue Button-down-Hemd unter dem Sakko und die schwarz-silbern gestreifte Krawatte. Von der

Tageszeit abgesehen, vermittelte der Mann den Eindruck, als wäre er bereit für einen Arbeitstag an der Wall Street.

„Ich habe ihn noch nicht geöffnet." Dan zeigte mit dem Stift auf Haldanes tödliche Wunde. „Aber ich glaube, man kann davon ausgehen, dass der Schuss ihn umgebracht hat."

Aiden rieb sich stöhnend die Augen. „Danke, Dan. Sehr informativ."

„Keine Ursache." Dan steckte den Stift kichernd wieder ein. „Alles andere ist im Moment noch eine wohl begründete Vermutung, aber ich denke, bei dem Täter handelt es sich um einen ausgebildeten Scharfschützen."

Obwohl auch Aiden davon ausgegangen war, hakte er nach. „Wie kommen Sie darauf?" Er blickte wieder auf die Überreste des Schädels. Das Gesicht war nicht mehr vorhanden, nur der Unterkiefer wirkte unversehrt.

Ein Scharfschütze mit einer verdammt großen Kugel. Der Mann war nicht wiederzuerkennen.

„Sie haben das Einschussloch bemerkt, oder?"

„Ist kaum zu übersehen", entgegnete Aiden mit tonloser Stimme.

„Ja, und diesmal bin nicht ich der Klugscheißer." Dan grinste ihn kurz an. „Jetzt im Ernst. Ich kann zwar nicht genau den Eintrittspunkt bestimmen, aber ich glaube, der Schütze hat ihn zwischen den Augen getroffen, wahrscheinlich etwas tiefer. So was bringt man SEAL-Scharfschützen bei. Mit einer Waffe dieses Kalibers braucht man jemanden nur ungefähr in dieser Region zu treffen." Er tippte sich mit dem Finger an die Nasenspitze. „Dann fliegt einem der Gehirnstamm aus dem Hinterkopf. Sämtliche Nervenfunktionen kommen schlagartig zum Erliegen, und das Opfer zuckt nicht mal mehr."

„Kommt mir bekannt vor. Hab ich schon mal gehört." Aiden nickte. Er ließ offen, von *wem* er das kürzlich gehört hatte. Über Douglas Kilroy wollte er in diesem Moment bestimmt nicht sprechen. Er brauchte bloß an den Namen des Preachers zu denken, und schon hätte Aiden am liebsten mit den Zähnen geknirscht. „Haben Sie eine Ahnung, womit er erschossen wurde? Kaliber, irgendwas?“

Dan zuckte mit den Schultern. „Bei der Entfernung kommen nur größere Kaliber in Frage. Aber ich glaube nicht, dass es eine .50er-Patrone war. Dann wäre noch weniger vom Kopf übrig geblieben. Könnte eine .330er Winchester Mag oder eine .338er Lapua Magnum gewesen sein. Das wird sich bei der gründlichen Untersuchung herausstellen.“

„Sie kommen mir vor wie eine wandelnde Waffen-Enzyklopädie. Was haben Sie bei der Navy eigentlich gemacht?“

„Geheimdienst“, antwortete Dan mit vielsagendem Lächeln. „Übrigens war ich hier, als Haldane erschossen wurde. Falls Sie sich das fragen sollten.“

„Weshalb sollte ich mich das fragen?“ Aidens Frage war ohne Vorwurf, Ausdruck reiner Neugier.

„Weil Sie nach jemandem mit militärischer oder polizeilicher Erfahrung suchen, mein Freund. Und guter Ausbildung. Nicht nach jemandem, der hinter dem Schreibtisch hockt. Wer auch immer diesen Schuss abgefeuert hat, tat das nicht zum ersten Mal. Und auch wenn man über Tote nicht schlecht reden soll, bin ich froh, dass dieser Schmutzfleck vom Antlitz der Erde getilgt wurde. Dieser Dreckskerl war die Luft nicht wert, die er geatmet hat.“

„Keine Einwände“, brummte Aiden. Er war erleichtert, dass er nicht der Einzige war, der für Tyler Haldane nichts übrig hatte. „Haben Sie noch weitere Hinweise, die auf Ihrem Navy-Erfahrungsschatz beruhen? Haben Sie ein Gespür für die Sorte Gewehr?“

„Langsam.“ Dan hob beide Hände in abwehrender Haltung. „Ich mache den Job seit gut zwanzig Jahren. Ich habe es nicht oft erlebt, dass jemand mit einem großkalibrigen Distanzschuss erledigt wurde, und die wenigen Fälle, die ich kenne, sind durchaus denkwürdig. Ich glaube, man nennt sie Attentate.“

Aiden lachte in sich hinein. „Na gut. Das wäre dann im Moment alles?“

„Ja, mehr haben wir nicht.“ Als Dan nickte, merkte Aiden, dass ihm eine Frage auf der Zunge lag.

„Aber?“, half er nach.

Die Sekunden verstrichen, während der Gerichtsmediziner zu überlegen schien, ob es klug war zu reden. Schließlich sagte er: „Dürfte ich Sie etwas fragen? Zu dem Fall, den Sie gerade gelöst haben? Dem mit der verrückten Wissenschaftlerin, die ihre Opfer in Fässern mit Kalilauge entsorgt hat?“

„Können Sie eigentlich auch mal auf Sarkasmus verzichten?“ Trotz des vorgeschützten Tadels zuckten Aidens Mundwinkel. In einem Kellerraum mit einem praktisch kopflosen Toten war ihm Dans deplatzierter Sarkasmus lieber als ein ernster Ton und eine Leichenbittermiene.

„Nein, ich glaube nicht. Auch dafür können Sie dem Militär danken.“

„Richtig, das Militär. Das ist schuld.“ Aiden wedelte mit der Hand, als verscheuche er ein Insekt. „Also, der Schmidt-Fall. Was ist damit?“

„Wie geht es Autumn Trent? Ich meine, nachdem Nico Culetti versucht hat, sie zu töten.“ In Dans dunklen Augen lag ein verräterisches Glitzern, das Aiden nicht erwartet hätte.

„Der geht es gut.“ Aiden bemühte sich, seine Skepsis zu verbergen. „Warum? Kennen Sie sie?“

Dan ignorierte die Frage und kratzte sich an der Schläfe. „Kein Zeugenschutz?“

„Nein“, antwortete Aiden bedächtig, seine Neugier war geweckt. „Das wollte sie nicht. Woher kennen Sie sie eigentlich?“

Dan zuckte mit den Schultern. „Ich habe an der juristischen Fakultät der VCU Kurse gegeben, da war sie meine Studentin. Ich unterrichte dort nicht mehr. Seit ich hierher befördert wurde, habe ich genug anderen Scheiß um die Ohren. Sie war eine gute Studentin und lässt hin und wieder von sich hören. In ein paar

Tagen kriegt sie ihren Doktortitel und verteidigt ihre Dissertation.“

Obwohl Dans beiläufige Erklärung ihn nicht überzeugte, nickte Aiden. „Ja, stimmt. Sie ist mit Noah und Winter befreundet.“

„Also, das freut mich zu hören. Das sind gute Leute.“

Aiden war geneigt, Dan zu fragen, woher sein Interesse an Autumn Trent rührte, doch er verkniff es sich und nickte bloß wieder. Seine Neugier musste warten.

Im Moment galt es, einen Mordschützen zu finden.

Fünftes Kapitel

Einen Monat zuvor hatte Sun Ming endlich auf die Armschlinge verzichtet, die sie tragen musste, damit die Schulter heilen konnte. Obwohl ihr Arm wieder fast so kräftig war wie früher, wurde sie in ihrer Bewegungsfreiheit noch immer durch heftige Schmerzen eingeschränkt. Wenn sie den Arm seitlich hob, fühlte es sich an, als lösten sich Muskeln und Sehnen vom Knochen. Ihr Physiotherapeut meinte, das sei normal und werde sich vollständig geben. Mit den Routineübungen könne sie die Begleiterscheinungen erträglich machen.

Die Freundlichkeit und Ermutigung des Therapeuten waren in den vergangenen sechs Monaten der einzige Lichtblick in ihrem Leben gewesen. Und ein gewisser Jemand, den sie noch nicht preisgeben wollte.

Denn ihr Leben war ziemlich am Arsch.

Allerdings hätte es viel schlimmer kommen können.

Ihr Zwillingsbruder Lee war von Washington, D.C., zu Besuch gekommen, doch Lee hatte auch so schon genug am Hals. Die Frau, mit der er seit acht Jahren verheiratet war, hatte unmittelbar vor dem schicksalhaften Tag, an dem Sun zur Riverside Mall in Danville gerufen worden war, die Scheidung eingereicht. Er versuchte, seine Schwester zu unterstützen, doch der Herzschmerz stand ihm ins Gesicht geschrieben, und schließlich hatte sie es aufgegeben, *ihm* helfen zu wollen statt umgekehrt.

Ja, Sun war angeschossen worden, hatte aber überlebt. Die Verletzung war nicht einmal lebensbedrohlich gewesen.

Von dem Augenblick an, da die Kugel ihre Schulter durchschlagen hatte, bis zu dem Moment, da man sie auf den OP-Tisch gelegt hatte, war sie bei Bewusstsein gewesen und hatte alles mitbekommen. Körperlich war Sun fit, zumindest so fit, wie es nach einer solchen Verletzung möglich war.

Und psychisch? Das stand auf einem anderen Blatt.

Es ging ihr zwar nicht besonders gut, aber sie glaubte nicht, dass ein paar Albträume und sporadische Angstzustände wichtiger waren als Lees Scheidung.

Sun war von dem verfluchten Massenmörder Haldane verletzt worden, doch die Wunde würde heilen. Lees Leben hingegen war vollständig aus den Fugen geraten. Die Frau, der er sein ganzes Erwachsenenleben gewidmet hatte, war mit jemand anderem zusammen und hatte ihre fast ein Jahrzehnt währende Ehe aufgekündigt.

Egal wie langsam ihre Heilung voranschritt, ging Sun fest davon aus, dass sie eher wieder an Softball-Wettbewerben teilnehmen würde, als dass Lee die Trennung verwand. Sie wusste, wie ihm zumute war. Mit der Hoffnungslosigkeit und dem Gefühl der Wertlosigkeit nach dem Scheitern einer langjährigen Beziehung kannte sie sich aus.

Sie sah zu Aiden Parrish hinüber, der an der anderen Seite des Besprechungsraums saß. Eher würde sie sich erneut anschießen lassen, als noch einmal solche emotionalen Nachwehen zu durchleben.

Bevor Aiden seine blassblauen Augen auf sie richten konnte, wandte sie ihre Aufmerksamkeit wieder dem Podium und Max Osbourne zu.

Neben ihm stand ein weniger bekannter Mann, dessen Name ihr entfallen war, obwohl seine große Erscheinung und der teure

Anzug sie allzu sehr an Aiden Parrish erinnerten. Sie hatte ihn zwar schon mal im Gebäude gesehen, wusste aber nicht mehr, welche Position er beim FBI innehatte.

Max ließ seinen stählernen Blick durch den Raum schweifen, dann nickte er der Frau zu, die soeben hereingekommen war.

Was sollen all die Unbekannten?, fragte sich Sun, behielt aber eine undurchdringliche Miene bei. *Was geht hier vor?* Sun gefiel es nicht, außen vor gelassen zu werden. Ganz und gar nicht.

„Machen Sie die Tür hinter sich zu!“, blaffte Max.

Die Besucherin nickte und schloss die Tür aus Metall und Glas. Bei dem üppigen schokoladenbraunen Haar und den jadegrünen Augen hätte es bei Sun klingeln sollen, doch auch diesmal fiel ihr der Name nicht ein. Jedenfalls war die Frau neu hier. So viel wusste Sun.

Offenbar lockte der Tod eines Krebsgeschwürs wie Tyler Haldane alle möglichen FBI Agents aus ihren Löchern. Als Sun an den selbstgefälligen kleinen Dreckskerl dachte, zuckten ihre Mundwinkel.

Sie erinnerte sich ganz deutlich an den Tag.

Sun war sauer gewesen, weil man sie vom Douglas-Kilroy-Fall abgezogen und zu der Geiselnahme in der Riverside Mall beordert hatte. Zum Glück war sie nur wenige Meilen von Danville entfernt, als der Anruf sie erreichte, und obwohl sie lieber bei der Festnahme des Preachers dabei gewesen wäre, fand sie sich plötzlich hinter einem Pflanzenkübel wieder und wartete auf eine Gelegenheit, auf die beiden mörderischen Arschlöcher zu feuern.

Der Schuss hatte gesessen.

Obwohl sie glaubte, Kent Strickland tödlich getroffen zu haben, fragte sie sich seitdem, ob sie nicht besser auf Haldane hätte zielen sollen. Vielleicht hätte sie Glück gehabt, und Haldane wäre an der Schusswunde gestorben, die Strickland wider Erwarten überlebt hatte.

Es ärgerte sie und verletzte ihren Stolz, dass der Scheißkerl es geschafft hatte. Sie konnte das besser.

Und jetzt ärgerte es sie, dass einige der besten und hellsten Köpfe der Niederlassung in Richmond sich in einem Besprechungsraum versammelt hatten, um ihre jeweiligen Fähigkeiten für die Suche nach der Person einzusetzen, die ihnen wohl allen einen Gefallen getan hatte, als sie Tyler Haldane erschossen hatte.

Wie viel Geld hatte die Regierung auf diese Weise eigentlich gespart? Mehrere zehntausend Dollar? Mehrere *hunderttausend*? Millionen?

„Also schön", knurrte Max und blickte von einem Agent zum anderen. „Sieht so aus, als wären wir vollzählig."

Richter eröffneten die Verhandlung mit einem Hammer, Max mit dem Satz ‚Sieht so aus, als wären wir vollzählig'. Sun konnte sich an keine einzige Besprechung erinnern, in der der SAC von seiner Eröffnungsformel abgewichen wäre.

Neben ihr saß Miguel Vasquez, und ihnen gegenüber Noah Dalton und Winter Black. Hinter Sun und Miguel saßen Bree Stafford und ein weiterer Agent von der Abteilung für Gewaltverbrechen, den sie kannte, obwohl er nachts arbeitete und sich ihre Wege nur selten kreuzten. Die Frau, deren Name ihr nicht einfallen wollte, nahm am selben Tisch wie Aiden Platz.

Sun konnte sich nicht erinnern, abgesehen von den gelegentlichen Belegschaftsversammlungen schon einmal an einer Besprechung mit so vielen Anwesenden teilgenommen zu haben.

„Agent Levi Brandt kennen Sie vielleicht schon." Max deutete auf den großen Mann an seiner Seite. „Er arbeitet für die Opferberatungsstelle und nimmt an der Besprechung teil, weil wir es mit einer großen Zahl von Opfern zu tun haben."

„Und das alles wegen Tyler Haldane", murmelte Sun.

Zumindest glaubte sie, vor sich hingemurmelt zu haben.

„Ich habe Sie gehört, Agent Ming“, sagte Max mit tonloser Stimme und undurchdringlicher Miene. Ming reckte das Kinn und zeigte Haltung angesichts des Tadels. „Aber lassen Sie uns anfangen. Wir sind hier an diesem wunderschönen Nachmittag zusammengekommen, um zu besprechen, wie wir die Ermittlungen zur Ermordung eines Massenmörders angehen sollen. Niemand von uns mag Tyler Haldane, aber wir müssen unseren Job machen. Das wird ein Mediendesaster.“

„Mann, das *ist* bereits ein Mediendesaster“, sagte Noah Dalton, und Sun ärgerte sich noch mehr, als der SAC zustimmend nickte. Kein Todesblick für den Goldjungen.

Max fuhr fort. „Ich sage es nur ungern, aber die einzige Möglichkeit, uns die Meute vom Hals zu halten, besteht darin, Haldanes Mörder zu finden. Wir haben einen weiten Weg vor uns, und jeder Einzelne von Ihnen wird für eine Teilstrecke verantwortlich sein. Zunächst sollten wir durchgehen, was wir bereits wissen. Stella Norcott ist unsere neue Ballistikerin.“

Er deutete auf die Frau mit dem dunklen Haar und den grünen Augen, die daraufhin nickte. „Ich freue mich, Sie kennenzulernen“, sagte sie und blickte in die Runde. „Ich komme am besten gleich zur Sache. Die Kriminaltechniker haben die Kugel in der Fassade des Psychiatriegebäudes gefunden, vor dem Haldane erschossen wurde. Bei einem nur geringfügig seitlich verschobenen Schusswinkel hätten wir sie möglicherweise nicht entdeckt. Aber ich denke, den Dank können wir uns für die Belobigungsfeier aufsparen, wenn der Fall abgeschlossen ist.“

Die Ballistikerin hielt inne und wartete auf ein paar Lacher. Als sie ausblieben, fuhr sie fort.

„Haldane wurde aus fast einer Meile Entfernung erschossen. Mein Kollege Ted hat herausgefunden, dass der Schuss von der sechsten Etage eines Wohngebäudes abgefeuert wurde, das derzeit saniert wird. Es gab nicht viele Spuren, aber die Kugel war leicht zu identifizieren: eine Lapua-Magnum-Patrone Kaliber .338. Und nach dem Abgleich mit den Riefenspuren in unserer Datenbank bin ich mir so gut wie sicher, dass ein Barrett M98 Bravo verwendet wurde."

Suns Augen weiteten sich kurz, dann machte sie wieder ein Pokergesicht. Seit der Highschool hatten sie und ihr Bruder Wettschießen veranstaltet, doch nur sie war dem Hobby auch als Erwachsene treu geblieben.

Das Barrett M98B war zwar teuer und für militärische Verwendung bestimmt, doch die Waffengesetze waren lax in Virginia, und Sun hatte sich vor Jahren ein solches Gewehr gekauft.

„Das M98B wird vorwiegend vom Militär eingesetzt", fuhr Stella fort und brachte Sun in die Gegenwart zurück. „Genauer gesagt, wird es von Scharfschützen der Army Rangers verwendet und auch von einigen Strafverfolgungsbehörden im Land. Obwohl es nicht so verbreitet ist wie einige andere Hochleistungsgewehre, jagt man damit auch Großwild."

Stella hatte recht. Das M98B war keine Waffe für Neulinge. Außerdem war es nicht billig, das wusste Sun aus eigener Erfahrung.

„Was können Sie uns über den Schuss sagen?", fragte Max und fixierte sie mit seinen grauen Augen.

„Das war ein Mordsschuss", antwortete Stella achselzuckend. „Der Wind war wechselhaft an dem Abend, nicht sehr stark, aber auf diese Distanz brauchte es einen Experten, um damit klarzukommen."

„Experte ist das richtige Wort", warf Sun ein und bedauerte ihre Bemerkung sogleich, als alle Blicke sich auf sie richteten. „Ein solcher Schuss gelingt einem nicht auf Anhieb."

Stella nickte zustimmend.

„Man muss mit der Waffe vertraut sein. Mit der Geschwindigkeit der Kugel, mit der Absinkrate, mit allem. Und wenn nur ein leichter Wind weht, hat das Auswirkungen auf sämtliche Faktoren." Sun rieb sich geistesabwesend die Schulter. „Auch das Kaliber ist wichtig. Ein Schütze, der eine .338er Lapua-

Magnum-Patrone verwendet, legt größten Wert auf Treffgenauigkeit."

„Das hat auch Dan Nguyen gesagt." Aiden blickte von Stella zu Max, doch der hatte nur Augen für Stella.

„Der Gerichtsmediziner?" Sun hielt mit ihrer Skepsis nicht hinter dem Berg. „Woher will der das denn wissen?"

„Dan Nguyen hat sechs Jahre lang für den Navy-Geheimdienst gearbeitet", kam Max Aiden zuvor.

Der SAC hatte eine grobe Vorstellung von ihrer und Aidens Vergangenheit, und sein harscher Ton ließ erkennen, dass er nicht in der Stimmung war, sich an ihrem Gezänk zu beteiligen.

Sun verkniff sich eine sarkastische Bemerkung und nickte stattdessen. „Das habe ich nicht gewusst", sagte sie, auch wenn das Eingeständnis sie maßlos ärgerte.

Max starrte sie an. „Fahren wir fort."

„In Ordnung", sagte Stella. „Also, die Riefen auf der am Tatort gefundenen Kugel passen zu einer .338er Lapua Magnum aus einem anderen Fall."

Mit einem vernehmlichen Klicken schaltete Max den Overheadprojektor ein.

Auf der Weißwandtafel hinter ihm erschien das Führerscheinfoto eines Mannes mittleren Alters mit kurz geschnittenem angegrautem Bart. Sein Mund war ein gerader Strich, aber seine blauen Augen blickten so enthusiastisch, wie es die Kraftfahrzeugbehörde erwartete.

„Mitch Stockley", sagte Max. „Wurde vor etwa einem halben Jahr in der Nähe von Norfolk getötet. Ironischerweise war er mit Scheibenschießen beschäftigt, als man ihm in den Kopf geschossen hat. Dasselbe Gewehr wie bei Haldane." Der SAC tippte sich zwischen die Augen. „Die gleiche Stelle."

„Ein Präzisionsschuss", setzte Aiden hinzu. „Auch das habe ich von Dan Nguyen erfahren. Diesen Schuss lernen Scharfschützen beim Militär und den Strafverfolgungsbehörden. Dabei wird der Gehirnstamm ausgeschaltet, deshalb zuckt das Opfer nicht, wenn es stirbt. Auf diese Weise verhindert man, dass es den Abzug durchdrückt oder einen Sprengstoffschalter betätigt."

„Ich wollte bei der Verhaltensanalyse nachfragen, aber wie es aussieht, haben wir Glück."

Sun entging nicht, dass Max' flapsige Bemerkung vor Sarkasmus triefte. Offenbar war der SAC ebenso wenig begeistert davon, sich mit dem Tod eines Massenmörders befassen zu müssen, wie Sun.

„Allerdings", lautete Aidens knappe Erwiderung. „Daraus folgt, dass der Gesuchte sehr wahrscheinlich beim Militär oder der Polizei war. Da der oder die Täter die Patronenhülse mitgenommen haben, würde ich sagen, sie wissen auch, wie kriminaltechnische Untersuchungen ablaufen. Wahrscheinlich wollten sie sogar, dass die Kugel ein bisschen zur Seite geht, damit wir sie nicht finden."

„Wer war Mitch Stockley, das andere Opfer?", fragte Winter, die mit ihren dunkelblauen Augen erst Aiden und dann Max ansah. „Was wissen wir über dessen Ermordung?"

Sun knirschte mit den Zähnen, denn der Klang der Stimme ging ihr durch und durch.

Sie wusste, dass zwischen Winter und Aiden mehr war als professionelle Kameradschaft, und obwohl die Trennung von ihm bereits über zweieinhalb Jahre zurücklag, machte ihr das zu schaffen.

Winter hatte bereits Noah Daltons Aufmerksamkeit auf sich gelenkt. Was fand Aiden nur an ihr? Sun verkniff sich ein Aufstöhnen und verschränkte die Arme vor der Brust.

„Nicht viel", antwortete Max. „Die örtliche Polizei hat sich darum gekümmert. Ihnen war nicht klar, dass sie es mit einem Scharfschützen zu tun hatten. Ich glaube, die haben das als Jagdunfall oder so abgehakt. Aber wie in diesem Fall gab es keine Patronenhülse. Keine Spuren am Tatort, nur eine Kugel in einem Baumstamm. Agent Ming, Agent Vasquez." Max fasste sie in den Blick. „Sie befassen sich mit Stockley. Die Außenstelle des

Sheriffs von Norfolk hat bereits sämtliche Unterlagen übermittelt und wird die Fundsachen vom Tatort in etwa einer Stunde abliefern. Dann können Sie mit denen reden. Finden Sie heraus, ob es Gemeinsamkeiten zwischen Stockley und Haldane gibt. Vielleicht ist er ein ferner Verwandter, oder wir haben es mit einem teuren Auftragskiller zu tun, und sie haben sich nie getroffen."

Sun straffte sich und nickte.

„Agent Dalton, Agent Black, Sie fahren zum Krankenhaus und reden mit Kent Strickland. Seit Haldanes Ermordung wird er streng bewacht. Fragen Sie ihn, ob es Mitverschwörer gibt, die reinen Tisch machen wollen, oder ob jemand Sorge hatte, Haldane könnte sich verplappern."

Obwohl es ihn sichtlich ärgerte, dass sein Team sich mit Tyler Haldane befassen musste, war Max so laserscharf fokussiert wie eh und je.

„Agent Brandt", fuhr der SAC fort. „Sie und Agent Stafford sprechen mit den Opfern der Riverside-Schießerei. Agent Weyrick, noch einmal danke, dass Sie so kurzfristig kommen konnten. Ich weiß, für Sie ist das wie drei Uhr morgens, wenn Sie also heute Abend loslegen, machen Sie da weiter, wo Agent Stafford und Brandt aufgehört haben."

„Verstanden", sagte Brandt.

„Also schön. Das war's. Ich habe Ihnen bereits alles übermittelt, was wir bislang haben. Finden wir heraus, wer zum Teufel Haldane erschossen hat, bevor die Medien über uns herfallen."

Sechstes Kapitel

In ihrer noch kurzen Dienstzeit beim FBI hatte Winter es bereits mit mehreren kaltblütigen Mördern zu tun gehabt – Scott Kennedy, Heidi Presley, Catherine Schmidt und natürlich Douglas Kilroy. Doch als sie mit Noah das aseptische Krankenzimmer betrat und einem Mann im Maßanzug ihre Dienstmarke vorzeigte, wurde ihr bewusst, dass Strickland der erste Amokschütze war, dem sie begegnete.

Ihr Wunsch, er möge auch der letzte sein, war vermutlich ein bisschen naiv.

Ein Massaker nannte man ein Ereignis, bei dem mehr als vier Personen getötet wurden. Das FBI befasste sich nur mit den schlimmsten Fällen, bei denen entweder ein Scharfschütze beteiligt war, eine Militärwaffe verwendet worden war oder eine hohe Opferzahl vorlag. Dank Tyler Haldane waren hier alle drei Bedingungen erfüllt. Vielleicht sollte sie nach Dienstschluss ihren Lebenslauf aktualisieren, dachte sie bitter.

„Mr. Strickland“, sagte Noah, als sie die Dienstmarken einsteckten. Von seiner umgänglichen, freundlichen Art war nichts mehr zu merken. Offenbar war er ebenso scharf darauf wie sie, alle Kästchen anzukreuzen. „Ich bin Agent Dalton, das ist Agent Black. Wir sind vom FBI.“

Strickland, der im Bett saß, den einen Arm mittels Handschelle an der Seite fixiert und ein paar cremefarbene

Decken auf dem Schoß, ließ den Blick seiner dunklen Augen von Noah zu Winter und wieder zurück wandern.

Dann sah er den gutgekleideten kahlköpfigen Anwalt an, der zustimmend nickte.

„Ich bin Kents Anwalt, Harold Lisman. Wie kann ich Ihnen helfen?“

„Sie?“ Noah hob eine Braue. „Sie vermutlich weniger. Wir möchten mit Ihrem Klienten sprechen, Mr. Lisman.“

„Sie werden nicht die Grundrechte meines Sohnes verletzen“, sagte die neben Strickland sitzende Frau. Sie hatte dunkle Augenringe und war unnatürlich blass.

Winters Mundwinkel strafften sich. *So ist das wohl, wenn der eigene Sohn ein Massenmörder ist,* dachte sie.

„Wir haben nicht die Absicht, die Grundrechte Ihres Sohnes zu missachten“, entgegnete Winter. „Wir sind hier, weil Tyler Haldane vor weniger als vierundzwanzig Stunden von einem Scharfschützen getötet wurde.“

„Der Junge hat immer nur Ärger gemacht“, schnaubte die Frau und zog die graue Strickjacke enger um sich.

„Tyler getötet?“, platzte Strickland heraus und ließ den Mund offenstehen. „Wie? Von einem Scharfschützen? Was soll das heißen?“

„Tut mir leid.“ Noah schüttelte den Kopf. „Ich darf über die laufenden Ermittlungen nicht sprechen. Wir möchten Sie fragen, wer Ihrem Freund eventuell den Tod wünschte. Abgesehen vom Offensichtlichen, Sie verstehen schon.“

„Wie bitte?“, rief Stricklands Mutter. „Was zum Teufel soll das nun wieder?“

„Mrs. Strickland“, setzte der Anwalt an und hob beschwichtigend die Hände. „Ich ...“

„Das soll heißen, dass Ihr Sohn nicht viele Fans hat, Mrs. Strickland“, erwiderte Noah mit tonloser Stimme, und einen Moment lang fragte sich Winter, ob das überhaupt Noah war.

Vielleicht war der Mann an ihrer Seite ja Aiden Parrish, und sie hatte endgültig den Verstand verloren. Er hörte sich genauso an wie Aiden Parrish, nicht wie der junge Texaner, den sie kannte.

„Haben Sie schon mal von der Unschuldsvermutung gehört? Von Habeas Corpus?“, fauchte die Frau, und ihre gold-grünen Augen funkelten vor Zorn.

„Allerdings, Ma'am“, gab Noah zurück.

Winter wunderte sich darüber, dass sein schleppender Texas-Akzent gleichzeitig herablassend und volkstümelnd klingen konnte.

„Deswegen sind wir nicht hier“, kam sie Stricklands Mutter zuvor. „Wir wollen herausfinden, ob Ihr Sohn jemanden kennt, der ein Interesse gehabt haben könnte, seinen Freund zu töten. Und ja, Ma'am, das schließt auch Mitverschwörer ein. Ich möchte Ihnen einen Deal vorschlagen. Es gibt buchstäblich hunderte Augenzeugen, darunter zahlreiche Bundesagenten und andere Ordnungskräfte, die Ihren Sohn am Tatort gesehen haben.“

Der Anwalt schnellte hoch, doch Winter ließ sich nicht aus dem Konzept bringen.

„Es gibt nicht den geringsten Zweifel, dass er dort war, aber wir sind nicht hier, um darüber zu diskutieren, wer geschossen hat und warum. Ihr Sohn war dort und Tyler Haldane auch. Der Vorfall war geplant, *sorgfältig* geplant, und wir fragen, ob Ihr Sohn jemanden kennt, der davon gewusst hat. Irgendjemanden, der Interesse daran haben könnte, dass Haldane gegenüber den Behörden nichts ausplaudert.“

„Das hätte er niemals getan“, sagte Kents Mutter, die leichenblass geworden war. „Das brächte er gar nicht fertig. Er ...“

Winter hob die Hand. „Bevor Sie eine weitere Tirade vom Stapel lassen, Mrs. Strickland, möchte ich Folgendes sagen. Falls jemand Tyler Haldane getötet hat, weil er oder sie Angst hatte, von ihm belastet zu werden, dann ist Kent als Nächster an der

Reihe. Und nach dem, was wir bisher bei der Untersuchung herausgefunden haben, kann man die Person nicht aufhalten, wenn sie jemanden töten will. Sie haben also zwei Optionen, Mrs. Strickland."

Winter hielt inne und wartete ab, ob die Frau überhaupt zuhörte. Mehrere Sekunden verstrichen, dann sah Mrs. Strickland ihr in die Augen. Und nickte.

Winter hielt den Zeigefinger hoch. „Entweder Sie und Ihr Sohn helfen uns, oder", sie hob den Mittelfinger dazu, „Sie bleiben stur und hindern uns, unsere Arbeit zu machen. Das würde bedeuten, dass Sie es dem, der Tyler erschossen hat, leichter machen, auch Ihren Sohn zu töten. Ich gebe Ihnen ein paar Sekunden Bedenkzeit, aber offen gesagt, stehen wir unter Zeitdruck, also sollten Sie sich besser beeilen."

Die braunen Augen weit aufgerissen, klappte Stricklands Mutter den Mund mehrmals auf und zu, dann blickte sie ihren Sohn und den Anwalt an. Winter bemerkte aus dem Augenwinkel, dass Noah sie erwartungsvoll ansah. Sie hätte ihm gern zugelächelt, doch sie hatte einen Lauf und wollte nicht riskieren, dass ihre eiskalte Fassade Risse bekam.

Strickland blickte zwischen seiner Mutter und dem Anwalt hin und her und schüttelte den Kopf, erst ganz leicht, dann immer heftiger. Das Schweigen hatte sich dermaßen verfestigt, dass Winter das Gefühl hatte, sie müsse es mit einer Machete zerteilen, wenn nicht bald jemand redete.

Anstatt ihre und Noahs Frage zu beantworten, neigte Strickland sich zur Seite und flüsterte seinem Anwalt ins Ohr. Sie bezweifelte, dass Noah etwas davon mitbekam, doch für sie war er so deutlich vernehmbar, als spräche er laut.

„Nein, da war niemand", murmelte Strickland.

„Sind Sie sich da ganz sicher?", fragte der Anwalt, und Winter konnte es ihm nicht verdenken.

„Haben Sie Todesdrohungen erhalten in den vergangenen Wochen?", hakte Winter nach.

Der Anwalt schüttelte den Kopf, noch ehe sie den Satz beendet hatte. „Alles, was da gekommen ist, haben wir unverzüglich ans FBI weitergeleitet."

Obwohl sie inzwischen richtig in Fahrt war, wusste Winter, dass sie von den drei Leuten im Krankenzimmer keine weiteren nützlichen Informationen mehr bekommen würden.

„Dann tun Sie das auch weiterhin", sagte sie und zog eine Karte aus der Tasche. „Hier sind meine Kontaktdaten. Wenn Ihnen etwas einfällt, rufen Sie mich an oder schicken Sie mir eine E-Mail. Sollte sich die Lage ändern, melden wir uns."

Winter blickte Noah an, dann trat sie an dem bewaffneten Aufpasser vorbei auf den stillen Flur hinaus. Neben der Tür hielten zwei weitere Bewaffnete Wache, die Winter und Noah zunickten.

Winter verkniff sich den resignierten Seufzer, bis sie die Beifahrertür der Limousine geschlossen hatte.

„Hey, das war verdammt gute Arbeit", sagte Noah und ließ den Motor an. „Ganz ehrlich, du warst großartig. Ich hätte die beiden Idioten am liebsten angebrüllt, weil sie behaupten, der Junge sei ein unschuldiger Zuschauer gewesen."

„Ist es meistens nicht genau andersherum, wenn wir mit Leuten reden?", sagte sie. Ein Grinsen breitete sich über ihr Gesicht, als sie ihn ansah.

Er nickte mit der Andeutung eines Lächelns. „Mag sein. Jedenfalls verwette ich meinen Arsch darauf, dass von denen nichts Verwertbares mehr kommt. Selbst wenn sie etwas wissen sollten."

„Ja, den Eindruck habe ich auch." Sie streifte sich eine lange Strähne hinters Ohr. „Was für eine Zeitverschwendung."

„Ehrlich, meine Liebe, wenn es nicht um den anderen Typ ginge, diesen Stockley, würde ich sagen, die ganze beschissene Ermittlung ist für die Katz. Wir untersuchen die Ermordung eines Neonazis und Massenmörders. Ich meine, was Haldane betrifft, würde die Gruppe der Verdächtigen aussehen wie die Schlange vor einer Six-Flags-Achterbahn an einem Samstag Mitte Juni."

Winter musterte ihn fragend. „Wie meinst du das?"

„Entweder Stockley grenzt den Fall ein, oder das Gewehr hat in den vergangenen sechs Monaten den Besitzer gewechselt. Das ist eine teure Waffe, deshalb würde ich das nicht ausschließen. Könnte doch sein, dass der erste Todesschütze sie nach der Erschießung Stockleys verkauft hat, anstatt sie verschwinden zu lassen."

Winter nickte. „Du hast recht. Das wäre möglich. Aber weshalb hätte er sie verkaufen sollen, ohne den Lauf vorher zu verkratzen, um die Identifizierung der nächsten Kugel zu erschweren?"

„Gute Frage."

„Und so wie du guckst, hast du eine gute Antwort parat", scherzte sie.

Der Tag war anstrengend und seltsam gewesen, doch ihr Unbehagen verflüchtigte sich, als sein Lächeln zu einem Grinsen wurde. Angefangen von den Fältchen in seinen Augenwinkeln bis zu den Schatten, die über sein Kinn spielten, liebte sie alles an diesem Lächeln.

„Eine vertretbare." Den Blick auf die Fahrbahn gerichtet, zuckte er mit den Schultern. „Ich glaube, sie haben den Lauf deshalb nicht verändert, weil sie genau den Schuss ermöglichen wollten, der Haldane getötet hat. Bei solchen Entfernungen kommt es auf jedes Detail an. Ein versauter Lauf könnte die Kugel um das entscheidende bisschen ablenken."

„Da ist was dran."

In Wahrheit waren ihre Gedanken vom Thema der verwendeten Militärwaffe weit abgeschweift. Noahs Lächeln erinnerte sie an die Nacht, in der sie mit dem Kopf auf seiner Brust eingeschlafen war. Sie meinte, die Wärme seines Körpers zu spüren, seinen Herzschlag und seinen leisen Atem.

Bei der Vorstellung, nie wieder ein solches Erwachen zu erleben, schnürte sich ihr die Kehle zu.

Wie sollte sie das Thema ansprechen? Beim letzten Mal, als sie über ihre Gefühle reden wollte, hätte sie um ein Haar ihre Freundschaft ruiniert.

Sie wollte keinen hastigen Kuss in der Küche, machte sie sich klar. Sie wollte einen Dialog, hatte aber keine Ahnung, wie sie ihn eröffnen sollte. Was wollte sie überhaupt von ihm? Wollte sie jemanden zum Knuddeln? Wie alt war sie eigentlich, dreizehn?

Wenn sie keine schlüssige Frage und keinen sinnvollen Wunsch formulieren konnte, war es wohl klüger, den Mund zu halten. Sie spürte, wie sich ein gähnender Abgrund in ihr auftat und sie in die wirbelnde Leere des Was-wäre-wenn und der Angst hineinrutschte.

Was wäre, wenn es kein weiteres Mal gab? Wenn sie ihre letzte Chance verspielt hatte? Wenn er es sich anders überlegt hatte?

Verdammt noch mal, nein, dachte sie und ballte die Faust so fest, dass sich die Fingernägel in die Handfläche gruben.

Noah würde nicht weglaufen, und inzwischen stand auch fest, dass *sie* nicht weglaufen würde. Nicht, solange sie es aushielt. Irgendwann würde die Zeit reif dafür sein, das Gefühlschaos zur Sprache zu bringen, das sie immer dann überfiel, wenn sie ihn anschaute, ihn lächeln sah oder lachen hörte.

Jetzt aber standen sie am Anfang von Ermittlungen, die sich im Laufe der Woche zu einem Mediensturm aufschaukeln würden, und das war kein guter Zeitpunkt. Außerdem wäre es unpassend gewesen, das Thema auf der Rückfahrt von einem Treffen mit einem Massenmörder anzusprechen.

Ihr Arbeitstag war noch nicht einmal halb vorbei, und bei dem Versuch, den Scharfschützen zu finden, konnten sie keine Ablenkung gebrauchen.

Oder diente ihr Haldanes Ermordung nur als billige Ausrede?

Verdammt noch mal, dachte sie.

Wenn sie ihre sich überschlagenden Gedanken nicht bald in den Griff bekam, würde sie noch eine Panikattacke bekommen.

„Also ..." Sie wusste nicht, wie lange das Schweigen schon währte, hatte aber das Gefühl, sie habe bei einem Begräbnis das Gebet unterbrochen. „Was hältst du grundsätzlich von der Sache? Dass wir im Fall der Ermordung eines Neonazis und Massenmörders ermitteln?"

Noah klopfte mit dem Zeigefinger aufs Lenkrad und ließ langsam den Atem entweichen. Obwohl sie einander seit über einem Jahr kannten, war ihr der Tick erst vor Kurzem aufgefallen. Wenn Noah mit dem Finger auf etwas klopfte – das Lenkrad, ein Glas Wasser, die Tischplatte –, dachte er angestrengt nach.

„Ich weiß es nicht", sagte er schließlich. „Das ist nicht unbedingt das, was ich erwartet habe, als ich zum FBI ging. Ich meine, versteh mich nicht falsch. Bei der Polizei von Dallas haben wir auch in Fällen der Ermordung von Drogendealern und dergleichen ermittelt, aber ..."

Als er schwieg, hakte sie nach. „Aber ...?"

Er zuckte mit den Schultern. „Das ist was anderes, weißt du. Die meisten Drogendealer sind im Grunde Menschen, denen das Leben übel mitgespielt hat. Sie haben ganz unten angefangen, und weil es keinen Ausweg gab, haben sie eben getan, was sie getan haben."

„Dann ... hattest du Mitgefühl?"

Ein weiteres Achselzucken. „In gewisser Weise kann ich nachvollziehen, was sie getan haben und warum sie es getan haben. Die meisten kannten nichts anderes. Sie hatten keine Eltern, die ihr Geld mit Immobilien oder im Lebensmittelladen verdienten. Ihre Eltern dealten mit Drogen und konsumierten sie, und sie folgten einfach deren Beispiel. Ich will das nicht entschuldigen, aber es ist eine Erklärung. Und wenn man's recht bedenkt, ergibt das auch Sinn."

Winter grub die Zähne in die Unterlippe. „Und jetzt?"

„Wie ich's auch drehe und wende, das mit Tyler Haldane und Kent Strickland ergibt keinerlei Sinn. Sie kommen aus der Mittelklasse, waren College-Studenten. Also, ich weiß nicht. Ich versuche, nicht darüber nachzudenken, was für ein Mensch das Opfer war, sondern konzentriere mich darauf, dass irgendein Verrückter Zivilisten aus fast einer Meile Entfernung mit einem Scharfschützengewehr abknallt."

Sie nickte, halb schnaubend, halb lachend. „Aus diesem Blickwinkel betrachtet, ergibt der Fall schon mehr Sinn."

Siebtes Kapitel

Obwohl Bree Stafford und Levi Brandt mit der Durchsicht der Liste von Tyler Haldanes und Kent Stricklands Opfern den Hauptteil der Arbeit übernommen hatten, mögliche Verdächtige zu finden, mussten Noah und Winter die zahlreichen Alibis dieser Leute überprüfen.

Noah beneidete Bree und Levi nicht, doch es war mühsam herauszufinden, ob eine Person unmittelbar vor Haldanes Tod tatsächlich an dem Ort gewesen war, den sie genannt hatte. Als sie sich zur abendlichen Besprechung im Konferenzraum einfanden, fühlten sie sich wie Telefonverkäufer.

Max blickte in die Runde – mit Ausnahme von Stella, der Ballistikerin, waren dieselben Personen wie am Nachmittag versammelt -, bevor er die Tür hinter sich schloss.

„Wir sind vollzählig, also, was haben wir?“, sagte er auf dem Weg nach vorn.

Bree und Agent Brandt wechselten einen resignierten Blick, dann schüttelte Bree den Kopf. „Nichts, Sir. Wir haben die Liste abgearbeitet und alle ausgeschlossen. Da alle ein belastbares Alibi haben, können sie nicht auf Haldane geschossen haben.“

„Das war ja kaum anders zu erwarten“, brummte Max. „Agent Dalton, Agent Black, wie sieht es bei Ihnen aus?“

Jetzt war Noah mit Kopfschütteln an der Reihe. „Nichts. Strickland hat ausgesagt, es gebe keinen weiteren Beteiligten.“

„Und glauben Sie ihm?“ Max’ Frage war nicht vorwurfsvoll gemeint, sondern verriet eher tiefe Besorgnis.

Noah breitete die Arme aus und lehnte sich zurück. „Ich traue dem kleinen Scheißkerl nicht über den Weg, aber ich bezweifle, dass er irgendetwas Wichtiges weiß. Er hat anscheinend nicht mal gewusst, dass sein Kumpel tot ist, geschweige denn, dass er von einem professionellen Scharfschützen erschossen wurde.“

Winter nickte an seiner Seite. „Ja, er hat nichts gewusst.“

„Ming, Vasquez.“ Max richtete seine grauen Augen auf die beiden Agents. „Bitte sagen Sie mir, dass Sie mehr haben als nichts.“

Sun hüstelte hinter vorgehaltener Hand und räusperte sich. „Das haben wir in der Tat, aber ... ich weiß nicht, ob es gute Neuigkeiten sind.“

„Natürlich nicht. Lassen Sie hören.“ Der SAC lehnte sich an die Weißwandtafel und verschränkte die Arme.

„Der Stockley-Fall ...“ Miguel Vasquez schüttelte den Kopf. „Mitch Stockley war ein Immobilienmakler aus Norfolk. Er wohnte in einem Vorort und war geschieden, die beiden Kinder leben beide bei der Mutter. Soweit sich das sagen lässt, herrschte ein harter Konkurrenzkampf, aber ...“ Er blickte Sun an.

„Ich glaube, wir kennen den Grund für seine Ermordung“, beendete sie den Satz. „Abgesehen von einer zehn Jahre zurückliegenden Verurteilung wegen Trunkenheit am Steuer war Stockleys Akte sauber, doch das heißt nicht, dass *er* sauber war. Er ist in Norfolk mehrfach mit den Cops aneinandergeraten, allerdings kam es nie zur Anklage. Er stand im Verdacht, etwas mit dem Verschwinden mehrerer Studentinnen der Old Dominion University zu tun zu haben, doch es wurden keine Leichen gefunden.“

Als hätten sie den Vortrag eingeübt, übernahm wieder Miguel. „Vor etwa acht Jahren behauptete eine College-Studentin, sie sei Stockley entkommen, als der versucht habe, sie zu betäuben und zu entführen. Stockley stritt das ab, und es gab keine Belege für die Behauptungen des mutmaßlichen Opfers, deshalb konnte man nichts unternehmen. Zumindest sagte das die Polizei. Die junge Frau hatte an dem Abend getrunken, und ehrlich gesagt glaube ich, dass die Cops ein wenig vorschnell geurteilt haben."

Sun nickte heftig. „Als ein Mädchen aber ein paar Monate später verschwand und ein weiteres im Jahr darauf, sagte sich die Polizei, dass das erste Opfer vielleicht doch richtig gelegen haben könnte."

Die Missbilligung in Suns Gesicht war ebenso wenig zu übersehen wie die Farbe ihrer Bluse. Normalerweise fand Noah ihre Urteile über andere Strafverfolgungsbehörden zu hart. In diesem Fall aber neigte er dazu, ihr recht zu geben. Er konnte nur hoffen, dass sie die Polizisten bei der Übergabe der Akten zu Mitch Stockley ordentlich zusammengestaucht hatte.

„Zu unserem Glück", fuhr Miguel fort, „wurden die Akten der Polizei von Norfolk tadellos geführt. Ich glaube, sie hofften, sie könnten ihn in nächster Zeit festnageln, doch dann wurde er tot aufgefunden. Stockley war schwer auf Koks, deshalb nahmen sie an, er sei an den falschen Dealer geraten, vielleicht an ein Kartell, das ihm den Kopf weggeblasen hat."

„Es könnte auch sein, dass wir es mit zwei Tätern zu tun haben", warf Noah ein. „Die Ballistiker meinen ja, es handle sich um ein Barrett M98B, und die sind nicht billig. Das ist eine Präzisionswaffe, deshalb wurde der Lauf nicht verändert. Hätten sie daran herumgepfuscht, wäre die Treffsicherheit beeinträchtigt worden, und das hätte die Waffe für sie nutzlos gemacht."

„Na großartig", murmelte Max. „Irgendwelche Anmerkungen, Parrish? Irgendeine Idee, nach welchem Typus von Täter oder *Tätern* wir suchen?"

„Kommt drauf an." Aiden richtete seine blassen Augen auf Noah. „Agent Daltons Argument hat was. Wenn Stockley und Haldane von unterschiedlichen Personen getötet wurden, lässt sich über die Motive kaum etwas sagen. Stockley könnte von einem Kartell ausgeschaltet und Haldane von einem wütenden Unbeteiligten erschossen worden sein."

„Und wenn wir es mit einem einzigen Täter zu tun haben?", fragte Winter.

Als sie Parrish ansah, meinte Noah, in ihren Augen eine andere Art von Funkeln wahrzunehmen. Der flüchtige Blick drückte weniger Respekt und Faszination aus als noch bei der Jagd auf Douglas Kilroy.

Nach ihrer hitzigen Auseinandersetzung mit Aiden vor einer Woche hatte Noah sie nicht nach Einzelheiten gefragt. Er wusste, dass es um Autumn gegangen war, mehr aber auch nicht.

„Wenn wir dahinter einen einzigen Täter vermuten", sagte Aiden, „müssen wir herausfinden, welche Gemeinsamkeiten Stockley und Haldane hatten."

„Das haben wir schon überprüft", warf Sun ein. „Sie sind nicht verwandt und sind sich nach derzeitiger Faktenlage auch nie begegnet. Tyler Haldane war noch nicht einmal in Norfolk. Er und Kent haben an der Virginia Tech studiert, nicht an der Old Dominion. Also, was die Ähnlichkeiten betrifft, sind sie ..."

„Sie sind beide Arschlöcher", meinte Bree.

In der nachfolgenden Stille richteten sich alle Blicke auf sie. Bree ließ die plötzliche Aufmerksamkeit entweder kalt, oder sie beherrschte sich meisterlich.

Warum auch nicht? Schließlich hatte sie recht.

„Agent Stafford", brach Max das Schweigen. „Wollen Sie andeuten, wir hätten es mit einem Fall von Selbstjustiz zu tun?"

Bree nickte.

„Das ergibt Sinn", warf Aiden ein. „Wenn die beiden Männer sonst nichts gemeinsam haben, ergibt das Sinn. Stockley war Immobilienmakler, Ende vierzig und lebte in einem Vorort. Haldane war ein College-Student aus einem Mittelklasse-Haushalt und so jung, dass er Stockleys Sohn hätte sein können. Sie wiesen keine Ähnlichkeiten auf und lebten nicht in derselben Gegend."

Max nickte. „Und was wissen wir bislang über den Täter?"

„Er wurde höchstwahrscheinlich beim Militär oder einer Strafverfolgungsbehörde ausgebildet", sagte Aiden. „Niemand passt so gut zum Profil eines selbsternannten Rächers wie ein zorniger, desillusionierter Cop."

„Wollen Sie meine Meinung hören?" Max blickte zwischen Bree und Aiden hin und her. „Ich bin schon seit fast dreißig Jahren beim FBI, und ich hätte mir nie träumen lassen, dass ich das mal sagen würde ..."

„Was?", fragte Bree, als er innehielt.

Max lachte freudlos und nahm einen blauen Whiteboard-Marker in die Hand. „Ich hoffe, wir haben es mit einem Kartell zu tun."

„Ich auch", murmelte Noah.

„Zwei verschiedene Ermittlungsansätze", Max zog die Kappe vom Stift, „erstens", er hob den Arm und begann zu schreiben, „haben wir die Selbstjustiz-Theorie für beide Opfer. Demnach wurden Haldane und Stockley getötet, weil sie beide Killer waren. Zweitens ist es möglich, dass wir es mit unterschiedlichen Tätern zu tun haben."

Er schrieb Haldanes und Stockleys Namen untereinander und zog dazwischen eine Linie. „In diesem letzteren Fall gibt es zwei wahrscheinliche Möglichkeiten für Haldane und nur eine für Stockley. Wenn Stockley und Haldane von unterschiedlichen Personen getötet wurden, nehmen wir an, dass Stockley enge Beziehungen zur Drogenszene hatte und den falschen Dealer gegen sich aufgebracht hat. Hat jemand eine Theorie, wer ein Motiv gehabt haben könnte, ihn zu töten?"

Winter stützte sich auf die Ellbogen auf und beugte sich vor. „Ein wütendes Opfer oder die wütende Familie eines Opfers. Es könnte sein, dass eines der Opfer mit jemandem in Beziehung stand, der Erfahrung beim Militär oder der Polizei hat. Da die Cops bei den Ermittlungen zu ihrem Verschwinden nicht weitergekommen sind oder nichts tun wollten, haben sie die Sache selbst in die Hand genommen.“

Max nickte zustimmend und schrieb ‚wütendes Opfer/selbsternannter Rächer‘ neben Stockleys Namen.

Als der stoische SAC diese unprofessionelle Einschätzung niederschrieb, konnte Noah sich ein prustendes Gelächter nur mit Mühe verkneifen. Das war Max’ Humor – er setzte seine Pointe, wenn niemand es erwartete.

„Und bei Haldane?“, fragte Max. „Ein Mitverschwörer ist denkbar, aber das wütende Opfer können wir wohl ausschließen, oder?“

„Genau“, sagte Bree. „Wir sind mit der Liste so gut wie durch und haben keine passende Person identifiziert.“

„Somit bleiben noch der Mitverschwörer und der selbsternannte Rächer“, meinte Aiden.

„Wir werden folgendermaßen vorgehen, Ladys und Gentlemen“, sagte Max und wedelte mit dem Marker herum. „Zuerst mal behalten wir uns die Theorie, wonach derselbe Rächer beide Männer umbrachte, vor, bis wir alles andere ausgeschlossen haben. Denn statistisch betrachtet ist es am unwahrscheinlichsten, dass eine unbekannte, nicht verwandte Drittperson Haldane *und* Stockley ermordet hat. Dalton hat wichtige Anmerkungen zur Waffe gemacht. Ein Barrett ist teuer, wenn man es legal erwirbt, aber auf dem Schwarzmarkt ist es *richtig* teuer.“

„Noch was“, sagte Aiden. „Wenn es auf dem Schwarzmarkt erworben wurde, scheint es logisch, dass der Käufer es dort auch weiterverkauft hätte.“

„Dem stimme ich zu“, sagte Max. „Im Moment betrachten wir Haldane und Stockley noch als separate Fälle – teile und herrsche, Agents. Black, Vasquez, Sie befassen sich mit Stockley und gehen der Kartell-Hypothese nach. Brandt, Ming, Sie verfolgen die Opfer-Hypothese. Stafford, Sie und Brandt haben bereits eine Menge Vorarbeit zu Haldanes Ermordung geleistet.

Weyrick, Stafford und Dalton, Sie teilen unter sich auf, was bei der Haldane-Ermittlung noch aussteht."

Es würden Stühle gerückt, die Agents waren bereit, sich an die Arbeit zu machen.

Alle außer Max. Er war noch nicht fertig. „Ich habe einige von Ihnen rotieren lassen, um frischen Wind in den Fall zu bringen. Eigentlich sollte sich die Bemerkung erübrigen, aber ich sage es dennoch: Konzentrieren Sie sich auf die Opfer oder Familienmitglieder, die Erfahrung beim Militär oder der Polizei gesammelt haben. Parrish und die Abteilung für Verhaltensanalyse werden Ihnen helfen, also gehen Sie gründlich vor."

Achtes Kapitel

Aiden blickte von Cassidy Ramirez zu Max Osbourne und wieder zurück, dann nahm er vor dem polierten Schreibtisch der Vizedirektorin Platz. Er und Max kamen gerade von der Besprechung mit den Agents, die den Tyler-Haldane-Fall betreuten, und auf einmal wünschte Aiden, die Arbeitsumgebung des FBI wäre den Büros von *Mad Men* ähnlicher. Dann hätten sie nicht bis zum Feierabend warten müssen, um sich einen starken Drink einzuschenken. Er hatte seit fast fünfzehn Jahren keine Zigarette mehr geraucht, aber im Moment hätte er nicht Nein gesagt, wenn man ihm eine angeboten hätte.

Die Theorie war vielleicht etwas weit hergeholt, doch Brees beiläufige Bemerkung ging ihm nicht aus dem Kopf.

Sie sind beide Arschlöcher.

Da hatte sie wohl recht.

Ein selbsternannter Rächer allein war schon Herausforderung genug, doch ein Rächer mit militärischem oder polizeilichem Hintergrund war ein verdammter Albtraum. Wenn das an die Presse durchsickerte, würden sie alle in Kameras und Mikrofonen ertrinken. Sie mussten die Tyler-Haldane-Ermittlung in den Griff bekommen. Er musste davon ausgehen, dass Ramirez ihn und Max zu sich bestellt hatte, um sich über den Stand der Dinge informieren zu lassen.

Schadensbegrenzung.

„Guten Abend, Gentlemen“, sagte Ramirez und musterte ihn und Max mit ihren dunklen Augen. „Danke, dass Sie noch Zeit für mich haben. Das weiß ich zu schätzen.“

„Kein Problem“, erwiderte Aiden.

Wenn Sie eine Flasche Bourbon herumreichen würden, wär mir wohler.

Obwohl Cassidy über die Bemerkung vermutlich gelacht hätte, behielt er sie für sich. Ihm war nicht nach Scherzen zumute.

„Ja, kein Problem“, schloss Max sich ihm an.

„Sie sehen beide aus, als kämen Sie von einer Beerdigung.“ Cassidy beugte sich vor und faltete auf dem Mahagonischreibtisch die Hände.

Max tat es ihr nach und nahm die gleiche Haltung ein wie sie. „Wir glauben, wir haben es mit einem selbsternannten Rächer zu tun.“

Aiden nickte, als Max ihn kurz ansah. „Das erscheint uns ebenso wahrscheinlich wie die Alternative.“

„Und was wäre die Alternative?“, fragte Cassidy, eine wohlgeformte Braue hochgezogen.

Aiden zuckte mit den Schultern. „Ein Kartell *und* ein Rachetäter.“

Es gab so viele Möglichkeiten, dass er sich unsicher war, welche davon er favorisierte.

Von all den Gefühlen, mit denen er in den vergangenen Wochen konfrontiert worden war, schätzte er die Unsicherheit am wenigsten. Er war ein Macher, entschied sich für eine Vorgehensweise und hielt daran fest. Seine Entscheidungen beruhten auf Selbstvertrauen, und er schwankte nicht.

Jedenfalls normalerweise.

Bei Autumn Trent und diesen beiden undurchsichtigen Fällen schwamm er jedoch in einem tückischen grauen Meer der Unentschlossenheit.

Damit kam er nicht klar.

Es war noch nicht mal sieben, trotzdem hatte er das Gefühl, dass er heute Nacht wenig Schlaf bekommen würde. Es sei denn, er betrank sich.

„Was soll das heißen? Ein Kartellmord *und* ein Racheakt?“, hakte Cassidy nach. „Müssen wir die Angelegenheit womöglich an die Abteilung für organisiertes Verbrechen weiterleiten?“

Max seufzte und schüttelte den Kopf. „Das weiß ich nicht. Im Moment wissen wir überhaupt nur sehr wenig.“

„Fangen wir doch mit dem an, was Sie wissen.“ Sie musterte erst Aiden, dann fasste sie wieder Max ins Auge. „Arbeitshypothesen, Indizien, alles. Die halbe Medienmeute des Landes sitzt uns gerade im Nacken und stalkt das FBI, um sich ein paar Schmankerl für ihre Haldane-Geschichte zu verschaffen.“ Sie schnaubte. „Ich habe gerade eben ein bisschen CNN geguckt. Da wurde schon spekuliert, ob jetzt mit massenhafter Gewalt gegen Amokläufer zu rechnen ist. Jedenfalls gegen die, die sich nach der Tat nicht umbringen.“

„Kann nicht behaupten, dass mich das groß jucken würde“, brummte Max.

Es kam nur selten vor, dass Aiden mit dem Ermittlungsleiter einer Meinung war. „Das würde dem FBI eine Menge Zeit- und Arbeitsaufwand ersparen.“

„Zum Beispiel die Zeit und den Arbeitsaufwand, die wir darauf verwenden, Haldanes Mörder zu finden“, knurrte Max. „Sie wissen schon, wer hier die wahren Opfer sind? Opfer, die die Unterstützung des FBI wirklich gut gebrauchen könnten, Menschen wie die Männer, Frauen und Kinder, die Haldane und sein Neonazi-Kumpel vor einem halben Jahr massakriert haben.“

Aiden hätte bei Cassidy zumindest einen Anflug von Verärgerung erwartet, doch stattdessen runzelte sie lediglich die Stirn. Schon diese leichte Missbilligung war geheuchelt und erreichte nicht die Augen.

Sie spielte den Boss, doch wenn es um Tyler Haldane ging, fiel es selbst der besonnenen Cassidy Ramirez schwer, ihr Pokerface zu wahren.

„Wir suchen uns die Opfer nicht aus, Max“, entgegnete sie. „Ich mag Tyler Haldane ebenso wenig wie Sie, aber wir haben einen Job zu erledigen. Was ist mit etwaigen Mitverschwörern? Gehörten noch mehr Neonazis dazu?“

„Nach Stand der Dinge ist das unwahrscheinlich“, erklärte Max. „Agent Black und Agent Dalton haben heute mit Strickland geredet und sind sich ziemlich sicher, dass er keine Kenntnis von weiteren Mitgliedern ihrer Neonazi-Gruppe hat.“

Cassidy richtete ihre dunklen Augen auf Aiden. „Parrish?“

Aiden erwiderte ihren Blick mit ausdrucksloser Miene. Ihm schwirrte momentan der Kopf, doch Cassidy und Max brauchten davon nichts zu wissen. „Wir werden aus Kent Strickland nichts rauskriegen. Seit er vor ein paar Monaten aus dem künstlichen Koma aufgewacht ist, wird er anwaltlich betreut. Er ist ans Krankenbett gefesselt, und als Dalton und Black bei ihm auftauchten, waren sein Anwalt und seine Mutter bereits da. Er hat sie hinters Licht geführt, so kommt es mir vor. Vermutlich will er seinen Zustand als Entlastungsargument bei der Verhandlung anführen, um eine geringere Haftdauer herauszuschinden oder der Todesstrafe zu entgehen. Den Vorteil wird er nicht aufs Spiel setzen, um jetzt mit den Behörden zu kooperieren.“

Cassidy schürzte die Lippen und bewegte die Finger, ohne die verschränkten Hände voneinander zu lösen. „Wir könnten ihm Milde versprechen, wenn er seinen Mitverschwörer verrät. Vorausgesetzt, wir sind sicher, dass es einen gibt.“

Max hatte mit Kopfschütteln begonnen, noch ehe sie ausgeredet hatte. „Nein. Wir geben diesem Scheißkerl gar nichts. Außerdem bin ich nicht der Einzige, den Sie vorher überzeugen müssten. Die zuständige Staatsanwältin ist eine Texanerin, die eine harte Linie fährt, also viel Glück, wenn Sie sie dazu bewegen wollen, Strickland keine Giftspritze zu verpassen.“

Aiden nickte. „Außerdem wäre das ein Mediendesaster. Lieber habe ich die Meute am Hals, weil wir mit dem selbsternannten Rächer nicht weiterkommen, als ihnen zu erklären, weshalb das FBI mit einem Neonazi-Massenmörder einen *Deal* aushandelt. Die Verhandlung wird eh ein Albtraum. Stricklands Eltern haben Geld, und davon setzen sie eine Menge für die Verteidigung ihres einzigen Sohns ein."

„Und was ist mit Mitch Stockley, dem anderen Opfer?", fragte Cassidy.

Aiden und Max wechselten einen Blick, bevor der Ältere die Besprechung rekapitulierte. Abwechselnd erläuterten sie die verschiedenen Erklärungsansätze für die Ermordung der beiden Männer und umrissen den Fortgang der Ermittlungen.

Man musste es der Vizedirektorin hoch anrechnen, dass sie einen neutralen Gesichtsausdruck beibehielt.

„Na schön." Sie wirkte nicht erfreut. „Ich kann nachvollziehen, weshalb Sie die Einzeltäter-Hypothese so lange beibehalten wollen, bis sie alle wahrscheinlicheren Ansätze ausgeschlossen haben, und stimme Ihrer Vorgehensweise zu. Ich hätte das auch so gemacht. Aber nehmen wir doch mal an, wir hätten es in beiden Fällen mit demselben Täter zu tun. Was bedeutet das dann für Ihre Ermittlungen? Wir sind uns nahezu sicher, dass Haldanes Mörder einen militärischen oder polizeilichen Hintergrund aufweist, aber was genau heißt das?"

„Wir würden vermutlich nach einem angefressenen Cop oder einem Soldaten suchen, der zufällig ein ausgezeichneter Scharfschütze ist", antwortete Max, bevor Aiden auch nur den Mund aufmachen konnte.

„Nach einem angefressenen Cop oder Soldaten, der aus fast einer Meile Entfernung jemanden mitten zwischen die Augen trifft", fügte Aiden hinzu.

„Das ist ein spezifisches Täterprofil, Gentlemen." Ramirez fuhr mit dem Kugelschreiber über die Finger der anderen Hand und schaute nachdenklich drein.

„Man sollte eigentlich meinen, dass es die Arbeit erleichtern würde“, murmelte Max. „Aber bislang ist das Gegenteil der Fall.“

„Bei Catherine Schmidt hatten wir auch ein sehr spezifisches Täterprofil“, rief Aiden mit ausdrucksloser Stimme in Erinnerung. „Das ist das Problem mit spezifischen Profilen beziehungsweise immer dann, wenn man einen Verdächtigen hat, der auf einem Gebiet Experte ist. Ob nun ein Gehirnchirurg oder ein Scharfschütze, es bedeutet, der Betreffende ist qualifiziert, und ein Qualifizierter kann sich Strafverfolgung auch leichter entziehen.“

„Besonders dann, wenn er bei der Strafverfolgung gearbeitet hat“, setzte Max hinzu.

Cassidy packte den Kuli fester, ihre Miene nahm einen nahezu gequälten Ausdruck an. Aiden kannte das. Dieser Gesichtsausdruck war für die dunkelsten Momente ihrer Arbeit reserviert, und er hatte ihn seit über zehn Jahren nicht mehr bei ihr gesehen.

„Das bedeutet, wir können niemanden ausschließen. *Niemanden*. Auch nicht FBI Agents. Diese Dienststelle wurde zur Riverside Mall gerufen, und Mitch Stockley stammt aus dem näheren Umkreis. Sollte ein angefressener Cop einen speziellen Groll gegen Stockley *und* Haldane gehegt haben, ist er womöglich einer von uns.“

Neuntes Kapitel

Sun Ming hatte Bedenken gehabt, am Abend nach Hause zu gehen. Zuvor war es ihr bemerkenswert gut gelungen, den metaphorischen inneren Schweinehund in Schach zu halten, doch als sie die Wohnungstür hinter sich geschlossen und abgesperrt hatte, spürte sie, dass ihre Fassade bröckelte.

Sie schluckte die aufsteigende Magensäure hinunter, kniff die Augen zu und massierte sich die Monate alte Schussverletzung, eine schreckliche Erinnerung an ihr vielfältiges Versagen.

Die Narbe ärgerte sie und machte ihr gleichzeitig Angst.

Wäre ihr Schuss auch nur zwei, drei Zentimeter danebengegangen, hätte sie Kent Strickland verfehlt. Er hätte sein Sturmgewehr abgefeuert, und dann gäbe es keine Sun mehr. Sie hätte, anders als Strickland, sicher nicht die Chance auf eine wundersame Heilung gehabt.

Wäre das nicht ausgesprochen ironisch gewesen? Die FBI-Agentin tot, während der Massenmörder von den fähigsten Chirurgen des Landes gerettet wurde.

Früher einmal hatte Sun unerschütterlich ans Karma geglaubt.

Schließlich war sie ein wichtiger Teil eines karmischen Zyklus, oder etwa nicht? Sie sorgte dafür, dass die Drecksäcke, die anderen Menschen schadeten, bekamen, was sie verdienten. Sie hielt das karmische Ideal am Leben und führte Mörder und Vergewaltiger ihrer gerechten Strafe zu.

Was wäre gewesen, wenn *sie* ein paar Zentimeter weiter nach rechts gezielt hätte? Wenn sie Strickland mitten zwischen die Augen geschossen hätte, so wie der Unbekannte, der ein halbes Jahr später seinen Freund getötet hatte? Hätte eines der beiden Opfer den Kampf auf der Intensivstation gewonnen, wenn Sun sich beim Zielen einen Moment länger Zeit gelassen hätte?

Sei doch nicht blöd, dachte sie.

So funktionierte es nicht in dieser Welt. So hatte es noch nie funktioniert.

Mit einem bebenden Seufzer setzte sie sich in Bewegung und ging zur Küche. Obwohl sie seit dem Frühstück nur ein paar Cracker gegessen hatte, griff sie gleich zur Wodkaflasche, die auf dem Kühlschrank stand. Sie holte ein Pintglas aus dem Geschirrschrank neben der Spüle, doch ehe sie sich einschenkte, nahm sie einen großen Zug aus der Flasche.

Sie schnitt eine Grimasse, als der brennende Alkohol ihren Schlund hinunterrann, füllte das Glas zu einem Viertel und tat ein paar Eiswürfel und einen Schuss Preiselbeersaft hinzu. Dann kippte sie gleich einen Schluck hinterher, um das Brennen in ihrem Hals zu löschen.

Wodka mit Preiselbeeren war früher ihr Lieblingsdrink gewesen, wenn sie ausging, doch das hatte sie eingestellt. Gruppen von mehr als vier Unbekannten waren für sie nahezu unerträglich geworden. Abgesehen von Preiselbeersaft, Bier und Resten italienischer Mitnahmegerichte war der Kühlschrank leer.

Sun kochte gern, auch für sich selbst, doch sie brachte es kaum mehr fertig, einkaufen zu gehen. Bei den seltenen Gelegenheiten, da sie sich dazu durchrang, ein Gebäude zu betreten, das größer war als eine Tankstelle, tat sie es um die Mittagszeit.

Sie stellte die Saftflasche weg und beklagte sich im Stillen, dass sie schon bald wieder einen Einkaufstripp würde unternehmen müssen.

Der Unabhängigkeitstag war ein Albtraum gewesen. Das Feuerwerk hatte ihre Hyperwahrnehmung reaktiviert, und es hatte Wochen gedauert, bis die Anspannung nachließ. Bei jedem Krachen und jedem Knall hatte sie einen unschuldigen Menschen auf dem Boden der Riverside Mall zusammenbrechen sehen.

Am Anfang der Ermittlungen im Presley-Fall war Sun zum ersten Mal dem Sensenmann begegnet. Und auf den glänzenden Bodenfliesen einer Kleidungsboutique in der Mall hatte sie ihr zweites Date mit dem Tod gehabt.

Klar war sie auch schon vorher in gefährliche Situationen geraten, doch aus so kurzer Distanz wie an der kalifornischen Küste hatte sie dem Tod noch nie ins Gesicht geblickt. Wie eine frischgebackene Quantico-Absolventin hatte sie psychisch und körperlich vollkommen dichtgemacht.

Obwohl sie sich verpflichtet fühlte und entschlossen war, sich in ihren Augen – und in denen ihrer Arbeitskollegen - zu bewähren, hatte sie nicht damit gerechnet, dass sich die Gelegenheit so schnell ergeben würde. Man hatte sie angewiesen, die Polizei von Danville bei einem Einsatz in der Riverside Mall zu unterstützen, doch als sie den Anruf von Max Osbourne bekam, war noch kein Blut vergossen worden.

In der Zeit, die sie und Bobby Weyrick brauchten, um zur Mall zu gelangen, hatte sich eine Geisellage entwickelt. Haldane und Strickland hatten eine strategische Position in der Nähe der Monitore eingenommen, welche die Bilder der außen angebrachten Überwachungskameras anzeigten.

Für den Fall, dass Polizeikräfte das Gebäude ohne ihre ausdrückliche Erlaubnis betraten, hatten sie angekündigt, eine Geisel zu töten. Als die Techniker jede einzelne Kamera auf Wiederholungsschleife geschaltet hatten, war der erste Zivilist bereits erschossen worden.

Ein weiterer Polizist wurde durch einen Schuss an der Oberschenkelarterie verletzt und starb im Laufe der Nacht, Ein

Querschläger traf eine verängstigte Teenagerin im Bauch, die daraufhin vierzehn Stunden lang um ihr Leben kämpfte.

Während dieser vierzehn Stunden führte einer der renommiertesten Chirurgen des Landes die Operation durch, die Kent Strickland das Leben rettete.

Sun sog scharf die Luft ein und wurde sich wieder der schummrigen Küche bewusst. Als sie das Pintglas an die Lippen führte, stellte sie fest, dass ihre Hand leicht zitterte. In einem Zug kippte sie den starken Cocktail hinunter.

Das Karma verlangte es so.

Abgesehen von einer Bemerkung über das triste Wetter, sprachen Winter und Noah auf der Fahrt vom Parkhaus zu ihrem Apartmentkomplex kein einziges Wort.

Normalerweise hätte Noah einen gutmütigen Scherz über die mangelhafte Beinfreiheit gemacht oder sie gefragt, wann sie sich endlich ein ‚erwachsenes' Auto anschaffen wolle, wie ihre Kollegen eins fuhren.

Erst als das Schweigen einsetzte, wurde ihr bewusst, dass sie diese Wortgeplänkel genoss.

Mit seinen grünen Augen fixierte er die Windschutzscheibe, doch sein Blick war leer. Er war in Gedanken versunken, und je mehr Winter sich bemühte, dahinterzukommen, was in ihm vorging, desto flauer wurde ihr zumute.

Schließlich brach sie auf halber Strecke das unheimliche Schweigen.

„Alles in Ordnung bei dir?", platzte sie heraus und blickte ihn von der Seite an, als sie an einer roten Ampel hielt.

Blinzelnd wandte er den Kopf und nickte. Hätte sie ihn nicht so gut gekannt, hätte sie angenommen, er sei soeben aus einer Trance erwacht.

„Mir geht's gut", antwortete er.

Keine sarkastische Bemerkung. Kein Lächeln. Kein Auflachen, keine Tirade über die neueste Folge von *Game of Thrones*.

Bloß: Mir geht's gut.

Als sie den Mund aufmachte, um ihn zu einer aufrichtigen Antwort zu bewegen, dämmerte es ihr. Anstatt nachzufragen, rang sie sich ein Lächeln ab. Es war angestrengt, und sie bezweifelte, dass es beruhigend wirkte, doch etwas Besseres fiel ihr nicht ein.

„Okay.“ Das war das einzige Wort, das sie herausbrachte.

Verdammt noch mal.

Fühlte es sich so an, wenn *sie* ihn von sich wegstieß? Diese Beklemmung, diese *Traurigkeit* – empfand auch er so, wenn *sie* seine Frage nach ihrem Wohlbefinden abblockte?

Bei der Vorstellung, dass er oft den gleichen Herzschmerz durchlitten hatte, wäre sie beinahe in Tränen ausgebrochen.

Doch sie konnte nicht weinen, nicht jetzt, nicht in seiner Gegenwart. Dabei hatte sie keine Bedenken, eine so genannte Schwäche zu zeigen, und glaubte auch nicht, dass er dadurch eine schlechtere Meinung von ihr bekäme.

Doch sie wusste, dass es ihm schlecht ging. Wenn er so bedrückt war, dass er nicht einmal ein gezwungenes Lächeln zustande brachte, durfte sie sich nicht dadurch in den Mittelpunkt stellen, dass sie Rotz und Wasser heulte. Sie wollte ihm eine ebenso gute Freundin sein wie er ihr ein Freund.

Als sie eingeparkt hatte, war das einzige Geräusch der Song, der blechern aus den Lautsprechern tönte, was sich seltsam anfühlte in ihrem kleinen Civic. Seit sie eine Fahrgemeinschaft gebildet hatten, galt eine einfache Regel für die Musikauswahl am Morgen und am Abend: Wer fuhr, der bestimmte über das Radio.

Winter hatte nicht damit gerechnet, dass die Entscheidung auch für ihre Dienstfahrten gelten würde, doch als sie an Noahs Geschwafel über Ordnung und Chaos dachte, zuckten ihre Mundwinkel. Sie stellte sich das breite Grinsen von Grampa Jack vor, wenn sie ihm erzählte, dass Countrymusic ihr ans Herz zu wachsen begann.

Jedenfalls hatte sie Gefallen gefunden an der Sorte Countrymusic, die Noah hörte, doch die meisten Songs, die auf den beliebten Sendern liefen, konnte sie noch immer nicht leiden. Mit Ausnahme von Chris Stapleton. Grampa war ein großer Fan von Musikern wie Merle Haggard und Johnny Cash, doch Winter vermutete, dass auch er Chris Stapleton mögen würde.

„Hey“, sagte sie, als sie sich ihrer Wohnungstür näherten. Am liebsten hätte sie ihn über seine Verfassung ausgequetscht, doch sie verkniff sich eine entsprechende Frage, als er sie mit seinen grünen Augen musterte.

„Ja?“

„Hättest du vielleicht Lust auf einen Drink? Oder eine Folge *Game of Thrones*?“ Sie bemühte sich um einen beiläufigen Ton, klang aber gehetzt und abgespannt.

Er wandte den Blick ab und schüttelte den Kopf. „Es war ein langer Tag. Ich glaube, ich gehe mal eben unter die Dusche und ziehe mir dann auf dem History Channel was über Aliens rein.“

„Das kannst du auch bei mir.“ Sie deutete einladend auf die Tür.

„Und mich von dir dabei ertappen lassen, wie ich mich besabbere? Nee, danke, Liebes.“ Sein Lächeln wirkte etwas entspannter als zuvor, und zum ersten Mal, seit sie das Büro verlassen hatten, klang er wieder nach sich selbst.

Ohne zu überlegen, trat sie vor ihn hin und legte ihm die Arme um die Schultern. Anstatt erschrocken zu sein über die emotional aufgeladene Geste, war sie damit im Reinen. Sie schmiegte den Kopf an seine Brust und spürte seine warme Berührung im Rücken. Sie drückte ihn fester und holte tief Luft.

Es war keine freundschaftliche Umarmung mehr und auch keine tröstende. Das war ihr bewusst, und ihr war klar, dass er sich dessen ebenfalls bewusst war. Es verlangte sie nach Nähe, nach dem vertrauten Duft seiner Kleidung, seiner Haut, und sie wollte gar nicht mehr loslassen. Sie wollte *ihn* nicht loslassen.

Sie legte ihm die Hand aufs Gesicht und drückte sachte ihre Lippen auf die andere Wange.

Als er sie ansah, war er sprachlos vor Überraschung. „Was sollte *das* jetzt wieder?“

Mit einem wehmütigen Lächeln legte sie ihm die Hand auf die Schulter. „Ich weiß, dass es dir nicht gutgeht“, sagte sie im selben Flüsterton wie er. „Dich bedrückt etwas, aber ich merke, dass du nicht drüber reden willst. Das ist auch in Ordnung. Ganz ehrlich. Du brauchst Zeit, zum ... zum ... wie nennt Autumn das gleich noch?“

„Nachdenken?“

Sie verdrehte in vorgetäuschter Verzweiflung die Augen, ballte die Hand zur Faust und boxte ihn spielerisch auf die Brust. „Nein, Klugscheißer.“

„Hey, das war ein Scherz, kapiert? Hätte Autumn das mitbekommen, würde sie lachen“, entgegnete er mit wissendem Lächeln.

„Weißt du was“, sagte sie so sachlich, wie es ihr möglich war. Um ihre Worte zu unterstreichen, boxte sie ihn erneut. „Ich wollte bloß nett sein, und du machst mit deiner Besserwisserei alles kaputt. Deshalb bin ich nie nett zu dir.“

Sein Lachen klang eher wie ein Schnauben, und er nickte. „Wenn du meinst, Schatz.“

„Also, was soll das jetzt wieder heißen?“ So sehr sie sich auch bemühte, konnte sie sich ein Lächeln nicht verkneifen.

„Das heißt ...“, sagte er und streifte ihr eine Strähne ihres tiefschwarzen Haars hinters Ohr. Bei der federleichten Berührung hatte sie das Gefühl, ein angenehmes Lüftchen flitze ihr den Rücken hinunter. „Ich glaube, du bist oft nett zu mir.“

Diesmal kam ihr Lächeln von Herzen. Über die sarkastischen Bemerkungen und die angenehme Berührung hatte sie beinahe vergessen, was sie sagen wollte.

„Wenn du nicht verraten magst, was dich bedrückt, ist das in Ordnung“, versicherte sie ihm. „Aber wann immer du reden willst, bin ich für dich da, in Ordnung?"

Ein warmes Lächeln wanderte über sein Gesicht, und er nickte. „In Ordnung."

Als er sich abwandte, um zu seiner Wohnung zu gehen, verspürte sie eine ungewohnte Sehnsucht in der Brust. Klar, sie hatte schon Männer gedatet, aber dieses Gefühl – eine Mischung aus Beklemmung und freudiger Erwartung – war neu für sie.

Sie war sich nicht sicher, ob sie es annehmen oder davor weglaufen sollte.

Zehntes Kapitel

Bevor sie auf den Flur trat, um die Entscheidung abzuwarten, schüttelte Autumn Trent allen drei Mitgliedern des Prüfungskomitees die Hand. Ihr Lächeln wurde dabei immer breiter, und bevor sie die Tür öffnete, wusste sie, dass ihr Vortrag ein Erfolg gewesen war.

Doch als sie auf dem Handy die vierte Runde Minesweeper begann, kamen ihr allmählich Bedenken. Ihr Verstand sagte ihr, dass die fünfzehn Minuten Wartezeit auf der unbequemen Holzbank im Bereich des Erwartbaren lagen, aber die Spirale der Angst ließ sich von der Vernunft nicht beeindrucken.

Es kam häufiger vor, dass Prüfungskomitees Änderungen verlangten, bevor sie dem Kandidaten den Doktortitel verliehen. Aufgrund des kurzen Kontakts mit den drei Professorinnen war sie zuversichtlich, dass ihr Vortrag gut angekommen war, doch sie wusste nicht, wie umfangreich die verlangten Änderungen ausfallen würden.

Sie könnte sie darauf hinweisen, dass der SAC der Abteilung für Verhaltensanalyse ihr bereits geholfen habe, ein paar Stellen auszuarbeiten, doch sie bezweifelte, dass der Genehmigungsstempel des FBI die drei bewegen würde, auf ihre Änderungswünsche zu verzichten. Außerdem waren Rechtspsychologen keine Profiler und Profiler keine Rechtspsychologen.

Als die Tür sich knarrend öffnete, schnellte sie hoch. Sie bekam Herzklopfen, und die Kehle schnürte sich ihr zu, als sie an die Begegnung mit einem Mafioso dachte, die eine Woche zuvor stattgefunden hatte. Offenbar stand sie unter Hochspannung.

Autumn hatte auf den Mann geschossen und ihn getötet, doch wie sie es auch drehte und wendete, sah sie einfach keinen Grund, sich deswegen schuldig zu fühlen.

Zunächst hatte sie sich gefragt, ob ihre fehlende Reue vielleicht nur Fassade war, ob sie eines Morgens gequält von Gewissensbissen aufwachen oder ob Nico Culetti ihr im Traum erscheinen würde. Bisher hatten sich diese Befürchtungen nicht bewahrheitet. Die Erinnerung an die Begegnung mit dem Auftragsmörder war so verschwommen wie die an die traumatischen Erlebnisse ihrer Kindheit.

Vielleicht würde sie Nico Culetti zusammen mit dem Rest ihrer leiblichen Familie zu den Akten legen. Sie würde Nico im selben tiefen Loch entsorgen wie all die erbärmlichen drogensüchtigen Freunde, die ihre Eltern ins Haus und in das Leben ihrer Tochter gelassen hatten.

Vielleicht würden sich all die Erinnerungen eines Tages zu erbarmungslosem posttraumatischem Stress verdichten.

Und vielleicht würde sie dann von einer Woge aus schlechtem Gewissen, Scham und Bedauern zerschmettert werden.

Doch als sie das Lächeln der Professorin in mittleren Jahren erwiderte, die auf den Flur trat, verdrängte sie die quälenden Gedanken.

Was auch immer passiert war, nachdem ihr Vater ihren Kopf gegen die Kante des Couchtischs geschmettert hatte, es hatte sie widerstandsfähig gemacht. Er war tot. Ihre Mutter war tot. Ihre jüngere Halbschwester Sarah war tot.

Autumn war noch da. Sie lebte. Und hatte Erfolg.

Autumn würde sich wohl immer fragen, was hätte sein können, aber sie hatte vor langer Zeit eine neue Familie geschenkt bekommen, und jetzt hatte sie Freunde. Zum ersten

Mal hatte sie das Gefühl, ihr erträumtes Leben sei zum Greifen nah.

Als sie über den langen Flur den Menschen entgegenging, die über ihre Zukunft bestimmten, wurde ihr bewusst, dass sie trotz der anstrengenden achtjährigen Studienzeit und der hundert Riesen, die sie in ihre Ausbildung investiert hatte, im Grunde nie geglaubt hatte, dass sich die Anstrengungen auszahlen würden. Schließlich lief es für Autumn Trent doch niemals gut, oder?

Sie versuchte sich zusammenzureißen. Ihre alte negative Denkweise meldete sich zurück, so wie die Gespenster der Vergangenheit. Im Moment war sie anscheinend dagegen machtlos.

Sie zitterte.

Sie wusste nicht, was sie erwartet hatte, doch *irgendetwas* hatte sie erwartet. Ob einen Wahnsinnshurrikan, der sie in den Atlantik spülte, oder vielleicht die Apokalypse, sie rechnete jedenfalls mit einem monumentalen Hindernis. Sie war auf Zurückweisung gefasst, doch stattdessen wurde sie vom freundlichen Lächeln einer Psychologieprofessorin der Virginia Commonwealth University empfangen.

Heilige Scheiße, dachte sie, als sie der Frau in den Seminarraum folgte. *Das ist kein Traum.*

„Danke, dass Sie so lange gewartet haben, Ms. Trent", begrüßte sie Dr. Monahan.

Autumn nickte und nahm am runden Tisch Platz. „Gern."

Irene Harris, Autumns Betreuerin, schob ein Dokument über die polierte Tischplatte. „Meinen Glückwunsch, Autumn."

Als Autumn auf das Schriftstück niedersah, rechnete sie mit einem Vorbehalt.

Mann, sie war auf einen Vorbehalt gefasst. Sie hatte sich für die nächsten Wochen sogar Zeit freigehalten, um die vom Prüfungsausschuss verlangten Änderungen einzuarbeiten. Doch den Fettbuchstaben ganz oben auf dem Papier zufolge musste sie ihre Pläne wohl ändern.

„So einen guten Vortrag habe ich schon lange nicht mehr gehört“, sagte Dr. Monahan. Als Autumn hochschaute, lächelte die Professorin genau wie zuvor Irene. „Hervorragend, Dr. Autumn Trent.“

Autumn hätte am liebsten eine launige Bemerkung gemacht, brachte aber nur ein verblüfftes Lächeln zustande, das ihr Gesicht zu spalten drohte.

Kein Vorbehalt. Kein Traum.

„Und ...“ Dr. Laura Santiago, die Frau vom Flur, streckte den Zeigefinger ab, als sie in die Tasche ihrer schwarzen Wolljacke griff. Sie zog eine Visitenkarte hervor und legte sie neben das Dokument. „Dieser Kollege hier ist der Mitbegründer einer Firma in Richmond, die sich mit Bedrohungsanalysen befasst, und ich glaube, Ihr Vortrag hat gezeigt, dass Sie über eine Fähigkeit verfügen, die für ihn von Interesse sein könnte. Sie haben bestimmt schon Bewerbungsgespräche vorgemerkt, aber falls Sie in Virginia bleiben möchten, sollten Sie ihn anrufen.“

„Das werde ich“, quetschte Autumn hervor und schluckte, um nicht vor Freude aufzuschreien. „Ich würde sehr gern in Richmond bleiben. Ich danke Ihnen, Dr. Santiago. Ich kontaktiere ihn ganz bestimmt.“

„Ich werde ihn über Ihren bevorstehenden Anruf informieren“, sagte die Frau.

Ein Doktortitel *und* Aussicht auf einen Job? So viel Glück hatte Autumn nicht verdient.

Würde der Himmel herabstürzen, wenn sie nach draußen ging? Würde sie vom Blitz getroffen werden? Oder würde ein anderer Auftragskiller sie zur Strecke bringen, wenn sie ihren Hund Gassi führte oder den Müll rausbrachte?

Sie hatte wirklich geglaubt, sie könne mit Enttäuschungen umgehen. Seit sie laufen gelernt hatte, drehte sich alles darum.

Als Autumns Vater ihre Mutter zur Fixerin gemacht hatte, war dies der Anfang vom Ende ihrer Kindheit gewesen.

Jetzt war sie kein Kind mehr.

Autumn kannte sich zwar aus mit Schmerz und Enttäuschung, doch als sie jeder Professorin erneut die Hand schüttelte, wurde ihr bewusst, dass sie mit Erfolg weit weniger gut umgehen konnte.

Elftes Kapitel

Wären keine Leute um ihn herum gewesen, hätte Noah den Kopf in die Hände gestützt. So aber hielt er den leeren Blick aufs weiße Leuchten des Computermonitors gerichtet. Er rief sich in Erinnerung, dass es ihm freistand, den Arbeitsplatz zu verlassen, wenn er angeschlagen war, oder von zu Hause aus zu arbeiten, wenn er ungestört sein wollte.

Obwohl er nicht körperlich krank war, konnte er sich nicht länger als dreißig Sekunden auf eine Sache konzentrieren, dann verflüchtigte sich seine Aufmerksamkeit in einem Wirbelwind von Unbehagen.

Am Vormittag hatte er mit Bree die Informationen gesichtet, die sie über die Opfer von Tyler Haldanes und Kent Stricklands Mall-Massaker gesammelt hatten. In vier Familien der fünfzehn Getöteten gab es jemanden mit militärischer Erfahrung und eine Familie mit einem Polizisten.

Alle fünf hatten für die Zeit, in der Tyler Haldane erschossen worden war, ein wasserdichtes Alibi.

Bree und er weiteten die Suche auf alle Anwesenden des Massakers aus, Polizeikräfte eingeschlossen.

Die Polizisten aus Danville ließen sich leicht entlasten. Auch wenn ihre Alibis für den exakten Tatzeitpunkt nicht wasserdicht waren, lag doch auf der Hand, dass sie unmöglich nach Richmond hätten fahren und rechtzeitig wieder zurück sein können. Das galt auch für die meisten Unbeteiligten, und als sie das Ende der Liste erreichten, schien es äußerst unwahrscheinlich, dass Haldane von einem Betroffenen aus Rache getötet worden war.

Am Abend zuvor hatte Bobby Weyrick endlich Kontakt zu Kent Stricklands Vater bekommen. George Strickland besaß nördlich von Richmond Ackerland und hatte Bobbys handschriftlichen Notizen zufolge einen Hang zu Wutreden und Verschwörungstheorien. Das Notizblatt war mit Krakeleien von Aliens und Ufos verziert, und Noah fragte sich, wie lange Bobby dem Geschwafel ausgesetzt gewesen war, bevor er schließlich das Handtuch geworfen hatte.

Ungeachtet Bobbys heldenhaften Bemühungen, sich von George in keine ausgedehnte Unterhaltung verwickeln zu lassen, hatte sich auch der ältere Strickland als Sackgasse erwiesen. Haldane hatte den Sommer auf dem Stück Land verbracht, doch Haldane und Strickland waren für sich geblieben und hatten sich lediglich mit dem Jungen befreundet, der George den Rasen mähte.

Noah und Bree waren ebenfalls in einer Sackgasse gelandet, doch der ausbleibende Fortschritt war nicht der Hauptgrund für das Unbehagen, das sich in Noahs Gedanken einschlich.

Er hatte seine Arbeit doppelt und dreifach überprüft, gelangte aber erst im Nachhinein zu der Einsicht, dass er die Ermittlung nur halbherzig anging. Zwar war er enttäuscht über die ausbleibenden Fortschritte, doch als er die Listen mit den Opfern und deren Angehörigen wieder und wieder durchsah, fiel es ihm zunehmend schwer, den Aufwand zu rechtfertigen.

Das Leben dieser Menschen war von dem Verrückten, dessen Ermordung sie aufzuklären versuchten, für immer zerstört worden.

Warum zum Teufel sollten sie überhaupt nach dem Mörder suchen? Um ihm die Hand zu schütteln und einen Orden zu überreichen?

Noah war der hartnäckige Zweifel, der ihn seit Beginn der Ermittlungen plagte, zuwider, und seine Zwiegespaltenheit missfiel ihm zutiefst.

Neonazi und Massenmörder hin oder her, Tyler Haldane war erschossen worden, vermutlich von derselben Person, die vor einem halben Jahr einen anderen Mann ermordet hatte.

Haldane und Stockley waren, wie Bree es so treffend formuliert hatte, Riesenarschlöcher. Aber sie waren *ermordet* worden, mit einem Präzisionsgewehr, von einem Mann oder einer Frau, der oder die vermutlich von der amerikanischen Regierung im Töten ausgebildet worden war.

Von einer Person, die sich als Richter und Henker aufspielte.

Eigentlich hatte er keinen Anlass, seinen verdammten Job zu rechtfertigen, und genau das war wohl der Grund für sein Unbehagen. Er erwartete mehr von sich, und seine Freunde und Kollegen taten das vermutlich auch.

Immer wenn Bree eine kaltschnäuzige Bemerkung über Stockley oder Haldane machte, biss er sich auf die Zunge, denn er wollte seine wenig schmeichelhaften Gefühle für die beiden Männer zurückhalten.

Mitgefühl mit dem Opfer war keine notwendige Voraussetzung, um nach dem verdammten Schuldigen zu suchen, aber dennoch ...

Wenn sie den Mörder nicht fanden, wie würde er dann in zehn Jahren auf den Fall zurückblicken? Und wenn sich herausstellte, dass ein Unschuldiger von derselben Person getötet worden war, die Haldane und Stockley erschossen hatte, was dann?

Noah stöhnte auf, beugte sich vor und schlug die Hände vors Gesicht.

Vielleicht sollte er sich von der Ermittlung freistellen lassen. Er könnte beispielsweise einen Interessenkonflikt fabrizieren oder den nächsten Monat über blaumachen. Oder er könnte sich nachts einfach davonstehlen und in North Carolina oder Florida ein neues Leben beginnen. Mann, vielleicht sollte er am besten gleich ganz abhauen und nach Island oder Schweden gehen.

Erst als sachte auf die Tischplatte geklopft wurde, erwachte er aus seinen Träumereien und begriff, dass er eingeschlafen war.

Mist. Es wurde wirklich Zeit, Feierabend zu machen.

„Hey“, sagte Winter leise.

Mit all seinen Überlegungen war er noch nicht einmal bei Winter angelangt. Jedes Mal, wenn seine Gedanken an der innigen Umarmung vom Vortag rührten, verdrängte er die Erinnerung und sagte sich, er habe einen Job zu erledigen. Einen Job, den er bislang nur halbherzig angegangen war.

„Hey“, krächzte er.

„Hast du gestern Nacht überhaupt geschlafen?“, fragte sie mit hochgezogenen Brauen.

„Ich glaub schon“, antwortete er und unterdrückte erfolgreich ein Gähnen.

„Komm mit“, sagte sie und trat aus der Arbeitsnische hinaus. „Lass uns Koffein tanken. Wir haben eine Menge Arbeit vor uns.“ In ihren blauen Augen lag ein zufriedenes Funkeln, das seine Neugier anstachelte.

„Arbeit“, ächzte Noah. „Du wirkst, ich weiß auch nicht, irgendwie *glücklich*.“

„Oh.“ Sie schüttelte den Kopf und lächelte. „Keine *richtige* Arbeit. Wann hast du zuletzt aufs Handy geguckt?“

„Ich weiß nicht“, murmelte er und klopfte aufs schwarze Sakko, um sich zu vergewissern, dass sich das Gerät nicht in Luft aufgelöst hatte. „Warum?“

„Autumn hat heute ihre Dissertation verteidigt.“

Er riss die Augen auf. Das hatte er ganz vergessen. „Ach, Mist.“

„Ja, genau“, meinte Winter kichernd. „Jetzt heißt sie offiziell Dr. Autumn Trent, und sie hat uns eingeladen, heute Abend bei Pizza und Bier mit ihr zu feiern. Sie geht nicht zur Doktorandenfeier, sie will nicht viel Aufhebens darum machen.

Also ich, du, Bree und wahrscheinlich noch Shelby. Pizza, Bier und ein Spiel, das Superfight heißt."

Er nickte und strich das Sakko glatt. „Davon hab ich schon gehört. Mit den richtigen Leuten ist das richtig lustig."

Winter trat einen Schritt zurück und bedeutete ihm, ihr zu folgen.

„Wohin gehen wir?", fragte Noah und stand auf.

„Praktisch ist das ja Autumns Dissertationsparty, deshalb müssen wir ein Geschenk für sie kaufen. Haldane und Stockley werden auch morgen noch tot sein."

Es schaffte es knapp, sich ein prustendes Gelächter zu verkneifen. „Herrgott, Liebes. Du bist schrecklich, weißt du das?"

Sie grinste. „Ganz ehrlich, wir befinden uns in einer Sackgasse. Und zwar schon seit zwei Tagen, deshalb sollten wir mal einen Moment durchschnaufen. Es ist kurz nach zwei, also lass uns Schluss machen und etwas Schönes unternehmen."

Sein Lächeln wurde breiter, und er nickte verständnisvoll. Noch vor sechs Monaten hätte sie sich verausgabt und wäre jedem Hinweis nachgegangen. Bei der Suche nach dem Preacher hatte sie sich aufgerieben.

Jetzt aber war sie es, die ihn vom Frust über einen Fehlschlag nach dem anderen ablenkte. Sie erinnerte *ihn* daran, dass es ein Leben außerhalb des FBI-Büros gab und dass er, ganz gleich, wie unzufrieden er mit sich sein mochte, gewissen Menschen nicht egal war.

Als sie das Parkhaus betraten, blickte er sich zu Winter um. Ihr schwarzer Zopf, den sie über die Schulter geworfen hatte, schimmerte im Schein der Nachmittagssonne, und ihre Augen strahlten.

„Danke, Winter. Du bist ein guter Freund. Das kann ich dir gar nicht oft genug sagen."

Als sie lächelnd zu ihm aufsah, hätte er sie umarmt, wären sie nicht im FBI-Parkhaus gewesen.

„Hast du einen Vorschlag für Autumns Geschenk?" Vor allem diente die Frage dazu, ihn von den Gedanken an die gestrige innige Umarmung abzulenken.

„Na ja." Sie krauste die Nase. „Ich bin nicht gut im Schenken, deshalb hab ich Shelby per SMS um einen Tipp gebeten. Nach dem Motto: Ehre, wem Ehre gebührt."

Er lachte auf und nickte. „Schon klar. Und was hat Shelby gemeint?"

„Also, Autumn kocht gern, aber als arme College-Studentin konnte sie sich viele Küchengeräte nicht kaufen."

„Wir schenken ihr Küchenkram? Gehört der nicht eher in die Abteilung Hochzeitsgeschenke?"

„Noah, du darfst das nicht so eng sehen." Sie musterte ihn ernst und hob den Zeigefinger. „Du musst deinen Freunden Sachen schenken, die sie sich wünschen, und nicht das, was die Tradition verlangt."

„Ah, jetzt wird mir alles klar." Er blieb an der Fahrertür seines Pick-ups stehen und fixierte sie mit wissendem Lächeln. „Das Gleiche hast du zu Shelby gesagt, stimmt's? Das mit dem Hochzeitsgeschenk. Und dann hat sie gesagt, du sollst dich nicht an alte Traditionen klammern."

Winter wedelte mit der Hand. „Das tut nichts zur Sache. Autumn wünscht sich einen Standmixer."

„Wie die Standmixer von Kitchen Aid in *Iron Chef*?", fragte er, als sie einstiegen.

„Du guckst Kochsendungen?"

„Ich bin vielseitig interessiert", entgegnete er und legte die Hand aufs Herz. „Und ja, ich sehe verschiedene Kochshows, darunter auch *Iron Chef*. Alton Brown ist mein Liebling."

Winter brach in Gelächter aus, und er stimmte darin ein.

Innerhalb von zehn Minuten hatte ein beschissener Tag eine Wendung genommen, an die er sich noch Jahre später gern erinnern würde.

Zwölftes Kapitel

Zu Suns Erleichterung war Levi Brandt nicht geschwätzig. Er war freundlich und gutgelaunt, doch solange seine Partnerin nicht klar machte, dass sie eine Unterhaltung wünschte, hielt er den Mund.

Seine blaugrauen Augen waren auf die Straße gerichtet, im Takt mit dem Song aus dem Radio klopfte er aufs Lenkrad. Sun war sich nicht sicher, ob sie eine Unterhaltung anfangen sollte, doch sie hatten bereits die ganze Fahrt nach Norfolk über geschwiegen. Die drückende Stille kam ihr irgendwie *daneben* vor.

„Magst du den Song?“, fragte sie schließlich.

Er sah sie kurz an, dann blickte er wieder auf die Straße und lächelte leicht. „Wer mag Tom Petty nicht?“

Sie nickte. „Da hast du recht.“

Sun hatte einen vielseitigen Musikgeschmack, doch ihre Bemerkung war durchaus ernst gemeint. Auch nachdem sie Hip-Hop und Industrial Rock für sich entdeckt hatte, reservierte sie in ihren Playlists immer Platz für ein paar Titel von Tom Petty. Und selbst wenn sie scharf nachdachte, fiel ihr niemand ein, der Tom Petty nicht gerne hörte. Selbst ihr Bruder, ein eingefleischter Metal-Fan, mochte ihn.

Obwohl sie erwartet hatte, dass Levi eine Gegenfrage stellen würde, schwieg er auch dann noch, als das Stück endete. Offenbar spürte er, dass Sun keine Lust auf Smalltalk hatte.

Andererseits arbeitete er bei der Opferberatung. Neben der Abteilung für Verhaltensanalyse befassten sich auch diese Agents auf andere Weise mit der menschlichen Natur als alle anderen Abteilungen.

Levi Brandts Aufgabe war es, mit Menschen umzugehen und sie zu beruhigen, und soweit Sun wusste, war er verdammt gut darin.

Sie hatte sich bereiterklärt, allein mit der Frau zu sprechen, die Mitch Stockley vor Jahren entkommen war, doch inzwischen war sie froh darüber, dass Agent Brandt darauf bestanden hatte, sie zu begleiten.

Als der Eingangsriff des nächsten Songs aus den Lautsprechern drang, stöhnte Levi auf. Sun hob eine Braue und blickte ihn an.

„Kein Fan von Van Halen?“, fragte sie.

Kopfschüttelnd beugte er sich vor und stellte einen anderen Sender ein. „Den kann ich nicht ausstehen. Die meisten Metalbands der Achtziger lassen mich kalt, aber die hier geht mir einfach nur auf die Nerven.“

„Ich dachte schon, ich wäre die Einzige“, meinte sie kichernd. „Für meinen Geschmack waren die einfach zu populär.“

„Genau.“ Er schüttelte den Kopf. „Ich mag vieles nicht, worauf andere Leute abfahren. Meine Freunde auf dem College nannten mich deshalb Buzz Killington – nach dem Spaßverderber aus dem Comic, du weißt schon.“

Zum ersten Mal seit Wochen klang Suns Lachen weder gezwungen noch angestrengt. „So hat mich noch niemand genannt, aber es hätte gepasst.“

„Ich hab schon immer Sachen runtergemacht, die bei allen beliebt waren. Zum Beispiel Harry Potter. Ich hasse die Bücher nicht, ich kann bloß den ganzen Hype nicht nachvollziehen. Ich hab versucht, sie zu lesen, weil alle meine Freunde sie kannten, aber über den ersten Band bin ich nicht hinausgekommen.“

„Ich hab's bis zum zweiten geschafft", sagte sie. „Ich stehe eher auf *Die dunklen Fälle des Harry Dresden*."

„Die sind klasse", pflichtete er ihr nickend bei.

Sun entspannte sich. „Superhelden im Kino mag ich auch nicht."

„Geht mir genauso, und das ist seltsam, denn ich stehe auf Actionfilme. Zumindest gucke ich alles, wo Jason Statham mitspielt."

„*John Wick*. Das ist zwar eine Comic-Verfilmung, aber ich finde nicht, dass er ein Superheld ist."

„Nein." Er grinste. „Eindeutig kein Superheld."

Die nächsten zwanzig Minuten über zählten sie und Agent Brandt Filme, Regisseure und Musiker auf, die sie beide mochten oder verabscheuten. Zu ihrer Verwunderung teilten sie und Levi viele unpopuläre Ansichten.

Für den Fall, dass im Zuge der Ermittlungen weitere Autofahrten notwendig werden sollten, nahm Sun sich vor, Brandt als Begleiter auszuwählen.

Als sie den Stadtrand von Norfolk erreichten, erstarb die Unterhaltung.

Geleitet von der Navigationsapp des Smartphones, hielt Levi vor einem einfachen zweistöckigen Haus.

Die meisten Häuser in der Gegend waren ähnlich wie dieses, und Sun nahm an, dass die Bewohner aus der Arbeiterklasse stammten. In der Nähe gab es einen großen Flottenstützpunkt, und auf einigen Heckscheiben der geparkten Autos hatte sie Navy-Aufkleber bemerkt.

In der Einfahrt wuchs zwar etwas Unkraut, doch der Rasen war gepflegt. Vor dem Panoramafenster lag ein Beet, und als sie mit Levi zur Veranda ging, stieg ihr Blumenduft in die Nase.

Hätte Sun ein eigenes Haus besessen, hätte ihr Garten ganz ähnlich ausgesehen. Vorerst aber musste sie sich mit einem Meerwasseraquarium begnügen. Die routinemäßige Überprüfung des pH-Werts, das regelmäßige Reinigen und das

Füttern der empfindlichen Fische übten eine besänftigende Wirkung auf sie aus.

In ihrer Kindheit hatte sie ihrem Vater zusammen mit ihrem Bruder im Gemüsegarten hinter dem Haus geholfen. Seitdem waren Jahrzehnte vergangen, und er kümmerte sich noch immer um die Pflanzen und Blumen, auch wenn er die Fläche verkleinert hatte. Das Klima in Florida war ganz anders als in ihrer Heimat Washington, D.C., und Sun erinnerte sich noch gut, wie aufgeregt er gewesen war, als ihm klar wurde, welche neuen Gewächse er dort anpflanzen konnte.

Als Levi an die Holztür klopfte, wachte Sun aus ihren Träumereien auf. Ein Hund bellte, und sie meinte zu hören, wie ihn jemand beruhigte, bis der Lärm verstummte.

„Wer ist da?", war eine gedämpfte Frauenstimme zu vernehmen.

„FBI, Ma'am. Agent Brandt, wir haben heute telefoniert." Er hielt die Dienstmarke vor den Türspion, und Sun tat es ihm nach.

„In Ordnung. Einen Moment."

Kurz darauf klickte es mehrfach metallisch, dann schwang die Tür knarrend nach innen auf. Mit der freien Hand hielt die Frau einen Deutschen Schäferhund am Halsband fest, der neben ihr saß.

„Braves Mädchen, Ripley." Die Frau richtete ihre bernsteinfarbenen Augen auf den Hund, ließ das Halsband los und kraulte ihn hinter den Ohren. „Bitte entschuldigen Sie, Agents. Sie ist noch nicht mal zwei und regt sich leicht auf. Aber sie ist ein braver Hund. Sie brauchen keine Angst vor ihr zu haben. Treten Sie ein."

Levi lächelte sie an und steckte die Dienstmarke ein. „Wir hatten einen Deutschen Schäferhund, als ich klein war, einen Diensthund im Ruhestand, sehr kluges Tier."

„Das sind intelligente Hunde", sagte die Frau und schloss hinter Sun die Tür. „Ich habe auch zwei Katzen, aber die lassen sich bestimmt nicht blicken. Sie sind sehr scheu."

„Wohnen Sie hier ganz allein?“, fragte Sun, als sie ins Wohnzimmer gingen.

„Ja, zusammen mit Ripley und den Katzen.“ Sie deutete aufs Sofa. „Nehmen Sie Platz. Möchten Sie etwas trinken?“

Sun und Levi schüttelten den Kopf. „Nein, danke.“

Als die Frau sich setzte, rang sie sich ein Lächeln ab und streifte sich eine rotblonde Haarsträhne aus der Stirn. Der Hund setzte sich neben sie, den Kopf wachsam gereckt. Obwohl er bislang noch nicht geknurrt hatte, wusste Sun, dass sich dies jederzeit ändern konnte.

„Wir haben uns ja bereits am Telefon unterhalten, aber noch einmal: Ich bin Agent Brandt, und das ist meine Kollegin Agent Ming. Danke, dass Sie so kurzfristig bereit waren, mit uns zu sprechen, Ms. Timson. Es wird nicht lange dauern.“

„Gern“, erwiderte sie und nickte. „Sie können mich Anne nennen oder einfach Timson. Ich war fast acht Jahre lang bei der Navy, deshalb bin ich Förmlichkeiten nicht gewohnt.“

„Kein Problem, Anne.“ Levi lächelte sie an, doch sie blieb verhalten.

„Was haben Sie bei der Navy gemacht?“, fragte Sun, um der Frau die Beklommenheit zu nehmen. Damit überraschte sie sich selbst. Vielleicht färbte Noahs Freundlichkeit ja auf sie ab. „Waren Sie lange hier stationiert?“

„Ich war zuständig für Raketentechnik und Nahbereichsverteidigungssysteme. Ich bin Technikerin. Vor ein paar Monaten bin ich hier eingezogen. Bis Mai war ich im Mittleren Osten, davor war ich in Hawaii stationiert. Ich habe erst dann eingewilligt, hierher zurückzukehren, nachdem ich erfahren habe, dass Mitch Stockley tot ist.“

Stockley war vor *sechs* Monaten getötet worden, zu dem Zeitpunkt war Anne Timson noch im Irak oder in Afghanistan gewesen. Es gab kaum ein verlässlicheres Alibi als Militärdienst im Ausland.

„Sie wollten zu seinen Lebzeiten nicht nach Norfolk zurück?“, fragte Sun. „Hatten Sie Angst, er könnte Ihnen erneut wehtun oder Sie umbringen?“

„Natürlich.“ Annes Lachen klang trocken, beinahe spröde. „Schließlich hat er die anderen Frauen getötet, oder? Die hatten nicht mal Gelegenheit, zur Polizei zu gehen, aber ich war so dumm, es zu tun. Ich hätte es besser wissen müssen, doch damals hielt ich das für richtig.“

„Sie haben richtig gehandelt“, sagte Sun mit leiser Stimme und sah in Annes bernsteinfarbene Augen. „Sie konnten nicht wissen, wie es ausgehen würde. Und dass es beschissen ausgegangen ist, bedeutet nicht, dass es falsch war.“

„Es sind noch zwei weitere College-Studentinnen verschwunden, *nachdem* ich bei der Polizei war“, sagte Anne und blickte kurz Levi an. Der Hund nahm eine drohende Haltung ein, fixierte die beiden Agents und bemühte sich, die Anspannung im Raum zu begreifen. „Zwei weitere Frauen, Agents. Ich habe versucht, die Polizei zu warnen, aber sie haben mir nicht geglaubt, weil es angeblich keine *eindeutigen Beweise* gab, sagt man das so? Was immer das bedeuten soll. Offenbar hat die Aussage einer dummen, betrunkenen College-Studentin, die behauptet hat, sie sei sexuell belästigt worden, ihnen nicht gereicht.“

Sun knirschte mit den Zähnen, doch ihr Frust richtete sich nicht gegen Anne. Sie ärgerte sich über das System, das bei dieser Frau versagt hatte.

Vermutlich war irgendeine beschissene kosmische Kraft für die Ungerechtigkeit verantwortlich, die Kent Strickland das Leben gerettet hatte, während eine junge Frau auf dem OP-Tisch einem Herzstillstand erlegen war. Dieselbe Kraft, die den Massenmörder hatte genesen lassen, während sie ihren linken Arm nie wieder uneingeschränkt würde gebrauchen können.

„Also, das ist toll“, sagte Anne und ließ den Atem entweichen. „Es ist wirklich toll, dass jetzt, da der Scheißkerl tot ist, endlich jemand die Sache anpackt. Aber es geht Ihnen gar nicht um ihn, hab ich recht? Sie wollen den Typ finden, der dieses Arschloch erschossen hat. Als ich meine ganze Scham hinunterschlucken musste, um *das Richtige* zu tun und ihn anzuzeigen, hat es niemanden einen Dreck gekümmert, aber jetzt, wo *er* tot ist, stürzen sich alle auf den Fall, Herrgott noch mal."

Sun hatte Verständnis für den Zorn der Frau. Sie empfand ganz ähnlich. Sie versuchte nicht einmal, ihre Tirade zu unterbrechen.

„Wissen Sie was, Agents? Ich habe ihn nicht umgebracht. Das lässt sich ganz einfach beweisen. Ich war in Afghanistan und habe zu verhindern versucht, dass Navy-SEALS im Schlaf von Granaten zerfetzt wurden. Ich darf Ihnen nicht die Namen nennen, Geheimhaltung, aber ich war dort, und das sagt auch meine Akte. Ich stehe meinen Angehörigen nicht besonders nahe, deshalb bezweifle ich, dass einer von ihnen Mitch Stockley umgebracht hat, um meine Ehre zu retten. Ich lebe nur deshalb hier, weil meine Freunde in Norfolk stationiert sind. Und bevor Sie nachfragen, ja, sie waren mit mir in Afghanistan."

„Okay, ich habe Sie verstanden." Sun hob die Hände. Sofort knurrte der Hund, und sie legte sie wieder in den Schoß. „Und zwar besser, als Sie glauben. Sie waren zum Tatzeitpunkt nicht in den Vereinigten Staaten, aber Sie haben bestimmt von dem Massaker in der Riverside Mall in Danville gehört. Die Namen Tyler Haldane und Kent Strickland sagen Ihnen etwas?"

Anne schürzte die Lippen und nickte.

„Ich war dabei. Haldane hat mir in die Schulter geschossen." Sun klopfte auf die Stelle, an der er sie getroffen hatte. „Und ich musste dabei zusehen, wie sein verfluchter Kumpel Strickland sich auf wundersame Weise von dem Kopfschuss erholt hat, den ich ihm verpasst habe. Während zur gleichen Zeit ein paar Türen weiter ein dreizehnjähriges Mädchen im OP gestorben ist. Es tut mir leid, dass bei Ihnen das System versagt hat. Es tut mir leid, dass Sie das alles durchmachen mussten. Und es tut mir leid, dass ich nicht mehr anbieten kann als dieses ‚es tut mir leid'. Denn Sie haben recht. Ich bin nur deshalb zu Ihnen gekommen, weil Mitch Stockley tot ist. Wer weiß, ob die Polizei von Norfolk das FBI sonst zu dem Fall hinzugezogen hätte."

Zu Opfern eine persönliche Beziehung herzustellen, war noch nie Suns Stärke gewesen. Schließlich war das der Grund, weshalb sie Levi dabeihatte. Mit Anne Timson aber lag die Sache anders. Sun und Anne waren vereint in ihrem gerechten Zorn.

Anne seufzte, zuckte mit den Schultern und tätschelte dem Hund den Kopf, der auf ihrem Schoß ruhte. Offenbar versuchte er sie zu beruhigen. „Ich schätze, das ist jetzt Vergangenheit. Oder war es zumindest, bis jemand Stockley den Kopf weggeschossen hat. Ehrlich gesagt, Agents, hoffe ich, dass Sie den Mann finden, der dieses Arschloch getötet hat, damit ich ihm die Hand schütteln kann."

Dreizehntes Kapitel

Winter hatte noch nie eine so zwanglose Dissertationsfete erlebt wie die in Autumns Wohnung.

Winter gefiel die Atmosphäre. Offizielle Feiern mochte sie nicht besonders. An ihrer eigenen Abschlussfeier hatte sie vor allem wegen ihrer Großeltern teilgenommen.

Zufällig teilten Autumn und Winter die Vorliebe für Schokokuchen. Als sie ihn entdeckte, vermochte Winter sich kaum zurückzuhalten.

Bree hatte den Kuchen aus derselben Bäckerei, von der sie ein paar Monate zuvor den Kuchen zur Feier von Winters Rückkehr zum FBI besorgt hatte. Bree und Shelby hatten bei dem Familienbetrieb auch die Torte für ihre bevorstehende Hochzeit bestellt.

Als die Pizzas geliefert wurden, stießen alle fünf mit Champagner an, doch selbst dieser Luxus wurde relativiert durch die nicht zueinander passenden Gläser. Shelby und Bree hatten die Flaschen mitgebracht, deshalb durften sie Autumns Weingläser benutzen. Noah schenkte sich in einen Plastikbecher mit Spiderman-Aufdruck ein, während Winter und Autumn die Avengers wählten.

Beim ersten Anstoßen brach Noah in Gelächter aus, und Autumn stimmte mit ein.

Als sie zum zweiten Mal mit Gläsern und Bechern anstießen, fürchtete Winter, Autumn und Noah könnten den Champagner wieder ausspucken. Doch sie hielten sich tapfer, während diesmal Winter einen Lachanfall bekam. Sie freute sich dermaßen über Noahs gelöstes Lächeln, dass sie richtig aufgedreht war.

Aufgedreht. Sie. Winter Black.

Es wunderte sie noch immer, dass sie auch noch etwas anderes empfinden konnte als die Bedrückung, die so lange auf ihren Schultern gelastet hatte.

Das Gespenst ihres verschwundenen kleinen Bruders.

Und jetzt das Gespenst des Mannes, der sie jahrelang in jeder wachen Stunde verfolgt hatte.

Es gab noch immer Schatten der Ungewissheit, die sie zu verschlingen drohten, doch an diesem Abend, inmitten ihrer gutgelaunten Freunde, hatte sie zum ersten Mal das Gefühl, alles könne gut werden.

Sie war sich nicht sicher, was dieses ‚alles' beinhaltete. Dem Herzflattern nach zu schließen, das immer dann auftrat, wenn Noah sie ansah, gehörte wohl auch er dazu.

Ganz egal, was die Zukunft bereithielt, sie wollte ihn dabeihaben. Ob als Freund oder mehr, er durfte nicht fehlen.

Sie wusste nicht, was das für ihre Beziehung zu Aiden bedeutete, doch heute Abend war nicht der richtige Moment, um sich mit ihren hartnäckigen Zweifeln zu befassen. Die gelöste Stimmung in Autumns Wohnung lieferte den benötigten Ausgleich für den Stress und die Anspannung, die in der FBI-Niederlassung seit Tagen vorherrschten.

Seit Tyler Haldanes Erschießung bestritten sie einen Wettlauf gegen die Uhr. Mit jeder Stunde und jeder Minute, die verstrichen, zirkulierten in den nationalen und internationalen Medien immer neue Spekulationen über die Tat.

War Haldanes Tod erst der Anfang? Würden sich andere in den Vereinigten Staaten ein Beispiel an dem Killer nehmen und weitere Massenmörder exekutieren?

Das politische Klima des Landes war zum Zerreißen angespannt, und jede Menge Leute schlachteten Haldanes Tod aus, um das Publikum zu fesseln.

An diesem Abend aber wurden weder Haldane noch Strickland erwähnt, nicht einmal flüchtig.

Als Winter und Noah ihr Geschenk überreichten, umarmte Autumn sie beide. Shelbys und Brees Geschenk war ein schlichter Umschlag mit einem Einkaufsgutschein von Autumns Lieblingskaufhaus.

„Das sind zweihundertfünfzig Dollar", sagte Shelby mit breitem Lächeln. „Wir haben uns gedacht, du bräuchtest vielleicht einen Anschub für die Garderobe im neuen Job."

Shelbys Grinsen wurde noch breiter.

„Du meine Güte", sagte Autumn mit großen feuchten Augen. „Also, jetzt muss es mit dem Bewerbungsgespräch morgen aber wirklich klappen, oder?"

Shelby winkte ab. „Davon gehen wir aus."

„Okay, na schön", meinte Autumn lachend. „Wir sollten bald wieder mal zusammenkommen, damit ich mich für die tollen Geschenke revanchieren kann. Dann präsentiere ich euch meine neuen Klamotten und koche was Schönes mit diesem spitzenmäßigen Mixer."

„Vielleicht Schokokuchen", schlug Winter grinsend vor.

„Das werde ich. Es gibt Kuchen, wenn alle einverstanden sind."

„Ich könnte den ganzen Tag lang Kuchen essen", warf Bree ein und rieb sich den Bauch.

„Jeder kriegt seinen eigenen Kuchen." Autumns Augen wirkten noch strahlender, als sie ihre Gäste nacheinander ansah. „Winter bekommt also einen Schokokuchen. Noah, was isst du am liebsten?"

Unverwandt lächelnd, blickte Winter den neben ihr sitzenden Noah an. Als er ihren Blick erwiderte, spiegelte sich die Zuneigung, die sie für ihn empfand, in seinem Gesicht wider.

„Gestürzter Ananaskuchen“, antwortete er. „Es sei denn, Käsekuchen käme auch in Frage, dann Käsekuchen. Die Zubereitung ist egal.“

„Jeder mag Käsekuchen“, pflichtete Winter ihm bei. „Aber anderer Kuchen ist auch nicht zu verachten. Es muss nicht immer Käsekuchen sein.“

„Da hast du recht.“ Autumn kniete nieder und hob den kleinen flauschigen Hund mit dem Unterbiss hoch. „Aber sogar Toad mag Käsekuchen. Und wo wir gerade von ihm sprechen, ich sollte ihn mal Gassi führen. Kommt ihr in der Zwischenzeit alleine klar?“

„Ich begleite dich.“ Winter erhob sich. „Ihr könnt euch derweil über Kuchen austauschen.“

Noah lachte prustend und nickte.

Autumn klickte die Rollleine an Toads Halsband und steckte einen Plastikbeutel ein, dann trat sie mit Winter in die laue Abendluft hinaus.

Die Luft war noch feucht, doch der leichte Wind kündete bereits vom bevorstehenden Herbst. In einem Monat würden Halloween-Süßigkeiten in den Läden liegen, die Leute würden Kürbisgesichter aufstellen, und in den Coffee-Shops und Restaurants würde es alle möglichen Sachen mit Kürbisgeschmack geben.

Auch wenn der Wetterumschwung nicht so dramatisch ausfallen würde wie in Albany, freute Winter sich auf die Veränderung. So sehr sie die Wärme und den Sonnenschein der Sommermonate mochte, war sie jetzt, Ende August, bereit für die neue Jahreszeit.

Dieses Jahr war jetzt schon ein ganz besonderes.

Dies war das erste Jahr, in dem ihre Gedanken nicht mehr um Kilroy, den Preacher, kreisten.

Sie war froh, dass der Mann tot war, doch was bedeutete das für ihre Zukunftspläne? Schließlich war sie nur wegen Douglas Kilroy zum FBI gegangen.

Was folgerte daraus?

Jetzt bin ich eine FBI-Agentin, die jede Menge andere Drecksäcke hinter Gitter bringen muss, dachte sie. Bevor die Unsicherheit sich festsetzen konnte, beschloss sie, sich auf andere Gedanken zu bringen.

„Hey." Sie blickte Autumn an.

„Ja?", sagte Autumn und erwiderte Winters neugierigen Blick.

„Ich glaube, ich hatte noch keine Gelegenheit zu fragen, wie es mit Aiden gelaufen ist."

Winter hätte den Beweggrund für ihre Frage nicht nennen können. Noch mehr wunderte sie sich über ihre Hoffnung, Autumns Miene würde erstrahlen, wenn sie ihre erneuerte Freundschaft mit Aiden ausbreitete.

Dann dämmerte es ihr.

Sie wollte, dass ihr alter Freund sich für Autumn interessierte, damit er nicht verletzt oder zornig reagierte, wenn er herausfand, dass Winter ihre Teenagerschwärmerei und die Heldenverehrung für ihren Mentor allmählich überwand.

Obwohl sie Aiden seit dreizehn Jahren kannte, konnte sie nicht sagen, was sein Typ war. Mann, sie wusste nicht mal, ob er überhaupt eine Vorliebe für einen bestimmten Typ hatte. Allerdings vermutete sie, dass eine Frau mit Doktortitel in Rechtspsychologie ungeachtet der vielen Fragezeichen genau auf seiner Linie lag. Winter hatte sich noch nie als Kupplerin versucht, doch sie hatte den Eindruck, dass die Liste ihrer Fertigkeiten einer Auffrischung bedurfte.

Autumn zuckte mit den Schultern, und Winter schob ihre Gedanken beiseite.

„Gut", antwortete Autumn. „Er war kein Arschloch, das ist vermutlich schon mal ein Fortschritt. Er hat mir heute Nachmittag per SMS gratuliert, aber ich glaube, Freunde sind wir noch immer nicht. Außerdem habe ich das Gefühl, dass ich nicht die Richtige bin, um mit diesem Typ befreundet zu sein."

Winter legte die Stirn in Falten und blickte Autumn an. „Wie meinst du das?“

„Er ist zu …“ Sie schwenkte die Hand, als suchte sie nach dem richtigen Ausdruck. „Zu glatt, schätze ich. Zu organisiert. Er kriegt seinen ganzen Scheiß geregelt, das tue ich nicht. Ich hab mal so einen Typ gedatet, und vier Jahre lang lief es ganz gut, aber dann gab’s eine Explosion wie in einem Film von Michael Bay. Also, aufgrund dieser Erfahrung würde ich sagen, das gilt auch für Freundschaften.“

Als Winter der nächste Gedanke in den Sinn kam, konnte sie sich ein Glucksen nur mit Mühe verkneifen. „Glaubst du etwa, du hättest einen schlechten Einfluss auf Aiden, wenn ihr befreundet wärt?“

In Autumns Augenwinkeln bildeten sich Lachfältchen. „Ehrlich gesagt, ja. Das trifft es.“

Toad trottete vom Grasstreifen auf den Gehsteig, und so gingen Winter und Autumn zum Apartmentgebäude zurück.

„Was ist eigentlich mit der Nico-Culetti-Sache?“, fragte Winter, als sie die schwere Glastür aufzog.

„Hab niemanden hier herumschleichen sehen, und ich hab die Augen offen gehalten, das kannst du mir glauben. Ich hoffe, die Mafia betrachtet misslungene Auftragsmorde ähnlich wie gescheiterte Geschäfte. Hoffentlich sind sie sauer auf den, der Nico angeheuert hat, und nicht auf mich, weil ich ihn getötet habe.“

„Ich bezweifle, dass sie sich von D.C. hierherbemühen werden. Dann riskieren sie, auf dem Radar des FBI aufzutauchen, weil sie jemanden ins Visier nehmen, der unter Schutz steht. Zumal wenn dabei kein Geld für sie rausspringt.“

Nico Culetti und Aiden Parrish traten in den Hintergrund, als Winter und Autumn zu ihren Freunden zurückkehrten, die sich um die Granitplatte des Couchtischs versammelt hatten.

Sie führten die Unterhaltung von gerade eben fort, und Winter erfuhr, dass Bree Zitronentorte liebte, während Shelby Red

Velvet Cake bevorzugte.

Gegen elf verabschiedeten sich Shelby und Bree. Als Bree erklärte, sie wolle fahren, wurde Winter klar, dass sie und Noah keine Absprache getroffen hatten. Sie waren zwar nicht sturzbetrunken, doch nach dem munteren Abend auch nicht mehr nüchtern.

Als sie beschlossen, ein Uber nach Hause zu nehmen, ging es auf Mitternacht zu.

Während der Fahrt überlegte Winter, ob sie ihre Idee ansprechen sollte, Autumn mit Aiden zu verkuppeln. Noah mochte Aiden nicht, doch sie vermutete, dass er ihn auch als eine Art Rivalen sah. Ob seine Freundschaft mit ihr der Grund für die Rivalität war oder ob es andere Gründe gab, vermochte sie nicht zu sagen.

Wenn es ihm um ihre Freundschaft ging - wenn er Aiden für einen schlechten Menschen hielt und glaubte, er könne ihr wehtun -, wäre es besser, das Thema nicht anzuschneiden. Wenn aber Eifersucht im Spiel war, würde es Noah erleichtern, wenn sie ihm beiläufig von ihrem Vorhaben erzählte, Aiden mit *einer anderen* zu verkuppeln.

Obwohl sie beschwipst war, brachte sie es nicht fertig, das Thema zur Sprache zu bringen, bevor der Fahrer am Apartmentgebäude hielt.

Als sie ausstiegen und dem jungen Fahrer zum Abschied zuwinkten, wurde Winter auf einmal nervös. Das Herz klopfte ihr bis zum Hals, und sie leckte sich die Lippen, denn sie hatte plötzlich einen trockenen Mund.

Es wehte kein Lüftchen. Zu dieser späten Stunde waren keine Bewohner des Viertels unterwegs, und sie war sich bewusst, wie alleine sie und Noah waren.

Sie hätte gern eine charmante, schmeichelhafte Bemerkung gemacht, doch die Sekunden verstrichen, und ihr fielen nur Banalitäten ein, die auch eine Drittklässlerin zu ihrem Schwarm hätte sagen können.

Als er sie mit seinen grünen Augen ansah, gab sie ihr Vorhaben auf.

Würde dies das letzte Mal sein, dass sie einen solchen Moment miteinander teilten?

Das Leben war ein einziges Chaos, und wer wusste schon, was nächste Woche passierte. Vielleicht würde er in einem Lebensmittelladen die Frau seiner Träume kennenlernen oder seine Versetzung nach Dallas oder Houston beantragen – nach einer Stadt, wo er seiner Familie näher sein würde. Vielleicht erschien eine alte Liebe auf der Bildfläche, und Winter wäre vergessen.

Bei der Vorstellung wurde ihr ganz flau, und sie sprudelte eine Frage hervor. „Hättest du noch Lust auf ein Bier und eine Folge *Game of Thrones*?“, fragte sie, bevor die Nerven mit ihr durchgingen.

Kaum hatte sie es ausgesprochen, hätte sie ihre Lippen am liebsten vakuumversiegelt. Er war smart und aufmerksam, vor allem aber kannte er sie besser als jeder andere. Es hätte sie sehr gewundert, wenn er nicht ihren wahren Beweggrund erraten hätte.

So weit waren sie schon einmal gewesen.

Kurz nach dem Einzug hatten sie eine Bar besucht und ausgiebig gebechert. Als sie vor ihrer Wohnung standen – an derselben Stelle wie jetzt -, waren sie beide sturzbetrunken gewesen. Damals hatte sie den gleichen Vorschlag gemacht wie jetzt und kam sich Monate später noch immer blöd vor.

Mit einem wehmütigen Lächeln schüttelte er den Kopf. „Ich glaube, das wäre keine gute Idee, Liebes. Es ist schon nach Mitternacht, und wir brauchen morgen bei der Arbeit einen klaren Kopf. Bei diesem Scheißfall riskiere ich keinen Kater, verstehst du?“

„Stimmt“, sagte sie. „Ja, du hast recht. Wenn ich jetzt ordentlich Wasser trinke, habe ich morgen auch keinen Kater. Aber wenn ich weiter Alkohol trinke, bestimmt.“

„Genau.“ Er grinste und tippte sich an die Schläfe. „Wer mitten in der Woche einen hebt, muss es eben klug anstellen.“

Winter ging davon aus, dass Noah sie ebenso gut kannte wie sie ihn und dass mit dem erwähnten Kater eigentlich etwas anderes gemeint war.

Mist.

Lächelnd umarmte sie ihn zum Abschied, wusste aber jetzt schon, dass sie schlecht schlafen würde.

Sie würde sich im Bett wälzen und sich den Kopf zermartern, wie sich verhindern ließe, dass es zwischen ihnen peinlich wurde.

Ben Ormund und Mitch Stockley hatten so viele Gemeinsamkeiten, dass es mich beinahe wunderte, dass sie zwei unterschiedliche Personen waren.

Äußerlich betrachtet wiesen sie keine Ähnlichkeiten auf, hatten aber eine ähnliche raubtierhafte Veranlagung: Sie stellten jungen, verletzlichen Frauen nach. Ormund und Stockley machten sich auf einem College-Campus an sie heran, lockten sie in Fahrzeuge, entführten und missbrauchten sie. Während Stockley als Immobilienmakler in Seminaren nach Opfern Ausschau gehalten hatte, war Ben Ormund auf dem Campus zuhause.

Früher hatte er mal psychologische Beratungen durchgeführt. Nachdem er sexuellen Fehlverhaltens gegenüber Klientinnen beschuldigt worden war, hatte man ihm die Lizenz entzogen, doch es war nie zu einer Verurteilung gekommen.

Soviel ich wusste, hatte Ormund seine Verbindungen zur Welt der Psychiatrie spielen lassen, um das ganze Debakel unter den sprichwörtlichen Teppich zu kehren.

Bei seiner Rückkehr an die psychologische Fakultät der Christopher Newport University schien es so, als wäre nie etwas geschehen.

Nach einigen Jahren verdiente Ormund mit seiner Professur noch mehr Geld als zuvor mit seiner psychologischen Praxis.

Und jetzt, zwanzig Jahre und zahllose Opfer später, beobachtete ich, wie er in der Diele das Licht ausschaltete und in die Küche ging.

Dieser elende Hurensohn lebte allein, und sein Haus stand vereinzelt auf einem Stück Land nahe der Felsenküste.

Ich war ein paar Mal darin gewesen, und so sehr ich Ben Ormund verabscheute, musste ich doch zugeben, dass ich das Innere geschmackvoll fand. Allerdings war bestimmt nicht Ormund für die moderne Einrichtung verantwortlich.

Die Ostseite des Hauses nahmen große Glasflächen ein, die den Blick freigaben auf die einzigartige Ausstattung. Offenbar machte Ormund sich keine Gedanken über seine Sicherheit.

Vielleicht handelte es sich um Sicherheitsglas, doch ich bezweifelte, dass es einer .338er Lapua-Patrone standzuhalten vermochte.

Ein paar hundert Meter von dem teuren Haus entfernt, versteckt zwischen Felsen, beobachtete ich durch das Zielfernrohr, wie Ormund die Edelstahltür des Kühlschranks öffnete.

Ich hätte erneut einbrechen können. Ich hätte warten können, bis er den Kopf in den Kühlschrank steckte, um ihm dann ein Jagdmesser in den Rücken zu stoßen.

Das hätte ich tun können, doch ich wusste, die Bundespolizei hatte inzwischen herausgefunden, dass Mitch Stockley *und* Tyler Haldane mit dem Gewehr getötet worden waren, das ich in Händen hielt.

Ob sie daraus den Schluss gezogen hatten, dass ich der einzige Täter war, konnte ich nicht sagen. Doch sie würden es spätestens dann wissen, wenn morgen die Sonne am Himmel emporstieg.

Morgen würden sie begreifen, dass dies erst der Anfang war.

Ich führte keine Privatfehde gegen das FBI - schließlich waren das die Guten -, doch ich wollte ihnen klar machen, dass ein und dieselbe Person Stockley, Haldane und Ormund vom Antlitz des Planeten getilgt hatte.

Ich machte mir keine Illusionen, dass es mir gelingen könnte, eine Revolution anzuzetteln – der schmierige Bodensatz der Gesellschaft würde bleiben. Die Männer, die ich tötete, waren nur ein Tropfen auf den heißen Stein, doch die Hände in den Schoß zu legen, kam nicht in Frage.

Niemand hatte auf die Frauen und Mädchen aufgepasst, über die Ormund und Stockley hergefallen waren, und die Vorstellungen, die Typen wie Haldane vertraten, ermutigten alle möglichen Widerlinge, ihren perversen Impulsen nachzugeben.

Doch solange ich dazu in der Lage war, würde ich dafür sorgen, dass einige dieser Männer für ihre Taten büßten.

Und es kam nur eine einzige Strafe in Frage.

Der Tod.

Vierzehntes Kapitel

Anders als sonst nach der morgendlichen Begrüßung, sprachen Noah und Winter kaum während der kurzen Fahrt zur FBI-Niederlassung. Wie er am Abend zuvor vermutet hatte, war der Kater ausgeblieben, doch da ihm ständig Was-wäre-wenn-Szenarien durch den Kopf gegangen waren, hatte er nicht gut geschlafen.

Sie waren mit einem Uber zu seinem Truck gefahren, denn er hatte keine Lust gehabt, sich in Winters kleinen Civic zu zwängen, was sie veranlasste, mit den Augen zu rollen. Er gähnte hinter vorgehaltener Hand und betätigte den Blinker. „Ich weiß nicht, wie du das siehst, aber ich brauche einen Kaffee."

Aus dem Augenwinkel sah er, dass Winter nickte. „Bin dabei. Hab beschissen geschlafen."

„Du auch?"

„Ja." Ihre Stimme klang leise und angespannt.

Er schloss so dicht wie möglich zum letzten Wagen in der Schlange auf. Als er sich mit der Hand durchs Haar fahren wollte, hielt er unmittelbar vor der Stirn inne. Da er nur selten dazu kam, zum Friseur zu gehen, hatte er sich vor ein paar Wochen überlegt, sich das Haar zu stylen, damit es nicht so struppig aussah.

An mindestens fünf Tagen die Woche trug er Anzug und Krawatte, und ein wirrer Haarschopf entsprach nicht den Anforderungen an die äußere Erscheinung eines FBI Agents.

Andererseits bräuchte er sich keine Gedanken deswegen zu machen, wenn er sich mal die Haare schneiden ließe.

„Es tut mir leid“, platzte Winter mit matter Stimme heraus.

Damit riss sie ihn aus seinen Überlegungen, und er schaute sie an. Sie spielte mit dem Ende ihres Zopfes, ihre blauen Augen huschten hin und her.

„Was meinst du?“, fragte er.

„Gestern Abend.“ Sie seufzte und schüttelte den Kopf. „Es war nicht meine Absicht, alles zu verkomplizieren. Dafür habe ich ein Händchen, oder?“

Er hätte gern mehr über ihre Motivation erfahren, biss sich aber auf die Zunge und lächelte sie kurz an.

Weil er sich nicht sicher war, was sie bewegte, hatte er ihre Einladung ausgeschlagen. Sie hatten zwar festgestellt, dass sie beide nicht betrunken waren, doch er hatte nichts tun wollen, was sie später hätten bereuen können. Er wollte es nicht riskieren, einen Keil zwischen sich und Winter zu treiben.

Erst seit Kurzem hatte er das Gefühl, dass ihre Freundschaft auf sicherem Boden stand.

Zuvor hatte er sich beinahe täglich gefragt, ob sie wieder so plötzlich verschwinden würde wie nach dem Abschluss des Kilroy-Falls. An Winters Gesinnung hatte er nicht den geringsten Zweifel. Loyalität und Pflichterfüllung gegenüber denen, die ihr nahestanden, bedeuteten ihr beinahe mehr als alles andere, nur ihr Wunsch, Douglas Kilroy zu finden, war stärker gewesen.

Winter und Aiden hatten die Menschen in ihrer Umgebung benutzt wie Bauern in einem Schachspiel, doch am Ende waren ihre Masterpläne gescheitert.

Als er daran dachte, wie skrupellos sie bei der Ermittlung vorgegangen waren, wurde ihm bewusst, dass sie über diese dunklen Monate noch gar nicht geredet hatten. Und so sehr er davor zurückscheute, an die schmerzhaften Erinnerungen zu rühren, wusste er doch, dass sie das irgendwann besprechen mussten, zumal wenn ihre Freundschaft nicht nur platonisch bleiben sollte.

Bevor sie die alte Wunde aufrissen, wollte er sicher sein, dass es aus gutem Grund geschah, anstatt sich auf ein Bauchgefühl zu verlassen.

Er würde ihr nur dann seine Gefühle offenbaren, wenn sie den Anfang machte.

Bis dahin wollte er nicht als der nervige Freund dastehen, der die Grenzen verschob. Der Anfang war holprig gewesen, doch er schätzte ihre Freundschaft und respektierte Winter zu sehr, um sich in einen Typ zu verwandeln, dessen Avancen sie zwei Mal die Woche zurückweisen musste.

„Es ist nicht kompliziert, Liebes“, sagte er schließlich. „Mach dir keinen Kopf, okay?“

„Es klingt vielleicht seltsam“, setzte sie an und seufzte erneut. „Aber ich mag es, wenn du auf meinem Sofa einschläfst. Es hat etwas Tröstliches, wenn der beste Freund einem so nahe ist. In diesem Job, wo man so viele Überstunden machen muss, fühlt man sich manchmal halt einsam, es sei denn, jemand, den man im tiefsten Inneren kennt, wacht morgens mit einem auf. So fühlt es sich jedenfalls für mich an. Ob es bei dir auch so ist, kann ich nicht sagen.“

Er ließ sich seine Verblüffung nicht anmerken, setzte eine nachdenkliche Miene auf und zuckte mit den Schultern.

Dieses Geständnis hätte er am wenigsten von ihr erwartet, und er würde eine Weile brauchen, um es zu verarbeiten.

„Ich glaube, ich bin es gewohnt, allein zu leben“, sagte er und wählte seine Worte sorgfältig. „Aber ich verstehe, was du meinst. So bleibt man in Verbindung, oder? Die Beziehung ist leichter aufrechtzuhalten, wenn man dem anderen leibhaftig begegnet.“

„Ja“, sagte sie und nickte. „Ich glaube, das ist es. Eine Art Gedächtnisstütze. Das macht mir bewusst, dass ich einen Freund habe. Oder Freunde.“

„Vielleicht solltest du dir eine Mitbewohnerin suchen." Er lachte in sich hinein. „Vielleicht plant Autumn ja einen Umzug, wenn sie das Einstellungsgespräch besteht und den Job bekommt."

„Machst du Witze?" Als Winter schnaubte, schienen sich die Anspannung und Ungewissheit in Luft aufzulösen. „Ich hab mich mal informiert, was Rechtspsychologen in der Privatwirtschaft verdienen. Schon zum Berufsanfang mehr als ein SAC, es sei denn, der ist schon eine Ewigkeit dabei. Sie wird in Geld *schwimmen*."

„Und? Dann kannst du dich an sie dranhängen. Mann, vielleicht sollten wir alle drei eine WG gründen. Ich wohne im Keller."

„Oh je." Bei Winters Lachen vertiefte sich sein Lächeln. „Sie würde uns durchschauen, und ich weiß nicht, ob sie zwei schmarotzende FBI-Agents so toll findet, selbst wenn sie haufenweise Geld verdient."

„Also, von Schnorren hab ich nichts gesagt", erklärte er und hob die Hand. „Ich koche und mache den Pool sauber."

„Dann bist du jetzt also ein Poolbursche, Dalton? Weißt du, wir sind dicht dran an der Eröffnung eines kitschigen Frauenromans oder Liebesfilms."

„Das lässt sich leicht vermeiden", sagte er und winkte ab. „Immer wenn ich nach draußen gehe, um das Ding zu reinigen, ziehe ich einen Overall an. Dann braucht ihr Ladys euch keine Sorgen zu machen, ihr könntet ins Schmachten kommen." Er zwinkerte ihr übertrieben zu.

„Also, das ist langweilig", spöttelte sie. „Eben noch standen wir an der Schwelle zu einer Realityshow, die uns einen Auftritt bei MTV einbringen könnte, und du ruinierst alles, indem du dich verhüllst."

„Was?" Allmählich tat ihm von dem vielen Grinsen das Gesicht weh. „Ich weiß nicht, wie ich das verstehen soll. Glaubst du, die Leute würden Geld dafür bezahlen, wenn sie mich halbnackt sehen könnten?“

Ihr kurzes Lächeln war beinahe boshaft, das Glitzern in ihren Augen durchtrieben. Einen solchen Gesichtsausdruck hatte er bei ihr noch nie gesehen. Genau genommen hatte er die stoische Frau an seiner Seite noch nie kokett erlebt. Bis jetzt hatte er nicht mal gewusst, dass sie auch eine spielerische Seite hatte, doch sie gefiel ihm.

Sie gefiel ihm sogar sehr.

Er und Winter hatten kaum Zeit, sich am Schreibtisch einzurichten, da wurden sie schon zu einer Besprechung mit Vizedirektorin Ramirez gerufen. Auf dem Weg zu ihrem Büro waren beide sehr still, und Noah vermutete, dass Winter ganz ähnliche Szenarien durch den Kopf schossen wie ihm.

„Wahrscheinlich geht es um eine der Personen, mit denen wir in den letzten Tagen Kontakt hatten“, sagte er, und seine Stimme klang eine Oktave tiefer als sonst.

Winter richtete ihre blauen Augen auf ihn und nickte. „Vermutlich.“

„Aber ich möchte nicht schon morgens zur Vizedirektorin bestellt werden“, schob er halblaut nach.

„Es könnte auch um die Presse gehen“, meinte sie. „Vielleicht zieht die Berichterstattung an, und das FBI braucht jemanden, der vor der Kamera eine gute Figur macht.“

„Oh Mann“, sagte er mit leisem Schnauben. „Du hast eine richtige Strähne heute.“

Sie ignorierte sein Spielchen und bedachte ihn mit einem vielsagenden Lächeln.

Den Rest des Weges legten sie schweigend zurück, und als sie sich Ramirez’ Büro näherten, wurden die letzten Spuren von Belustigung von deren ernster Miene ausgelöscht.

Neben dem Schreibtisch aus poliertem Mahagoni stand Aiden Parrish, die Arme vor der Brust verschränkt. Mit seinen eisblauen

Augen musterte er erst Noah und dann Winter. Die Verärgerung stand ihm ins Gesicht geschrieben.

Was immer der Grund für die außerplanmäßige Besprechung war, er machte Aiden Parrish nicht besonders glücklich.

„Agents“, sagte die Vizedirektorin und begrüßte sie mit leichtem Lächeln. „Bitte schließen Sie die Tür.“

Noah nickte und drückte die Tür aus Glas und Metall zu. Als er sich umdrehte, deutete Ramirez auf die beiden niedrigen Sessel vor dem großen Schreibtisch.

„Nehmen Sie Platz.“

Er und Winter wechselten Blicke, bevor sie der Aufforderung nachkamen. Noah meinte, die Anspannung schmecken zu können. Wenn Ramirez oder Parrish nicht bald zu reden anfingen, würde er sich noch vergessen.

„Danke, dass Sie so schnell hier waren“, sagte Ramirez und faltete die Hände auf der Tischplatte. „Sie ahnen wohl bereits, dass der Anlass nicht unbedingt überschwängliche Freude bereitet.“

Als er und Winter schwiegen, lächelte Ramirez verhalten und nickte. „Na schön. Lassen Sie uns gleich zur Sache kommen. Sie arbeiten schon eine ganze Weile für Max, deshalb ist Ihnen seine sachliche Herangehensweise bei Besprechungen sicher vertraut. Wir haben etwa um dieselbe Zeit beim FBI angefangen, und ich kann Ihnen sagen, er war schon immer so.“

Sie hielt inne, als erwarte sie einen Kommentar. „Ja, Ma’am“, sagte Noah, mehr fiel ihm nicht ein.

Ihr schien das zu reichen. „Er war vorher bei den Marines – ich weiß nicht, ob Ihnen das bekannt war. Wir haben eine Weile zusammengearbeitet, bevor wir hier Führungspositionen übernahmen, doch er hat nie ein Wort über seinen Militärdienst verloren.“ Sie hielt inne, spitzte die Lippen und lachte leise. „Entschuldigung. Ich wollte mich kurz fassen, und dann bin ich abgeschweift.“

Noah schaute angemessen liebenswürdig drein.

Jemand sollte etwas sagen. *Jetzt.*

„Es geht um unseren Fall“, sagte Ramirez. „Und da Sie beide vermutlich mit gemischten Gefühlen zu einer überraschend anberaumten Besprechung mit ihrer Vizedirektorin kommen, möchte ich dem gleich entgegenwirken und Ihnen versichern, dass Sie nichts falsch gemacht haben. Hier geht es nicht um eine Maßregelung. Nichts liegt mir ferner.“

Noah entspannte sich. „Das freut mich zu hören.“

Ramirez lächelte. „Sie beide haben in der kurzen Zeit, die Sie hier sind, ausgezeichnete Arbeit geleistet. Das sage ich nicht zum ersten Mal, und Sie haben es bestimmt auch schon von Max gehört. Sie sind eng dran am Haldane-Stockley-Fall, und deshalb habe ich Sie hergebeten.“

Noah zog sich der Hodensack zusammen. Jetzt kam sie zum Kern des Ganzen, und der war faul. Scheiße. Was war jetzt wieder vorgefallen?

Er brauchte nicht lange auf eine Antwort zu warten. „Heute Morgen wollte eine Reinigungskraft ihre Arbeit in einem Haus antreten, in dem sie seit sechs Jahren saubermacht, und fand den Besitzer tot vor.“

„Und es gibt eine Verbindung zu Haldane und Stockley?“, fragte Winter.

Ramirez nickte. „Das steht außer Frage. Es handelt sich um dieselbe Waffe, und nach Stand der Ermittlungen wurde der Schuss aus einer Entfernung von einer halben Meile abgefeuert. Niemand hat etwas gehört, wahrscheinlich wurde ein Schalldämpfer verwendet. Andererseits liegt das Haus ziemlich weit ab, deshalb ist das nicht in Stein gemeißelt.“

Noah nickte verständnisvoll, doch ihm war klar, dass die Vizedirektorin sie nicht deshalb herbeordert hatte, weil sie über den Tatort sprechen wollte.

Mit zusammengebissenen Zähnen und ausdrucksloser Miene wartete er darauf, dass sie die Bombe platzen ließ und ihnen den wahren Grund für die Besprechung nannte.

„Ich weiß, was über die Schüsse bekannt ist“, erklärte Ramirez. Ihre dunklen Augen fassten Aiden in den Blick. „Die Person, die sie abgefeuert hat, muss einen militärischen oder polizeilichen Hintergrund haben. Und deshalb, Agent Black, Agent Dalton, sind Sie hier. Denn wir glauben, dass der Täter von einer Strafverfolgungsbehörde kommt.“

Noah nickte mit zusammengebissenen Zähnen. Ihm war die ganze Zeit über klar gewesen, dass es sich beim Mörder von Haldane und Stockley um einen desillusionierten Mitarbeiter einer Strafverfolgungsbehörde handeln könnte. Die Detonation stand kurz bevor, denn das war noch nicht alles.

„Bei genauer Betrachtung und unter Berücksichtigung des Umstands, dass alle drei Opfer aus Virginia stammen und dass die Ermordung Stockleys und Haldanes in dessen Zuständigkeitsbereich fällt, können wir nicht ausschließen, dass der Täter von dieser FBI-Niederlassung kommt.“ Um ihre Aussage zu unterstreichen, tippte Ramirez mit dem Zeigefinger auf die Tischplatte.

„Von dieser Niederlassung?“, wiederholte Noah. „Wer sollte das sein? Glauben Sie etwa, einer von *uns* steckt dahinter?“

Ramirez nickte bedächtig. „Denken Sie an den Schuss, der Haldane getötet hat. Er wurde bei leichtem Wind aus einer Entfernung von einer Dreiviertelmeile abgegeben. Es war eine Militärwaffe. Es gibt nicht viele Strafverfolgungsbehörden, die ein M98B einsetzen, doch wenn sie es tun, dann wird es von einer Person mit Spezialausbildung bedient.“

„Von einem geschulten Scharfschützen.“ Noah blickte rasch zu Aiden Parrish.

Der schaute noch missmutiger drein als zuvor. In was für ein Schlamassel waren sie da hineingeraten?

„Ganz recht.“ Ramirez trommelte mit den Fingern auf den Schreibtisch, dann fasste sie sich und faltete wieder die Hände. Sie war nervös, wurde Noah bewusst. So nervös hatte er sie noch nie erlebt. Seine Besorgnis nahm zu.

Ramirez räusperte sich. „Wir haben in unserem Einsatzteam mehrere ausgebildete Scharfschützen. Außer ihnen können nur wenige einen solchen Schuss anbringen wie den, der Haldane getötet hat. Sie waren beim Militär, hab ich recht, Agent Dalton?“

Er nickte, ohne die Miene zu verziehen. „Dabei war mehr Mathematik im Spiel, als mir recht war.“ Verdächtigte man ihn? In seinen Achselgruben bildete sich Schweiß. Er zwang sich, lässig zu antworten. „Jede Menge Stegreif-Trigonometrie. Nicht mein Ding.“

„Keine Sorge“, sagte Ramirez mit leichter Belustigung. „Sie stehen nicht auf der Liste. Nein, abgesehen vom Einsatzteam gibt es nur vier andere Personen, denen ein solcher Schuss zuzutrauen ist. Eine ist beim Organisierten Verbrechen tätig, doch wir können sie ausschließen, weil sie in den vergangenen Wochen in Chicago war. Eine weitere arbeitet bei der Abteilung für Wirtschaftskriminalität, doch der Mann war hier, als Haldane erschossen wurde, deshalb kommt er nicht in Frage.“

Die neben ihm sitzende Winter beugte sich vor. Noah meinte ihren Herzschlag zu hören.

„Dann wäre da noch Agent Weyrick von der Abteilung für Gewaltverbrechen. Er arbeitet nachts, deshalb hatten Sie, von diesem Fall abgesehen, vermutlich nicht viel mit ihm zu tun. Er war sechs Jahre beim Militär, bevor er zum FBI kam, und in einem Empfehlungsschreiben wurde erwähnt, er sei ein ausgebildeter Scharfschütze. Doch er war zur Tatzeit ebenfalls hier, auch als das dritte Opfer getötet wurde. Somit bleibt noch eine Person.“

Als Noah es wagte, Aiden Parrish anzusehen, meinte er zu hören, wie der mit den Zähnen knirschte. „Agent Ming“, knurrte Parrish.

„Sun Ming?“, echote Noah und runzelte die Stirn. „Ich weiß, dass sie ein paar Preise bei Schießwettbewerben gewonnen hat, aber glauben Sie wirklich, sie hat drei Menschen ermordet?“

„Es kommt nicht darauf an, was ich denke oder empfinde“, erwiderte Cassidy kopfschüttelnd. „Sondern darauf, wohin die Fakten uns führen. Und im Moment weist einiges in Agent Mings Richtung.“

Winter wirkte so bestürzt, wie sie sich fühlte. „Welche Fakten?“

Ramirez blickte Aiden an, doch der machte den Mund nicht auf.

Indigniert übernahm die Vizedirektorin seinen Part. „Erstens hat Agent Ming für die Ermordung Haldanes kein Alibi. Dann war sie gestern in Norfolk, um Ermittlungen anzustellen, und der Mann, der gestern erschossen wurde, lebte in Newport News.“

Das einsetzende Schweigen schien in alle Risse, Ritzen und Poren einzudringen. Noah ergriff nur deshalb das Wort, weil er unter dem bleiernen Gewicht zu ersticken drohte. „Was noch?“

„Im Moment ist das belastendste Indiz, dass Agent Ming es als schicksalhafte Ungerechtigkeit betrachtet, dass Kent Strickland und Tyler Haldane zunächst überlebt haben, während so viele getötet wurden oder dauerhafte Verletzungen erlitten haben, auch sie selbst.“

Noah schluckte den sauren Geschmack in seinem Mund hinunter. Er hegte keine großen Sympathien für Sun Ming, doch sie war eine Kollegin. Das ging ihm gegen den Strich. „Wieso wir?“, fragte er.

„Sie kennen Agent Ming gut, sind aber nicht mit ihr befreundet. Sie arbeiten eng genug mit ihr zusammen, um kleine Hinweise oder Seltsamkeiten zu bemerken, stehen ihr andererseits aber auch fern genug, um unvoreingenommen an die Sache heranzugehen.“ Ramirez verknotete die Finger. „Ich habe keine Belege dafür, dass Agent Ming tatsächlich die Täterin ist, aber eines ist sicher ...“

Das Blut rauschte Noah in den Ohren, als die Vizedirektorin sich vorbeugte.

„Wir können sie nicht ausschließen. Sie ist zwar eine von uns, aber diese Möglichkeit bestand immer schon. Und bis zum Beweis des Gegenteils möchte ich, dass Sie wachsam sind."

Fünfzehntes Kapitel

Die Stille und der heimelige Duft von Kaffee und Kuchen standen in krassem Gegensatz zum Aufruhr in Aidens Kopf.

Er wusste noch immer nicht, weshalb Cassidy Ramirez sich an ihn gewendet hatte, nachdem sie die Personalakten durchgesehen hatte und zu dem Schluss gekommen war, dass Sun Ming möglicherweise in die Ermordung Mitch Stockleys und Tyler Haldanes verwickelt war. Glaubte Ramirez wirklich, ein versteckter Groll gegen Sun werde ihn dazu verleiten, ihr Verhalten besonders kritisch zu beleuchten? Glaubte sie etwa, er wolle sich an ihr rächen?

Sicher, ihre Beziehung war nicht einvernehmlich beendet worden. Sie hatten einander beschimpft und sich gegenseitig gedroht, doch letztlich waren sie beide Profis. Ihre Vendetta hatte keine Auswirkungen am Arbeitsplatz gehabt, nicht einmal auf dem Höhepunkt der Auseinandersetzungen.

Und jetzt, zwei Jahre später, war seit der schmutzigen Trennung so viel Zeit verstrichen, dass er mit ziemlicher Sicherheit behaupten konnte, Sun sei ihm gleichgültig. Ob das auch umgekehrt galt, wusste er nicht.

Er bezweifelte, dass Ramirez sich von solchen kleinkarierten Überlegungen leiten ließ. Auch Cassidy Ramirez war ein Profi und kein ängstlicher Teenager. Die Vizedirektorin hatte einen Experten für Verhaltensanalyse gebraucht und ihn wegen seiner

Qualifikation hinzugezogen, nicht weil er irgendwelche unguten Gefühle gegenüber Ming hegte.

Und jetzt brauchte *er* einen Experten für Verhaltensanalyse.

Er konnte nicht glauben, dass Sun Ming auf die schiefe Bahn geraten war. Zumindest *wollte* er das glauben. Sie war ehrgeizig, doch eine Verbrecherkarriere stand bestimmt nicht auf ihrer Liste beruflicher Ambitionen.

Er trank einen Schluck vom Chai Latte und musterte die Kundin, die soeben durch die gläserne Flügeltür trat.

Sie hatte sich einen Teil des Haars mit einem funkelnden Clip zurückgesteckt, der Rest fiel ihr in lockeren Wellen auf die Schultern. Obwohl ihre letzte Begegnung kaum eine Woche her war, wirkte ihr Kastanienrot eine Schattierung dunkler als zuvor.

Er hatte nie verstanden, weshalb Leute – Männer wie Frauen – sich das Haar färbten, doch als er an Autumns Kommentar dachte, spielte ein Lächeln um seine Mundwinkel.

„Wieso achten die Leute überhaupt auf ihr Aussehen?“, hatte sie gemeint und ihn sachlich angeschaut, die Hände seitlich abgestreckt. „Aus Eitelkeit, weshalb denn sonst? Weshalb kleiden Sie sich immer so, als würden Sie zur Oscar-Verleihung gehen? Ein T-Shirt mit Band-Logo und Cargo-Shorts würden weniger Mühe machen. Sie könnten bei der Morgentoilette bestimmt zwanzig Minuten einsparen. Von dem Geld, das sie für die chemische Reinigung ausgeben, ganz zu schweigen.“

Mit der Hand, die er jetzt zum Gruß erhob, hatte er sich damals an seinen nicht vorhandenen Hut getippt.

Zu ihrer Belustigung hatte er überlegt, wie er mit den zwanglosen Freitagen im Büro umgehen sollte. Selbstironie lag ihm eigentlich nicht, da er eher zu Sarkasmus neigte, doch damit konnte er ihr stets ein Lächeln oder Lachen entlocken.

Sie winkte ihm zu und deutete zur Theke und zum Barista.

Es war halb zwölf an einem Wochentag, und nur eine Handvoll Gäste saßen im Raum verteilt. Er hatte einen Tisch in der Ecke gewählt, wo es keine neugierigen Zuhörer gab.

Während er darauf wartete, dass sie ihr Getränk in Empfang nahm, checkte er das Handy nach neuen Nachrichten.

Winter und Noah waren unterwegs nach Newport News, und Winter hatte ihm versprochen, ihn auf dem Laufenden zu halten, falls es wichtige Neuigkeiten gab.

Er hatte erwogen, das Treffen mit Autumn in letzter Minute abzusagen und stattdessen den neuesten Tatort aufzusuchen, doch er hatte die Idee sogleich verworfen. Er war der Leiter der Abteilung für Verhaltensanalyse, und bei einer Mordermittlung ging es nicht nur um Sachbeweise.

Wenn Ramirez Sun Ming verdächtigte, würde er jeden Stein umdrehen und alle Möglichkeiten ausschöpfen.

Nicht weil sie eine gemeinsame Vorgeschichte hatten – ihre schmutzige Vergangenheit hätte ihn allenfalls demotiviert -, sondern weil sie eine FBI-Agentin war, die man im Dienst angeschossen hatte. Die Opferzahl machte es derzeit noch nicht erforderlich, über die normalen investigativen Ermittlungen hinauszugehen, doch die vermeintliche Verdächtige der Vizedirektorin war eine ganz andere Hausnummer.

Er steckte das Handy ein, riss sich zusammen und blickte Autumn entgehen, die sich seinem Tisch näherte.

Zum zweiten Mal seit ihrer ersten Begegnung kam er sich nicht overdressed vor. Das Hellgrün ihrer gemusterten Button-down-Bluse passte zu ihrer Augenfarbe und die graue Strickjacke zu ihren flachen Schuhen. Er riss den Blick von der schwarzen Hose los, die sich eng um ihre Hüfte schmiegte, und lächelte sie an.

„Hey“, sagte sie.

In ihrem Blick lag eine gewisse Reserviertheit. Aus Zurückhaltung oder aus Argwohn? Oder war sie nach dem absolvierten Einstellungsgespräch noch nervlich angespannt?

„Hey“, erwiderte er. „Sie wirken nervös. Wie ist es gelaufen?“

Bei Autumn gab es nur eine Vorgehensweise, und zwar Offenheit. Jedes Mal, wenn er versucht hatte, ihr hintenrum

Informationen zu entlocken, hatte sie ihn gleich durchschaut.

Sie nahm einen Schluck von ihrem Getränk und nickte. „Gut."

„Das ging ja wirklich flott. Sie haben gerade erst Ihren Doktor gemacht, nicht wahr?"

„Na ja." Sie machte ein nachdenkliches Gesicht. „Eigentlich nicht. Viele Doktoranden haben schon vor der Prüfung Jobangebote. Sie haben sich beim Einstellungsgespräch so kurz gefasst, weil sie bald jemanden brauchen. Die Arbeit ist sehr spezialisiert, deshalb ist es schwer, kurzfristig Ersatz zu finden."

„Ersatz? Dann ersetzen Sie jemanden?"

Sie wandte den Blick ab und hob die Schultern. „Ja, sie haben kürzlich einen ihrer Leute verloren."

„Verloren?", echote er.

„Ein Todesfall."

„Bitte?", brachte er hervor. Als sie noch unter begleitender FBI-Aufsicht stand, hatte sie ihm erklärt, wie riskant die Laufbahn einer Rechtspsychologin sei, doch obwohl er ihr glaubte, hätte er nicht erwartet, dass es so gefährlich sein würde. „Einer der Firmenpsychologen wurde getötet, und jetzt wollen Sie seine Stelle einnehmen?"

Sie schüttelte den Kopf, noch ehe er den Satz beendet hatte. „Nein, nicht ermordet. Sie hat Selbstmord begangen."

Die Erleichterung, die ihre kurze Erläuterung auslöste, ging mit einem Anflug von schlechtem Gewissen einher.

Er war sich nicht sicher, wie er mit seinem Hang zu dieser rothaarigen Schönheit umgehen sollte, doch er konnte seine Gefühle nicht leugnen. Obwohl sie einander noch nicht lange kannten, hatte er bereits mehr Gemeinsamkeiten mit ihr entdeckt als mit jeder anderen Frau, der er in letzter Zeit begegnet war. Sie hatte sogar eine Schwäche für Code Red Mountain Dew, genau wie er. Sie allerdings gab das auch freimütig zu.

Er hoffte zumindest auf eine lange kollegiale Zusammenarbeit. Aiden hatte hart geschuftet, um so weit zu kommen, und viel über Psychologie und Kriminologie gelernt, doch wenn jemand mehr wusste als er selbst, war es kein Problem für ihn, das anzuerkennen.

Autumn Trent hatte ihren Doktortitel ohne die sonst übliche Aufforderung zur Überarbeitung bekommen. Mit ihrer Intelligenz, ihren profunden Kenntnissen und ihrer enervierenden Gabe, ihr Gegenüber zu durchschauen, war sie in verhaltenswissenschaftlichen Fragen die ideale Ansprechpartnerin.

„Ich werde schon nicht ermordet werden", brach sie das Schweigen. Er konnte nicht sagen, wie lange die Pause gewährt hatte, doch sie sah ihn wieder an mit ihren grünen Augen.

Lächelnd kostete er vom Chai Latte. „Ich weiß. Das hat schon mal jemand versucht und ist gescheitert."

„Tja", sie trank einen Schluck, „die haben mir den Job angeboten. Ich hab's noch niemandem erzählt, aber ich habe den Einstellungsvertrag ausgefüllt, bevor ich hergekommen bin. Und ich hab mir auch einen Chai bestellt. Sie hatten recht, er schmeckt köstlich. Danke für die Empfehlung."

Eigentlich überraschte ihn ihre Ankündigung nicht. Sie war brillant, und ein Personalchef musste schon total unfähig sein, um sie abzulehnen.

„Wenn das so ist", sagte er und reichte ihr die Hand. „Ich möchte Ihnen als Erster gratulieren, Dr. Trent."

Wie erhofft, setzte sie ein breites Lächeln auf, doch es schwächte sich wieder ab, als sie ihm die Hand schüttelte. „Danke."

„Gern geschehen. Das gilt auch für die Chai-Empfehlung. Nicht jedes Lokal macht guten Chai. Seien Sie gewarnt." Er sah über ihre plötzliche Zurückhaltung hinweg, lächelte sie an und setzte sich gerade hin.

„In Ordnung." Sie kicherte, doch es klang weniger unbeschwert als sonst. „Also, was ist los, Aiden?"

„Wie meinen Sie das?"

„Weshalb wollten Sie mit mir Kaffee beziehungsweise Chai trinken?“ Sie hob eine Braue und trank einen Schluck.

„Um Ihnen zu gratulieren. Ich meine, Sie haben eben Ihren Doktor gemacht. Das ist es wohl wert, darauf einen zu trinken. Ich hätte etwas Alkoholisches vorgezogen, aber wir stecken im Moment bis zur Halskrause in Arbeit.“ Er schaute unschuldig drein und zuckte mit den Schultern.

Herrgott noch mal, musste man bei ihr wirklich immer gleich auf den Punkt kommen?

„Hm.“ Ihre Mundwinkel hoben sich andeutungsweise, und sie verdrehte die Augen. „Ein Gratulationstreffen, bei dem ich meinen Latte selbst bezahlen muss. Kommt mir passend vor.“

„Ich gebe Ihnen gern fünf Dollar“, entgegnete er schmunzelnd.

Ihr Lachen klang wieder unbeschwert. „Nein, schon in Ordnung. Alles gut, danke.“

Er sah sie an und langte langsam in die Tasche. „Sind Sie sicher?“, stichelte er.

„Also gut“, sagte sie verschnupft, streckte die Hand aus und krümmte erwartungsvoll die Finger. „Her damit, Parrish.“

Sein Lächeln verwandelte sich in ein ausgewachsenes Grinsen. „Ich hab kein Bargeld dabei.“

„Sie sind der *Schlimmste*.“ Unter lautem Gelächter verschränkte sie die Arme vor der Brust und schüttelte den Kopf.

„Ich kann mir Geld am Automaten holen.“ Er blickte sich suchend um. „Wenn hier keiner ist, neben dem Eingang hab ich einen gesehen.“

„Ich schicke Ihnen eine Rechnung.“ Sie winkte ab. „Aber Sie sind heute ein Glückspilz. Ich bin nicht sehr beschäftigt, deshalb warte ich, bis Sie mir den eigentlichen Grund für das Treffen enthüllen.“

Fehlanzeige. Er konnte sich dieser Frau einfach nicht verständlich machen.

„Ganz ehrlich? Ich wollte erfahren, was Sie jetzt, da Sie den Doktor haben, tun wollen. Winter oder jemand anderes hat erwähnt, Sie hätten ein Bewerbungsgespräch bei einer Privatfirma. Aber ich möchte Sie auch etwas fragen."

„Effizienz", meinte sie lächelnd. „Davor habe ich Respekt."

„Außerdem erschien mir das als gute Gelegenheit, nochmals anzufragen, ob Sie vielleicht eine Laufbahn beim FBI in Betracht ziehen würden."

„Effizienz *und* Beharrlichkeit. Jetzt verstehe ich, weshalb Sie es beim FBI so weit gebracht haben."

Ihr Augenzwinkern war sarkastisch gemeint, drückte aber noch etwas anderes aus. In diesem Moment wünschte er, auch er besäße ihre unheimliche Gabe, Menschen zu durchschauen. Wenn er sich weiterhin den Kopf über ihre Beweggründe zerbrach, würde er noch den Verstand verlieren.

„Ich fasse das als Kompliment auf", sagte er. „Sie werden Bedrohungsanalysen durchführen, nicht wahr?"

„Ja." Sie nickte. „Gewalt am Arbeitsplatz, sexuelle Belästigung, solche Sachen. Es ist ganz ähnlich wie bei Ihnen, schätze ich, aber eher proaktiv als reaktiv. Und, hey", mit breitem Grinsen streckte sie beide Hände vor, „die Gesellschafter der Firma meinten, sie bekämen auch Regierungsaufträge, und das schließt das FBI ein. Diese Frage-und-Antwort-Spiele können also bald abgerechnet werden."

„Ich nehme an, mit meinen fünf Dollar komme ich da nicht weit?"

„Wohl kaum", sagte sie lachend. Ihr Gesichtsausdruck entspannte sich, und einen Moment lang wirkte sie beinahe verletzlich. „Ich weiß, ich habe mich beschwert deswegen, aber eigentlich bin ich ganz froh, mit jemandem über diese Sachen reden zu können. Mit jemand anderem als einem Kommilitonen oder einem Professor, meine ich. Mit jemandem, der über praktische Erfahrung auf dem Gebiet verfügt und regelmäßig mit Straftätern zu tun hat."

Er hätte sich das Lächeln auch dann nicht verkneifen können, wenn er gewollt hätte. Der dilettantische Versuch, sie unter dem Vorwand, ihr zu ihrer eindrucksvollen akademischen Leistung zu gratulieren, in einen Coffee Shop zu locken, hatte ihm einige Magenschmerzen verursacht. Er setzte sonst jede nötige Taktik ein, um die Beteiligten zum Einlenken zu bringen, doch ob es an dem ziemlich katastrophalen Wortwechsel in der vorigen Woche lag oder an der merkwürdigen Beziehung, die sich zwischen ihnen herausgebildet hatte, jedenfalls war sie heute anders.

„Das freut mich. Ich möchte vermeiden, dass Sie mir Ihren Stundensatz berechnen."

„In Anbetracht der Zahlen, die auf dem Jobangebot standen, haben Sie auch allen Grund dazu." Als sie die Arme um den Oberkörper schlang und lachte, drang ihr das Vergnügen aus allen Poren. „Aber ich helfe Ihnen gern." Sie wurde wieder ernst. „Was liegt an?"

Sein Lächeln verflüchtigte sich sofort, wenn er an den Haldane-Fall dachte.

Er hätte die muntere Unterhaltung mit Autumn gern noch länger fortgeführt, doch sie hatte recht.

„Ihrer Miene nach zu schließen, nichts Gutes." Ihr Tonfall war sachlich, sie stützte die Ellbogen auf die Tischplatte und sah ihn aufmerksam an.

„Nein", antwortete er. „Wirklich nicht."

„Geht es um Tyler Haldane?"

„Ja, irgendwie schon." Obwohl er das Gefühl hatte, ihr vertrauen zu können, musste er dennoch darauf achten, heikle Details des Falls für sich zu behalten. „Wie häufig kommt es Ihrer Einschätzung nach vor, dass man es mit jemandem wie, sagen wir, Frank Castle, dem Punisher, zu tun hat? Einem ehemaligen Soldaten oder Polizisten, der die Schnauze voll hat und beschließt, das Gesetz in die eigenen Hände zu nehmen?"

Sie musterte ihn aufmerksam und runzelte die Stirn. „Nicht so oft."

„Das ist doch noch nicht alles“, hakte er nach.

Sie seufzte. „Mag sein, aber Cops hören so etwas nicht gern.“

„Sie sollten inzwischen wissen, dass ich kein gewöhnlicher Cop bin“, sagte er, sie unverwandt fixierend.

„Wohl eher nicht.“

„Dann lassen Sie mal hören.“

Sie schüttelte den Kopf und seufzte erneut. „Nach meinem Kenntnisstand ist es deshalb ungewöhnlich, weil die meisten unzufriedenen Cops einen Weg finden, ihren Ärger im Job auszuleben. Sie verbiegen Regeln, brechen das Gesetz, machen halbseidene Geschäfte, und meistens ist das Ventil genug, um zu verhindern, dass sie Frank Castle werden.“

„Klingt nachvollziehbar“, sagte er.

„Aber wie Sie bereits sagten.“ Ein Lächeln huschte über ihr Gesicht. „Sie sind kein gewöhnlicher Cop.“

„Nein“, sagte er. „Was ist mit diesen Leuten? Was denken Sie über die Cops, die auf die schiefe Bahn geraten?“

Sie trommelte mit den Fingerspitzen auf die Tischplatte und nahm einen großen Schluck aus dem Pappbecher. „Ich stelle hier pauschale Verallgemeinerungen an, und dabei ist mir ein bisschen unwohl. Es tut mir leid, und das hat nichts mit Ihrer Integrität zu tun, aber ich möchte ohne Kenntnis des Kontexts lieber nicht darauf antworten. Glauben Sie, ein Cop hat rotgesehen und Tyler Haldane getötet? Oder was?“

Er vergewisserte sich, dass in der Zwischenzeit niemand in ihrer Nähe Platz genommen hatte. „Es geht nicht nur um Haldane. Vor einem halben Jahr wurde bei Norfolk ein Mann getötet, und heute ist ein weiterer Toter in Newport News aufgetaucht. Alle drei Männer wurden mit derselben Waffe erschossen, mit einem militärischen Scharfschützengewehr. Haldane wurde aus fast einer Meile Entfernung getötet, und zwar mit einem Schuss mitten zwischen die Augen.“

„Mist“, seufzte Autumn und hielt mit Trommeln inne.

„Wer immer der Täter sein mag, er ist ein ausgebildeter Schütze. Entweder ein Ex-Polizist oder Ex-Soldat, vielleicht auch beides. Falls wir es mit jemandem zu tun haben, der über eine militärische Ausbildung verfügt, möchte ich von Ihnen wissen, was einen guten Cop oder, allgemeiner gesprochen, eine anständige Person dazu bringen könnte, so etwas zu tun. Ehrlich gesagt, wäre im Moment schon der kleinste Hinweis hilfreich. Bislang haben wir praktisch nichts in der Hand."

„Grundgütiger", murmelte sie. „Also okay, wie ich schon sagte, muss ich mangels eines konkreten Verdächtigen pauschale Verallgemeinerungen anstellen, was mir nicht sonderlich liegt. Aber hier sind ein paar Anhaltspunkte."

„Mehr verlange ich gar nicht", versicherte er und nickte zur Bekräftigung.

„Also erstens." Sie lehnte sich zurück und nestelte am Eulenanhänger ihrer goldenen Halskette. „Bei einer jüngeren Person könnte es sich um eine beginnende paranoide Schizophrenie handeln. Auch bei älteren kommt das vor, aber weniger häufig. In diesem Fall sollten Sie nach einer genetischen Veranlagung und Auslösern für die Symptome suchen. Die Krankheit wird nicht immer durch Stressfaktoren getriggert, doch generell lassen sie sich finden. Wenn die Person erst kürzlich durchgedreht ist, gibt es Anzeichen dafür. Sie könnte sich zurückgezogen haben, unregelmäßig zur Arbeit erscheinen oder sogar entlassen worden sein. Es können auch Persönlichkeitsveränderungen auftreten, die sich als düstere Bemerkungen oder pessimistischere Grundeinstellung äußern. Ich denke, es läuft darauf hinaus, dass Menschen meist nicht durchdrehen, ohne Spuren zu hinterlassen."

„Was für Spuren?"

Sie zuckte mit den Schultern. „Suchen Sie erst nach dem Auslöser. Es könnte die Diagnose einer schweren, unheilbaren Krankheit wie Multiple Sklerose oder Krebs sein, der Verlust einer geliebten Person, ein sexueller Übergriff, etwas in der Art.

Anschließend kommt es zu einer Verhaltensänderung. Aber …“ Sie reckte den Zeigefinger und erwiderte seinen Blick.

„Aber?“

„Das ist wichtig, okay?“ Sie fixierte ihn mit ihren grünen Augen, bis er nickte.

„Kapiert“, sagte er.

„Alle ‚Anzeichen‘ oder ‚Symptome‘, die ich erwähnt habe, treten auch bei einer posttraumatischen Belastungsstörung auf. Und die Wahrscheinlichkeit, dass jemand, der traumatisiert wurde, wie Frank Castle zum selbsternannten Rächer wird, ist viel geringer als die, dass er PTBS bekommt.“

Das war’s, dachte er.

All die Seltsamkeiten in Suns Verhalten der vergangenen sechs Monate, die Cassidy Ramirez als Argument für ein Durchdrehen angeführt hatte, waren mit einer posttraumatischen Belastungsstörung zu erklären.

„Wer auch immer Tyler Haldane ermordet hat, er hat es sorgfältig geplant“, sagte Aiden. „Der Täter muss ihn wochen- oder monatelang beobachtet haben, um einen sauberen Schuss anbringen zu können.“

Autumn nickte. „Dann suchen Sie möglicherweise nach einer Person, die sehr früh traumatisiert wurde.“

Sechzehntes Kapitel

Goldgelbes Licht fiel durchs Panoramafenster ein. Die Sonnenstrahlen wurden von Arbeitsflächen aus poliertem Granit, Geräten aus Edelstahl und dem sirupartigen Fleck aus geronnenem Blut und fein verteilter Gehirnmasse auf dem Kachelboden reflektiert. So grausig der Ort, an dem Ben Ormund ermordet worden war, auch sein mochte, Winter hatte bei den Ermittlungen zu Douglas Kilroy Schlimmeres gesehen.

Mann, schon zu Highschoolzeiten hatte sie Schlimmeres gesehen.

Ben Ormund war nicht vergewaltigt oder verstümmelt worden, und der Täter hatte nicht die Wände mit Blut beschmiert. Wie Mitch Stockley und Tyler Haldane war auch Ormund einen schmerzlosen Tod gestorben. Vermutlich hatte er nicht einmal den Schuss gehört, als es auf einmal schwarz um ihn wurde.

„Agents", grüßte sie ein braun und goldgelb gekleideter Sheriff.

Er war jung, vermutlich so alt wie Noah, doch seine Reaktion auf die Schweinerei fiel nicht heftiger aus als bei Winter. Dem militärisch kurz geschnittenen dunkelblonden Haar nach zu schließen, hatte auch er schon Schlimmeres gesehen.

„Morgen, Deputy", sagte Noah. „Ich bin Agent Dalton, das ist meine Kollegin Agent Black."

„Morgen“, sagte Winter steif, denn sie brachte es im Moment einfach nicht fertig, sich freundlich zu geben.

„Ich bin Deputy Eckley“, sagte der Mann und reichte erst Noah die Hand und dann Winter.

„Ich nehme an, wir befinden uns außerhalb der Stadtgrenze, oder?“, bemerkte Noah.

Der Deputy nickte. „Ja, ein paar Meilen. Entlang der Küste leben ziemlich wohlhabende Leute, da gibt es nicht viele solche Vorkommnisse.“

„Dieses hier scheint Ihnen wenig auszumachen“, warf Winter ein.

Sie achtete darauf, nicht vorwurfsvoll zu klingen. In Wahrheit fragte sie sich nach der unplanmäßigen Besprechung mit Vizedirektorin Ramirez, ob sie demnächst jeden einzelnen Polizeibeamten im Umkreis von Richmond und Norfolk vernehmen würden.

Sie mussten den Kreis der Verdächtigen dringend einengen, doch bislang hatte keiner der Tatorte irgendwelche Hinweise erbracht.

Der Deputy lächelte sarkastisch und nickte. „Hab zwei Irak-Einsätze hinter mir, Agent. Ein Typ mit weggeschossenem Schädel ist für mich nichts Neues, was dem Opfer gegenüber nicht respektlos klingen soll. Hier in der Gegend schieben wir an sich eine ziemlich ruhige Kugel, aber Norfolk ist eine große Stadt mit einem großen Marinestützpunkt. Viele Halunken begeben sich außerhalb der Stadtgrenzen und landen in meinem Zuständigkeitsbereich.“

Die Offenheit des Mannes gefiel Winter. „Kann ich mir denken“, meinte sie lächelnd.

„Doch das da?“ Eckley deutete auf die Blutlache. „Ich bin heilfroh, das ans FBI abzugeben. Ein Kopfschuss aus einer solchen Distanz, ohne die kleinsten Tatortspuren, nein danke. Der Fall gehört Ihnen, und im Moment bin ich hier, um *Ihnen* zu helfen.“

„Ein Distanzschuss“, wiederholte Noah, ehe Winter etwas erwidern konnte. „Irgendeine Idee, wo der Schütze postiert war?“

Der Deputy deutete auf das Einschussloch in der Fensterscheibe. „Sehen Sie die Felsen dort drüben, die so eine Art Klippe bilden?“

Winter blickte in die Richtung und nickte. „Sie glauben, er hat von dort aus geschossen?“

„Höchstwahrscheinlich. Ein paar unserer Leute versuchen gerade, die Flugbahn des Projektils zu rekonstruieren.“

„Da könnten Sie recht haben.“ Noah blickte von Winter zum Deputy und wieder zurück. „Ich sehe die Felsen, und anscheinend sind nur einige wenige groß genug, dass sich ein Erwachsener dahinter verstecken kann. Wenn der Täter nicht Tarnkleidung oder einen Ghillie-Anzug getragen hat und im Gras lag, würde ich sagen, er hat sich hinter einem der Felsen verschanzt.“

„Also“, meinte der Deputy lachend, „ich würde meinen rechten Hoden drauf verwetten, dass der Täter keinen Ghillie-Anzug anhatte, aber das sollen die Profis klären.“

Noah schenkte dem Mann sein patentiertes entwaffnendes Lächeln, während Winter sich bezähmen musste, um nicht mit den Augen zu rollen. Selbst dann, wenn er seinen Charme bei jemand anderem einsetzte, war er so wirkungsvoll, dass es sie ärgerte.

„Schauen wir uns das an?“, fragte Winter in gezwungen freundlichem Ton.

„Nach Ihnen, Agents“, meinte Eckley. „Mal sehen, was es zu sehen gibt.“

Als sie über den saftig grünen Rasen und durch das sich anschließende Gestrüpp schritten, tauschten sich die beiden Männer über ihre militärische Laufbahn aus.

Die Sonne des späten Vormittags schien Winter auf den Kopf, und sie wünschte, sie hätte einen Hut. Einen mit breiter, schlabbriger Krempe, wie Autumn ihn bei der Fahrt zur Küste getragen hatte. Sie fragte sich, wie Autumn das angestellt hatte, doch bei ihr sah der Hut chic aus.

Bevor sie die Felsen erreicht hatten, schreckte eine Frauenstimme sie aus ihren Gedanken auf.

„Hey, Deputy!“ Im hohen Gras schwenkte eine Frau den Arm. „Wir haben was entdeckt. Das ... das sollten Sie sich ansehen.“

Winter und Noah wechselten hoffnungsvolle Blicke und wurden schneller, bis sie beinahe joggten. Deputy Eckley hielt mit ihnen Schritt, und als sie die Kriminaltechnikerin erreicht hatten, glänzte seine Stirn von Schweiß.

Winter hatte das Gefühl, sie werde unter der marineblauen Jacke mit den gelben FBI-Blockbuchstaben gebraten. Die Button-down-Bluse klebte ihr am Leib, und sie konnte nur hoffen, dass sie an den sichtbaren Stellen keine Schweißflecken bekam.

„Amy.“ Eckley nickte der Frau zu. „Die sind vom FBI, Agent Dalton und Agent Black.“

„Agents“, sagte Amy. „Das dürfte Sie interessieren. Ich bin schon fast dreißig Jahre in dem Job. Ich habe sogar zehn Jahre in Miami gearbeitet, aber so etwas ist mir noch nicht untergekommen.“

Floridas Metropole war der Hotspot für Kartell-Aktivitäten, und während der letzten paar Jahrzehnte hatte sich dort praktisch jede kriminelle Organisation festgesetzt. Pablo Escobars Herrschaft war nur der Anfang gewesen in Miami, und wenn Amy dort *zehn Jahre* zugebracht hatte, war Winter wirklich gespannt auf den Fund.

Das Opfer hatten sie bereits gesehen – was zum Teufel war dann der Grund für Amys Erregung?

Sie folgten der kleinen Frau, die sich einen Weg zwischen Felsen und Steinen hindurchbahnte. Das einzige Geräusch war das ferne Rauschen des Atlantiks.

Winter bekam Herzklopfen, doch die körperliche Anspannung war nicht der Grund. Jeder einzelne Schritt schien eine volle

Minute in Anspruch zu nehmen, und als sie den Felsen erreichten, an dem der zweite Kriminaltechniker stand, hatte Winter das Gefühl, eine geschlagene Stunde sei verstrichen.

Sie war auf alles Mögliche gefasst, angefangen von einem abgeschlagenen Kopf bis zu einem Teufelsaltar, doch als ihr Blick auf den Gegenstand fiel, der die Techniker in Erstaunen versetzte, sog sie scharf den Atem ein.

„Ist das …?“ Deputy Eckley brachte den Satz nicht zu Ende.

Amy nickte und streifte sich eine schwarze Haarsträhne aus dem Gesicht. „Ja, Deputy.“

„Leck mich am Arsch“, murmelte Noah.

Seufzend wischte Winter sich die Schweißperlen von der Stirn. In der vergangenen Stunde hatte sich ihre Hoffnung, die pastellblaue Bluse werde von Flecken verschont bleiben, nicht erfüllt. Sie hatte den Reißverschluss der leichten FBI-Jacke über ihrer durchgeschwitzten Bluse geschlossen, und jetzt meinte sie zu wissen, wie sich eine mit Alufolie abgedeckte Pfanne im Backofen fühlte.

Während Noah und der Deputy-Sheriff sich im klimatisierten Haus unterhielten, hatte sie sich an einen schattigen Flecken zurückgezogen, um Aiden Parrish zu informieren. Er hatte gemeint, er habe am Vormittag eine Besprechung, doch als sie zum Haus zurückkehrten, ging es schon auf ein Uhr zu. Nach anderthalbmaligem Klingeln meldete er sich.

„Parrish.“

„Ich bin’s.“ Sie merkte, dass sie angespannt klang.

„Wie läuft’s da draußen?“ Sein Tonfall hielt die Schwebe zwischen Neugier und Besorgnis.

„Es … es läuft.“

„Haben Sie etwas gefunden?“

Unwillkürlich entfuhr ihr ein trockenes Kichern. „Allerdings.“

„Muss ich Ihnen alles aus der Nase ziehen?“ Sein Tonfall war scharf, aber nicht feindselig. Jedenfalls bisher nicht.

„Nein, tut mir leid. Ich habe noch immer Mühe, das zu begreifen."

„Herrgott, was ist da los? Das Opfer wurde in den Kopf geschossen, oder? Moment, er hatte doch keine Familie dort? Das hat niemand erwähnt."

„Nein, nein, nichts dergleichen." Sie kniff die Augen zusammen und massierte sich mit der freien Hand die Schläfe. „Das wird Sie umhauen. Hätte ich es nicht selbst gesehen, würde ich es nicht glauben."

Als sie zögerte, herrschte Schweigen. Sie hielt sich das Handy vors Gesicht und checkte, ob die Verbindung noch stand, doch das schweißverschmierte Display zeigte keinen Gesprächsabbruch an.

„Aiden?", sagte sie.

„Ich warte. Wir haben bereits geklärt, dass das hier kein Frage-und-Antwort-Spiel wird." Sein Tonfall war vollkommen tonlos, und sie musste an die Besprechung bei Vizedirektorin Ramirez denken. Aiden war vor ihr und Noah gegangen, und seitdem hatten sie nicht mehr miteinander gesprochen. Offenbar war sein Ärger noch immer nicht verflogen.

„Na schön", seufzte sie. „Es war dieselbe Waffe. Das Gewehr, mit dem Stockley und Haldane ermordet wurden. Wir ..."

„Moment", warf Aiden ein. „Heißt das, Sie haben die Mordwaffe gefunden? Wo?"

„An der Stelle, von der aus Ormund mutmaßlich erschossen wurde."

„Der Täter hat die *Tatwaffe* am *Tatort* zurückgelassen?" Offenbar glaubte er, sie scherze. „Winter, ich schwöre bei Gott, wenn Sie mich ..."

„Nein, bestimmt nicht", entgegnete sie rasch. „Ich hab doch gesagt, das ist verrückt. Aber, ja ... hinter dem Felsen, von dem aus der Scharfschütze wahrscheinlich geschossen hat, lag ein Barrett M98 Bravo."

„Ein Barrett M98 Bravo lag einfach da, obwohl wir bei den anderen beiden Morden nicht einmal Patronenhülsen gefunden haben?"

„Ein *zerlegtes* Barrett M98 Bravo", präzisierte sie. „Und die Patronenhülsen waren auch da."

„Patronenhülsen, im Plural?"

„Ja. Alle drei. Und bevor Sie fragen: keine Fingerabdrücke, kein Spurenmaterial, keine Fußabdrücke, absolut *nichts*. Man könnte meinen, wir jagen ein verdammtes Gespenst. Und wissen Sie was? Ein bestimmter Teil des Gewehrs fehlt. Nämlich der Schlagbolzen. Der Schütze hat den verdammten Schlagbolzen behalten oder ihn von der Klippe ins verdammte Meer geworfen."

Winter meinte beinahe zu hören, wie Aiden den Kopf schüttelte.

Sie lupfte den Zopf vom schweißverklebten Nacken. „Das ist längst nicht alles."

„Herrgott, was noch?"

„Er hat uns eine Nachricht hinterlassen. Die ..."

Zum zweiten Mal fiel ihr Aiden ins Wort. „Eine Nachricht? Wie BTK, der Zodiac-Killer oder Ted Kaczynski?"

„Kein Manifest." Sie wurde ärgerlich, was sich in ihrem Tonfall ausdrückte, doch sie war zu verschwitzt und dehydriert, als dass es sie geschert hätte. „Eine Notiz. Auf einer Karteikarte. Alle drei Patronenhülsen waren daneben aufgereiht. Die Notiz wurde gedruckt, deshalb können wir keine Handschriftanalyse durchführen. Wir haben sie ins Labor geschickt, um die verwendete Tinte und alles andere untersuchen zu lassen."

„Wie lautet die Nachricht?" Die Schärfe war aus seinem Tonfall gewichen. Jetzt klang er so, als hätte er von alldem die Schnauze voll.

„Sie lautet wörtlich: *Stockley, Haldane, Ormund. Das ist erst der Anfang. Viel Glück, Agents.*"

Siebzehntes Kapitel

Noah schaute hoch, als Winter in Ormunds geräumige Küche trat. Das Klicken des Kameraauslösers wurde untermalt von den leisen Stimmen der Kriminaltechniker, die ihre Arbeit gerade abschlossen.

Aus Winters Zopf hatten sich einzelne Strähnen gelöst, und auf ihrer Stirn glitzerten Schweißperlen, als sie sich das verfilzte Haar aus dem Gesicht streifte. Er fragte sich, ob ihre geröteten Wangen von der Hitze herrührten oder von einem Sonnenbrand. Nachdem er Jahre auf der Ranch seiner Großeltern verbracht hatte, war Noah längere Aufenthalte im Freien gewohnt und hatte nur noch ganz selten Sonnenbrand.

In den ersten sechs Monaten seines Afghanistaneinsatzes hatte er zu den wenigen Marines gehört, denen die sengende Hitze nichts ausgemacht hatte. Auf der Ranch und im Mittleren Osten hatte er so viel Schweiß vergossen, dass er darauf nicht mehr achtete.

„Wie stellst du's an, dass du keinen Hitzschlag bekommst?", fragte Winter.

Er wusste, dass seine Antwort sie ärgern würde, und zuckte grinsend mit den Schultern. „Veranlagung, schätze ich. Aber das ist schon seltsam: Du bist doch die, die immer friert."

Sie verschränkte die Arme vor der dunklen Jacke und schnaubte. „Ist wohl ebenfalls Veranlagung. Was haben wir hier? Wie geht es weiter?"

„Die Techniker sind noch mit der Spurensicherung beschäftigt", sagte er und zeigte auf das Gewimmel an der Frühstückstheke. „Aber sie glauben, dass sie nicht mehr viel finden werden. Sie werden noch ein paar Fingerabdrücke nehmen und Fotos machen, das wär's dann auch schon."

„Was wissen wir über Ben Ormund?", fragte sie. „Bislang hat der Täter nur andere Mörder getötet."

„Das kommt als Nächstes. Wir müssen herausfinden, ob Ormund in dieses Profil passt. Er hat an der Christopher Newport University Psychologie unterrichtet. Dort fangen wir an."

„Wenn wir mit dem Lehrkörper sprechen, sollte ich mich umziehen und vorher duschen oder so." Sie zeigte auf sich und sah ihn ausdruckslos an. „Ich glaube, ich stinke inzwischen wie eine Socke nach einer Woche Sport."

Sein Gelächter ließ zwei Techniker aufmerksam werden, worauf er sich sogleich auf die Zunge biss. „Das war plastisch. Hast du Wechselklamotten im Wagen?"

„Ja."

„Gut, dann halten wir an einer Polizeiwache, und du machst dich frisch, während ich mal schaue, was sie zu Ben Ormund vorliegen haben. Zwei Fliegen mit einer Klappe."

Als Noah auf eine zwanzig Jahre alte Anzeige wegen sexueller Belästigung stieß, schwankte er zwischen Erleichterung und Besorgnis. Während Winter sich umzog, sprach er mit den beiden Deputys, die glaubten, die Frau, welche die Anzeige erstattet hatte, sei zur anderen Seite des Landes umgezogen.

Noah fand jedoch in der Bundesdatenbank zu ihr keinen Treffer. Wenn sie tatsächlich nach Kalifornien oder nach Washington umgezogen war, hatte man sie nicht auf dem Schirm. Es gab keine Versorgerdaten, keine Meldebestätigung, keine Sozialhilfeunterlagen. Nichts. Sie schien sich in Luft aufgelöst zu haben.

Mit den Zähnen knirschend, klappte er gerade den Laptop zu, als Winter an der anderen Seite des Raums vom Flur hereinkam. Mehrere Sheriffs saßen an den Schreibtischen, doch keiner schenkte den FBI-Besuchern sonderlich viel Beachtung.

Ein funkelnder Wassertropfen löste sich von ihrem Zopf und tropfte auf den Blazer. Ihre Wangen waren noch rosig, doch ihr Gesicht war nicht mehr so stark gerötet wie zuvor. Er klemmte sich den Laptop unter den Arm und erhob sich.

„Hast du komplett geduscht?“, fragte er.

„Was wäre denn eine halbe Dusche?“, entgegnete sie und krauste die Nase. „Oder eine viertel?“

„Also, du riechst wundervoll. Bestimmt nicht wie eine Sportsocke.“

„Äh, das ist wohl als Kompliment gemeint, oder?“

„Keine Ursache - dafür bin ich zuständig. Moralische Unterstützung, Komplimente, was auch immer.“ Er hob den Arm und warf einen Blick auf seine Armbanduhr. „Viertel nach zwei. Noch jede Menge Zeit.“

„Die sehe ich jetzt zum ersten Mal.“ Winter fasste ihn beim Arm und betrachtete die Uhr mit zusammengekniffenen Augen. „Ist die neu?“

Er spürte die von ihr ausstrahlende Wärme durch den Ärmel hindurch. Obwohl ihm das Herz bis zum Hals schlug, versuchte er, sich nichts anmerken zu lassen.

Was hatte das zu bedeuten? Warum weckte eine unschuldige Berührung so viel Nervosität *und* Erwartung?

Sie standen mitten in einer Polizeiwache voller Deputy-Sheriffs, und er konnte nur daran denken, sie in die Arme zu schließen und zu küssen, ihre Zunge zu schmecken, sich in ihrer Wärme zu verlieren. Die Vorstellung war ebenso frustrierend wie quälend.

Doch als sie ihre blauen Augen auf ihn richtete, kam ihm eine Erkenntnis, die ihm den Atem raubte: Sie hatte die scheinbar unschuldige Berührung bewusst herbeigeführt, und wären sie nicht von Deputy-Sheriffs umringt gewesen, hätte er sich zu ihr geneigt und seine Lippen auf ihre gedrückt.

Er räusperte sich und löste sich aus der Raum-Zeit-Blase, in der er und Winter schwebten.

„Was meinst du?“, fragte er.

„Deine Armbanduhr. Ich bin auf dem Gebiet keine Expertin, aber Grampa Jack hat mir so einiges mitgegeben.“ Ihr Mundwinkel hob sich, als sie seinen Arm losließ. „Und nach allem, was ich weiß, ist das eine schicke Uhr.“

„Ja“, bestätigte er. „Mein Großvater sammelt sie. Die hat er mir geschenkt, als ich beim Militär ausgeschieden bin. Sie war eine Weile in Reparatur, hab sie erst vor ein paar Tagen zurückbekommen.“

„Wie viel ist sie wert?“

Er zuckte mit den Schultern. „Eine Menge. Genau weiß ich’s nicht. Sie ist alt, ein Klassiker, schätze ich. Gehörte wohl zu einer limitierten Kollektion aus den Sechzigern oder Siebzigern oder so.“

Ihr Lächeln vertiefte sich, doch ihm entging nicht das schelmische Funkeln in ihren Augen. „Ziemlich cool. Erst das Haar, jetzt die Uhr – offenbar arbeitest du hart an deinem Style.“

„Ich weiß nicht, ob du dich lustig machst, oder ob das ein Kompliment sein soll.“

„Vielleicht von beidem ein bisschen.“ Sie zwinkerte ihm zu, was nicht oft bei ihr vorkam. „Aber lassen wir den Fashion-Talk. Hast du etwas über Ormund rausgefunden?“

„Richtig. Scheiß Ben Ormund.“

Er konnte sich ein Aufstöhnen nur mit Mühe verkneifen. „Ja, hab ich. Hab die Adresse seiner Ex-Frau, den Rest erzähle ich dir unterwegs.“

Sie wandte sich zum Ausgang. „Sieht so aus, als hätten wir einen Plan.“

Während der kurzen Fahrt zu Linda Cahill, vormals Ormund, ging er sämtliche Informationen durch, die er zu der zwanzig

Jahre alten Anzeige wegen sexueller Belästigung gesammelt hatte.

Das Opfer, Paula Detrick, war zu einer Beratungsstelle gegangen, die Ormund beschäftigte. Den Polizeiakten zufolge hatte Ormund sie während einer Sitzung unter Drogen gesetzt, sich an ihr vergangen und anschließend alles abgestritten.

Wie im Fall von Anne Timson hatten die Beweise nicht ausgereicht, um Anklage gegen Ormund zu erheben. Allerdings hatte der Bundesstaat seine Zulassung einkassiert.

Von da an wurde es undurchsichtig, doch am Ende war der Makel aus Ormunds Akten so gut wie getilgt. Er lehrte an der Christopher Newport University Psychologie, bis er am Abend zuvor erschossen wurde.

Als Noah an die Holztür klopfte, war Schluss mit Scherzen und Koketterie. Die Tür wurde erst einen Spalt weit geöffnet, dann etwas weiter. Winter zeigte der Halbwüchsigen ihre Dienstmarken.

„Ich bin Agent Dalton, das ist Agent Black. Wir sind vom FBI und würden uns gern mit Linda Cahill unterhalten. Ist sie zu Hause?“

Das Mädchen nickte.

„Können wir sie sprechen?“, fragte Winter.

„Einen Moment“, antwortete das Mädchen und wandte den Kopf. „Mom“, rief sie, „hier will dich jemand sprechen. Das FBI.“

„*Was?*“, rief eine Frau im Hintergrund. „Lucy, wenn du mich verarschst …“

„Nein-nein“, kicherte das Mädchen. „Ich verarsch dich bestimmt nicht, Mom.“

„Ich bin Linda Cahill“, sagte die Frau und legte ihrer Tochter beschützend die Hand auf die Schulter. Ihre blassblauen Augen huschten zwischen Noah und Winter hin und her, doch ihre Miene war undurchdringlich. „Womit kann ich Ihnen helfen, Agents?“

„Wir würden Ihnen gern ein paar Fragen zu Ihrem Ex-Mann stellen“, sagte Winter. „Dürfen wir eintreten? Ehrlich gesagt, bin ich schon den ganzen Tag dieser Bullenhitze ausgesetzt und könnte allmählich eine Pause gebrauchen.“

Linda nickte mit gespitzten Lippen, und ihre Tochter trat beiseite. „Kommen Sie rein. Wir unterhalten uns im Wohnzimmer. Darf ich Ihnen etwas zu trinken anbieten?“

„Sie sollten das Angebot annehmen“, sagte Lucy vom Fuß der Treppe aus. „Moms Limonade ist echt krass. Und sie hat gerade frische gemacht.“

„Danke, Lucy“, erwiderte Lisa. Als sie abwinkte, grinste ihre Tochter und ging nach oben. „Aber wenn Sie Limonade mögen, können Sie gern welche haben. Wir können auch gleich in die Küche gehen und dort reden.“

„Die Küche ist mir am liebsten“, erwiderte Noah grinsend.

„Kluger Mann“, bemerkte Linda und schwenkte anerkennend den Zeigefinger.

„Sie haben es nett hier“, sagte Winter, als sie hinter Linda in die sonnendurchflutete Küche traten. „Leben Sie hier allein mit Ihrer Tochter?“

„Allerdings“, erwiderte ihre Gastgeberin. „Und zwar schon seit zehn Jahren. Ich schätze, ich habe kein Talent für die Ehe. Drei Mal geheiratet und geschieden.“ Sie stellte zwei Gläser auf die Granittheke und streifte sich eine blonde Haarsträhne aus dem Gesicht.

„Also“, sagte sie und zog die Tür des Edelstahlkühlschranks auf. „Was macht das Arschloch jetzt?“

„Wie bitte?“, erwiderten Noah und Winter im Chor.

„Ich nehme an, deshalb sind Sie hier.“ Sie schenkte aus einem Plastikkrug Limonade in die Gläser ein.

„Sie meinen Ben Ormund, nicht wahr?“, fragte Noah.

„Genau.“ Linda nickte. „Was macht der Scheißkerl so?“

„Sie sind ihm jedenfalls nicht grün“, bemerkte Winter und nahm einen Schluck. „Wow, Ihre Tochter hat nicht zu viel versprochen. Die Limonade schmeckt toll.“

Noah, den Mund voller Limonade, nickte zustimmend. Ein dermaßen ausgewogenes Verhältnis von süß und sauer hätte er nicht für möglich gehalten.

„Danke. Das Rezept stammt von meiner Mutter. Der Trick dabei ist, Sirup anstatt Zucker zu verwenden. Man kann Erdbeeren in den Sirup tun oder auch Himbeeren, Blaubeeren, was einem eben so schmeckt.“ Linda lehnte sich an die Theke und verschränkte die Arme. „Und ja, ich bin diesem Arschloch definitiv nicht grün.“

„Hat er Sie seit der Scheidung jemals belästigt?“, fragte Winter.

„Echt jetzt?“ Linda riss die Augen auf. „Sie wissen das wirklich nicht? Sind Sie überhaupt vom FBI?“

Noah zog die Brauen zusammen. „Was meinen Sie?“

„Dreimal.“ Sie hielt drei Finger hoch. „Drei verdammte Male habe ich mich um eine einstweilige Verfügung gegen den Hurensohn bemüht. Nicht wegen mir, sondern wegen Lucy. Der Mistkerl bildet sich ein, Lucy sei von ihm. Er hat einen Doktortitel, für den man anscheinend kein Mathe braucht, denn er kapiert einfach nicht, dass sie unmöglich von ihm sein kann!“

Linda warf die Arme hoch, ihr hübsches Gesicht hatte sich gerötet.

„Und da es nun mal um meinen Körper geht, bin ich ja wohl Expertin zu dem Thema, oder? Aber nichts da.“ Sie lachte bitter. „Ormund will das nicht einsehen. Er versucht seit zwei Jahren, einen DNA-Test zu erzwingen. Und hätte ich nicht das Glück gehabt, gut zu verdienen, hätte mich allein schon die finanzielle Last einknicken lassen. Meine Tochter sollte mit diesem Mist nicht behelligt werden. Ich habe versucht, sie davor zu schützen, doch am Ende musste ich es ihr sagen.“

„Was sagen?“, fragte Winter.

„Dass ein gewisser Knallkopf glaubt, sie wäre seine Tochter!“ Linda kniff die Augen zu und massierte sich mit beiden Händen die Schläfen. „Jetzt ist sie voll im Bilde, und ihr echter Vater war von Anfang an bekannt. Sie findet auch, dass Ormund ein bescheuerter Spinner ist."

Noah und Winter wechselten verwirrt Blicke.

Warum zum Teufel stand nichts davon in den staatlichen und bundesstaatlichen Datenbanken? Wieso wusste *kein einziger* der Deputy-Sheriffs von den Anschuldigungen wegen sexueller Belästigung? Waren sie hier überhaupt an der richtigen Adresse? Gab es in Newport News noch einen anderen Ben Ormund und eine andere Linda Cahill?

„Ms. Cahill", sagte Winter in so behutsamem Ton, wie Noah es bei ihr noch nie erlebt hatte. „Wo waren Sie gestern Abend zwischen acht und zehn?"

„Gestern Abend? Nächste Woche fängt die Schule an, deshalb hab ich mir ein paar Tage freigenommen, um Zeit für Lucy zu haben. Gestern Abend waren wir im Kino und sind gegen elf heimgekommen. Es war ein langer Film, der neue Tarantino."

Wenn es einen Preis für die coolste Mom gäbe, dachte Noah, hätte Linda Cahill gute Aussicht auf einen Spitzenplatz.

„Warum fragen Sie? Moment – wenn Sie nicht hier sind wegen dieses beschissenen DNA-Tests und nicht wegen der Unterlassungsanordnung, was wollen Sie dann?"

„Ben Ormund ist tot", fiel Noah mit der Tür ins Haus. „Er wurde gestern Abend erschossen."

Das nahm Linda den Wind aus den Segeln, jedoch nur für einen Moment. Als sie sich gefangen hatte, lächelte sie. „Also, ich will ganz ehrlich sein, Agents. Ich habe ihn nicht getötet, aber ich bin auch nicht traurig deswegen."

„Haben Sie beim Militär gedient, Ms. Cahill?", fragte Noah.

„Nein."

„Waren Sie mal bei der Polizei?"

„Nein. Ich bin Immobilienrechtlerin. Wenn das nicht zählt, dann nein."

„Sagt Ihnen die Bezeichnung Barrett M98B etwas?" Er kannte die Antwort schon, fühlte sich aber verpflichtet, die Frage zu stellen.

„Nein. Sagen Sie, brauche ich einen Anwalt?“ Sie hob eine Braue und musterte ihn skeptisch.

„Nein“, antwortete er und schüttelte den Kopf. „Aber würden Sie uns verraten, was Sie über Paula Detrick wissen? Das heißt, falls Ihnen der Name etwas sagt.“

Lindas trotziger Gesichtsausdruck wurde auf einmal von einer dunklen Wolke überschattet. „Ach? Will endlich mal jemand Ermittlungen zum Verschwinden des armen Mädchens anstellen?‘“

„Was meinen Sie mit Verschwinden?“, hakte Winter nach.

„Ich meine das genau so. Mein Ex, dieser Scheißkerl, hat sich an dem armen Mädchen vergangen, und dann ist sie verschwunden. Alle sagen, sie sei an die Westküste gezogen, aber ich habe keine Ahnung, wie sie darauf kommen.“

„Sie und Ben waren damals verheiratet, nicht wahr?“, fragte Winter. „Paula hat die Anzeige vor zwanzig Jahren gemacht, und Ihre Scheidung wurde erst drei Jahre später rechtsgültig.“

Ein boshaftes Funkeln verdrängte die Melancholie in ihrem Blick. „Ich will Ihnen sagen, was ich allen sage, die mir damit kommen. Ja, ich war nach dem Vorfall noch drei weitere Jahre mit ihm verheiratet. Und ja, ich wusste Bescheid. Aber damals versuchte ich meinen Sohn aus der vorigen Ehe aufzuziehen, und ich wollte, dass er Jura studiert. Ich hatte kein eigenes Geld. Ich hatte keine Familie im Hintergrund, und alle meine Freunde waren *seine* Freunde. Ich war vollkommen abhängig von Ben. Ich hatte keine Berufserfahrung. Ich hatte nichts.“

Noah lagen ein paar Fragen auf der Zunge, doch er ließ die Frau weiterreden.

Und sie setzte ihre Schimpfkanonade fort. „Aber selbst wenn ich über die finanziellen Mittel verfügt hätte – können Sie eigentlich nachvollziehen, wie furchterregend eine solche Situation für eine junge Frau ist? Er hatte eine Fremde vergewaltigt und ermordet. Was würde er mir antun? Oder meinem Sohn? Ich würde garantiert nicht hier sitzen, wenn ich nicht durchgehalten hätte, bis ich meinen Doktor hatte."

„Sie hatten Angst."

Lindas Schnauben sagte alles. Sie schwenkte die Hand. „Und dass Sie hierherkommen, um wegen Bens Tod zu ermitteln, ist einfach großartig. Wissen Sie, ich hatte daran gedacht, mich aufs Strafrecht zu verlegen, und ich bin froh, dass ich bei den langweiligen Immobilien geblieben bin. Weil ich nicht weiß, ob ich es aushalten würde, wenn ich jeden Tag mit so einem Scheiß zu tun hätte. Wie gesagt, ich habe ihn nicht getötet. Aber sollten Sie den Schuldigen finden ..." Sie erhob sich. „Dann richten Sie ihm meinen Dank aus."

Achtzehntes Kapitel

Gerade als Cassidy hinter dem Schreibtisch Platz genommen hatte, wurde gegen den metallenen Türrahmen geklopft. Seufzend lehnte sie sich zurück und rieb sich den Nasenrücken.

„Es ist offen. Treten Sie ein“, sagte sie.

Als Max Osbourne in den Raum trat, hätte Cassidy schwören können, dass die Temperatur um mehrere Grad sank.

Seine schiefergrauen Augen funkelten vor Argwohn und Zorn, doch als die Tür hinter ihm ins Schloss fiel, schwieg er noch immer. Cassidy arbeitete jetzt seit drei Jahrzehnten mit ihm zusammen und kannte den Gesichtsausdruck.

Das Funkeln gerechten Zorns war ihr vertraut. Der Sturm, der sich hinter diesem Glitzern zusammenbraute, ließ Schiffe sinken und verwandelte Städte in Schutt. Sie krampfte die Hand um den Kugelschreiber und setzte sich zurecht, um den Shitstorm der Kategorie fünf abzuwettern.

Sie hatte Max bei dem Gespräch über Agent Sun Mings Verwicklung in den Fall absichtlich außen vor gelassen.

Es hätte durchaus Sinn ergeben, Mings Boss einzubeziehen, doch die Mitarbeiter der Abteilung für Gewaltverbrechen waren eng verbunden. Max hielt seinen schützenden Arm über die ihm unterstellten Leute, und wenn deren Qualitäten auch außer Zweifel standen, hatte Cassidy doch die Befürchtung, dass seine Loyalität die Durchleuchtung von Mings Aktivitäten in den vergangenen Monaten behindern würde.

Es war nie ihr Plan gewesen, ihn dauerhaft im Dunkeln zu lassen, und sie hatte mehr oder minder erwartet, dass er an diesem Nachmittag bei ihr auftauchen würde.

„Nehmen Sie Platz, SAC Osborne“, sagte sie nach längerem Schweigen.

Der SAC verschränkte die Arme über dem schwarzen Sakko und schüttelte den Kopf. „Ich habe den ganzen Tag gesessen. Danke.“

Cassidy verkniff sich einen Seufzer und nickte. „Sicher. Wie kann ich Ihnen helfen, Osbourne?“

Er machte die Augen schmal. „Sie sind schlau, Ramirez. Ich bin sicher, Sie wissen, weswegen ich hier bin.“

„Wegen Agent Ming.“ Cassidy ließ den Kuli zwischen den Fingern kreisen.

Max Osbourne brachte sie mehr Respekt entgegen als jedem anderen Mitarbeiter der FBI-Niederlassung von Richmond. Er hätte bereits Vizedirektor sein können, doch diese Position hatte er nie angestrebt. Er verstand es, das Beste aus den ihm unterstellten Agents herauszuholen, und das wollte er auch weiterhin tun.

Obwohl Cassidy ein schlechtes Gewissen plagte, weil sie ihm eine so heikle Information vorenthalten hatte, wusste sie doch, dass sie im Interesse des FBI und dem der Opfer handelte.

Die Opfer.

Zwei Vergewaltiger und ein Massenmörder.

Sie schob die Gedanken daran beiseite und erwiderte SAC Osbournes durchdringenden Blick. Egal was sie getan hatten, diese drei Männer waren ermordet worden, und das FBI hatte die Aufgabe, den oder die Schuldigen zu finden.

„Wegen Agent Ming“, sagte Max, als sie schwieg. „Und ich würde gern wissen, wieso ich erst jetzt davon erfahre, obwohl bereits seit mindestens zwei Tagen gegen sie ermittelt wird.“

„Bis heute Morgen wussten lediglich ein interner Ermittler und ich davon. Ich musste mich erst schlau machen, bevor ich

Agent Ming als Verdächtige einstufen konnte. Jetzt habe ich mich schlau gemacht und meine Entscheidung getroffen."

„Ach, ja? Und wann wollten Sie *sie* darüber informieren?", entgegnete Max.

„Bald, aber vorher müssen wir die Spuren des neuesten Tatorts sichern und analysieren. Bis dahin erwarte ich, dass Sie das für sich behalten."

Cassidys Stimme schwankte kein bisschen. Schwierige Gespräche führte sie öfter. Wenn man dabei Schwäche zeigte, war das so, als lockte man einen Hai mit Blut an.

„Sie wissen, dass ich schweigen werde. Aber eins würde ich gern wissen: Haben Sie stichhaltige Beweise, oder geht es hier nur um irgendwelchen Kleckerkram?"

Sie spannte den Kiefer an, bevor sie antwortete. „Wir suchen nach jemandem mit bestimmten Fertigkeiten. Nach jemandem, der sich so gut mit kriminalistischer Arbeit auskennt, dass er keine Spuren hinterlässt, und das meine ich wortwörtlich. Und er kann die Zielperson aus fast einer Meile Entfernung mitten zwischen die Augen treffen."

Als Max die Kinnlade herabfiel, wusste sie, dass er wusste, was sie als Nächstes sagen würde.

„Abgesehen von der Einsatztruppe, deren Mitglieder alle für mindestens einen der Morde ein Alibi haben, gibt es in dieser Niederlassung nur vier Personen, die so schießen können. Drei davon haben ebenfalls Alibis. Agent Ming ist die Einzige, die für keinen Tatzeitpunkt ein Alibi hat. Gestern war sie in Norfolk, und das gestrige Opfer wurde in Newport News umgebracht."

„Sie wurde von Agent Brandt begleitet", entgegnete Max. „Und sie sind *zusammen* zurückgefahren."

„Erst nachdem sie mit der örtlichen Polizei über den Anne-Timson-Fall gesprochen hatten."

„Das sollten sie doch auch."

„Richtig. Aber nach allem, was wir von der Polizei in Norfolk gehört haben, war Agent Ming außergewöhnlich interessiert an dem Fall. Und überaus mäkelig. Einer der Detectives meinte, ihre Haltung sei geradezu feindselig gewesen."

„Dazu hatte sie allen Grund!", blaffte Max. „Haben Sie sich die Akten angesehen, Ramirez? Haben Sie die Notizen gesehen, die sich die Detectives gemacht haben?"

Er hielt inne, als erwarte er eine Reaktion, fuhr aber fort, ehe sie antworten konnte.

„Anne Timson wurde sexuell attackiert und entkam einem Verrückten, der wer weiß wie viele Frauen getötet hat, und als sie bei der Polizei von Norfolk Anzeige erstattete, hat man sie ausgelacht. Ein betrunkenes College-Girl, das sich von einem älteren Typ hat abschleppen lassen und es im Nachhinein bedauerte. Ich glaube, so steht es beinahe wortwörtlich in den Akten."

Cassidy nickte. Damit hatte er nicht unrecht.

„Sie nahmen das erst dann ernst, als ein paar Monate später ein Mädchen verschwand. Zu der Zeit war Anne bereits im Trainingslager der Navy. Ich kenne Ihre Einstellung gut genug, um zu wissen, dass Sie diesen Bullshit mit der Täter-Opfer-Umkehr nicht mitmachen. Niemand in diesem Büro kauft einem diesen Scheiß ab, und Agent Ming schon gar nicht. Ich denke, das zeigt sich auch bei ihrem Einsatz rund um diese drei Missgeburten."

„Es ist nicht unsere Aufgabe, die ..."

Der SAC hob die Hand, sein Gesicht rötete sich. „Denn wenn es *Opfer* gibt, denen man die Schuld an dem geben kann, was ihnen widerfahren ist, dann sind das Haldane, Ormund und Stockley. Agent Ming hat sich im Dienst eine Kugel eingefangen, und wenn sie nicht vor Ort gewesen wäre und Strickland ausgeschaltet hätte, wären sehr viel mehr Menschen getötet worden."

„Ich weiß, was Agent Ming geleistet hat", sagte Cassidy und nickte steif. „Dafür wurde sie ausdrücklich belobigt. Aber so ein traumatisches Ereignis kann verborgene Eigenschaften einer

Person ans Licht bringen. Ich habe das schon erlebt, und Sie auch, wie ich weiß. Es wäre nicht der erste Ausraster von Sun. Bei der Presley-Ermittlung hat sie eine wichtige Information für sich behalten, damit *sie* den Fall abschließen konnte. Wir müssen das im Kontext sehen, Max. Wir stecken sie nicht in eine Gefängniszelle, okay? Sie ist eine Verdächtige, keine Angeklagte."

Die Sekunden verstrichen, während Max sie fixierte, doch Cassidy blieb standfest. Sie hatte keine Ahnung, wie lange der Augenkampf währte, doch sie vermutete, dass es eine Minute dauerte, bis er das Schweigen endlich brach.

„In Ordnung", knurrte er. „Halten Sie mich auf dem Laufenden und geben Sie Bescheid, wenn ich Ihnen helfen kann. Und ich *werde* Ihnen helfen, denn ich weiß, dass Agent Ming unschuldig ist."

Neunzehntes Kapitel

Die Erinnerung war so intensiv, dass Sun den Duft frittierter Speisen und Backwaren zu riechen meinte, der von den nahen Restaurants herüberwehte. Vor jenem Tag hatte Sun nie einen Fuß in die Riverside Mall gesetzt, doch wenn ihr schlafendes Gehirn diesen Abend wieder Revue passieren ließ, kam es ihr so vor, als kehrte sie nach Hause zurück.

Nicht in ein einladendes Zuhause, das Schutz bot, sondern in eines, in dem ein Stück von ihr zerbrochen und zurückgeblieben war. In ein Zuhause, das alles verändert hatte. Beinahe eine Art Monument oder Schrein, ein Ort der Verehrung, in den nur Auserwählte Eingang fanden.

Doch es war keine Auszeichnung, diesen Ort zu betreten. Es war eine Verpflichtung, eine Mahnung und ein Beleg ihres Versagens.

Sun wusste, dass sie träumte, aber so sehr sie sich auch aufzuwachen bemühte, den ersten Teil des Abtauschs bekam sie immer mit.

Die Schaufensterpuppen in der Boutique trugen die aktuellen Frühjahrsmodelle, und an einem gewöhnlichen Tag wäre Sun stehen geblieben und hätte sie sich angeschaut.

Heute war nichts wie sonst, und sie hatte nur Augen für die Menschen, die vor dem Laden auf dem polierten Boden saßen. Die Hände hatte man ihnen hinter dem Rücken gefesselt, und alle hatte den gleichen leeren Blick.

Obwohl sie hinter dem Keramiktopf eines Zierbaums kauerte, sah sie die Bosheit in den Augen der beiden aufrecht stehenden Männer.

Beide trugen Schutzwesten, eine altmodische Tarnjacke und dazu passende Cargohosen. Aus dem tristen Olivgrün stach je eine rote Armbinde mit Hakenkreuz hervor wie auf den SS-Uniformen des Nazireichs.

Bobby Weyrick kauerte hinter einem anderen Baum an der gegenüberliegenden Wand der weitläufigen Halle, einen M4-Karabiner an die Schulter gepresst.

Als er zu ihr herübersah, wusste sie, dass ihnen die Zeit davonrannte.

Der Flur, in dem sie sich versteckten, senkte sich ausgehend von den beiden Schützen und deren Geiseln ab, doch anderswo hätten sie nicht genügend Deckung gehabt. Wären sie durch die Boutique gekommen, hätte man sie augenblicklich bemerkt.

Wäre die verdammte Mall zweistöckig gewesen, hätte Sun mit ein paar Leuten vom SWAT-Team nach oben gehen und einen sauberen Schuss auf einen der beiden Männer anbringen können.

Tyler Haldane und Kent Strickland aber hatten den Überfall sorgfältig geplant. Sie hatten die Vorderseite der Boutique ausgewählt, weil sie an den Arbeitsplatz des Sicherheitsdienstes grenzte, wo die Bilder der im Gebäude verteilten Überwachungskameras angezeigt wurden. Wegen der offenen Bauweise der Mall gab es keine Nischen oder Barrieren, wo sich Einsatzkräfte hätten verstecken können.

Sun und Bob waren in mehrfacher Hinsicht im Nachteil. Da sich die Geiseln und die Täter oberhalb von ihnen befanden, konnten sie nicht vorrücken, ohne sich zum Ziel zu machen. Und da die beiden Schützen vor den Gefangenen auf und ab gingen, mussten sie näher herankommen, wenn sie schießen wollten, sonst hätte die Gefahr bestanden, eine Geisel zu treffen.

Doch die Zeit lief ihnen davon.

Der Schuss zerschnitt die unbehagliche Stille im Gebäude wie eine Machete das Dickicht des Dschungels. Mehrere Leute schrien, und als Sun kurz den Kopf aus der Deckung streckte, knallte es erneut.

Das weibliche Opfer hatte gekniet, und im grellen Neonlicht sah Sun, wie rötliche Gehirnmasse aus ihrem Kopf geschleudert wurde.

Der Magen drehte sich ihr um, doch die Angstreaktion wurde überdeckt vom Adrenalin, das mit jedem flatternden Herzschlag durch ihre Adern gepumpt wurde.

Nicht das Blut machte ihr zu schaffen, sondern die Augen der Frau.

Ob sie blassblau waren oder grau, konnte Sun aus der Entfernung nicht sagen. Sie sackte zusammen, und das Leben verflüchtigte sich aus ihrem Gesicht. Das abgrundtiefe Entsetzen, die Traurigkeit und die Erwartung des Unvermeidlichen, dies alles fiel von ihr ab, und übrig blieb ... nichts.

„Das war Nummer zwei!“, rief einer der beiden Schützen. „Und wenn unsere Forderungen nicht in den nächsten sechzig Sekunden erfüllt werden, müssen zwei weitere Geiseln sterben! Und dann wieder zwei!“

Inzwischen wusste Sun, dass Tyler Haldane gerufen hatte, doch damals konnte sie der Stimme noch keinen Namen zuordnen.

Weder die örtliche Polizei noch die Einsatzkräfte des FBI hatten die Absicht, den beiden Schützen nachzugeben.

Sie verlangten, dass alle großen Nachrichtensender des Landes ihre Forderungen übertrugen. Vermutlich wollten sie Gleichgesinnte für ihre Sache gewinnen. Bevor das Sicherheitsteam die Überwachungskameras auf Wiederholungsschleife schalten konnte, hatten sie eine Liste von Rechtfertigungen für ihren Kreuzzug gegen die moderne Gesellschaft abgespult.

Sie hassten vor allem die jüngste Technologie, was Bobby Weyrick an den Unabomber erinnerte.

Und tatsächlich hatten die beiden Täter erklärt, Ted Kaczynski habe sie zu der Tat inspiriert. Der nächste Mann, dem sie huldigten, hatte Sun in Erstaunen versetzt.

Der Preacher.

Sun kannte inzwischen seinen wahren Namen, doch den Tätern war er anscheinend unbekannt. Und beide hatten nicht ahnen können, dass Douglas Kilroy sterben würde, ehe die Nacht um war.

„Die Zeit drängt", tönte eine leise Stimme in ihrem Ohr. „Sie machen offenbar Ernst. Mit den letzten beiden macht das fünf Opfer insgesamt."

„Wenn wir aus allen Rohren feuern, werden die fünf wie ein Klacks erscheinen", warf Bobby in gehetztem Tonfall ein. „Wir brauchen Präzisionsschüsse."

„Da kommen Sie beide ins Spiel", meldete sich Max Osbourne zu Wort.

Zwei weitere Schüsse verliehen Max' Äußerung Gewicht, doch in Suns Traum klangen alle Geräusche gedämpft.

„Okay", sagte sie und blickte hektisch zu Bobby hinüber. „Weyrick, gibst du mir Feuerschutz? Ziel hoch, aber doch so tief, dass sie gezwungen sind, in Deckung zu gehen."

Er nickte. „Die Geiseln sitzen, das lässt uns ein bisschen Spielraum, auch wenn wir von unten nach oben schießen müssen."

„Wir brauchen einen Kopftreffer", sagte Sun so leise, dass sie sich fragte, ob Bobby sie überhaupt verstanden hatte.

„Erlaubnis zum finalen Rettungsschuss erteilt", sagte Max.

Diesen Ausdruck hörte sie im Dienst zum ersten Mal.

Die folgenden Minuten waren verschwommen, und erst wenn sie erwachte, konnte sie sich wieder an den Ablauf erinnern.

Sie schnellte hinter dem Kübelbaum hoch und zielte auf Kent Stricklands Kopf. Als sie abdrückte, hob er gerade das Gewehr, und als sich seine Augenlider herabsenkten, glaubte sie, er sei tot.

Doch im Traum kam es immer anders, und auch der heutige stellte keine Ausnahme dar.

Obwohl sie sorgfältig mitten auf Stricklands Kopf gezielt hatte, ging die Kugel knapp vorbei. Manchmal hob er das Militärgewehr auch dann noch an, wenn sich seine Schläfe schon rot färbte.

Gnädigerweise erwachte sie immer dann, wenn er den Abzug der Hochleistungswaffe durchdrückte.

Als Sun sich im Bett kerzengerade aufrichtete, ging ihr Atem stoßweise, auf ihrer Stirn kühlte der Schweiß in der Nachtluft. Sie tastete nach der Stelle, wo Tyler Haldane sie getroffen hatte, zog die Knie an die Brust und atmete in möglichst tiefen Zügen.

Sie hatte von Soldaten, Polizisten und Feuerwehrleuten gehört, die wiederkehrende Albträume hatten, doch sie erinnerten sich auf unterschiedliche Weise. Einige durchlebten den Vorfall in allen Einzelheiten, andere nur Teile davon, und wiederum andere, so wie Sun, änderten die Ereignisse im Traum jedes Mal geringfügig ab.

Der Anfang war immer gleich: der Duft der frittierten Speisen und der Cookies aus den Restaurants, und dann die Hinrichtung der Frau, von der Sun später erfuhr, dass sie an der Highschool Chemie unterrichtet hatte.

Egal was sonst noch passierte oder ob der Traum eine ganz andere Wendung nahm, sie sah *immer* das Gesicht der Frau in dem Moment vor sich, da sie von Tyler Haldanes Waffe - derselben, mit der er Sun verletzt hatte – in den Kopf getroffen wurde.

Manchmal wachte sie auf, wenn die Frau zusammensackte, doch meistens durchlebte sie eine bizarre Version des Ausgangs der Ereignisse.

Max war an dem Abend nicht in Danville gewesen, doch im Traum ermahnte er sie bisweilen, sie solle sich vergewissern, dass ihr die Realität nicht entglitten sei. An der anderen Seite der

Halle hatten zwei SWAT-Kämpfer in schwarzen Kampfanzügen gekauert.

Bobby Weyrick war bei ihr gewesen, und als er sein Gewehr hob und die ersten Schüsse abfeuerte, zerschellte der Keramikkübel, weil Kent das Feuer erwiderte.

Bobby musste in Deckung gehen, und als er das tat, wurden zwei weitere Geiseln erschossen. Haldane und Strickland schimpften über die Überraschungsoffensive, doch Bobby hatte ihre Reaktion nicht abgewartet, sondern die Waffe angelegt und erneut gefeuert.

Beide Schützen waren auf die Knie niedergefallen, um weniger Angriffsfläche zu bieten. Die Geiseln befanden sich hinter ihnen.

Als sie das sah, überkam Sun eine eiskalte, unheimliche Entschlossenheit. In diesem Moment war sie bereit zu sterben. Wenn sie damit den Männern und Frauen in Haldanes und Stricklands Gewalt das Leben retten konnte, würde sie sterben.

Sie schulterte das durchschlagsstärkere M4 und zog wieder die Dienstwaffe. Solange sie das Ziel nicht verfehlte, war die Wahrscheinlichkeit, einen Unbeteiligten zu verletzen, bei der Neun-Millimeter-Pistole geringer.

Sun schoss nie daneben.

Die Medaillen bei ihr zu Hause waren Beleg dafür.

Als Kent Strickland zusammenbrach, verspürte sie in der Schulter einen sengenden Schmerz. Bobby Weyrick hatte sich zu voller Größe aufgerichtet und feuerte zwei Schüsse auf die Mitte von Haldanes Schutzweste ab. Das Kevlargewebe verhinderte eine tödliche Verletzung, doch die Wucht der Treffer brachte Haldane aus dem Gleichgewicht.

In nächsten Moment schnellte ein Mann mittleren Alters vom Boden hoch und warf Haldane zu Boden. Haldanes Kopf knallte mit einem Übelkeit erregenden Knacken auf die Fliesen, und dann war der Kampf auch schon vorbei. Dreizehn Menschen waren tot, zwei schwer verletzt und sieben weitere verwundet.

Es hätte schlimmer kommen können.

Sun presste die Hand um die Schulter und konzentrierte sich auf die weiche Matratze, den Ananasduft des Teelichts auf dem Nachttisch und den Mondschein, der zwischen den Lamellen der Jalousie hindurchfiel.

Man bezeichnete diese Technik als Erdung, und die hatte ihr nicht der vom FBI bestellte Psychologe beigebracht, sondern Bobby Weyrick.

Bislang war er der Einzige, der von ihren andauernden Beschwerden wusste. Und obwohl er bei seinen Militäreinsätzen viel erlebt hatte, wusste sie, dass auch er an den Spätfolgen jener Nacht litt.

Das tiefe Gefühl der Isolation hatte dazu geführt, dass sie und der Agent von der Nachtschicht einander nähergekommen waren.

Sie las die blauen Leuchtziffern des Weckers ab und langte zum Handy. Um halb drei morgens war Bobby bestimmt noch im Büro. Er hasste die Nachtschicht und behielt sie nur deshalb bei im halbherzigen Versuch, sein sinkendes Eheschiff flott zu halten.

Seit fast einem Jahr war er überzeugt, seine Frau habe eine Affäre, brachte es aber nicht fertig, in ihre Privatsphäre einzudringen und seinen Verdacht zu erhärten.

Hatte wieder einen Albtraum, tippte sie. *Werd wohl nicht so bald einschlafen.*

Seine Antwort ließ nicht lange auf sich warten. *Tut mir leid. Das ist übel. Ich schlafe jeden Moment am Schreibtisch ein – wünschte, wir könnten miteinander tauschen.*

Ich auch. Hast du Lust, mal Pause zu machen und vorbeizukommen? Ich koche Kaffee, dann brauchst du nicht die Giftbrühe aus dem Pausenraum zu trinken.

Ja, gern. Du rettest mir das Leben!!!

Er schickte noch ein Herz- und ein Grinsekatzen-Emoji hinterher.

Unwillkürlich musste Sun lachen.

Einstweilen war ihr gemeinsames Geheimnis sicher.

Zwanzigstes Kapitel

Winter konnte nachempfinden, dass Noah sich eher wie ein Mitarbeiter im Callcenter vorkam als wie ein FBI-Agent. Zwei Tage nach Ormunds Ermordung hatten sie fast nur herumtelefoniert, um Alibis zu überprüfen.

Ihre Verdächtigenliste war weniger eine Liste potenzieller Täter, vielmehr eine Aufzählung von Personen, die in der Lage gewesen sein könnten, Tyler Haldane aus fast einer Meile Entfernung zu erschießen. Obwohl es häufig sinnvoll war, ein weites Netz auszuwerfen, um einer Ermittlung neuen Schwung zu verleihen, bevor sie in eine Sackgasse geriet, brachte es doch eine Menge nervtötende Arbeit mit sich.

Zwei Mal, so auch heute Morgen, waren Winter und Noah bei Vizedirektorin Ramirez und Max Osbourne gewesen und hatten Fragen zu Sun Ming beantwortet.

War sie in letzter Zeit nervös oder außergewöhnlich reizbar? Nein.

Hat sie ein besonderes Interesse an dem Fall und insbesondere an der Mordwaffe gezeigt? Nein.

Obwohl sie keine belastenden Informationen zu Suns Aktivitäten geliefert hatten, kam Winter sich vor wie eine Verräterin.

Und wofür das alles? Um den Mörder Ben Ormunds zu finden?

Die Niedergeschlagenheit in Linda Cahills blassen Augen, als sie erklärte, weshalb sie Ormund nicht angezeigt hatte, ging

Winter noch immer nach.

Offenbar war Linda Cahill ein anständiger Mensch, eine gute Mutter und eine tüchtige Frau. Dass sie bei der Institution, deren einziger Zweck darin bestand, *zu beschützen und zu dienen*, keine Unterstützung gefunden hatte, machte Winter und, soweit sie das erkennen konnte, auch Noah zu schaffen.

Sie hatten Ormunds Akten durchforstet und dabei herausbekommen, dass er der gleichen Studentenverbindung angehört hatte wie ein Richter am Obersten Gerichtshof und mehrere Strafverteidiger.

So war Ormund trotz allerlei fragwürdiger Machenschaften ungeschoren davongekommen.

Hätte nicht die Presse dem FBI im Nacken gesessen, hätte Winter noch eingehendere Nachforschungen zu Ormunds Richter und seinen Anwaltsfreunden angestellt.

Sie wäre hartnäckig dabei geblieben, sie wegen Strafvereitelung festzunageln, weil sie Linda Cahills Antrag auf eine einstweilige Verfügung abgelehnt hatten. Selbst wenn es für eine Verurteilung nicht gereicht hätte, würde sie das schändliche Verhalten dieser Leute öffentlich gemacht haben, und damit wären ihre Jobs gefährdet worden.

Stattdessen trug sie ihre Namen und die sachdienlichen Informationen in ein Notizbuch ein und verstaute es im Schreibtisch. Wenn der Fall abgeschlossen war, würde sie die Angelegenheit wieder aufnehmen. Die Publicity im Gefolge von Ormunds Ermordung und die Vermutung, dass es sich bei dem Mörder um einen selbsternannten Rächer handelte, würden dafür sorgen, dass ihre Vergehen ans Licht der Öffentlichkeit gelangten.

Ihr Unbehagen darüber, Sun Ming nachspionieren zu müssen, und die Reizbarkeit, die sich immer dann bemerkbar machte, wenn Ormunds Name fiel, bewirkten, dass sie glaubte, in der Abteilung für Gewaltverbrechen zu ersticken.

Es war Viertel nach zehn, doch ihr kam es so vor, als sitze sie bereits seit mindestens zwölf Stunden am Schreibtisch.

Ob es am Besuch bei Linda Cahill lag oder an etwas anderem, jedenfalls war Noah sichtlich erneut ins Grübeln geraten. Selbst außerhalb des Büros schwebte seit Tagen eine kleine Gewitterwolke über ihm.

Aus dem Augenwinkel bemerkte sie, dass ihr Handy den Eingang einer SMS meldete. Als sie Autumns Namen sah, entsperrte sie das Gerät eilig, dankbar für die Ablenkung.

Der Arbeitsvertrag ist durch! Jetzt ist es offiziell. Morgen fange ich an!

Das war eine schöne Neuigkeit an diesem öden Tag. Außerdem hatte Winter jetzt einen Grund, das Büro für eine ausgedehnte Mittagspause zu verlassen.

Das ist toll! Gehen wir was zusammen essen. Ich muss hier endlich mal raus. Ich komme mir vor, als wär ich in einem Goldfischglas eingesperrt oder so.

Uff!, antwortete Autumn. *Ja, dann musst du wirklich mal raus. Ist Noah noch immer seltsam, oder kommt er mit?*

Winter vermochte einen Seufzer nicht zu unterdrücken. *Er ist seltsam, aber er ist noch da. Notfalls schleife ich ihn mit.*

Sie steckte das Handy ein, trat auf den Gang und blickte die kurze Reihe der Arbeitsnischen entlang. Niemand war da, und als sie über die Trennwand zur nächsten Reihe spähte, war auch Noahs Schreibtisch unbesetzt.

Ja, jetzt kommt es mir wirklich so vor wie in einem Callcenter.

Während ihrer College-Zeit hatte sie ein paar Monate in einem kleinen Center gearbeitet, und das war eine deprimierende Erfahrung gewesen.

Ehe sie das Handy hervorholen und Noah per SMS fragen konnte, wo zum Teufel er stecke, verspürte sie den ersten Anflug einer Migräne.

Mist. Das war kein einfacher Kopfschmerz – dafür waren die Stiche zu heftig.

Sie biss die Zähne zusammen, machte auf dem Absatz kehrt und ging so eilig zur Toilette, wie es möglich war, ohne Aufmerksamkeit zu erregen.

Ihr verschwamm die Sicht, doch sie schaffte es, sich in einer Kabine einzuschließen und sich auf den kalten Fliesenboden zu kauern. Sie knüllte etwas Toilettenpapier zusammen, schloss die Augen und ergab sich der Dunkelheit.

Das Knacken von brennendem Holz lenkte Winters Aufmerksamkeit auf ein großes Feuer, dessen Flammen in den Nachthimmel emporloderten. Bleicher Mondschein wurde von den matt schimmernden Metallbechern reflektiert, mit denen zwei Frauen einander zuprosteten.

Sie befanden sich im Freien, und mehrere Personen tanzten zu einer Trommel und dem melodischen Gesang einer Frau.

Um nicht das saftige Gras zu verbrennen, hatte man um das Feuer einen Kreis aus Steinen und Erde angelegt. Der Wall reichte Winter bis zur Hüfte, woraus sie schloss, dass die Feuergrube häufiger benutzt wurde.

Das hier war ein Fest, und der Kleidung der Männer und Frauen nach zu schließen, befand sie sich im alten Griechenland. Als sie einen Blick über die Schulter warf, sah sie das Tor der Siedlung, in der die Feiernden lebten.

In die Mitte des Torbogens war ein ihr bekanntes Symbol eingeschnitzt – das gleiche Symbol, das die beiden Schilde zierte, die auf den Feuersteinen lagen.

Der halbmondförmige Bogen und der Pfeil waren nicht nur auf den Schilden und dem Torbogen abgebildet, sondern sie waren allgegenwärtig, auch auf der Kleidung.

„Artemis“, murmelte sie.

Anstatt in der Highschool einen Kurs über amerikanische Geschichte zu belegen, hatte Winter sich für Geschichte des alten Griechenlands entschieden. Als Kind liebte sie die Sagen über die Gottheiten auf dem Olymp und war ein Fan der Fernsehserie *Xena – Die Kriegerprinzessin* gewesen.

Artemis war die Zwillingsschwester des Apollon und hatte der Ehe entsagt, um als Jägerin zu leben. Ihre Lieblingswaffe war der halbmondförmige Bogen, weshalb sie häufig zusammen mit dem Mond dargestellt wurde. Im alten Griechenland wurde Artemis als Göttin der Jagd verehrt und …

Winter sog scharf die Luft ein.

Als Göttin der Jagd und als Hüterin der Mädchen und Frauen.

Als sie die Augen öffnete, war der Kopfschmerz verflogen, und auf dem zusammengeknüllten Toilettenpapier zeichnete sich nur ein kleiner Blutfleck ab. Blinzelnd richtete sie sich auf.

Sie war nicht lange bewusstlos gewesen, doch während sie sich die Hände wusch, hoffte sie, dass Noah inzwischen an seinen Schreibtisch zurückgekehrt war.

Abgesehen davon, dass Artemis bei den alten Griechen als Hüterin der Frauen und Mädchen gegolten hatte, war Winter ratlos, was die Göttin mit ihrem Fall zu tun hatte.

War der Mörder ein Verrückter, der sich für Artemis hielt? Ein Verehrer des griechischen Götterhimmels? Oder war er selbst Grieche?

Seit dem Tod von Douglas Kilroy waren die Kopfschmerzen und die damit einhergehenden Visionen seltener und schwächer geworden. Allerdings waren sie auch weniger spezifisch, zumindest dieses Mal.

Würde das in Zukunft so bleiben? Vage Eindrücke mit geheimnisvoller Symbolik, die sie erst dann entschlüsseln könnte, wenn es zu spät war?

Für gewöhnlich fühlte sie sich nach einer Vision innerlich ausgeglichen und wusste, was zu tun war, doch diesmal war sie deprimierter als zuvor.

Nicht mal ihr verdammtes Gehirn kooperierte bei dieser Ermittlung.

Als sie Noahs leeren Stuhl sah, hätte sie beinahe laut aufgestöhnt. Sie musste mit jemandem über ihre Erfahrung sprechen und Vorstellungen formulieren, die möglicherweise in die richtige Richtung wiesen. Denn wenn sie gezwungen war, noch einen weiteren Tag mit Telefonanrufen zu verbringen, konnte sie ebenso gut den nächsten Monat blaumachen.

Andererseits würde sie nicht blaumachen müssen, wenn sie durchdrehte und verrückt wurde.

Anstatt um die Arbeitsnischen herumzuschleichen, ging sie zum Aufzug. In dem ganzen Gebäude gab es nur einen weiteren Menschen, der über ihren sechsten Sinn Bescheid wusste, und vielleicht war er ja an seinem Schreibtisch. Vorsorglich kündigte sie Aiden ihren Besuch mit einer SMS an.

Seine Antwort traf ein, als die Stahltür des Aufzugs aufglitt. Sie seufzte erleichtert.

Sie war nach wie vor unsicher, wie sie sich Aiden gegenüber verhalten sollte, doch ob sie es wollte oder nicht, sie würde es herausfinden. Seine Bürotür stand offen, und als sie im Eingang erschien, sah er vom Computermonitor auf und musterte sie mit seinen blassen Augen.

„Hey."

„Morgen." Er bedeutete ihr einzutreten. „Kommen Sie, setzen Sie sich."

Vorsichtshalber sperrte sie ab, nachdem sie die Tür geschlossen hatte. Im Büro traf sie alle erdenklichen Vorsichtsmaßnahmen, damit niemand es mitbekam, wenn sie über ihren sechsten Sinn sprach.

Sie wollte unbedingt verhindern, dass jemand … nun ja, jemand wie Sun Ming etwas aufschnappte. Wegen ihres merkwürdigen Verhaltens ahnte Sun bereits, dass mit ihr etwas nicht stimmte.

„Und?"

Erst jetzt wurde ihr bewusst, dass sie noch kein Wort gesagt hatte.

Sie warf den Zopf nach hinten, so dass er auf ihrem Rückgrat auflag, dann ärgerte sie sich, dass sie so zappelig war.

„Es klang so, als wäre es wichtig“, meinte Aiden. „Oder habe ich die SMS falsch interpretiert?“

„Also, na ja, vielleicht.“

Er hob eine Braue. „Geht es auch ein bisschen konkreter?“

„Ich hatte einen Migräneanfall, beziehungsweise eine ‚Vision‘ oder wie man das nennen soll“, sagte sie und malte mit den Fingern Anführungszeichen in die Luft.

Ein Anflug von Verständnis milderte seinen skeptischen Gesichtsausdruck, als er nickte. „Alles in Ordnung mit Ihnen?“

„Ja. Es war wohl eher kein starker Anfall. Ich weiß nicht, wie man so was quantifizieren soll. Aber er hat nur ein, zwei Minuten gedauert. Er war richtig kurz, und ehrlich gesagt, werde ich nicht schlau draus. Oder vielleicht ja doch. Ich bin mir total unsicher.“

Er straffte sich auf dem Stuhl und pflanzte die Ellbogen auf den Schreibtisch aus poliertem Holz. „Dann lassen Sie mal hören. Vielleicht fällt mir ja was ein.“

„Ganz ehrlich“, sagte sie und erwiderte seinen Blick. „Ich weiß nicht mal, ob das mit den aktuellen Ermittlungen in Verbindung steht. Ich meine, bislang hatten alle meine ‚Visionen‘ mit dem Fall zu tun, an dem wir gerade arbeiteten. Autumn hat gemeint, das könne daran liegen, dass ich mich so stark darauf konzentriere. Und wenn ich intensiv an etwas anderes denke, könnte das vielleicht ebenfalls Visionen auslösen.“

„Moment, das hat *Autumn* gesagt?“ Er hob beide Brauen und fixierte sie mit ungläubigem Blick. „Sie haben ihr davon erzählt? Wie viel, wann? Und warum?“

Winter verdrehte die Augen. „Ein paar Tage nach der Festnahme von Catherine Schmidt. Und ich habe es ihr deshalb erzählt, weil sie meine Freundin ist und weil ich sie wegen der Nachforschungen zu ihrer Vergangenheit angelogen habe. Verstehen Sie mich nicht falsch, ich bin froh, dass sie jetzt die Wahrheit kennt, aber ich bin nicht diejenige, die das versemmelt und sich dann wie ein Arschloch verhalten hat." Sie kniff die Augen zusammen.

Jetzt war er mit Augenrollen an der Reihe. „Ich habe Ihnen bereits gesagt, dass ich mit ihr darüber gesprochen habe. Ich habe mich entschuldigt, und sie hat meine Entschuldigung angenommen. Wir sind miteinander im Reinen, jedenfalls soweit ich weiß."

„Na schön", murmelte sie. „Und nur damit das klar ist, es geht um meinen Kopf, und wem ich davon erzähle, bleibt allein meine Sache, okay?"

„Ja, hab verstanden." Er hob die Hände, als ob er kapitulieren würde, doch das nahm sie ihm nicht ab. „Ich wollte nicht klingen wie ein Arsch. Ich war überrascht, das war alles."

„Ja, schon gut." Sie ließ den Atem entweichen, begierig darauf, zum Thema zurückzukommen. „In Ordnung. Aber diese Vision ergab nicht nur keinen Sinn. Sie spielte nicht in diesem Jahrhundert, nicht mal in diesem *Jahrtausend.* Ich habe sozusagen an einem Fest im alten Griechenland teilgenommen. Mit Freudenfeuer, Musik und Wein. Es war Vollmond, und alle trugen einen Halbmondanhänger um den Hals."

Aiden musterte sie aufmerksam.

Sie räusperte sich, hielt seinem Blick aber stand. „Das Symbol war auch auf dem Eingangstor der Siedlung und auf zwei Schilden am Feuer abgebildet. Pfeil und Bogen, und der Bogen ähnelte einem Halbmond. Das war das Symbol der Artemis. Der Göttin der Jagd und", seine Augen waren bereits geweitet, sie legte dennoch eine Kunstpause ein, „die Hüterin der Frauen und Mädchen."

„Heilige Scheiße", murmelte er.

Winter hatte erwartet, er werde mit Verblüffung, Skepsis oder unverblümter Ablehnung reagieren. Denn was zum Teufel hatte ein Fest in ferner Vergangenheit mit der Ermordung eines Massenmörders und zweier Vergewaltiger zu tun? Dass er sichtlich beeindruckt war, überraschte sie.

„Bitte?“, sagte sie. „Ist mir etwas entgangen? Gibt es da einen Kult, von dem ich noch nicht gehört habe, oder etwas in der Art?“

Er begann den Kopf zu schütteln, noch ehe sie ausgeredet hatte. „Nein, nicht dass ich wüsste. Aber diese Artemis kenne ich auch. Sun hat sie sich zwischen die Schulterblätter tätowieren lassen.“

Winters Mund klappte auf. „Was?“, krächzte sie.

„Sie hat einen Zwillingsbruder.“ Aiden war einen Ton blasser geworden. „Und der hat ein Apollon-Tattoo auf dem Arm. Das soll die zwischen ihnen herrschende Dynamik symbolisieren. Sie hat es schon seit Jahren.“

„Oh mein Gott“, flüsterte Winter. „Das darf nicht wahr sein. Nicht Sun. Wir werden wohl keine Freundinnen mehr werden, aber ich kann mir nicht vorstellen, dass sie eine Mörderin ist. Es muss eine andere Erklärung geben.“

„Ich weiß es nicht“, seufzte er. „Ich bin Ihrer Meinung. Ich finde, das passt nicht zu ihr. Sie ist zwar manchmal ein richtiges Biest, aber kein Killer. Sie ist eigentlich kein schlechter Mensch, bloß ein bisschen introvertiert, und ich vermute, dass sie das nach außen hin zu überspielen versucht.“

„Wie diese Fische, die sich aufblasen, wenn andere Raubfische in der Nähe sind“, meinte Winter. Kaum hatte sie es ausgesprochen, wurde ihr bewusst, dass es dämlich klang. „Tut mir leid.“ Sie kniff die Augen zu und zwickte sich in den Nasenrücken.

„Nein, muss es nicht“, sagte er durchaus belustigt. „Der Vergleich trifft zu. Übrigens sind das keine Raubfische, jedenfalls die meisten nicht. Das Aufblasen ist ein Schutzmechanismus.“

„Okay. Aber, Scheiße, Aiden, wie sollen wir ihre Unschuld um Himmels willen *nachweisen*?“

Aiden schürzte die Lippen und lehnte sich zurück. „Ich habe eine Idee.“

Einundzwanzigstes Kapitel

Autumn hatte das Gefühl, sie hinke schon den ganzen Tag dem Zeitplan hinterher, und obwohl sie pünktlich zum Mittagessen mit Noah und Winter erschienen war, eilte sie so gehetzt vom Parkplatz zum Eingang des Cafés, als hätte sie Angst, einen Flug zu verpassen.

Trotz der unterschiedlichen Inneneinrichtung brachte sie es immer noch fertig, das Café mit dem Kaffeehaus zu verwechseln, in dem sie sich Anfang der Woche mit Aiden getroffen hatte.

Als sie ihre beiden Freunde in einer Ecknische ausmachte, sah sie auf den ersten Blick, wie gestresst sie waren. Kurz nach ihrem Vorschlag, sich zum Essen zu treffen, hatte Winter per SMS angefragt, ob sie und Noah sich ihre Gabe für die laufende Ermittlung zunutze machen dürften.

Winter hatte keine Einzelheiten genannt, doch Autumn vermutete, dass es um den Fall ging, den auch Aiden erwähnt hatte.

Obwohl sie zugelassene Rechtspsychologin war, spekulierte Autumn ohne Kenntnis des Zusammenhangs nur ungern über das Verhalten anderer Menschen. Wenn Winter und Noah über dasselbe Thema sprechen wollten wie Aiden, würde sie auch die gleichen Antworten geben.

„Hallo, Leute“, begrüßte sie ihre Freunde.

Deren Lächeln wirkte angestrengt, aufgesetzt.

Ihre Fähigkeit, die emotionale Verfassung anderer Menschen mittels Berührung zu erfassen, mochte dadurch beeinträchtigt sein, dass sie mit den beiden befreundet war, doch man brauchte kein Experte zu sein, um zu erkennen, dass sie angespannt waren.

„Meinen Glückwunsch.“ Winter rutschte ein Stück zur Seite, um Autumn Platz zu machen. „Du siehst gut aus. Sind das die Klamotten, die du mit Shelbys und Brees Gutschein gekauft hast?“

Autumn sah auf ihre blaugrüne durchscheinende Bluse und ihre graue Hose nieder und nickte. „Ich musste Papierkram unterzeichnen, wegen der Zulassung. Hab mir gedacht, da tauche ich besser nicht mit Stehkragenhemd und Jeans auf, versteht ihr?"

„Gute Idee", meinte Winter kichernd.

So gern Autumn sie gefragt hätte, was sie auf dem Herzen hätten, beschloss sie zu warten und nahm sich stattdessen die laminierte Speisekarte vor.

Trotz der Medikamente, die der Arzt ihr verschrieben hatte, hatte sie seit ein paar Tagen ständig Magenschmerzen. In den vergangenen vierundzwanzig Stunden hatte sie lediglich einen Beutel Salzcracker und etwas Toast gegessen. Auf einmal merkte sie, dass sie halb verhungert war.

„So", sagte sie und grinste Noah an. „Sollen wir ein Scone-Wettessen veranstalten? Winter hat gemeint, die sind hier richtig lecker."

Sein Lächeln wirkte halbherzig, was ihre Neugier noch weiter anfachte. Wenn es etwas gab, was Noah Dalton aufmuntern konnte, dann Essen.

„Im Moment wohl besser nicht." Er zuckte mit den Schultern, und ihr entging nicht der Schatten der Verzweiflung in seinem Blick. „Wir müssen zurück an den Arbeitsplatz, und mit vollem Bauch würde ich vermutlich bei der Überprüfung dieser verdammten Telefonnummern einschlafen."

Winter stöhnte bei der Erwähnung von Telefonnummern auf und rieb sich die Augen. „Ich glaube, ich nehme mir lieber zwei doppelte Espressi mit."

„Ist es so schlimm?" Autumn lachte. Sie konnte ihre Neugier kaum mehr bezähmen, und wenn sie nicht bald zum Thema kämen, würde ihr womöglich noch der Kopf platzen. „Also, was liegt an, Leute? Ihr wirkt beide ... irgendwie *seltsam*."

Noah blickte seufzend aus dem hinter Winter und Autumn befindlichen Fenster und schüttelte den Kopf.

„Tja." Winter schaute nachdenklich drein. „Du hast erwähnt, bei deinem neuen Job gehe es auch um Bedrohungsanalysen. Aiden hat mir ein bisschen darüber erzählt, und ich hab mich gefragt, ob du uns vielleicht eine Einschätzung zu einem Fall geben könntest, an dem wir gerade arbeiten."

Jetzt entfuhr Autumn ein schwerer Seufzer. „Ist es die gleiche Sache, über die ich vor ein paar Tagen mit Aiden gesprochen habe?“

„Moment mal.“ Winter hob eine Braue. „Du hast bereits mit ihm darüber gesprochen?“

Autumn lehnte sich achselzuckend ins Polster zurück. „Sozusagen. Das war alles ziemlich vage. Er wollte Informationen zu den Motiven einer Person haben, die zum Rachemörder wird. Ich habe ihm gesagt, dass nur sehr wenige Menschen zu einem Frank Castle werden. Selbst die frustriertesten Angehörigen von Strafverfolgungsbehörden finden meist einen Weg, ihre Aggression im Job auszuleben. Indem sie Gesetze beugen, Regeln ignorieren oder ganz allgemein durch finstere Machenschaften. Aber sie brechen nur selten alle Brücken hinter sich ab und werden kriminell.“

„Und was ist mit deinem neuen Job?“, fragte Winter. „Mit der Bedrohungseinschätzung. Das könnte man doch als proaktives Profiling bezeichnen, oder?“

Autumn zuckte wieder mit den Schultern und nickte. „Vereinfacht ausgedrückt, ja.“

„Und wenn wir nun jemanden hätten, den wir dich einzuschätzen bitten?“ Winter blickte Autumn erwartungsvoll an.

Autumn biss sich auf die Zunge, um sich ihre Überraschung nicht anmerken zu lassen.

Damit hatte sie *nicht* gerechnet. Sie war eher auf vage Fragen und hypothetische Situationen gefasst gewesen, nicht auf ein Jobangebot.

„Ja, also“, sagte Autumn nach kurzem Schweigen. „Mein neuer Boss hat gemeint, sie hätten in der Vergangenheit schon öfter mit dem FBI und dem Büro in Richmond zusammengearbeitet. Überwiegend fallweise. Die Anfragen kommen von der Polizei oder dem FBI, und wenn die entsprechenden Dokumente bezüglich Honorar und Vertraulichkeit unterzeichnet sind, helfen sie ihnen nach Kräften.“

Die Anspannung in Noahs Miene machte Neugier Platz, als er Winter ansah. „Ich glaube, das könnte uns weiterbringen.“

Winter nickte zustimmend. „Ja, glaube ich auch.“

„Wobei?“, fragte Autumn und legte die Stirn in Falten. „Wollt ihr mich anheuern, oder was?“

Noahs Gutmütigkeit gewann die Oberhand, und er grinste, während Winter kicherte.

„Ja, kann man so sagen“, antwortete Winter. „Die Kostenfreigabe des verantwortlichen Agents liegt vor.“

„Einen Moment.“ Autumn hob abwehrend die Hände und blickte ungläubig zwischen Noah und Winter hin und her. „Wartet mal. Mein erster Arbeitstag ist *morgen*. Und so viel ich weiß, geht’s da ums Kennenlernen. Man führt mich herum und teilt mir ein Büro zu, solche Sachen.“

„Aber du könntest auch gleich loslegen, was meinst du?“, fragte Noah mit breitem Lächeln. „Du hast Freunde beim FBI, weißt du noch? Eigentlich hättest du deswegen einen Bonus verdient.“

„Oh mein Gott“, murmelte Autumn. „Und ich dachte schon, ich dürfte dann so viele Scones essen, wie ich will.“

Noah hob lässig eine Schulter. „Das gehört auch dazu.“

„Wir könnten deine Hilfe wirklich gut gebrauchen.“ Als Winter Noah ansah, nickte er.

„Ja, sehr“, bekräftigte er. „Wirklich.“

„Hör zu“, sagte Winter. „Im Moment haben wir nicht mal einen Verdächtigen, und der einzige Hinweis, dem wir nachgehen können ... ist ziemlich vage. Wir haben nur Kleckerkram, und unser Boss hält eine Agentin in unserer Abteilung für eine mögliche Verdächtige. Deshalb brauchen wir jemanden, der diese Person beurteilt und uns sagt, wie wahrscheinlich es ist, dass sie die Morde begangen hat.“

Als sie ihr die Sachlage erläuterten, konnte Autumn ihrer Logik schwerlich etwas entgegensetzen. Außerdem wäre es dumm gewesen, wenn sie auf dem hart umkämpften Gebiet der Rechtspsychologie nicht jeden Vorteil für sich genutzt hätte.

Wie Noah gesagt hatte, stellte ihre Freundschaft mit FBI-Agents einen klaren Vorteil dar. Die meisten Psychologen mussten jahrelange Berufserfahrung vorweisen, bevor sie eine verlässliche Arbeitsbeziehung aufbauen konnten. Es kam nur selten vor, dass ein frischgebackener Absolvent seine Laufbahn mit Beziehungen begann, für die andere ein ganzes Arbeitsleben benötigten.

Andererseits: Würde ihr Boss eine Neuanstellung mit einem Fall betrauen, der dermaßen im Fokus der Öffentlichkeit stand wie die Ermordung Tyler Haldanes?

Wenn sie das Angebot einem Partner der Firma unterbreitete, würde er es vermutlich eher an einen erfahreneren Psychologen weiterreichen. Vielleicht hätte man sie einbezogen, doch Autumn bezweifelte, dass man ihr die Verantwortung übertragen würde.

„In Ordnung“, sagte sie. „Ich rufe mal eben meinen Boss an.“

Als sie das Handy aus der schwarzen Handtasche fischte, war die Erleichterung ihrer Freunde beinahe greifbar.

„Danke“, sagte Winter.

Autumn erhob sich, nickte und lächelte gezwungen. „Ich hoffe, wenn ich zurückkomme, steht ein Teller mit Scones bereit.“ Sie tippte auf die Tischplatte aus Kunststoff.

Noah lachte. „Ich denke, das lässt sich machen.“

Als Autumn in die Nachmittagssonne hinaustrat und zum Wagen ging, sehnte sie sich nach einer Zigarette.

Seit sie sich an der Uni beworben hatte, vertraute sie auf ihr psychologisches Wissen. Ihre Schulnoten waren stets hervorragend gewesen, ihr Notendurchschnitt als Studentin eine glatte Eins.

Immer wenn sich eine Gelegenheit geboten hatte, praktische Erfahrung zu erwerben, hatte sie die Chance ergriffen. Sie hatte Praktika im klinischen Bereich und in der Forschung vorzuweisen.

Mann, ihre Dissertation war ohne Änderungswünsche angenommen worden. Sie wusste, was sie tat – weshalb litt sie dann noch immer unter mangelndem Selbstvertrauen?

Heute Morgen in der Firma hatten beide Partner ihre Dissertation gelobt und waren beeindruckt gewesen von den Praktika, die sie geleistet hatte.

Weshalb zum Teufel wollte sie dann, dass man die Anfrage des FBI an jemand anderes weiterleitete?

„Hier ist Doktor Shadley“, meldete sich nach zweimaligem Klingeln eine vertraute Stimme.

„Hallo, Dr. Shadley“, sagte Autumn, als sie sicher war, dass ihre Stimme nicht zitterte. „Hier ist Autumn. Autumn Trent.“

„Guten Tag, Autumn Trent“, erwiderte der Mann.

Auf Autumn wirkte Dr. Mike Shadley wie ein cooler Onkel oder ein altbekannter Freund der Familie. Selbst übers Handy meinte sie, ihn lächeln zu sehen, weshalb sie sich gleich wohler fühlte.

Sie war froh, dass er drangegangen war und nicht Adam Latham, der andere Partner. Dr. Latham lächelte ebenso oft wie Dr. Shadley, doch er hatte etwas an sich, das Autumn eine Gänsehaut verursachte.

Obwohl sie sich gern eingeredet hätte, sie sei aufgrund ihrer Kindheitserfahrungen paranoid, vertraute sie dennoch ihrer Intuition.

Die Gedanken an Dr. Latham beiseiteschiebend, lehnte sie sich an die Beifahrertür ihres Wagens und ratterte die Details herunter, die Winter und Noah ihr genannt hatten. Adam und Mike wussten beide von ihrer Verbindung zum FBI, und sie nahm an, dass sich das günstig für sie ausgewirkt hatte.

„Okay“, sagte Dr. Shadley, als sie geendet hatte.

„In Ordnung?“, wiederholte sie in neutralem Ton.

„Ja, in Ordnung.“ Er lachte. „Ich schicke die Dokumente ans FBI. Wir haben schon mal mit SSA Parrish und der Abteilung für Verhaltensanalyse zusammengearbeitet. Wie spät ist es jetzt? Früher Nachmittag? Bis zum Abend sollte alles übermittelt und unterzeichnet sein. Meinen Glückwunsch zu Ihrem ersten Job, Dr. Trent.“

In seinem Tonfall war kein Zögern, und er bestand nicht darauf, dass sie ihn und Adam über jeden ihrer Schritte informierte oder dass ein erfahrener Psychologe sie begleitete. Dr. Shadley hatte anscheinend großes Vertrauen in Autumns Fähigkeiten.

Als sie über das Display wischte und den Anruf beendete, befand sie sich im Schockzustand.

„Verdammt. Noch. Mal.“ Sie kniff die Augen zu und massierte sich die Schläfen.

Das Positive daran war, dass sie jetzt Gelegenheit hatte, schon am ersten Tag das Stigma der Anfängerin loszuwerden.

Die Entweder-hopp-oder-top-Strategie war typisch gewesen für Autumns Lernweise, und von Händchenhalten und autoritärem Führungsstil hatte sie nie viel gehalten.

Wenn der erste Eindruck von Dr. Shadley nicht trog, passte sie hervorragend in die Firma.

Zweiundzwanzigstes Kapitel

Als Aiden Mike Shadleys Namen auf dem elektronisch übermittelten Formular sah, machte er große Augen.

Er wusste zwar, dass Autumn bei einer Privatfirma angeheuert hatte, das war aber auch schon alles.

Shadley und Latham waren kein Unternehmen für Einsteiger. Sie hatten nicht viele Angestellte, doch die wenigen genossen ein außergewöhnlich hohes Ansehen.

Er hatte volles Vertrauen in Autumn, doch dass man ihr gleich nach dem Studienabschluss diesen Job angeboten hatte, warf einige Fragen auf.

Intelligenz und großer Arbeitseinsatz waren keine hinreichende Qualifikation für einen solchen Spitzenjob. Vielleicht hätte beides ausreichen sollen, doch in der Realität waren solche Stellen nur mit Hilfe von persönlichen und beruflichen Netzwerken zu ergattern.

Anders ausgedrückt: Wenn eine frischgebackene Doktorin einen solchen Job bekam, musste sie die richtigen Leute kennen.

Wie Aiden kam auch Autumn von ganz unten. Sie war nicht in die elitären akademischen Kreise hineingeboren worden, aus denen die meisten Topfirmen ihre Mitarbeiter rekrutierten.

Wen zum Teufel kannte sie? Obwohl sie Autumns Vergangenheit im Zuge der Ermittlungen zum Schmidt-Fall eingehend durchleuchtet hatten, gab es anscheinend eine Menge, was er noch nicht wusste.

Verfügte ihre Tante über gute Beziehungen? Ihre Adoptiveltern? Eine College-Mitbewohnerin?

Ein Klopfen an der Tür riss ihn aus seinen Gedanken. Er war schon versucht, Autumn eine SMS zu schicken und sie nach ihrer kuriosen Anstellung zu fragen, doch er verwarf die Idee und räusperte sich.

„Es ist offen."

Die Tür schwang knarrend nach innen auf, und ein unerwarteter Besucher trat ein.

In Max Osbournes grauen Augen lag ein zorniges Funkeln, doch Aiden kannte bereits den Grund für seine Gereiztheit. Soweit er sich erinnern konnte, war dies das erste Mal, dass nicht er der Auslöser für Max' schlechte Laune war. Denn als Aiden vorgeschlagen hatte, Sun Ming von einer Rechtspsychologin beurteilen zu lassen, war Max sogar brummend einverstanden gewesen.

Der SAC hatte es übernommen, Sun von dem Gespräch zu unterrichten, das für den nächsten Tag angesetzt war.

Aiden war nicht so tollkühn gewesen, Ramirez' Verdacht Sun gegenüber anzusprechen. Zum Glück war er nicht ihr Vorgesetzter.

„Parrish", sagte Max und schloss die Tür. „Ich habe mit Agent Ming gesprochen."

„Wie ist es gelaufen?"

„Was meinen Sie?", entgegnete Max mit ausdrucksloser Miene.

Aiden trommelte mit den Fingern auf den Schreibtisch. „Okay ..."

„Ich habe ihr nichts gesagt. Ich finde, das soll Ramirez tun, wenn sie es für angebracht hält. Ich habe ihr nur das morgige Evaluierungsgespräch angekündigt und sie nach Hause geschickt. Sie sind sicher, dass ihr das helfen wird, nicht wahr?"

Aiden nickte. „Allerdings. Ramirez wird erkennen, dass sie kein Tatmotiv hat. Selbst wenn sie das nicht gleich überzeugen sollte, dürfte das Sun in ihren Augen doch ein wenig entlasten. Ramirez wird ihr nicht mehr im Nacken sitzen."

Zumindest hoffte Aiden das.

„Gut. Denn wir brauchen Sun Ming bei diesem Fall."

„Einverstanden. Wir brauchen jede Hilfe, die wir kriegen können." Aiden tippte mit dem Zeigefinger auf die Tischplatte und musterte Max ernst. „Vielleicht ist Agent Ming unschuldig, aber der Täter hat Erfahrung bei der Strafverfolgung. Wenn sie es nicht war, heißt das nicht, dass der Täter nicht ebenso kompetent ist wie sie. Jemand, der eine Mordwaffe am Tatort zurücklässt, die dann als Beweismittel praktisch nutzlos ist."

„Was denken Sie über den Fall?", fragte Max und verschränkte die Arme.

Aiden schüttelte den Kopf. „Ich weiß nicht. Die Rechtspsychologin wird hoffentlich mehr Licht ins Dunkel bringen. Der Mörder kennt sich mit der Spurensicherung aus. Die Seriennummer der Waffe wurde nicht weggekratzt, sondern war schlichtweg nicht vorhanden."

„Dann hat sich der Täter die Waffe auf dem Schwarzmarkt besorgt?"

„Das passt zu seiner Erfahrung bei der Strafverfolgung. Ein Cop würde wissen, wo man solche Waffen bekommt. Das war ein Barrett, doch ich glaube nicht, dass es von Barrett hergestellt wurde."

Max fuhr sich mit der Hand über seinen Bürstenhaarschnitt und seufzte. „Da tun sich umso mehr Fragen auf, je mehr wir herausfinden. Wir haben keine Ahnung, woher die Waffe stammt. Könnte auf den Philippinen hergestellt worden sein, in Indonesien oder in Scheißafghanistan. Verschifft und verkauft von einem der Kartelle oder den Russen. Da werden wir nicht weiterkommen. Das Schlamassel wird immer nur größer und größer."

„Übergeben Sie die Waffe doch der ATF", schlug Aiden vor. „Die haben Datenbanken für Waffendealer. Vielleicht weiß dort ja jemand, woher das Ding kommt. Wenn wir das Gebiet eingrenzen können, aus dem die Waffe mutmaßlich stammt, oder wenn wir wüssten, welche Organisation sie verkauft hat, könnte das hilfreich sein, sobald wir einen Verdächtigen haben."

Max fing an zu nicken, noch ehe Aiden geendet hatte. „Das ist eine gute Idee. Ich habe Amy gesagt, ich würde sie heute noch brauchen, dann gehe ich wohl mal zur Forensik runter und bringe das auf den Weg."

Aiden entspannte sich ein wenig. „In Ordnung."

Der SAC hielt an der Tür inne und musterte Aiden mit seinen grauen Augen. „Ich weiß es zu schätzen, dass Sie mir in der Angelegenheit den Rücken stärken. Ich weiß, dass Sie und Agent Ming einander nicht grün sind, und es sagt schon was aus, dass Sie darüber hinwegsehen können."

Aiden war selten um Worte verlegen, doch zu diesem unerwarteten Kompliment fiel ihm nicht viel ein. „Danke", sagte er steif und nickte.

Noch ehe ihr Besucher anklopfen konnte, drehte Sun den Knauf und zog die schwere Tür auf. Er hatte ihr per SMS für den Abend Arbeit angekündigt, doch sie hatte eigentlich nicht damit gerechnet, ihn so bald zu sehen.

Bobby Weyricks bernsteinfarbene Augen erwiderten ihren Blick, und der Anflug eines Lächelns huschte über sein unrasiertes Gesicht, der Dreitagebart nur einen Hauch dunkler als sein dunkelblondes Haar.

Während der vergangenen Monate war dieses Lächeln der einzige Lichtblick in ihrem Leben gewesen. Sie erwiderte es, so gut sie es vermochte, dann machte sie ihm Platz und bedeutete ihm, in ihre dämmrige Wohnung einzutreten.

„Du schaltest noch immer kein Licht an?", fragte er mit starkem Tennessee-Akzent.

„Ich hab auf der Couch gelegen und die Fische beobachtet", antwortete sie achselzuckend. „Möchtest du etwas trinken?"

„Hast du noch was von dem Bier?" Er stützte sich an der Rigipswand ab, als er die glänzenden schwarzen Schuhe ablegte.

Sun rümpfte die Nase. „Black Star? Glaubst du etwa, *ich* würde das trinken? Du solltest mich eigentlich besser kennen, Bobby."

„Das fasse ich als Ja auf." Sein Grinsen stellte etwas mit ihrem Inneren an.

„Okay", bestätigte sie. Sein unbeschwerter Ton machte ihr das Lächeln leichter.

„Dann nehme ich dir eins ab."

„Fast hätte ich eins getrunken, als ich heute nach Hause gekommen bin." Seufzend ging sie in die Küche. Bobby folgte ihr mit kaum hörbaren Schritten.

„Wie das?"

„Hab keinen Wodka mehr", murmelte sie und zog die Edelstahltür des Kühlschranks auf.

Als sie ihm die kalte Flasche reichte, entging ihr nicht der besorgte Ausdruck in seinen goldgesprenkelten Augen. Das überstieg die herablassende Besorgnis, an die sie sich in den vergangenen sechs Monaten gewöhnt hatte.

Bobby Weyrick war zwar nur einen Monat älter als Sun, war aber eine selbsterklärte alte Seele.

Sie mochte den Ausdruck ‚alte Seele' nicht, und wenn jemand ihn gebrauchte, dachte sie gleich an den Sonnengott Ra. Anstatt zu schnaufen und zu schnauben, hatte Bobby darüber gelacht.

Es zischte, als er die Flasche aufschraubte. Den Verschluss legte er auf die Arbeitsplatte aus Granit. Sie verdrängte die Erinnerung und lächelte ihn an.

„Ich habe dieses Proletenbier nicht getrunken, weil ich mir Wodkanachschub besorgt habe", gestand sie und nahm eine Flasche mittelteuren Wodka aus dem Schrank.

Jedem anderen wäre die Bemerkung banal vorgekommen, doch er wusste, mit welchen Schwierigkeiten sie seit dem Massaker in der Riverside Mall zu kämpfen hatte.

Seine Mundwinkel hoben sich. „Das ist schon ein bisschen lustig. Du findest mein Bier proletenhaft und kaufst dir selbst dieses eklige Zeug."

Sie tat genervt und verdrehte die Augen. „Deshalb mischt man den ja auch. Für was für ein Monster hältst du mich eigentlich?"

„Für eines, das Wodka pur trinkt", meinte er lachend, aber nicht ohne Besorgnis.

„Solche Bedenken wischt man einfach weg, wenn man angepisst ist", meinte sie und nahm ein sauberes Glas von dem Geschirrkorb, der in einer der beiden Edelstahlspülen stand. „Ich hab deine SMS gelesen", sagte er, nickte und nahm einen Schluck von dem bitteren India Pale Ale. „Also, Max hat dich früher nach Hause geschickt. Weshalb?"

Mit gespitzten Lippen tat sie ein paar Eiswürfel ins Glas, dann blickte sie wieder in Bobbys goldgesprenkelte Augen. Sie wunderte sich, wie schwer es ihr fiel, den Grund für die überraschende Besprechung mit dem SAC zu nennen. Was würde Bobby von ihr denken, wenn sie ihm gestand, dass die Vizedirektorin sie der Ermordung von Tyler Haldane und der beiden anderen Männer verdächtigte? Würde sich bei ihm alles auf die gleiche Weise zusammenfügen wie bei Ramirez?

Nein. So gut kannte sie ihn inzwischen.

In all den Unterhaltungen, die sie in den vergangenen Monaten mit Bobby geführt hatte, war er nie voreingenommen gewesen. Möglicherweise kannte er sie besser als jeder andere in der Abteilung für Gewaltverbrechen, vielleicht sogar besser als irgendein anderer FBI-Mitarbeiter.

Wenn es jemanden gab, der ihr beistehen würde, sich gegen die Anschuldigungen zu behaupten, dann Bobby Weyrick.

„Sun, alles in Ordnung?“, murmelte er. „Was hast du?“

Als er ihr die Schulter drückte, riss sie den Blick vom Glas mit Eis und Wodka los. Die warme Berührung verursachte ihr ein Kribbeln im Bauch, wie sie es lange nicht mehr erlebt hatte, und sie war sich nicht sicher, ob sie davor zurückschrecken oder sich ihm hingeben sollte.

Sie legte die Hand auf seinen Handrücken und nickte. „Mir geht’s gut. Ich war sauer, bin ich vielleicht noch, aber es geht schon wieder.“

„Was ist passiert?“

Sie seufzte schwer und drückte ihm die Hand. „Man glaubt, ich hätte etwas mit Haldanes Ermordung zu tun.“

Während sie die Kappe einer Flasche Preiselbeersaft abschraubte, sog er scharf den Atem ein.

„Wie das?“, fragte er nach einer Pause.

„Weil ... du weißt doch, dass Haldane aus fast eine Meile Entfernung erschossen wurde, oder?“

„Ja.“

„Und bei der Waffe handelte es sich um ein Barrett M98 Bravo. Das haben die wenigsten Zivilisten in ihrem Waffenschrank stehen. Das nimmt man nicht so einfach mit auf die Pirsch.“

„Es sei denn, das Revier ist eine Militärbasis“, entgegnete er. „Ranger setzen das M98B ein.“

„Warst du Ranger?“, fragte sie und blickte ihn an, während sie ihren Drink mit Saft auffüllte.

Sie wusste, dass Bobby mehr als sechs Jahre bei der Army gedient hatte, doch abgesehen von ein paar speziellen Erlebnissen hatten sie nicht über seinen Militärjob gesprochen.

Er schüttelte den Kopf und nahm einen großen Schluck aus der braunen Bierflasche.

„Etwas in der Art“, antwortete er. „Deswegen bin ich nicht gleich nach der Highschool zur Army gegangen. Man kann erst mit einundzwanzig in die Special Forces eintreten, es sei denn, man ist ein absoluter Crack. Aber ich wusste, was ich wollte, deshalb hab ich mich mit scheiß Restaurantjobs durchgeschlagen, bis ich alt genug war.“

„Weshalb hast du aufgehört?“

Sie waren vom eigentlichen Thema – von der Haldane-Ermittlung – abgeschweift, Sun hatte aber keine Eile, darauf zurückzukommen.

Er zuckte mit den Schultern und sah sie an. „Ich schätze, ich war das Militärleben einfach leid. Ständig umziehen, ständig Befehle von ahnungslosen Leuten. Ich war zu Anfang in Fayetteville stationiert, da hat's mir recht gut gefallen, aber dann wurde ich nach Fort Riley in Texas versetzt, und dann nach Fort Hood. Und mit dem Klima im Mittleren Westen komme ich nicht klar."

Sie lächelte. Auch über die Temperaturen in Virginia hatte er sich schon häufiger beklagt.

„Mein Vorgesetzter war mit einem FBI-Rekrutierer in Quantico befreundet, deshalb hab ich ihn gefragt, wie's da so läuft. Je mehr er mir erzählte, desto stärker wurde mein Wunsch nach einem Berufswechsel. Ich hatte den Eindruck, die Arbeit beim FBI wäre irgendwie bereichernd, verstehst du?"

Sun behielt ihr Lächeln mit Anstrengung bei. Auch sie hatte das mal gedacht.

„Anderen Menschen zu helfen und etwas zu bewirken, so Gutmenschenscheiß halt. Mein Vorgesetzter meinte, er könne mich in Richmond reinbringen, und das war's dann. Ich schiebe zwar Nachtschicht, aber das ist immer noch um Klassen besser als das Leben in Texas. Tu mir den Gefallen und erzähl das nicht Dalton."

So anstrengend der Tag auch gewesen war, musste Sun über diese Bitte lachen. „Keine Sorge. Meine Lippen sind versiegelt."

In der nachfolgenden Stille nippte sie an ihrem Preiselbeerwodka. Wenn sie nach Hause kam, konnte sie an der Stärke des Drinks ablesen, wie mies der Tag gewesen war. Heute war er so stark, dass er ihr die Kehle wärmte.

„Und wegen deiner Trefferquote glauben sie, du hättest was mit dem Haldane-Fall zu tun?", fragte er schließlich.

Sie nickte. „Ich habe auch keine Alibis für die Tatzeiten."

„Aber als Haldane erschossen wurde, warst du da nicht ..." Er stockte und musterte sie mit wissendem Blick. „Du warst hier, und ich war bei dir."

„Eben", sagte sie mit kaum hörbarer Stimme.

Wie hätte sie das vergessen können?

Sie hatte noch nie so etwas getan, hätte es sich nicht einmal vorstellen können. Egal welche Ausflüchte Bobby ihr schmackhaft zu machen versuchte, setzte ihr das schlechte Gewissen weiterhin zu.

Bobby und Kara Weyricks Ehe mochte vor dem Ende stehen, doch er war immer noch mit ihr verheiratet.

Dass die Affäre seiner Frau vor über einem Jahr begonnen hatte, änderte nichts. Auch nicht, dass er vor ein paar Wochen seinen Ehering abgelegt hatte und jedem, der ihn danach fragte, erzählte, er sei beschädigt.

Der Mann war verheiratet. Punkt. Ende der Geschichte.

Sun war fast einunddreißig und hätte es inzwischen eigentlich besser wissen müssen. Gab es nicht zahllose Geschichten – und jede Menge Filme - über Männer, die ihre Geliebte monate- und jahrelang mit dem Versprechen hinhielten, sie würden sich von ihrer Frau scheiden lassen? Und wie viele dieser Männer hatten ihr Versprechen wahrgemacht?

Bei dem Gedanken knirschte sie mit den Zähnen und nahm einen noch größeren Schluck vom starken Cocktail.

Herrgott noch mal, sie war doch keine naive Zwanzigjährige, die in einer Fantasiewelt lebte, die niemals Realität werden würde. In anderthalb Monaten wäre sie einunddreißig. Sie war keine College-Studentin mehr und keine beschissene Praktikantin – sie war eine Bundesagentin mit einer beeindruckenden Bilanz von Festnahmen und abgeschlossenen Fällen.

„Sag es ihnen, Sun."

Seine leise Bemerkung schreckte sie aus der Spirale der Selbstverachtung hoch. Mit aufgerissenen Augen musterte sie ihn.

„Wen meinst du?", quetschte sie hervor.

Sein Gesichtsausdruck war weicher geworden, das Wehmütige kehrte in seine bernsteinfarbenen Augen zurück. „Max, Ramirez, wem auch immer du das sagen musst, um aus der Bredouille zu kommen. Sag es ihnen einfach."

Sie schüttelte den Kopf. „Ich will dich da nicht mit reinziehen. Womöglich würden sie dich auch als Verdächtigen betrachten. Oder als Komplizen."

„Das bezweifle ich", entgegnete er. „Ich war im Büro, als Ormund getötet wurde, und in der Woche, als Stockley erschossen wurde, war ich auswärts."

„Aber vielleicht würden sie annehmen, wir stecken unter eine Decke", meinte sie. „Und wenn ich das öffentlich mache, ist deine Ehe endgültig im Arsch."

Mit einem selbstironischen Lachen schüttelte er den Kopf. „Dieser Zug ist doch eigentlich längst abgefahren, meine Liebe. Da kann ich auch gleich Nägel mit Köpfen machen, ganz offiziell. Bringen wir's hinter uns."

Sie wehrte sich gegen die jäh aufkeimende Hoffnung. Zwar war er zu seiner Ehe zunehmend zynisch eingestellt, doch dies war das erste Mal, dass er sich davon ausdrücklich distanzierte.

„Ich will dich trotzdem nicht mit reinziehen", sagte sie. „Ich mache mir keine Sorgen, dass ich im Knast landen könnte. Ich hatte mit den ermordeten Arschlöchern nichts zu tun. Ich frage mich nur, welche Auswirkungen das auf die Arbeit hat, bis wir die wahren Täter kennen. Versteh mich nicht falsch. Ich bin stocksauer. Aber", sie hob die Hand, als er kicherte, „ich mache mir keine Sorgen. Ich weiß, ich bin unschuldig, und du weißt es auch. Max hat mir gesagt, er glaubt kein Wort von dem Scheiß. Er hat gemeint, sie müssten irgendwas finden, damit sie mich ausschließen können, und das würden sie schaffen. Für morgen hat er einen Termin mit einer Rechtspsychologin vereinbart. Sie soll meine Persönlichkeit beurteilen, und er hofft, dass Ramirez mich dann vom Haken lässt und dass sie endlich nach dem wahren Täter suchen können."

„Eine Rechtspsychologin?", wiederholte Bobby und hob die Brauen. „Puh, ich kenne eine Rechtspsychologin. Sie hat mir von dem Bier hier erzählt." Er hielt die Flasche hoch und nahm einen großen Schluck.

„Ich kann immer noch nicht glauben, dass es andere Leute gibt, die das Zeug trinken."

„*Viele* Leute", sagte er und zwinkerte ihr zu. Er stellte die Flasche auf die Granittheke, hielt ihren Blick fest und trat auf sie zu.

So sehr es sie verlangte, die Litanei der Zweifel und Bedenken hinsichtlich ihrer Freundschaft abzuspulen – oder wie auch immer man ihre Beziehung charakterisieren mochte -, wollte sie den Zauber doch nicht brechen.

Anstatt zu fragen, was die Zukunft bereithielt, überließ sie sich seiner Führung. Sie war wie gebannt von seiner Nähe und konnte sich nicht erinnern, jemals einer solchen hypnotischen Kraft erlegen zu sein.

Sie hatten nur ein einziges Mal miteinander geschlafen, an dem Abend des Schusses auf Tyler Haldane. Doch als er ihr über die Wange streichelte, kam es ihr so vor, als würden sie sich schon ein Leben lang kennen.

Als er sie küsste, legte sie ihm ohne zu zögern die Arme um die Schultern und teilte die Lippen. Die Wärme seines Körpers ließ die Ängste der Außenwelt fern und unbedeutend erscheinen.

„Ich möchte dir etwas sagen", murmelte er, und sein Atem kitzelte ihr Gesicht. „Das bedeutet mir mehr als nur eine Affäre. *Du* bedeutest mir mehr. Ich möchte nicht, dass du glaubst, das wäre nur eine Ablenkung für mich. Du liegst mir am Herzen, Sun, und ich möchte nicht, dass du daran zweifelst."

Sie nickte lächelnd, löste sich von ihm und erwiderte seinen Blick. Seine Worte waren ebenso echt wie alles andere an dem Mann.

Dreiundzwanzigstes Kapitel

Noah konnte sich nicht erinnern, wann Winter zum letzten Mal Essen mitgebracht hatte. Meistens war bei der Festsetzung der Essenszeit sein Hunger der treibende Faktor. Heute jedoch waren ihre Rollen vertauscht.

Knoblauchduft wehte ihr nach, als sie in seine Küche ging. Abgesehen von der Farbe der Holzschränke und der Fliesen in Küche und Bad waren ihre Wohnungen nahezu identisch.

Er öffnete den Kühlschrank und nahm zwei Flaschen des Craft-Biers heraus, das Autumn ihnen vor Monaten empfohlen hatte.

Eine Flasche reichte er Winter, in deren Miene sich Besorgnis und Neugier widerspiegelten. Auf einmal wurde ihm bewusst, dass er noch kein Wort gesagt und sie nicht einmal begrüßt hatte.

„Alles in Ordnung?“, fragte sie mit sanfter Stimme, behielt ihn aber im Auge, als sie einen Schluck Bier nahm.

War es nicht.

Selbst wenn Sun Ming nicht Tyler Haldane, Ben Ormund und Mitch Stockley ermordet hatte, bestand immer noch die Möglichkeit, dass ein anderer FBI-Agent daran beteiligt war. Und wenn kein FBI-Agent, dann ein Mitarbeiter einer anderen Strafverfolgungsbehörde oder ein Veteran der Streitkräfte.

Seit Beginn der Ermittlungen grübelte er über die Ungerechtigkeit nach, welche die ganze Situation mit sich brachte, und inzwischen setzte ihm das Sinnieren mächtig zu. Wenn er nicht mit jemandem darüber redete, würde er noch das Gespür für gut und richtig verlieren, das ihn überhaupt erst zu einer Laufbahn beim FBI motiviert hatte.

„Nein“, sagte er schließlich. Seufzend fuhr er sich mit den Fingern durchs Haar. „Nein. Überhaupt nicht.“

„Hm“, machte sie und lehnte sich mit der Hüfte an die Arbeitsplatte. „Das scheint dir zu schaffen zu machen, seit wir mit den Ermittlungen angefangen haben. Was ist los? Kann ich dir irgendwie helfen?“

Er kniff die Augen zu und rieb sich mit beiden Händen das Gesicht. „Ich weiß nicht."

„Du könntest es ja mal probieren." Als er die Arme sinken ließ und sie ansah, lächelte sie aufmunternd.

„Ja", sagte er. „Aber wir müssen nicht hier herumstehen. Komm, setzen wir uns aufs Sofa."

„Das ist ein cooles Sofa."

„Danke", sagte er und nahm die Folienschale mit Fettuccine Alfredo mit. „Autumn hat mir beim Aussuchen geholfen. War ein Räumungsverkauf."

Sie nickte und folgte ihm ins Wohnzimmer.

Anstatt sich in Einrichtungshäusern umzutun, hatte er ein paar Poster ausgegraben, gerahmt und aufgehängt. Obwohl er kein Händchen für Raumgestaltung hatte, waren ihm kahle Wände zuwider. Doch mit zweiunddreißig war er wohl zu alt, um Band- und Filmposter mit Klebestreifen an die Wand zu pappen. Jetzt war er erwachsen und konnte sich verdammte Rahmen leisten.

„Deine Poster hauen mich jedes Mal um", sagte Winter kichernd, als sie sich setzten.

„Ich hab's dir ja gesagt", meinte er und hob die Hand. „Ich habe die unterschiedlichsten Interessen. Bitte keine Wertung."

„Ich werte nicht. Es ist nur seltsam, Johnny Cash neben Kurt Cobain hängen zu sehen und *Scarface* neben John Wayne und *The Wire*. Das hat schon was."

„Ich bin eben vielseitig." Er drehte die Pasta mit der Gabel zu einem großen Happen. „Irgendwo habe ich sogar ein *Deadwood*-Poster, aber dafür brauche ich noch einen Rahmen. Das kommt dann vielleicht in die Küche."

„Ist das die Serie mit Calamity Jane?", fragte Winter und schob sich Ravioli mit Tomatensauce in den Mund.

„Genau. Sie ist meine Lieblingsfigur."

„Das verstehe ich. Würde sie heute leben, wärt ihr Männer bestimmt hin und weg."

„Das glaube ich auch", pflichtete er ihr bei.

Schweigend verspeisten sie die italienischen Gerichte, nur der Fernseher lief leise im Hintergrund. Noah war nicht scharf darauf gewesen, absurd hohe Abogebühren fürs Kabelfernsehen zu zahlen, nur um seine drei Lieblingskanäle zu sehen, doch hier waren sie in der Miete inbegriffen. Bevor Winter gekommen war, hatte er die Wiederholung einer Sendung laufen lassen, bei der um die Wette gekocht wurde.

Als sie mit essen fast schon fertig waren, wusste er noch immer nicht, wie er die bizarren Schuldgefühle ansprechen sollte, die ihn seit einer Woche quälten.

„Es geht um den Fall“, platzte er heraus.

„Der setzt dir zu?“

Er war froh, dass er das nicht weiter zu erklären brauchte. „Ja.“

„Inwiefern?“, fragte sie behutsam nach und musterte ihn besorgt mit ihren blauen Augen.

Schwer seufzend lehnte er sich zurück und schüttelte den Kopf. „Ehrlich gesagt, ist es die ganze verdammte Angelegenheit. Das alles. Angefangen damit, dass Anne Timson und Linda Cahill von der Polizei, also den Leuten, die sie *beschützen* sollten, so mies behandelt wurden, bis zu Ramirez, die uns Sun hinterherschnüffeln lässt.“

„Ich möchte ja nicht das Thema wechseln“, sagte Winter mit einem entschlossenen Funkeln in den Augen. „Aber sobald der Fall in trockenen Tüchern ist und wir die Presse vom Hals haben, werde ich mir die Leute ansehen, die Ormund geholfen haben, seine schmutzigen Geheimnisse unter den Teppich zu kehren. Linda und ihre Tochter haben Gerechtigkeit verdient.“

Er gab eine Art Knurren von sich. „Das ist doch schon passiert, oder nicht? Nicht von Seiten der Cops. Ich meine, die haben keinen Finger gerührt, aber Ormunds Mörder hat mehr für sie getan als der Sheriff mit seinen Leuten.“

Winter seufzte. „Da hast du nicht unrecht.“

„Und genau darum geht es. Irgendwas läuft falsch in der Angelegenheit.“

„Wie meinst du das?“

„Wir suchen jemanden, der nach echten Opfern sucht. Ich glaube nicht, dass Sun die Täterin ist, und du wohl auch nicht, aber was ist, wenn es jemand *wie* Sun ist? Ein FBI-Agent oder ein Deputy Sheriff, der diesen ganzen Mist leid ist und etwas dagegen unternehmen will? Ergibt es irgendeinen Sinn, dass wir uns bemühen, ihn lebenslang hinter Gitter zu bringen oder hinzurichten?“

Winter hob eine Braue. „Reicht es nicht, dass sein Verhalten illegal ist?“

Er brummte. „Schon klar, aber handelt der Täter wirklich anders als ich? Nehmen wir Scott Kennedy und Douglas Kilroy. Ich habe auf beide geschossen und sie getötet. Ich habe deswegen keine Gewissensbisse. Ich hatte keinen Moment lang welche, glaube ich. Du weißt, dass ich in meiner Militärzeit zwei Kampfeinsätze hatte, oder?“

Sie nickte und schluckte einen Happen Pasta hinunter, bevor sie antwortete. „In Afghanistan und im Irak, richtig?“

„Ja. Afghanistan war der zweite, Irak der erste. Nach meiner Rückkehr war ich vier Jahre bei der Polizei von Dallas. Da hatte ich auch mit Leuten wie Ormund und Haldane zu tun. In Dallas war ich bei zwei Schießereien im Einsatz. Eine im Zentrum, die andere auf einem College-Campus. Bei der Schießerei im Zentrum ist nur der Schütze ums Leben gekommen. Zwei Personen wurden verletzt, haben aber überlebt. Der Schütze hat sich den Kopf weggepustet, bevor wir an ihm dran waren."

Winter ergriff seine Hand und drückte sie. Er hätte gern die Finger verschränkt und sich von ihr trösten lassen, doch er tat es nicht. Als sie ihre Hand zurückzog, vermisste er augenblicklich die körperliche Nähe.

„Auf dem Campus lief es anders. Ich nahm den Kerl ins Visier und hab keinen Moment gezögert. Hab einfach abgedrückt. Ich weiß nicht, wie viele Menschen gestorben wären, wenn ich's nicht getan hätte. Aber ich wurde nicht festgenommen oder eingebuchtet. Es gab nicht mal eine Rüge. Ich bekam einen Orden und eine Empfehlung, als ich mich beim FBI beworben habe. Worin besteht der Unterschied? Was glaubst du, wie viele Frauen der Täter gerettet hat, indem er Ormund und Stockley abgeknallt hat?"

„Ja, schon kapiert." Winter legte ihm achselzuckend die Hand auf die Schulter. Als sie sie knetete, meinte er zu spüren, wie die Wärme in seine müden Muskeln ausstrahlte.

Er rieb sich das Gesicht. „Es kommt mir einfach so vor, als würden wir den Guten jagen."

„Ich glaube, es ist in Ordnung, das so zu sehen", meinte sie. „Trotzdem will man ihn doch aufspüren. Wir können ihm zugestehen, dass er vielleicht kein schlechter Mensch ist, aber wir müssen auch unseren Job machen. Wir dürfen nicht zulassen, dass selbsternannte Rächer Menschen töten. Wir dürfen bloß ein kleines bisschen mit ihren Taten sympathisieren."

„Das kotzt mich an", murmelte er.

Sie drückte ihm die Schulter. „Verstehe ich, aber wir müssen uns an die Regeln halten, und sie auch. Kennedy und Kilroy waren beide schuldig, und beide wurden getötet, um das Leben anderer Menschen zu retten. *Mein Leben*, um genau zu sein. Die Gesellschaft funktioniert nicht, wenn wir alle unser eigenes Ding machen. Ich meine, vielleicht teilen wir ja die moralischen Vorstellungen dieser Person, aber wer weiß schon, ob nicht ein anderes Arschloch da draußen anfängt, Menschen auf der Grundlage der Ideale von Tyler Haldane und Kent Strickland zu töten? Ich finde es auch schrecklich, was Linda und Anne durchmachen mussten, aber das bügeln wir nicht dadurch wieder aus, dass wir Mörder davonkommen lassen."

„Das tun wir auch nicht", versicherte er ihr eilig. „Wir leisten unseren Beitrag, indem wir *unseren* Job machen und Menschen, die Mist gebaut haben, zur Rechenschaft ziehen."

Sie nickte. „Wir leisten unseren Beitrag, indem wir unser Bestes geben und nicht zulassen, dass jemand nach seinen eigenen Regeln spielt. Und mal ehrlich, wir wissen doch beide, dass dieser Typ oder diese Frau nicht hingerichtet werden wird, oder? Es gibt jede Menge mildernde Umstände, und kein Richter, der bei klarem Verstand ist, wird jemanden, der ausschließlich Mörder und Vergewaltiger getötet hat, zum Tode verurteilen. Weißt du, ich bezweifle sogar, dass diese Person überhaupt vor Gericht kommt. Ich wette, der Staatsanwalt beantragt lebenslange Haft ohne Bewährung, und das war's dann."

Sie nahm die Hand von seiner Schulter, beugte sich vor und ergriff ein Pizzabrötchen. Sie riss ein Stück davon ab und tunkte es in die übrig gebliebene Sauce.

Ihre Bewegungen waren locker und ungezwungen, als hätte sie nicht gerade eben eine der tiefschürfendsten Bemerkungen gemacht, die ihm im Laufe seiner Dienstzeit beim FBI zu Ohren gekommen war.

„Du willst das wirklich machen?", fragte er schließlich. „Der Sache mit Ormund nachgehen, meine ich?"

„Ja." Sie nickte und schluckte den ersten Bissen hinunter. „Und wenn Max mich nicht daran arbeiten lassen will, reiche ich das weiter. Nach dem Ende des Ganzen werden eine Menge Leute über diesen Fall informiert sein, und ich bin entschlossen, dafür zu sorgen, dass alles ans Licht kommt, was diese Drecksäcke getan haben. Selbst wenn ich das in meiner Freizeit tun muss."

Ein Krümel klebte an ihrer Unterlippe, und Noah musste den Blick abwenden, sonst hätte er sich womöglich vorgebeugt und ihn abgeleckt.

Sie bekam von seinem Dilemma nichts mit. „Wie gesagt, nur weil ich die Person suche, die sie getötet hat, heißt das nicht, dass ich Ormund oder Stockley mögen oder auch nur tolerieren muss. Sie waren beide ein Stück Scheiße und hätten schon längst einsitzen müssen. Und das gilt auch für jeden, der dazu beigetragen hat, dass sie ungeschoren davongekommen sind. Ich kann Ormund und Stockley nicht mehr einbuchten, aber ich kann dafür sorgen, dass ihre Kumpel für ihre Untätigkeit bezahlen."

„Ja." Er nahm einen Schluck Bier. „Du weißt schon, dass ich dir helfen werde, okay?"

Sie wandte ihm das Gesicht zu und lächelte ihn an. „Natürlich. Und du weißt, dass ich dich nicht ausschließen werde, okay?"

Er lachte. „So ist es."

Ein unglaubliches Gewicht – eine Last, die sämtliche Ideale in Frage gestellt hatte, auf denen er sein Leben aufgebaut hatte – war von ihm genommen, doch er wusste nicht, wie er seinen tiefempfundenen Dank in Worte kleiden sollte.

„Danke, Winter." Das klang nach allem, was sie gesagt hatte, ein bisschen einfältig, doch sie erwiderte sein Lächeln.

„Jederzeit gern."

„Ich hab's dir gesagt", meinte er grinsend. „Erinnerst du dich an den Tag, als es dir schlecht ging, weil du den Eindruck hattest, unsere Gespräche kreisten immer nur um dich?"

Sie lächelte, ein sanfter Schwung ihrer Lippen. „Ja, ich erinnere mich."

„Ich hab dir gesagt, irgendwann würde ich deine Hilfe brauchen."

Ihre Augen leuchteten. „Und heute ist der Tag?"

Er ergriff ihre Hand und drückte sie. „Ja. Heute ist der Tag."

Vierundzwanzigstes Kapitel

Auf dem Weg zum Haupteingang der FBI-Niederlassung merkte Winter schnell, dass Autumn kribbelig war. Nachdem man ihr die Besucher-Plakette ausgehändigt hatte, führte Winter sie herum und zeigte ihr die Abteilung für Gewaltverbrechen.

Obwohl Autumns Nervosität etwas nachließ, als Winter sie Max Osbourne vorgestellt hatte, war ihr die Anspannung immer noch anzumerken.

„Dein Boss ist ein guter Kerl“, bemerkte Autumn auf dem Weg zum Pausenraum. „Er setzt sich für euch ein, oder?“

Winter kam als Erstes Max’ Weigerung in den Sinn, sie an der Douglas-Kilroy-Ermittlung zu beteiligen, schob ihren reflexhaft aufwallenden Ärger aber beiseite.

Ungeachtet dessen, was für sie bei dem Fall auf dem Spiel gestanden hatte, war Max’ Entscheidung richtig gewesen. Er war sich bewusst gewesen, welche Gefahr von Kilroy ausging, und hatte sie nur deshalb vom Fall ferngehalten, um die Ermittlungen nicht zu gefährden.

„Das tut er“, erwiderte sie.

„Ah, das ist also der berühmte Pausenkaffee, von dem ich schon so viel gehört habe.“ Autumn deutete auf eine halb volle Kanne mit einer schwarzen Flüssigkeit, die eher an Teer als an Kaffee erinnerte.

Winter rümpfte die Nase und nickte. „Ja, das ist er. Wenn du Möbel abbeizen willst, solltest du es damit probieren. Außerdem ist er kostenlos.“

„Dann hole ich mal eben meinen Farbeimer, wenn du nichts dagegen hast?“ Autumn hob eine Braue und zeigte mit dem Daumen hinter sich.

„Das spart einen Weg zum Baumarkt.“ Winter lachte. „Ist noch ein bisschen Zeit bis zum Gespräch, oder?“

„Praktisch kann ich das jederzeit machen, wenn der Betreffende anwesend ist“, erwiderte sie achselzuckend.

„Gut, dann vergessen wir den Farbeimer.“ Winter deutete auf die Kaffeemaschine. „In der Nähe gibt es ein Café, zu dem Noah und ich immer gehen. Lass uns einen richtigen Kaffee trinken und ein Scone essen. Es ist immer noch recht warm draußen. Eine gute Zeit zum Spazierengehen, und auf dem Rückweg können wir den Umweg nehmen. Noah nennt das die Aussichtsroute."

„Wo steckt er eigentlich?"

Winter schaltete die Beleuchtung aus und trat auf den Flur. „Ich glaube, er musste ein paar Anrufe machen und irgendwelchen Hinweisen nachgehen. Wir kommen uns seit einer Woche vor wie im Callcenter."

„Ach du Schande", meinte Autumn. „Ich hab während des Studiums mal als Telefonverkäuferin gejobbt. Das war vermutlich die deprimierendste Tätigkeit, die ich jemals ausgeübt habe. Aber immer, wenn ich heimkam, war ich hochmotiviert für die Hausarbeit."

„Tatsächlich?"

„Ja. Vier Monate lang. Die schlimmsten vier Monate meines Erwachsenenlebens, und das nicht nur deshalb, weil ich damals einen Mathe-Kurs belegt hatte."

„Mathe war übel." Winter rümpfte die Nase. „Ich hab auch in einem Callcenter gearbeitet. Wir haben zwar Kundenservice gemacht, aber das war genauso furchtbar. Ich war ähnlich hochmotiviert bei der Hausarbeit. Der Job hat mir klar gemacht, wie schrecklich alles wäre, wenn ich mich beim Lernen nicht anstrengen würde."

„So ist es", meinte Autumn kichernd.

Sie gingen durch die Abteilung für Gewaltverbrechen und traten in den bewölkten Tag hinaus. Währenddessen tauschten sie Horrorgeschichten über Callcenter aus. Angefangen von den Kollegen über die Kunden bis zu den Vorgesetzten bekamen alle ihr Fett weg.

Zu dieser frühen Stunde waren kaum Gäste im Café. Die meisten holten sich auf dem Weg zur Arbeit ein Koffeingetränk, weshalb viele Tische unbesetzt waren.

Winter und Autumn nahmen ihre Getränke und Scones in Empfang, einen mit Schokoladensplittern für Winter und einen mit Blaubeeren für Autumn, dann setzten sie sich an einen Ecktisch.

Nach dem ersten Bissen nickte Autumn anerkennend und beglückwünschte Winter zu ihrer Frühstücksentscheidung.

„Ich sollte häufiger Scones backen", meinte sie. „Aber sie sind heikel. Man muss die Butter in das Mehl und die Zutaten schneiden, und wenn man ein Karpaltunnelsyndrom hat wie ich, tut einem die Hand weh."

„Du solltest wirklich mal meine Großmutter kennenlernen", erwiderte Winter. „Du würdest sie mögen. Ich hab mich eine Zeitlang fürs Kochen interessiert, als ich auf der Highschool war, aber ich glaube, das lag daran, dass ich mehr Interesse am Essen hatte."

„Wie kommst du darauf, ich würde gern kochen?", fragte Autumn grinsend. „Ich koche, weil ich mir den Bauch vollschlagen will."

„Ich wette, genau deshalb hat sich Noah zu Jahresanfang das Kochen beigebracht."

„Daran habe ich keinen Zweifel." Autumn nickte und kostete von ihrem Latte.

„So", sagte Winter nach kurzem Schweigen. „Wie geht es dir mit deinem ersten Job?"

„Ganz gut, würde ich sagen. Es ist ja nicht so, als ob ich nicht schon Leute in klinischer Umgebung interviewt hätte, weißt du. Aber es ist schon ein bisschen seltsam, weil es ja eine Kollegin betrifft. Nicht dass es einen Interessenkonflikt gäbe, das habe ich gecheckt. Da ich sie nicht kenne und ihr nicht gerade mit ihr befreundet seid, geht das in Ordnung."

„Das ist gut." Winter lächelte ihre Freundin aufmunternd an. „Du schaffst das schon."

Ihre grünen Augen huschten hin und her, und sie klopfte auf den Pappbecher. „Kann ich dir eine Frage stellen? Zu deinem sechsten Sinn oder wie du das nennst."

Als sie sich vergewissert hatte, dass niemand zuhörte, nickte Winter. „Klar."

„Okay, das klingt vielleicht merkwürdig, aber ich sag's einfach. Mir ist was ganz Ähnliches passiert."

Winter klappte der Mund auf, und sie gab sich keine Mühe, ihre Überraschung zu verbergen. Bevor sie nachfragen konnte, fuhr Autumn fort.

„Ähnlich wie bei deiner Migräne, schätze ich. Und obwohl ich so viel über Kognition und das Gehirn im Allgemeinen gelernt habe, kann ich es nicht erklären. Es ist nicht ungewöhnlich, dass Gehirnverletzungen Persönlichkeitsveränderungen bewirken, aber es entstehen dabei doch keine speziellen *Gaben*."

Winter gab eine Art Schnauben von sich. „Aus deinem Mund klingt das so, als wären wir X-Men."

Autumn lachte und entspannte sich ein wenig. „Irgendwie schon. Tut mir leid, ich rede viel, wenn ich nervös bin. Ich habe noch nie jemandem davon erzählt, nur andeutungsweise meinem Ex. Aber, du hast gesagt, du würdest manchmal etwas sehen, was dich anspringt, oder?"

Winter hatte ihre anfängliche Bestürzung inzwischen überwunden und nickte. „Genau. Dann sehe ich ein rotes Leuchten. Es ist kein normales

Leuchten, verstehst du? Denn es strahlt nicht auf die Umgebung aus. Es ist auf ein Objekt beschränkt.“

„Das kommt mir logisch vor. Das heißt, insofern man hier überhaupt von Logik sprechen kann.“ Autumn hielt inne, trank einen Schluck Latte und zuckte mit den Schultern. „Bei mir ist es anders. Wenn ich Leute berühre oder ihnen die Hand schüttele, spüre ich, was sie empfinden. Das betrifft ihre Motive, ihre Emotionen oder ob sie lügen. Es ist ziemlich vage und schwer zu beschreiben.“

„Einen Moment“, sagte Winter. „Du kannst erkennen, ob jemand lügt, wenn du ihm die Hand schüttelst?“

„Meistens sogar noch mehr.“ Autumn verschränkte die Finger. „Manchmal ist es auch intensiver als normalerweise. Vermutlich hat das mit der Stärke der Emotionen des Gegenübers zu tun.“

„Dann erspürst du also beim Händedruck, was ich denke?“, fragte Winter skeptisch.

„Nein.“ Autumn schüttelte den Kopf. „Wenn ich jemanden kenne und viel Zeit mit jemandem verbracht habe, funktioniert es nicht. Ich glaube, das könnte daran liegen, dass ich dann bereits vorgefertigte Vorstellungen von den Betreffenden habe, und das beeinträchtigt meine Wahrnehmung. Mann, ich rede so, als wäre ich ein verdammter Wetterballon oder so.“

Winter schlug die Hand vor den Mund, damit sie den Mokka nicht auf den Tisch prustete. „Ein Wetterballon?“, quetschte sie hervor und schnaubte Kaffee aus der Nase.

„Hey, so klang das für mich, okay? Wo wir gerade von Beeinträchtigung sprechen.“ Autumn winkte ab und nahm noch einen Schluck Kaffee.

„Das ist doch eine ziemlich nützliche Fähigkeit, oder?“

„Ja“, seufzte Autumn. „Kann man so sagen. Aber manchmal wüsste ich lieber nicht, was Menschen beim Händeschütteln denken. Das macht einem bewusst, wie viele Widerlinge es gibt.“

Winter rümpfte die Nase. „Das ist dann wohl der Nachteil.“

„Wie kommst du mit deiner Gabe klar? Es hilft dir offenbar bei der Arbeit, oder? Also, wie kommst du damit zurecht? Oder wie schaffst du es, das geheim zu halten?“

„Das ist nicht immer leicht“, räumte Winter ein. „Zumal was die Migräne angeht. Als wir nach dem ... als wir herauszufinden versucht haben, wer meine Eltern getötet hat, waren die richtig heftig. Aber vor allem muss ich Gründe für die Erkenntnisse vorweisen können, auf die ich ohne meinen sechsten Sinn nicht gekommen wäre. Ich rede im Allgemeinen von einer Ahnung oder schiebe es auf meinen Instinkt. Denn das trifft in gewisser Weise ja auch zu.“

Autumn lehnte sich nachdenklich zurück und nickte. „Das klingt vernünftig. Ja, versteh ich. In meinem Fall bräuchte ich wohl nur die Fragen an das anzupassen, was ich bereits weiß."

„Genau."

Winter lächelte. Zum zweiten Mal binnen vierundzwanzig Stunden hatte einer ihrer engen Freunde ihren Rat gesucht. Und sie hatte geliefert.

Fünfundzwanzigstes Kapitel

Autumn atmete tief durch und streifte über ihre Button-down-Bluse, dann drückte sie die Metallklinke herunter und schob die Tür auf.

Der verantwortliche Agent der Abteilung für Gewaltverbrechen hatte ihr gesagt, die Frau, die sie interviewen solle, erwarte sie im beengten Besprechungsraum. Es waren zwar mehrere Verhörzimmer frei, doch Autumn wollte vermeiden, dass das Gespräch den Charakter einer Vernehmung bekam.

Sie war kein Cop; sie war Psychologin. Und sie war nicht hier, um eine FBI-Agentin zu verhören. Sie wollte Informationen sammeln.

Als Autumn in den trüb erhellten Raum trat, schaute eine Frau von der polierten Tischplatte hoch und musterte sie mit ihren dunklen Augen.

Obwohl sie die Frau noch nicht einmal berührt hatte, spürte sie, dass hinter der ruhigen Fassade Argwohn und regelrechte Paranoia brodelten.

Die kleine Frau steckte das Handy ein und erhob sich. Ihr schulterlanges schwarzes Haar glänzte im Schein der Deckenleuchte. Mit steifen, geradezu widerwilligen Bewegungen streckte sie die Hand aus und nickte.

Es war so weit. Der Moment der Wahrheit.

Autumn setzte ein Lächeln auf und schüttelte der Frau die Hand.

Das Misstrauen im Blick der Frau war zu erwarten gewesen, doch das Gefühl von Angst, das unter der Reizbarkeit lauerte, kam unerwartet. Offenbar hatte sie ein Geheimnis, doch Autumn wusste sofort, dass es nicht vom Rang eines vorsätzlichen Mordes war.

Nein, das Geheimnis dieser Frau war eher zwischenmenschlicher Natur. Sie hegte widersprüchliche Gefühle zu einem Mann, nicht wegen eines Verbrechens.

„Special Agent Ming“, sagte Autumn und nahm an der anderen Seite des runden Tisches Platz. „Ich bin Dr. Autumn Trent. Sie haben eine Vermutung, weshalb wir uns heute hier treffen, nicht wahr?“

Die Agentin nickte. „Allerdings. Es geht um den Haldane-Fall. Speziell darum, ob ich diesen kleinen Drecksack getötet habe oder nicht.“

„Ja“, antwortete Autumn, ein Kichern unterdrückend. „Und Sie wissen auch, dass Sie das Recht haben zu schweigen? Das hier ist kein Arzttermin, und alles, was Sie mir sagen, kann vor Gericht gegen Sie verwendet werden.“

Sun nickte wieder.

Sun Ming hatte weder Tyler Haldane noch Ben Ormund oder Mitch Stockley getötet, da war sich Autumn bereits sicher. Jetzt musste sie, wie sie Winter gegenüber ausgeführt hatte, nur noch Belege dafür finden.

Sun steckte fest in einer heiklen Liebesgeschichte. Um sie von der Liste der Verdächtigen zu nehmen, würde es vielleicht schon ausreichen, sich Klarheit über ihre Büroromanze zu verschaffen.

„Fangen wir ganz einfach an. Agent Ming, haben Sie Tyler Haldane getötet?“ Autumn klickte mit dem Kuli, als sie den durchdringenden Blick ihres Gegenübers erwiderte.

„Nein“, antwortete Sun. „Das habe ich nicht getan.“

Autumn fragte sich unwillkürlich, wie die Agentin reagieren würde, wenn sie jetzt Notizbuch und Kuli einsammelte, sich für das Gespräch bedankte und ging.

Doch sie fuhr fort und stellte eine Reihe von Fragen, deren Antworten in der Regel wertvolle Einblicke erbrachten, die als Grundlage für eine Bedrohungseinschätzung dienen konnten. In Anbetracht dessen, was Autumn über Agent Mings Temperament und ihre Vorgeschichte beim FBI wusste, war es kaum überraschend, dass ihre Antworten konsistent und überlegt ausfielen.

„Na schön, Agent Ming“, sagte sie und lächelte ihr Gegenüber kurz an. „Ich würde Ihnen gern ein paar persönliche Fragen stellen, wenn Ihnen das recht ist. Haben Sie derzeit eine Liebesbeziehung?“

Sun schüttelte langsam den Kopf. „Nein.“ Entweder sie log, oder sie war sich unsicher über den Stand der Beziehung.

Eigentlich hatte Autumn nicht vorgehabt, Ming intim auszuhorchen, doch jetzt, da sie überführt war, wollte sie wissen, weshalb Ming log.

Autumn klickte erneut mit dem Kuli und legte ihn aufs Notizbuch. Ohne sich irgendwelche Emotionen anmerken zu lassen, faltete sie langsam die Hände und blickte Sun an. Bislang war Autumn entspannt und liebenswürdig gewesen, und der Wechsel zu einem ernsthaften, disziplinierten Auftreten sollte Sun verunsichern. Soweit Autumn das erkennen konnte, funktionierte die Taktik.

„Haben Sie jemals jemanden aus dem Büro gedatet? Jemanden vom FBI?“ Die Finger fest verschränkt, fixierte sie Autumn unverwandt.

Vielleicht hätte sie doch einen Verhörraum nehmen sollen.

„Was fällt Ihnen ein?“, knurrte die Agentin und kniff die Augen zusammen. „Hat das irgendeine Relevanz?“

„Der Beziehungsstatus ist ein Indikator für gewalttätiges Verhalten. Ob sie einen Kollegen gedatet haben oder nicht, wirkt sich aus auf Ihre Arbeitsumgebung. Es geht um Feindseligkeit gegenüber Kollegen, Groll, solche Sachen.“ Das war eine sehr pauschale Erläuterung, entsprach aber im Wesentlichen der Wahrheit. Aus demselben Grund wurde die Autoversicherung billiger, wenn jemand heiratete. „Sie haben natürlich auch in diesem Punkt das Recht zu schweigen, Agent Ming.“

Ein Schatten wanderte über Agent Mings Gesicht, als sie die Zähne zusammenbiss und die Kiefermuskeln wieder entspannte. „Im Moment date ich niemanden, aber ...“ Sie seufzte. „Es gibt da jemanden. Es ist kompliziert.“

„Inwiefern?“

„Weil er eine gescheiterte Ehe hinter sich hat und ich mir vorkomme wie ein beschissener Notnagel!“, fauchte sie mit weit aufgerissenen Augen. Sie schlug die Hand vor den Mund.

„Ich verstehe“, erwiderte Autumn und löste die Hände voneinander. „Sehen Sie, ich mache mir keine Notizen, okay? Das wird nicht aufgezeichnet, und soviel ich weiß, hört uns auch niemand zu. Ehrlich gesagt, kenne ich das aus eigener Erfahrung.“

Diesmal hatte sie nicht übertrieben oder die Wahrheit verfälscht. Kurz nach ihrem Umzug nach Virginia war sie in der gleichen Situation gewesen wie Sun.

Jetzt, fast ein Jahr nach der Trennung, schrieb Autumn das Debakel ihrer jugendlichen Naivität zu. Er war zwölf Jahre älter gewesen als sie, und damals hatte sie es reizvoll gefunden, einen so klugen Mann zu daten. Vielleicht galt das noch immer, doch sie war nicht mehr die blauäugige Studentin, die soeben vom Mittleren Westen an die Küste umgezogen war.

„Also, danke“, murmelte Sun. „Um Ihre Frage zu beantworten: Ja, ich habe einen Kollegen gedatet. Die Beziehung endete schon vor einer Weile, und wir waren nicht mal in derselben Abteilung. Er war bei der Verhaltensanalyse, und ich bin bei der Abteilung für Gewaltverbrechen.“

„Er war bei der Verhaltensanalyse?“, wiederholte Autumn mit hochgezogener Braue.

„Ist er immer noch“, bestätigte Sun.

Dann war die Arbeitsumgebung bei der FBI-Niederlassung in Richmond also vielleicht gar nicht so förderlich für gewalttätige Neigungen, doch unter der Oberfläche gab es bestimmt jede Menge unorthodoxe Dynamik.

Als Autumn zur zweiten Seite ihres Notizbuchs umblätterte, war ihre Miene nachdenklich, aber ruhig. Aiden konnte sich nicht erinnern, wann irgendein Agent in Gegenwart des SAC und der Vizedirektorin zuletzt so entspannt gewirkt hatte, von einer frischgebackenen Doktorin ganz zu schweigen.

Doch so sehr er sich auch bemühte, er sah in ihrem Verhalten nicht das geringste Unbehagen.

„Sie sagten, Agent Ming habe sich bizarr verhalten, ist das richtig?“, fragte Autumn und blickte Cassidy Ramirez an.

Ramirez nickte. „Sie war schon immer zurückhaltend, doch in letzter Zeit scheint es so, als würde sie sich noch mehr isolieren. Als hätte sie weniger Kontakt zu ihren Kollegen. Sie hatten Gelegenheit, auch mit Agent Vasquez und Agent Camp zu sprechen, nicht wahr, Dr. Trent?“

„Ja“, antwortete Autumn lächelnd. „Agent Ming mag seit dem Vorfall in der Riverside Mall erheblich weniger kontaktfreudig wirken, aber ...“ Ehe Max eine Bemerkung anbringen konnte, hob Autumn die Hand. „Ich glaube nicht, dass dies daran liegt, dass sie durchgedreht wäre und sich in eine selbsternannte Rächerin verwandelt hätte. Was die Agents Camp und Vasquez mir gesagt haben und was Agent Ming mir erzählt hat, deutet auf posttraumatischen Stress hin.“

„Sind Sie ...“

Autumn ließ sich nicht unterbrechen. „Wie groß ist Agent Ming?“ Als sie ihre smaragdgrünen Augen auf Aiden richtete, entging ihm nicht das vielsagende Funkeln. „Knapp einssechzig? Sie ist zierlich, und ein Barrett M98 Bravo ist keine kleine Waffe. Sie ist nicht so mächtig wie manch andere, aber in Anbetracht von Agent Mings Schulterverletzung glaube ich nicht, dass sie eine Waffe dieser Größe sechs Stockwerke hochgeschleppt hat.“

„Aber ...“

Autumn war noch nicht fertig. „Und Mitch Stockley wurde *vor* der Schießerei in der Riverside Mall getötet, nicht wahr?“

Es war eine rhetorische Frage, doch Ramirez nickte. „Ja. Eine Woche zuvor.“

„Bisher lautete die Arbeitstheorie, dass die Schießerei Agent Mings Bruchstelle war, ist das richtig?“

Aiden meinte zu hören, wie Cassidy mit den Zähnen knirschte, als sie erneut nickte, und er musste sich beherrschen, um sich nicht anmerken zu lassen, wie beeindruckt er war.

Max’ Mundwinkel zuckten. Er lag richtig, und jetzt hatte die Psychologin einer Topfirma seine Annahmen bestätigt.

„Wenn Agent Ming weiterhin verdächtig ist, erklärt das Massaker in der Riverside Mall doch nicht den Fall Stockley. Außerdem ist Agent Ming fast einunddreißig. In diesem Alter brechen Krankheiten wie paranoide Schizophrenie nur noch selten aus, deshalb besteht eine geringe Wahrscheinlichkeit, dass sie psychotisch geworden ist. In ihrer Familie gibt es auch keine Fälle von Schizophrenie, weshalb keine genetische Veranlagung vorliegt.“

Ramirez hob eine Braue. „Menschen drehen durch."

„Bei allem Respekt, Vizedirektorin, Menschen drehen nicht durch und beschließen, ein Massaker anzurichten, ohne dass sich das über Monate oder Jahre hinweg ankündigt. Nichts in Agent Mings Vorgeschichte deutet darauf hin, dass sie labil war, als sie zur Riverside Mall gerufen wurde. Sie stammt aus der Mittelklasse, aus einer Familie mit Zwillingsbruder, Haustieren und engen Verwandten. Sie hat sich in ihrem Job bewährt, und auch wenn in den neuesten Berichten von sozialer Isolation die Rede ist, hat sie doch eine enge Verbindung zum FBI. Meiner professionellen Einschätzung nach hat Agent Ming keine erhöhte Disposition für gewalttätiges Verhalten und ist nicht die Mörderin von Haldane, Stockley und Ormund. Ich werde Ihnen bis heute Abend einen zusammenfassenden Bericht übermitteln, aber das sind die wesentlichen Punkte."

„Ich danke Ihnen, Dr. Trent", sagte Ramirez, erhob sich und reichte Autumn die Hand. Autumn entglitten ein wenig die Gesichtszüge, als sie sich die Hände schüttelten, doch sie stellte ihr Lächeln gleich wieder her.

Was sollte das alles?

Autumn näherte sich Max und streckte auch ihm die Hand hin. Aiden hätte sich nicht gewundert, wenn er sich mit ihr abgeklatscht hätte.

Entgegen Aidens Erwartungen lächelte Max so freundlich wie nur selten und schüttelte ihr die Hand. Die undurchdringliche Miene, mit der sie sich von Aiden verabschiedete, warf nur weitere Fragen auf.

Er entschuldigte sich, bevor er Zeuge von Max' Siegesdehnungen werden konnte – die machte er immer, wenn er Recht behalten hatte.

Als er um die Flurecke bog, spiegelte sich die Deckenbeleuchtung in der Edelstahltür des Aufzugs, die sich zu schließen begonnen hatte. Den Blick aufs Handy gerichtet, lehnte Autumn am Handlauf.

„Hey!", rief er und winkte.

Sie schaute hoch, und einen Moment lang hatte er den Eindruck, sie wolle die Aufzugtür zugleiten lassen, bevor er sie erreicht hatte. Im letzten Moment streckte sie die Hand aus und stoppte die Tür.

„Haben Sie einen Moment Zeit für mich?", fragte er, als er neben sie trat.

Sie zuckte mit den Schultern und steckte das Handy ein. „Kommt drauf an."

„Worauf?"

„Worüber Sie mit mir reden wollen", erwiderte sie mit freundlichem Lächeln.

„Was *glauben* Sie denn, worüber ich reden möchte?"

Ein weiteres Achselzucken.

„Ernsthaft? Ist mir etwas entgangen?" Er legte die Stirn in Falten und musterte sie genervt. „Ja oder nein?"

„Ist das nicht ein Interessenkonflikt?“, fragte sie, als die Tür sich geschlossen hatte.

„Was zum Teufel reden Sie da?“

„Ich rede von Ihnen.“ Sie wandte ihm das Gesicht zu. „Sie wollen mit mir über die Risikoeinschätzung bezüglich Ihrer Ex-Freundin sprechen, die ich soeben vorgetragen habe. Ist das nicht ein Interessenkonflikt, oder gelten hier beim FBI andere Regeln? Hätten Sie bei der Besprechung überhaupt anwesend sein dürfen?“

„Um Himmels ...“ Er klappte den Mund zu, kniff die Augen zusammen und versuchte sich zu beruhigen. Nach mehrmaligem Durchatmen sagte er: „Unsere Beziehung hat vor zwei Jahren geendet. Also, nein, Autumn. Das ist kein verdammter Interessenkonflikt.“ Er hätte sich denken können, dass sie dahinterkommen würde. Vor dieser Frau konnte man anscheinend nichts geheim halten.

„Dann ist es vielleicht einfach nur unprofessionell?“

„Wie bitte?“ Er wäre beinahe ins Stottern geraten, zwang sich aber zur Ruhe. „Warum interessiert Sie das?“

„Ich möchte nur sicherstellen, dass Sie nicht in ihrem Privatleben herumschnüffeln. Zwei Jahre hin oder her, eine Ex ist eine Ex. Ehrlich gesagt, wäre ich schon ein bisschen neugierig, wenn jemand ein psychologisches Gespräch mit meinem Ex führt. Allerdings muss ich zugeben, dass die Beziehung erst vor einem Jahr in die Brüche gegangen ist, nicht vor zweien.“ In ihrem sarkastischen Lächeln lag auch eine gewisse Gereiztheit.

Er beschloss, den Spieß umzudrehen. „Wie sind Sie an den Job bei Shadley und Latham gekommen?“

Als sich ihre Augen verengten, wusste er, dass er einen Nerv getroffen hatte. „Was zum Teufel soll das nun wieder heißen?“

„Verstehen Sie’s ruhig ganz direkt“, entgegnete er. Die Zahl auf dem Display sprang von Drei auf Zwei, und er nahm an, dass sie ihr Gespräch nicht lange fortsetzen würden, wenn sie unten angelangt waren. „Sie werfen mir unethisches Verhalten vor, da ist meine Frage nur recht und billig. Fühlt sich nicht so gut an, oder?“

„Oh mein Gott“, murmelte sie. „Alles klar. Aber Sie hätten das vor dem Gespräch mit ihr erwähnen sollen. Hätte mir einige Fragen erspart.“

„Mag sein. Ich werd versuchen, beim nächsten Mal dran zu denken – nur für den Fall, dass Sie einen weiteren Mordverdächtigen interviewen sollten, den ich mal gedatet habe.“

Sein Lachen klang eher wie ein Schnauben, und sie sah ihn wieder an. „Stehen Sie auf einen bestimmten Typ, Aiden? Oder ist es einfach Ihre Angewohnheit, junge Frauen vom FBI aufzureißen?“

„Ja, aber Mordverdächtige zählen nicht dazu. Und nein, das tue ich nicht. Dürfte ich Ihnen jetzt eine richtige Frage stellen?“

Sie tat so, als würde sie angestrengt nachdenken. „Meinetwegen. Also, worum geht’s, Chief?“

„Chief? Würden Sie das bitte lassen?“

Sie seufzte übertrieben und stemmte die Arme in die Hüfte. „In Ordnung. Wie lautet Ihre Frage?“

„Jetzt, da Sie alle Ermittlungsdetails kennen und ich mich nicht mehr aufs Hypothetische beschränken muss, würde ich gern erfahren, wie Sie unsere Arbeit bewerten. Damit meine ich speziell die Abteilung für Verhaltensanalyse.“

„Okay.“ Sie lehnte sich an die Wand. „Ich habe ein bisschen Zeit.“

„Das weiß ich zu schätzen.“ Auf einmal war er sich unsicher über seine Motive. Er wollte wissen, wer sie bei Shadley und Latham empfohlen hatte, hielt aber auch große Stücke auf ihre Beiträge.

Außerdem fühlte er sich unwiderstehlich zu ihr hingezogen.

Er war tatsächlich am Arsch.

Sechsundzwanzigstes Kapitel

Während ich beobachtete, wie ein Mann unter dem Neonschild des Greendale Motels die Wagentür öffnete, drückte ich meine Zigarette im Aschenbecher des Becherhalters aus.

Mit sechsjähriger Erfahrung in der Forensik wusste ich, wie wichtig es war, keine Spuren zu hinterlassen, selbst wenn es sich nur um einen unscheinbaren Zigarettenstummel handelte. Der pockennarbige Parkplatz des schäbigen Hotels war bestimmt übersät mit Kippen, doch ich wollte nichts riskieren.

Das Rauchen war eine lästige Angewohnheit, die ich bei der militärischen Grundausbildung angenommen hatte. Als meine Tochter zur Welt kam, hatte ich endlich einen Grund, damit aufzuhören.

Meine Frau hatte das Rauchen in der Schwangerschaft eingestellt, doch da ich mich die halbe Zeit über in Übersee aufgehalten hatte, war ich ihrem Beispiel nicht gleich gefolgt. Es war eine anstrengende Zeit gewesen, und ich hätte wohl selbst dann nicht aufgehört, wenn ich es gewollt hätte.

Tina hatte das auch gemeint, als sie mir die Neuigkeit telefonisch mitteilte. Sie hatte vorgeschlagen, ich solle warten, bis ich wieder in den Staaten sei, typisch Tina. Sie brachte mir schon immer mehr Verständnis entgegen, als ich verdient hatte, und es gab keinen einzigen Tag, an dem ich sie und mein kleines Mädchen nicht sehnlichst vermisst hätte.

Mein Leben war schön gewesen. Mann, schöner, als ich mir je hätte träumen lassen.

Doch dann hatte ein Mann wie James Bauman – der Widerling, den ich seit zwei Tagen beobachtete – mir alles genommen.

Als Tina und Evie tot waren, hatte ich keinen Grund mehr, auf die hässliche Angewohnheit zu verzichten. In dieser dunklen Zeit wünschte ich mir, ihnen nachzufolgen, und mit jedem Lungenzug kam ich ihnen ein Stück näher.

Doch solange ich noch lebte, wollte ich die Fähigkeiten, die ich bei der Army erworben hatte, nach Kräften nutzen.

Bevor ich Tina und Evie verlor, war ich mir sicher gewesen, dass ich bei den Army Rangers Karriere machen würde. Noch vor meinem dreißigsten Geburtstag wurde ich zum Lieutenant befördert und vor meinem vierzigsten zum Captain. Das Militär schulte mich in Teamarbeit, lehrte mich aber auch, andere zu führen.

Vor allem lehrte es mich das Töten.

Auf der ganzen Welt waren nur wenige Kampfverbände besser zum Töten ausgebildet als die Elitetruppen des amerikanischen Militärs.

Während ich noch in der Army diente, war mir gar nicht bewusst, wie gut ich töten konnte. Wichtiger war mir, dass die mir unterstellten Soldaten wieder heil nach Hause zu ihren Familien kamen.

Es mag verrückt klingen, doch ich wurde mir meiner unorthodoxen Fähigkeiten erst bewusst, als ich aus dem Militär ausgeschieden war. Dort in der Wüste verstanden wir es alle zu töten, doch hier, nun ja ...

Das war eine andere Geschichte.

Männer wie Mitch Stockley, Tyler Haldane und Ben Ormund waren Dilettanten im Töten, ich aber *war* der Tod.

Diese drei Männer glaubten, sie seien Herren über Leben und Tod, doch sie hatten gar keine Ahnung.

Haldane konnte eine Waffe abfeuern, Stockley wusste, wie man jemanden erwürgte, und Ormund verstand es, eine ohnmächtige Person zu ersticken. Hätten sie mehr über die zahllosen Methoden gewusst, anderen Menschen das Leben zu nehmen, wären sie vielleicht nicht so leicht gestorben.

Manchmal fragte ich mich, ob der Tag kommen würde, da einer der Männer auf meiner Liste sich als ebenbürtig erweisen würde, doch das bezweifelte ich.

Wer über Kompetenz im Töten verfügte, war eine andere Sorte Mensch als etwa Ben Ormund. Um so effektiv zu sein wie ich, brauchte es Disziplin, und Leute wie Tyler Haldane waren Schlamper. Wenn sie mir trotzen und überleben wollten, müssten sie wesentlich fitter sein als Mitch Stockley.

James Bauman war es jedenfalls nicht. Auch heute würde ich keinem Ebenbürtigen begegnen, das wusste ich.

Trotz seiner einsneunzig und seiner breitschultrigen Statur war Bauman ein Kriecher. Er war ein erbärmlicher Vertreter des Menschengeschlechts und ließ seine eigene Unsicherheit an den Verwundbarsten aus, für die die Medien wenig Sympathie aufbrachten. An denjenigen, die von der rechtschaffenen Mehrheit an den Rand gedrängt wurden.

Für mich machte das James Bauman zu einem der Schlimmsten überhaupt, und das wollte ich ihm zeigen.

Bauman war nur ein Tropfen auf den heißen Stein, und mir war bewusst, dass das, was ich tat, keine Revolution auslösen würde. Der Durchschnittsbürger würde vermutlich kaum Notiz davon nehmen.

Jedenfalls solange nicht, bis ich ein paar Namen mehr auf meiner Liste abgehakt hätte.

Als Bauman den Zimmerschlüssel entgegengenommen hatte, ging er zu der Tür Nummer acht und trat ein. Als er wieder herauskam, schaute er sich auf dem Parkplatz um, doch ich hatte mich so klein gemacht im Sitz, dass er mich nicht bemerkte.

Nachdem die Wagentür zugefallen war, sprang der Motor an. Ich wartete, bis das Geräusch leiser wurde und schließlich ganz verstummte. Als ich mich aufrichtete, sah ich die Parklücke, die eben noch Baumans Wagen eingenommen hatte.

Ich ballte die Hände, öffnete sie wieder, tätschelte die Scheide mit dem Messer, die ich mir in meinen Reißverschluss-Hoodie genäht hatte, und vergewisserte mich, dass der Dietrich in der Tasche war.

Showtime.

Mit übergezogener Kapuze und gesenktem Kopf überquerte ich den Parkplatz. Das Motel war ein Dreckloch, doch es gab ein paar vereinzelte Überwachungskameras. Ich wusste nicht, ob das Attrappen waren oder ob sie funktionierten, doch wie beim Zigarettenstummel entschied ich mich auch hier dafür, es nicht drauf ankommen zu lassen.

Auf zufällige Passanten – von denen es um diese Zeit keine gab – würde ich nicht wie ein Einbrecher wirken. Ich hatte schon zahllose Schlösser geknackt und brauchte nicht länger zum Öffnen, als wenn ich einen Schlüssel benutzt hätte.

In der relativen Sicherheit des schmutzigen Zimmers streifte ich die Kapuze zurück. Ich zog die mattschwarze Neun-Millimeter unter dem Sweatshirt hervor und ging ins dunkle Bad. Dort wartete ich.

Als ein metallisches Klicken Baumans Rückkehr ankündigte, drehte ich unwillkürlich den Schalldämpfer fester. Allerdings hatte ich nicht vor, Bauman zu erschießen, es sei denn, er zwang mich dazu.

Vom Bad aus beobachtete ich, wie Bauman den Lampenschein abschirmte und seine Begleiterin ins Zimmer führte.

Ihre grünen Augen huschten umher, ihre Haltung war steif, ihre Bewegungen angespannt. Ihr Jeansminirock endete auf der Mitte der Oberschenkel, und das Top mit Nackenträger war so tief ausgeschnitten, dass ihr roter Spitzen-BH hervorlugte.

Konnte sie überhaupt schon achtzehn sein?

Das war Baumans Spezialität. Er mochte Mädchen – richtige Mädchen, keine Frauen -, die eigentlich viel zu jung für ihn waren. Bauman war dieses Jahr siebenundvierzig geworden und seit sechzehn Jahren verheiratet.

Was für eine beschissene Ehe das gewesen sein musste.

Bei den Damen in der Gegend hieß es, Bauman locke gern Prostituierte auf sein Hotelzimmer und tue ihnen schreckliche Dinge an. Keine der Frauen hatte ihn je angezeigt, und deshalb machte dieses Arschloch immer weiter.

Mindestens zwei Frauen, beide unter siebzehn, waren verschwunden, nachdem der Perversling sie gequält und vergewaltigt hatte.

Obwohl die meisten Prostituierten in diesem Teil der Stadt Bauman aus dem Weg gingen, gab es doch immer genug Neulinge, die vom schlechten Ruf dieses Mannes keine Ahnung hatten. Das wusste er und verließ sich auf ihre Unerfahrenheit. Er zählte auf ihre Verzweiflung.

Mit einer geschmeidigen Bewegung trat ich ins Licht und richtete die Neun-Millimeter auf Baumans Kopf. Er hatte mit dem Mädchen geredet, doch ich scherte mich nicht darum, was er zu sagen hatte.

„Heh!", rief er und hob beide Hände.

Das Mädchen an seiner Seite riss den Mund auf und blickte zwischen mir und Bauman hin und her.

„Wer zum Teufel sind Sie?", fragte er. Seine Stimme klang schrill und panisch, und meine Miene verfinsterte sich.

Ich schwieg. Ließ ihn schmoren.

„Was wollen Sie?“

„Holen Sie Ihre Brieftasche raus. Aber hübsch langsam, James. Oder soll ich Sie Jim nennen?“

„Geld?“ Seine Frage klang eher wie ein Quieken, und ich hätte beinahe aufgelacht. Mit einem flehenden Blick streckte er mir die Brieftasche entgegen.

„Ich will Ihr Scheißgeld nicht. Geben Sie alles ihr.“ Ich deutete mit dem Kinn auf das Mädchen.

„W-w-was?“, stammelte er.

„Habe ich etwa gestottert?“ Mein Tonfall war ganz ruhig. Gelassen. Gefährlich. „Geben Sie ihr das Geld, sonst puste ich Ihnen den Kopf weg, James.“

Mit zitternden Händen holte er einen Packen Zwanziger hervor. Der großäugige Blick des Mädchens verharrte auf mir, als sie das Geld entgegennahm.

„Okay, Kleine“, sagte ich. „Mach, dass du rauskommst.“

Ohne eine Frage zu stellen, steckte sie das Geld ein, riss die Tür auf und lief in die Nacht hinaus.

Bauman und ich waren allein.

James Bauman war mir etwas schuldig, und jetzt wurde abgerechnet.

Siebenundzwanzigstes Kapitel

Noah und Winter waren gerade unterwegs zur FBI-Niederlassung, als Max Osbourne anrief und sie zu einem schäbigen Hotel am Stadtrand umdirigierte. Max zufolge war das Greendale Motel eine Absteige unmittelbar vor der Ausfahrt der Interstate. Obdachlose und Vagabunden trieben sich dort herum, und ein Mord war in der Gegend nichts Ungewöhnliches.

Dieser Mord aber war anders.

„Der Typ wurde mitten in der Nacht getötet. Man hat auch eine neue Karteikarte gefunden", sagte Winter, als sie das Handy in der Tasche ihres Blazers verstaut hatte. „Osbourne möchte, dass wir vorbeischauen und mit Dan Nguyen reden, wenn wir den Tatort gesehen haben. Er hat gemeint, Dan wurde mitten in der Nacht gerufen, deshalb könnte er ein bisschen knurrig sein."

Noah war selbst grummelig zumute. „Sollen wir ihm einen Kaffee mitbringen?"

„Keine schlechte Idee", erwiderte Winter gähnend. „Und ein Scone. Es ist praktisch unmöglich, miesepetrig zu sein, wenn man ein Scone isst."

Noah nickte. „Das ist wissenschaftlich bewiesen."

Hätte ein Außenstehender bei ihrer Fahrt zu einem gruseligen Tatort ihrer Unterhaltung gelauscht, hätte er Winter und Noah für verrückt erklärt.

Doch sobald sie dem Techniker an der Tür der Nummer acht ihre Marken vorzeigten, waren sie voll konzentriert und inspizierten den Tatort mit scharfem Blick und kühlem Kopf.

„Was steht diesmal drauf?", fragte Noah, als Winter den Beweisbeutel mit der Karteikarte in die Hand nahm.

„Zwei Namen", antwortete sie und hielt die Karte ins Licht. „Und Datumsangaben. Alles getippt, wie bei der letzten. Dieselbe Schrifttype und so weiter."

Noah beugte sich vor und kniff die Augen zusammen. „Alicia Perez, zwanzigster Juni 2015. Melody Harrison, dreißigster Oktober 2017."

„Wir haben die Namen bereits zur Überprüfung weitergeleitet", sagte eine der Technikerinnen, eine Frau mit platinblondem Kurzhaarschnitt. „Es ist noch nicht lange her, aber die Chancen stehen gut, dass sehr bald ein Ergebnis vorliegt. Bei so spezifischen Informationen."

„Opfer", sagte Winter in ernstem Ton und richtete ihre blauen Augen auf Noah. „Ich wette, das sind James Baumans Opfer."

„Das würde passen", stimmte Noah ihr zu. „Ist die Person, die an der Rezeption war, noch hier?"

Die Technikerin nickte. „Ja. In der Lobby."

Winter wandte sich zur Tür. „Lass uns mit ihr reden."

Sie traten geduckt unter dem gelben Absperrband hindurch und gingen bis zum Ende der Zimmerreihe. Ein heller Glockenton ertönte, als sie die Glastür aufdrückten. Eine weißhaarige Frau und die Polizistin aus Richmond blickten ihnen entgegen.

Noah zog die Dienstmarke aus der Tasche und nickte ihnen lächelnd zu.

Die Frau lächelte schwach zurück.

„Guten Morgen", sagte er. „Ich bin Agent Dalton vom FBI, das ist Agent Black. Ich weiß, Sie wurden vermutlich schon den ganzen Morgen über vernommen, aber wenn es Ihnen nichts ausmacht, würden wir Ihnen gern noch ein paar kurze Fragen stellen, bevor wir gehen."

„Nur zu", sagte die Frau und straffte sich auf dem Bürostuhl.

„Was können Sie uns über das Opfer sagen? Haben Sie den Mann vorher schon mal gesehen? Kannten Sie ihn?", fragte Noah.

Sie hob die knochigen Schultern. „Ich glaube, er war ein paar Mal hier. Hat immer im Voraus bar bezahlt und ist am nächsten Tag lange vor dem Check-out wieder abgereist. Ich bin schon eine ganze Weile in dem Job, Agents, und ich seh auf den ersten Blick, wenn ein Gast hier nicht reinpasst. Meistens Geschäftsleute, verstehen Sie? Leute mit einem hellen Streifen am linken Ringfinger, die in den Slums ein bisschen Spaß haben wollen."

Winter lächelte die Frau an. „Ich kenne den Typ."

Das Lächeln der Frau erwärmte sich um ein paar Grad. „Tun wir das nicht alle, meine Liebe? Die scheren sich einen Dreck um die Leute hier. Kommen einfach her, um sich zu holen, was sie wollen, und dann vergessen sie, dass es uns gibt, bis sie wieder mal einen Kick brauchen. Die tun so, als wären sie was Besseres, aber das sind sie nicht."

„Und der Mann war auch so?", fragte Noah. „James Bauman hieß er. Er war einer von diesen Typen?"

Die Frau verschränkte die Arme und nickte. „Ja. Ein Wolf im Schafspelz, das war er. Wie ich schon sagte, Agents, ich mache diesen Job seit einer ganzen Weile, und ich merke es, wenn jemand gefährlich ist."

„Hat ihn mal jemand begleitet?", fragte Winter.

„Nicht beim Einchecken. Das war die einzige Gelegenheit, bei der ich ihn gesehen habe, und da war er allein. Das sind sie meistens, wenn sie bezahlen."

„Gibt es hier Überwachungskameras?" Noah deutete zum Ausgang. „Ich hab ein paar an den Laternenmasten auf dem Parkplatz bemerkt. Funktionieren die?"

„Allerdings", antwortete sie und nickte steif.

„Wir haben das Videomaterial bereits zum FBI geschickt", warf die Polizistin ein. „Wir wissen, dass Sie für den Fall zuständig sind, aber es ist unsere Aufgabe, Ihnen zu helfen."

„Das weiß ich zu schätzen", erwiderte Noah. „In Ordnung, Ma'am. Damit wären wir fertig. Ich gebe Ihnen meine Karte, und Sie rufen mich an, wenn Ihnen noch etwas einfällt, okay?"

Mit verkniffener Miene nahm die Frau seine Karte entgegen. „Mach ich, Agent, aber eins muss ich sagen ... ohne solche Typen ist die Welt besser dran."

Noah kam es seltsam vor, Gebäck in die Gerichtsmedizin mitzubringen, doch er und Winter hatten an einem Café gehalten, weil sie Dan Nguyen ein Friedensangebot unterbreiten wollten.

Seit Noah Dan kannte, hatte er ihn noch nie schlecht gelaunt erlebt, aber er wollte es nicht drauf ankommen lassen. Das Scone und der Karamell-Latte würden jedenfalls vorbeugend wirken.

„Agents." Dan wandte den Blick vom Monitor ab und drehte den Stuhl zu ihnen herum.

Das Büro war makellos sauber und nicht sonderlich wohnlich eingerichtet. Abgesehen vom Computerbildschirm, der schnurlosen Tastatur und einem Becher mit Stiften war der Schreibtisch leer. Auf dem Fensterbrett standen zwei Sukkulenten, an der einen Wand hingen ein Diplom und verschiedene Zertifikate, und vor dem Schreibtisch gab es zwei Stühle, das war alles.

„Du solltest dir hier eine Topfpflanze zulegen oder so was", sagte Noah und reichte ihm den Pappbecher.

„Zu Weihnachten stelle ich einen Baum auf", erwiderte Dan achselzuckend. „Meistens schon Anfang September, geschmückt mit kleinen Gespenstern und so Zeug. Dann wechsele ich die gegen Truthähne aus und anschließend gegen richtigen Weihnachtsschmuck. Meine Ex hat gemeint, ich solle ihn das ganze Jahr über dabehalten und je nach Jahreszeit schmücken, aber das wäre vielleicht ein bisschen kitschig."

Winter lachte. „Kitschig ja, aber geil."

Der Vorschlag kam ihm bekannt vor, doch Noah wusste nicht, wo er ihn schon mal gehört hatte. Ihnen stand ein langer Tag bevor, an dem sie das Videomaterial der Überwachungskameras sichten und Polizeiakten wälzen mussten, deshalb ließ er das Thema fallen.

„Wir überbringen ein Friedensangebot", sagte er. „Karamell-Latte und ein Scone mit Schokosplittern."

„Ihr seid mein Untergang", meinte Dan kichernd, als er von Winter die braune Papiertüte in Empfang nahm. „Aber ich nehme an, ihr möchtet James Bauman sehen, hab ich recht?"

Noah nickte grinsend. „Richtig geraten, mein Freund."

„Na schön." Dan legte beide Hände auf die polierte Schreibtischplatte und drückte sich hoch. „Euren Kaffee könnt ihr hierlassen, wenn ihr wollt." Er ging um den Schreibtisch herum und bedeutete ihnen, ihm zu folgen.

„Es sah so aus, als wäre auf dem Teppich im Hotelzimmer viel Blut gewesen", bemerkte Winter.

Dan seufzte. „Ja. Hätte man keine Karteikarte gefunden, wäre ich nicht darauf gekommen, dass es derselbe Täter war. Das hier war eine persönliche Geschichte, anders als die letzten beiden Morde."

„Serienmörder wandeln ihr Verhalten ab", sagte Winter. „Sie modifizieren ihr Ritual, variieren die Zahl der feststehenden Elemente. Das gilt auch für die Auswahl der Opfer. Manche Serienkiller sind auf bestimmte Äußerlichkeiten und das Alter der Opfer fixiert, andere auf einen bestimmten Beruf. Zwar töten viele ihre Opfer immer auf die gleiche Weise, doch einige befolgen gar keine Rituale. Trotzdem sind sie Serienmörder, da sie einen bestimmten Personentyp auswählen und bei jedem Mord vermutlich die gleichen Überlegungen anstellen."

Dan nickte. „Klingt plausibel."

„Wie unser Täter hier“, fuhr Winter fort. „Die ersten drei Opfer hat er erschossen, und obwohl sie ziemlich große Unterschiede aufwiesen, hatten sie doch eine Gemeinsamkeit. Das ist das, worauf der Täter wirklich fixiert ist. Es geht nicht um ihr Aussehen oder ihren Lebensstil, zumindest nicht in erster Linie. Während Ormund und Stockley einige Ähnlichkeiten aufwiesen, passte Haldane nicht dazu, jedenfalls auf den ersten Blick.“

„Verdammt“, flüsterte Noah, und blickte sie an, während sie die Treppe hinuntergingen. „Hast du das von Parrish?“

Sie schüttelte den Kopf. „Nein, von Autumn. Wir haben gestern Abend drüber geredet, als du schon nach Hause gefahren warst.“

„Mist, erinnere mich dran, das in Zukunft zu unterlassen.“

„Sie hat recht“, warf Dan ein. „Manche Serienmörder sind opportunistisch, andere gehen ausgesprochen methodisch vor. Sie alle haben Rituale, die sie aber unterschiedlich auslegen. Bei unserem Mann besteht das ganze Ritual darin, dass er seine Opfer tötet. Schnell und sauber. Er verprügelt und foltert sie nicht, führt keine langen Unterhaltungen mit ihnen und vergeht sich nicht sexuell an ihnen. Er bringt sie einfach um.“

„Er exekutiert sie“, meinte Noah.

Dan nickte und stieß die Doppeltür auf. „Genau.“

Sie zogen Latexhandschuhe aus der Schachtel auf der Edelstahltheke. Grelles Neonlicht erhellte den Raum, als Dan die restlichen Deckenleuchten einschaltete.

„Woran ist der Mann gestorben?“, fragte Winter. Sie folgten Dan zum Untersuchungstisch.

Als Dan das weiße Laken wegzog, war sein Mund ein gerader Strich. Zum ersten Mal hatte Noah den Eindruck, einen Hinweis auf Dans Reizbarkeit erkennen zu können.

Gut, dass wir ihm die Scones mitgebracht haben, dachte er.

„Andere Verletzungen gibt es nicht, nur die Stichwunde, an der er gestorben ist.“ Dan schaute hoch, während er dem Toten die Hand auf die Schulter legte und ihn auf die Seite wälzte. Mit der behandschuhten Hand deutete er auf die rote Wunde. „Ein Einstich, hier. Die Klinge ist zwischen den beiden mittleren Rippen eingetreten, hat die Lunge durchstoßen und ist in die Unterseite des Herzens eingedrungen.“

Noah beugte sich vor. „Das ist mal was anderes als ein Kopfschuss.“

„Ja und nein“, erwiderte Dan achselzuckend. „Es gibt eine auffallende Ähnlichkeit zwischen dieser Stichverletzung und den Schüssen.“

Winter sah den Gerichtsmediziner an. „Welche?“

„Beides deutet auf eine Ausbildung bei einer militärischen Eliteeinheit hin.“ Dan ließ Bauman wieder zurückgleiten und zog das Laken über sein lebloses Gesicht.

„Inwiefern?“, fragte Winter. „Und was meinst du mit *Elite*?“

„Die Spezialkräfte“, antwortete Noah. „Navy SEALs, Rangers, so was halt.“

Dan zog die Latexhandschuhe von den Fingern ab und warf sie in den Eimer für Bioabfall. „Genau. Ich war nicht bei den SEALs, aber ich hatte bei der Navy mit ihnen zu tun und hab ein paar Dinge aufgeschnappt. Zum Beispiel die Stichwunde. Diese Technik wird von Spezialkräften beim Militär angewendet, wenn es leise zugehen muss. Das Messer durchbohrt die Lunge des Opfers, so dass es nicht mehr rufen oder schreien kann, und die Perforation des Herzens lässt es schnell sterben. Meistens hält man ihm mit einer Hand noch den Mund zu, für alle Fälle.“

„Krasser Scheiß", quetschte Winter hervor.

Dan nickte. „Der, nach dem ihr sucht, ist auch krass. Also, ich gehöre nicht zur Verhaltensanalyse, war aber lange genug beim Militär, um mit einiger Sicherheit sagen zu können, dass der Täter eine militärische Eliteausbildung absolviert hat. Er trifft jemanden aus fast einer Meile Entfernung mitten zwischen die Augen, und jetzt das."

Er deutete auf Bauman. „Ich weiß, Parrish geht von einem angesäuerten Cop aus, aber ich denke, ihr solltet ‚militärische Elite' ins Täterprofil einbeziehen. Tja, wie ich schon sagte." Er hielt beide Hände hoch, als wollte er zeigen, dass er unbewaffnet war. „Ich spreche bloß für mich."

„Na großartig." Noah schob die Hände in die Tasche. „Ein angesäuerter Cop ist eine Sache, aber ein angesäuerter Cop, der bei den Navy SEALs war?" Er seufzte und schüttelte den Kopf.

Winter zuckte mit den Schultern. „Erscheint mir logisch. Das passt zu allem, was wir bislang herausgefunden haben, und es engt den Kreis der Verdächtigen ein."

„Ihr sucht ohne Zweifel nach einem Veteranen", sagte Dan mit ausdrucksloser Miene und verschränkte die Arme vor der Brust. „Gebt mir Bescheid, wenn ihr wisst, weshalb James Bauman ins Visier geraten ist. In Anbetracht des Tatorts dürfte er ein paar Leichen im Keller haben."

Achtundzwanzigstes Kapitel

Die Woge der Erleichterung, die Sun überschwemmte, als sie von James Baumans Ermordung erfuhr, wurde von Gewissensbissen gefolgt.

Bauman war gegen drei Uhr morgens umgebracht worden. Sun hatte keinen Schlaf gefunden und bei Bobby angefragt, ob er Hilfe im Büro benötige. Das war gegen zwei gewesen, und sie hatte das Büro um sechs verlassen, als sie Kaffee holen gegangen war.

Nur wenige Alibis toppten das FBI-Büro.

Seit dem Gespräch mit der rothaarigen Psychologin kam es ihr so vor, als stünde sie weniger unter Beobachtung, doch bis jetzt hatte sie sich keinen Seufzer der Erleichterung gestattet.

Doch sobald sich Stress und Frust abgebaut hatten, verflüchtigte sich auch die Energie, die sie am Schlafen gehindert hatte, wie eine Rauchwolke im Wind. Es war erst neun Uhr morgens, doch wenn sie sich den Rest des Tages über nützlich machen wollte, brauchte sie ein Nickerchen.

Sie gähnte hinter vorgehaltener Hand und tippte wider bessere Einsicht eine SMS an Bobby. Sie wusste, dass er noch im Gebäude war, doch sie hatte ihn seit zwei Stunden nicht mehr gesehen.

Ich fahr mal eben heim und leg mich kurz aufs Ohr, schrieb sie. *Wie lange wirst du noch hier sein?*

Immer wenn sie ihm eine Nachricht schickte, die nicht nur mit der Arbeit zu tun hatte, kam sie sich vor wie eine naive Teenagerin.

Sicher, seine Frau betrog ihn seit über einem Jahr, und seine Ehe existierte bloß noch auf dem Papier, aber *was zum Teufel* machte Sun da? Das war unbekanntes Terrain für sie, und irgendwann nach dem ersten Kuss hatte sie ihren inneren Kompass verloren.

Ich wollte in der nächsten halben Stunde gehen, antwortete er. *Könnte ich mich dem Nickerchen anschließen?*

Tief in ihrem Unterleib regte sich etwas, als sie die knappe Antwort eingab. *Gern.*

Super. Ich muss dir etwas mitteilen. Gute Neuigkeiten.

Gute Neuigkeiten? Die konnte sie gebrauchen.

Ihre Daumen huschten übers Display. *Mach schnell.*

Während der ganzen nächsten Stunde musste sie sich beherrschen, um nicht ihre frisch lackierten Fingernägel abzunagen. Sie kannte Bobby gut genug, um darauf zu vertrauen, dass seine SMS weder sarkastisch noch irreführend gemeint gewesen war, doch seit sie aus dem FBI-Gebäude getreten war, überschlugen sich ihre Gedanken.

Wollte er ihr einen Antrag machen? Nein, das war lächerlich.

War er befördert worden? Versetzt? Hatte ihm irgendeine Top-Firma einen Job als Privatermittler angeboten? Oder hatte er tags zuvor auf dem Heimweg ein Kätzchen aufgelesen?

Als er ihr ins Wohnzimmer folgte, meinte sie, jeden Moment werde ihr der Kopf explodieren.

„Was ist mit den guten Neuigkeiten, von denen du mir erzählen wolltest?", platzte sie heraus, bevor er sich auch nur setzen konnte.

Er wandte seine bernsteinfarbenen Augen vom Aquarium ab und fasste sie in den Blick. Um seine Lippen spielte ein wehmütiges Lächeln. Obwohl sein dunkelblondes Haar ungekämmt war und er dunkle Augenringe hatte, sah er aus, als käme er geradewegs vom Dreh eines Hollywoodfilms.

Er seufzte, fuhr sich durchs Haar und ließ sich aufs Sofa fallen. „Ich war nie gut bei solchen Sachen, es sei denn, es gehört zur Arbeit."

„Was für Sachen?", fragte sie. Mit langsamen, zögernden Schritten wandte sie sich zum Sofa, doch als er sie anlächelte, wurde sie schneller.

„Ich weiß nicht, ob das eine frohe Botschaft ist oder nicht, aber ich wollte nichts sagen, solange es nicht offiziell ist. Vorgestern habe ich mit Kara gesprochen."

Sun bekam einen trockenen Mund und setzte sich neben ihn.

Hätte er nicht auch ein Kätzchen auflesen können?

Ihre Eltern hatten im Laufe ihres Lebens mehrere streunende Katzen adoptiert, doch seit Noodle, ihre fünfzehn Jahre alte Lieblingskatze, gestorben war, brachte sie es nicht fertig, eine bei sich aufzunehmen.

„Gestern", fuhr Bobby fort und versetzte sie in die Gegenwart zurück, „habe ich sie ihr zustellen lassen."

„Zustellen?", wiederholte Sun. Als es ihr dämmerte, klappte ihr Mund auf. „Wie meinst du das?"

„Ein Sheriff Deputy ist zum Haus ihres Lovers gefahren und hat ihr die Scheidungspapiere überreicht", antwortete er. „Ich kenne den Deputy, seit ich nach Virginia gezogen bin, und da hab ich ihm die Adresse von dem Typ gegeben. Ich hab ihn ihr am Vortag angekündigt, aber ich glaube, sie hat mir nicht geglaubt. Sie hat nicht versucht, mich anzulügen, das immerhin muss ich ihr lassen."

„Was ist mit dir?", fragte Sun mit leiser Stimme. „Was hast du ihr gesagt? Du weißt schon, was ich meine." Sie deutete auf ihn und auf sich.

Achselzuckend lehnte er sich ins Polster zurück. „Ich hab ihr gesagt, ich wäre drüber hinweg. Nichts für ungut."

„Du hast es getan", brachte sie atemlos hervor. „Oh mein Gott, du hast es tatsächlich getan."

Er nickte mit breitem Grinsen. „Jepp. Wir haben Anfang des Jahres ein Haus gekauft. Auf unser beider Namen, aber ich hab ihr gesagt, ich will das verdammte Ding nicht mehr. Eigentlich haben wir's nur gekauft, damit sie einen Hund halten kann. Und wo wir gerade davon sprechen, meine Katzen brauchen einen Platz zum Bleiben. Glaubst du ..."

Bevor er den Satz beenden konnte, legte sie die Hände um sein unrasiertes Gesicht und küsste ihn auf den Mund. Es prickelte sie im Kreuz, als sie seine Wärme an ihrer Haut spürte.

„Ja", murmelte sie, nachdem sie sich voneinander gelöst hatten. Ihre Mundwinkel hoben sich, als sie ihm in die Augen sah und nickte.

„Danke", flüsterte er. „Für alles. Dafür, dass du diesen ganzen Mist ausgehalten hast. Es tut mir leid, dass ich dich in unseren Ehekrieg mit reingezogen habe. Ich wünschte, ich hätte mir mehr Gedanken gemacht, bevor es so weit gekommen ist. Aber du hast das mit mir durchgestanden."

„Keine Ursache." Mehr als diese hingehauchte Erwiderung brachte sie nicht fertig. Sie hatte gehofft, dass es ihm mit ihrer unorthodoxen Beziehung ebenso ernst wäre wie ihr, doch bis jetzt war es eben nur eine Hoffnung gewesen.

„So", sagte er und streifte ihr eine Strähne aus den Augen. „Wie wär's jetzt mit einem Nickerchen?"

„Ein Nickerchen?" Sie neigte sich zu ihm und küsste ihn, bis sie beide außer Atem waren. „Eigentlich bin ich überhaupt nicht mehr müde."

Neunundzwanzigstes Kapitel

Als Noah den letzten Ausdruck an die Weißwandtafel heftete, trat Winter zurück und bewunderte ihr beider Werk. Sämtliche Fotos stammten von den Überwachungsvideos, die ihnen das Hotel zur Verfügung gestellt hatte, in dem James Baumans Leiche gefunden worden war. Die Hände in die Hüfte gestemmt, betrachtete Winter die Fotos und seufzte.

Noah sah sie kurz an, dann blickte er wieder auf die sechs Ausdrucke.

„Das ist er", sagte er und klopfte mit einem Fingerknöchel auf die Tafel. „Zu erkennen ist praktisch nichts, aber das ist die beste Aufnahme von allen."

Die schattenhafte Gestalt war über den Parkplatz zu James Baumans Hotelzimmer gegangen, ohne den Blick vom Asphalt zu heben. Auf dem Rückweg zum Wagen tat er es genauso.

Wer immer das war, er wusste, wie man Überwachungskameras entging und verwertbare Spuren vermied. Sie hatten die Vorderecke seines Wagens gesehen, doch ansonsten ... nichts als Schatten.

„Was ist mit ihr?", fragte jemand von einem der Tische hinter ihnen.

Winter fuhr herum und musterte den Neuankömmling im Besprechungsraum. Er ließ seine blassen Augen über die aufgereihten Fotos huschen, erst dann erwiderte er ihren Blick.

„Mit ihr?", fragte Noah und tippte auf das Foto einer Frau mit angstverzerrtem Gesicht. Der Täter war so schlau gewesen, sich vor den Überwachungskameras zu verstecken, doch das Gesicht der jungen Frau erkannte man deutlich. Die örtliche Sittenpolizei hatte sie sofort als Prostituierte identifiziert, die an einer nahegelegenen Straßenecke anschaffte.

Aiden nickte. „Wissen Sie, wer das ist?"

„Eine Sexarbeiterin", warf Bree ein. Sie saß auf dem Tisch unmittelbar vor der Weißwandtafel und blätterte in einem Aktenordner.

Bree nahm ein Blatt Papier heraus. „Ich habe mir die Akten der beiden Mädchen angesehen, die auf der Karteikarte des Täters stehen: Alicia Perez und Melody Harrison. Wir hatten Glück, denn unser Mädchen da wurde 2017 beim selben Einsatz wie Melody wegen Prostitution festgenommen. Sie heißt Gina Traeger und war gerade mal sechzehn, als sie zum ersten Mal angeklagt wurde. Sie hat sich rausgewunden und ist in eine Erziehungsanstalt gewandert, doch kaum wurde sie achtzehn, stand sie gleich wieder auf der Straße."

„Ich sag's nur ungern, aber das ist typisch für so junge Sexarbeiterinnen", bemerkte Aiden.

Bree nickte. „Nach der zehnten Klasse hat sie die Schule geschmissen und ist von zu Hause weggelaufen. Ihr Vater hat sie seit ihrem elften Lebensjahr sexuell missbraucht, und ihre Mutter hat einen Entzug nach dem anderen gemacht. Für sie und viele andere Mädchen wie sie ist die Straße die bessere Alternative. Von ein paar Details abgesehen, haben Alicia und Melody die gleiche Vorgeschichte."

Winter musste an ihre Vision von Autumns Kindheit denken und fragte sich, wie knapp ihre Freundin wohl Ginas Schicksal entgangen sein mochte.

„Was bedeuten die Datumsangaben auf der Karteikarte?", fragte Aiden nach kurzem Schweigen.

Bree blätterte weiter. „An diesen Tagen wurden die Mädchen als vermisst gemeldet. Soweit ich sehen kann, haben andere Frauen aus der Gegend das getan. Die Cops konnten nicht viel machen. Sie meinten, Melody und Alicia seien vermutlich in einen anderen Stadtteil gewechselt oder ganz aus Virginia weggegangen. Das kommt öfters vor. Es ist schwer, Sexarbeiterinnen ausfindig zu machen und sie zu identifizieren, wenn sie verschwinden. Deshalb wählen Leute wie James Bauman sie als Opfer aus."

„Können wir Bauman mit dem Verschwinden der beiden Mädchen in Verbindung bringen?", fragte Noah. „Das soll nicht heißen, dass ich den Zusammenhang in Frage stelle, aber es wäre doch nett, Hinweise zu haben, die nicht von einem Serienmörder stammen, versteht ihr?"

Bree legte die Fingerspitzen an die Schläfe, ein sarkastisches Lächeln spielte um ihre Lippen. „Bauman hatte zwei Vorstrafen. Eine wegen Anbandelung mit einer Prostituierten, eine wegen Hausfriedensbruchs. Das war vor zwanzig Jahren, damals hat er in Charlotte gelebt. Das Opfer zog die Anzeige zurück, und damit war der Fall erledigt."

Noah blickte auf die Tafel. „Wenn er Sexarbeiterinnen ausgewählt hat, dann gibt es keine ordentlichen, schlüssigen Akten darüber. Deshalb blieb der Green River Killer auch so lange unentdeckt. Er hat Prostituierte getötet. Beim Cleveland Strangler war es das Gleiche. Es dauert eine Weile, bis die Strafverfolgung dahinterkommt."

„Dann sollten wir mit den Mädchen sprechen", schlug Winter vor.

„Sieht ganz so aus", erwiderte Noah und nickte.

„Ihr beide?" Bree schnaubte und schüttelte den Kopf. „Habt ihr schon mal versucht, eine Straßenprostituierte zu vernehmen? Dalton? Hattest du in Dallas damit zu tun?"

„Eigentlich nicht." Er seufzte. „Ich hatte mit der Sitte nichts zu schaffen."

„Dann sollte einer von Ihnen entweder Agent Stafford oder Agent Brandt mitnehmen", entschied Aiden. „Jemanden, der ihre Sprache spricht."

Hinter der dünnen Wolkendecke zeichnete sich dicht über dem Horizont die Sonnenscheibe ab. Nach drei Stunden, in denen sie ihr Glück bei vier verschiedenen Frauen versucht hatten, war es ihr und Levi Brandt endlich gelungen, mit einer jungen Frau ins Gespräch zu kommen, die sich Alice nannte. Als sie sich der argwöhnischen Frau näherten, war Winter froh, dass der für Opferberatung zuständige Agent an ihrer Seite war. Der Mann hatte eine ausgesprochen beruhigende Ausstrahlung.

Alice war zierlich, und ihre blauen Augen waren fast zu groß für ihr Gesicht. Sie kam mit Winter und Levi mit, nachdem sie sich auf einen Deal geeinigt hatten: Sie würden ihr fünfzig Dollar geben, ihr ein Essen und Kaffee spendieren, und dafür würde sie ihnen alles sagen, was sie über James Bauman, Alicia Perez, Melody Harrison und Gina Traeger wusste.

„Wow", sagte Alice und blickte sich lächelnd um. „Es ist Jahre her, dass ich in einem solchen Lokal war. Hübsch retro."

„Meine Frau hat mir davon erzählt", meinte Levi. „Sie trifft sich hier jeden Monat einmal mit zwei Freundinnen zum Essen."

„Ein nettes Lokal", sagte Winter und lächelte das Mädchen freundlich an. „Es riecht hier gut, und es ist gemütlicher als bei den Restaurantketten."

Levi nickte zustimmend. „Meine Frau meint, die Drei-Beeren-Torte sei der Hammer."

Winter nahm sich vor, Noah ein Stück davon mitzubringen. Vor ein, zwei Wochen hatte er mit Bree eine hitzige Unterhaltung darüber geführt, was besser sei, Torte oder Kuchen, und Noah hatte sich vehement für Torte ausgesprochen.

Sie bestellten bei einem jungen Mann, der höchstens achtzehn war, Getränke, und als er gegangen war, wurde Alice ernst.

„Sie wollen bestimmt nicht nur über Kuchen reden, oder?", murmelte sie.

„Ich persönlich", sagte Winter und breitete die Arme aus, „hätte nichts dagegen, aber Sie haben recht. Wir möchten Ihnen ein paar Fragen stellen, und dabei geht's nicht um das Dessert."

„In Ordnung." Alices Lächeln war angestrengt, doch sie nickte verständnisvoll. „Und keins der anderen Mädchen bekommt Ärger?"

„Versprochen", sagte Levi. „Agent Black und ich sind beim FBI, Alice. Wir haben nicht die Absicht, Sie oder eine der anderen Ladys in Schwierigkeiten zu bringen. Sie brauchen keine offizielle Aussage zu machen, es sei denn, Sie waren Zeugin. Wir möchten nur etwas über diesen James Bauman erfahren."

Das Mädchen leckte sich nervös die Lippen. „Okay."

Winter beobachtete, wie das Mädchen schluckte und eine entschlossene Miene aufsetzte. Vor welcher Vergangenheit war Alice fortgelaufen? War sie wie Gina von einem Familienmitglied missbraucht worden? Oder hatte man sie wie Autumn geschlagen?

Winter schob diese Bilder beiseite und setzte eine freundliche Miene auf.

„Er nannte sich Jim", sagte Alice, als der Kellner die Getränke gebracht und die Bestellungen aufgenommen hatte. „Jim der Rohling, so haben ihn manche Mädchen genannt."

„Dann habt ihr ihn also gekannt?", sagte Levi.

„Ja." Alice trank einen Schluck Mineralwasser. „Ein großer Typ, kräftig, mit Bart und so. Ich bin ihm nur einmal begegnet und hatte Glück, weil eins der erfahreneren Mädchen bei mir war. Er hat immer einen Haufen Bargeld angeboten, aber Toni meinte, damit hätte er sie bloß geködert. Sie sahen den Packen Zwanziger und bekamen den Tunnelblick."

„Geködert?", wiederholte Levi. „Was hat er ihnen angetan?"

Alice stieß einen zittrigen Seufzer aus und nahm noch einen Schluck. „Er hat sie geschlagen. Sie geschnitten."

„Hat er sie vergewaltigt?", fragte Winter, als das Mädchen schwieg.

Alice musterte sie verdutzt. „Werden wir dafür nicht bezahlt?"

Winter brannten vor Mitgefühl die Augen. „Nein, meine Liebe. Da gibt es einen Unterschied."

Alice zuckte mit den Schultern. „Jedenfalls kam es drauf an, in welcher Stimmung er war, schätze ich. Ein paar Mädchen meinten, er habe ihnen gar nichts angetan, aber er war ihnen trotzdem nicht geheuer."

„Weshalb seid ihr nicht zur Polizei gegangen?", platzte Winter heraus – und bedauerte ihre Frage sofort. „Tut mir leid", sagte sie, bevor Levi oder Alice etwas sagen konnten. „Ich hab's nicht so gemeint, ich will euch keinen Vorwurf machen. Wirklich nicht. Versprochen. Ich würde einfach nur gern etwas mehr erfahren, das ist alles."

„Hin und wieder lassen sich Cops hier blicken", sagte Alice. „Zwei Frauen und ein Typ. Das sind gute Leute. Wenn es kalt ist, bringen sie uns Essen und Decken mit, und sie fragen uns, ob uns jemand belästigt hat. Sie tun, was sie können, wissen Sie, aber sie können nicht überall sein, und drei Polizisten richten nun mal nicht so viel aus."

Levi entsperrte das Display seines Handys und schob es Alice hin. „Kennen Sie diese Frau?"

Alice spitzte die Lippen, betrachtete das Foto von Alicia Perez, dann sah sie Levi an und schüttelte den Kopf. „Nein."

Levi wischte übers Display. Das nächste Foto wurde angezeigt – eine Highschool-Aufnahme von Melody Harrison. „Und was ist mit der?"

Alice spannte sich an. „Das ist Mel", flüsterte sie. „Sie ... sie ist vor einer Weile verschwunden. Die Cops, die uns manchmal helfen, konnten nicht herausfinden, wohin sie gegangen ist. Sie haben eine Vermisstenanzeige aufgesetzt, aber irgendwann haben wir nicht mehr nachgefragt."

„War sie die Erste, die verschwunden ist?" Levi schaltete das Display ab.

„Nein." Alice wirkte noch immer bestürzt. „Die Mädchen kommen und gehen. Sie wechseln in andere Viertel oder fangen irgendwo ein neues Leben an. Aber das passiert nicht oft, und wenn doch, tauchen sie meistens irgendwann wieder auf. Ich weiß nicht, wie ich's erklären soll, bei Melody war es *anders*. Meistens merkt man doch, wenn jemand seine Sachen packt und den Abflug vorbereitet, oder?"

„Wie war sie zuletzt?", fragte Winter.

Alice fixierte die Wand hinter Winters Rücken und durchforstete ihr Gedächtnis. „Mel hat sich verhalten wie immer, so als rechnete sie damit, uns am nächsten Tag wiederzusehen. Aber dann war sie richtig weg. Ihre Sachen lagen noch da, bloß sie war verschwunden. Ich meine, Scheiße, sie war erst siebzehn, verstehen Sie? Wir wollen so junge Mädchen nicht auf der Straße sehen, und wenn doch, dann helfen wir ihnen, so gut es geht."

„Wir?", fragte Levi und blickte Winter von der Seite an. „Meinen Sie damit sich und die anderen Frauen, die schon eine ganze Weile auf der Straße sind?"

„Ja, genau. Wir sagen ihnen, wie es läuft, wem sie aus dem Weg gehen müssen, welche Orte gefährlich sind, solche Sachen."

„Haben Sie auch James Bauman erwähnt? Haben Sie die anderen Mädchen vor ihm gewarnt?"

Die Schatten verlagerten sich an ihrem Hals, als sie schluckte. „Ja."

Für den Rest der Mahlzeit lenkten Winter und Levi die Unterhaltung auf unverfänglichere Themen. Alice hatte in jüngeren Jahren ein paar Kurse an einem Community College belegt und geplant, an der VCU Psychologie zu studieren.

Winter versuchte sie dazu zu ermutigen, einen Weg zu beschreiten, der sie von der gefährlichen Arbeit, an die sie geraten war, wegbringen würde.

Doch obwohl Alice lächelte und nickte, wusste Winter doch, dass es vergeblich war. Alice steckte nicht nur in finanziellen Schwierigkeiten, und die gutgemeinten Worte einer FBI-Agentin würden ihre Probleme nicht beseitigen.

Wie versprochen kauften Winter und Levi ihr ein Busticket für die Rückfahrt in die Gegend, wo sie und die anderen Mädchen arbeiteten und lebten. Winter gab ihr ihre Karte, verbunden mit der üblichen Aufforderung, ihr eine Mail zu schreiben oder sie anzurufen, wenn ihr noch etwas einfalle, das für die Ermittlungen hilfreich sein könnte.

Als sie der jungen Frau zum Abschied zuwinkten, machte Winter sich keine großen Hoffnungen.

Sie hatte Mitleid mit Alice und den anderen jungen Frauen und Mädchen, die ihr Schicksal teilten, doch vor allem schmerzte es sie, dass sie ihnen nicht helfen konnte.

Auf einmal fühlte sie sich deprimiert, und als sie zur schwarzen Limousine trottete, wollte sie nur noch nach Hause und sich einen starken Drink einschenken.

Winter übernahm das Steuer und überlegte, ob sie sich und Levi nicht gleich zu einer Bar fahren sollte. Als sie an einer roten Ampel hielt, nahm sie aus dem Augenwinkel eine Bewegung wahr.

Levis Handy leuchtete rot, als er es ans Ohr hielt. „Levi Brandt."

Eine blecherne Stimme antwortete, doch Winter konnte nichts verstehen.

„Ja, das ist sie", sagte er.

Der Anrufer redete weiter, und Levi riss die Augen auf. „Sie haben *was* getan?", fauchte er. „Wollen Sie mich verarschen? Sie ist eine offizielle Zeugin, Detective! Und Sie haben sie *eingebuchtet*? Was zum Teufel stimmt nicht mit Ihnen?"

„Wow“, hauchte Winter. Sie hätte mit der Person am anderen Ende der Leitung nicht tauschen wollen.

„In zehn Minuten bin ich da. Wie wär's, wenn Sie in der Zwischenzeit den Kopf aus Ihrem Arsch ziehen würden?“

Sie hätte sich nicht gewundert, wenn Levi das Handy aus dem offenen Seitenfenster geschleudert hätte, doch er biss die Zähne zusammen und wischte übers Display.

„Wohin soll ich fahren?“

„Nach Downtown“, knurrte Levi. „Die Polizei von Richmond hat soeben die einzige Zeugin festgenommen, die den Killer gesehen und überlebt hat.“

Wie sich herausstellte, waren Levi und der Detective, der Gina Traeger festgenommen hatte, schon öfters aneinandergeraten.

Detective Olson war das exakte Gegenteil von Levi Brandt: klein, rundlich und kahlköpfig. Obwohl er einen marineblauen Anzug und Krawatte trug, wirkte er neben Levi, als hätte er Trainingsklamotten an.

Agent Brandt war vielleicht nicht ganz so gut gekleidet wie Aiden Parrish, doch er legte Wert auf Stil.

Winter hielt sich zurück, als Levi dem Captain erklärte, weshalb Gina für das FBI so wichtig sei.

„Weswegen haben Sie sie überhaupt eingesackt?“ Levis Tonfall war ruhig, aber aufgeladen mit Herablassung. „Prostitution? Ein bisschen Weed?“

Der mittelalte Mann hinter der Schreibtischplatte aus poliertem Holz biss die Zähne zusammen und schwieg.

„Wissen Sie, was sie gesehen hat, Captain?“, zischte Agent Brandt.

„Meine Detectives haben erst erfahren, dass sie eine Zeugin ist, als sie sie schon eingebuchtet hatten. Wir werden Sie Ihrer Obhut übergeben, und wir bedauern das Missverständnis“, erwiderte der Captain.

„Sie wussten es nicht?“, entgegnete Levi und zeigte auf die Zettel an der Anschlagtafel. Die Mitteilungen waren an jeden Rechner, jedes Handy der Polizei übermittelt worden. „Lebt Ihr Detective etwa auf einer Insel? Muss wohl so sein, wenn er keine Ahnung hatte.“

Der Captain errötete und setzte zu einer Bemerkung an.

„Ach, dafür ist es zu spät.“ Levi winkte ab und atmete tief durch. „Das Mädchen sagt uns jetzt gar nichts mehr. Sie hat den Mann gesehen, der Tyler Haldane erschossen hat, Captain. Den Serienmörder, über den andauend in den Medien berichtet wird. Und wenn Sie glauben, sie würde jetzt noch mit uns kooperieren, nachdem Sie sie vernommen und eingebuchtet haben, dann wüsste ich gern, auf welchem Planeten Sie leben.“

Der Mann brachte grummelnd eine weitere Entschuldigung vor, dann geleitete er sie zu dem Vernehmungsraum, in dem Gina Traeger saß. Er sagte ihnen, wo die Formulare für das FBI lagen, um die Überstellung zu veranlassen, dann verabschiedete er sich steif.

„Moment mal", sagte Winter, bevor Levi die Hand auf den Türknauf legte. „Wir dürfen Sie nicht mitnehmen?"

„Nein", knurrte Levi. „Wir haben zwar die Zuständigkeit, aber wir können nicht jemanden freilassen, der von der örtlichen Polizei eines Vergehens beschuldigt wird. Erst muss die Polizei oder der Staatsanwalt die Beschuldigung aufheben, und das dauert bestenfalls Stunden. Uns sind die Hände gebunden."

„Wow", sagte Winter. „Was für ein Tag."

„Das kannst du wohl laut sagen", murmelte er. „Ich bezweifle, dass wir viel aus ihr rausbekommen werden, aber wir sollten es wenigstens versuchen, bevor man sie in die Übernachtungszelle verfrachtet."

Winter nickte. Die schwere Tür knarrte, als Levi sie aufzog, und die Frau, die am wackligen Tisch saß, atmete scharf ein, denn sie hatte sich erschreckt.

Die Tür fiel ins Schloss, und Winter und Levi zogen zwei Metallstühle unter dem Tisch hervor.

„Wer zum Teufel sind Sie?" Gina blickte zwischen Winter und Levi hin und her.

„Wir sind vom FBI", antwortete Winter. Zum gefühlten hundertsten Mal an diesem Tag zückte sie ihre Dienstmarke. „Ich bin Special Agent Black, und das ist Special Agent Brandt. Wir möchten Ihnen ein paar Fragen stellen."

„Das FBI hat nichts gegen Sie vorliegen", setzte Levi gleich hinzu. „Aber wir ermitteln da in einem bestimmten Fall." Er hielt inne und schob ein Foto von James Bauman über den Tisch.

Gina betrachtete das Bild mit zusammengekniffenen Augen und spitzte die Lippen. „Was wollen Sie?"

„Kennen Sie den Mann?", fragte Winter.

Gina nickte widerwillig. „Ich hab ihn mal gesehen. Weshalb fragen Sie? Was hat er getan?"

„Er ist tot", antwortete Levi sachlich. „Wir wissen, dass Sie ihn nicht getötet haben."

Ein Anflug von Erleichterung zeigte sich in Ginas Miene, doch sie schwieg.

„Wir möchten wissen, was im Greendale Motel passiert ist", sagte Levi. „Wir wissen, dass Sie dort waren, Gina. Sie wurden gefilmt. Wir wissen, dass Sie etwa dreißig Sekunden lang in Zimmer Nummer acht waren und dann weggelaufen sind."

„Ja", erwiderte Gina, verschränkte die Arme und lehnte sich zurück. „Der Typ war gruselig. Als wir ins Zimmer traten, meinte er, er will mich schneiden und so Scheiß, da hab ich gemacht, dass ich wegkomme. Da war er noch am Leben."

„Wer war der andere Mann in Baumans Zimmer?", hakte Winter nach. Sie stützte die Ellbogen auf den Metalltisch und neigte sich vor. „Wir wissen, dass noch jemand dort war. Er ist auch auf dem Video."

Gina erwiderte verständnislos ihren Blick und zuckte mit den Schultern. „Ich weiß nicht, wovon Sie reden."

„Ms. Traeger ..." Levis Stimme hatte einen unüberhörbar warnenden Unterton.

„Gina reicht", erwiderte sie.

„Gina“, sagte er. „Der Mann, den Sie in dem Zimmer gesehen haben, der hat James Bauman *getötet*. Und wir nehmen an, dass er noch weitere Menschen getötet hat.“

„Sie meinen, er ist ein Serienkiller oder so was?“, schnaubte sie.

„Genau. Soweit wir wissen, hat er drei weitere Personen getötet“, sagte Winter.

Levi nickte. „Ein Massenmörder.“

Die Sekunden fühlten sich wie Minuten an, als Winter Ginas Gesichtsausdruck beobachtete. Sie war knapp über achtzehn, und die heutige Festnahme war ihre erste Erfahrung mit dem Gesetz. Aber bevor sie von zu Hause fortgelaufen war, hatte sie sechs Jahre lang unter ihrem übergriffigen Vater gelitten. Für jemanden, der etwas durchgemacht hatte, was Winter sich nicht einmal vorstellen konnte, war der Anblick zweier FBI-Agenten vermutlich eher ein Spaziergang.

Levi hatte den Captain nicht ohne Grund zusammengestaucht. Die Festnahme durch die Polizei von Richmond hatte Gina aufgewühlt, und das machte sie nicht zur besseren Zeugin, eher im Gegenteil.

Hätten Winter und Levi Gina vernommen, bevor man ihr Handschellen angelegt und sie über ihre Rechte belehrt hatte, hätten sie einen Deal mit ihr machen können. Der Staatsanwalt wäre einer Zeugin, die den Mann beschreiben konnte, der James Bauman und drei weitere Personen getötet hatte, liebend gern mit Zeugenschutz oder anderen Sicherheitsvorkehrungen entgegengekommen.

Doch Winter bezweifelte, dass das Mädchen kooperieren würde, selbst wenn sie ein Treffen mit dem Staatsanwalt arrangierte. Die Beziehung zwischen Gesetzesvollzug und den Menschen, die am Rande der Gesellschaft lebten – Menschen wie Gina Traeger und Alice – war bestenfalls heikel. Eine falsche Bewegung, und sie zerbrach wie ein billiges Stück Glas.

„Ich habe niemanden gesehen“, sagte Gina, die Arme vor der Brust verschränkt. „Ich war betrunken, deshalb erinnere ich mich vielleicht nicht so gut. Tut mir echt leid, Agents, aber ich hab einen Scheißdreck gesehen.“

Dreißigstes Kapitel

Aiden verschränkte die Arme und beobachtete, wie Bree Stafford ein weiteres Foto an die Weißwandtafel heftete.

In den vergangenen zwei Wochen waren vier Fotos hinzugekommen. Zwischen der Ermordung von James Bauman und dem nächsten Opfer hatten ein paar Tage gelegen, doch die drei letzten waren im Zweitagesrhythmus aufeinander gefolgt.

Tom Cotman, der aktuelle Neuzugang an der Tafel, war in der Nacht getötet worden. Wenn das Muster Bestand hatte, würde es heute ruhig bleiben.

Jedes der vier Opfer – wenn man sie so nennen wollte - wies ähnliche Charakterzüge auf wie die vier vorhergehenden. Sie waren Wölfe im Schafspelz gewesen.

Unter dem Deckmantel des Elektrikers, des Kundendienstmanagers, des Fernfahrers und des stellvertretenden Küchenchefs hatten sie nach außen hin ein unauffälliges Leben geführt. Bei genauer Betrachtung aber zeigte sich ein anderes Bild.

Obwohl keiner der vier jemals angeklagt worden war, hatten alle eine Spur von Opfern hinterlassen.

Zwei der Männer hatten sich wie James Bauman Prostituierte vorgenommen. Die anderen beiden hatten weniger rituelle Züge gezeigt und es eher auf den Zufall ankommen lassen, doch alle waren auf Beute aus gewesen.

Die intensive Überprüfung der Opfer der vier Männer ergab ein paar vielversprechende Hinweise, die dem Team aber letztlich nicht weiterhalfen. Sie waren in einer Sackgasse nach der anderen gelandet, und Aiden ging davon aus, dass es beim Cotman-Fall auch so sein würde.

„Agent Brandt und Agent Ming sind am Tatort." Brees Bemerkung riss Aiden aus seinen pessimistischen Gedankengängen.

„Hat er wieder eine Karteikarte hinterlassen?", fragte Winter und setzte sich auf den Tisch, der der Tafel am nächsten war.

Neben ihr leuchteten Noah Daltons Augen, als er auf dem Handy scrollte.

„Ja", bestätigte Bree. „Genau wie bei den anderen. Namen, Datumsangaben, alles getippt, kein Ausdruck. Eine handelsübliche Karteikarte ohne spezielle Merkmale. Seit die Medien davon wissen, erscheinen Artikel, in denen es heißt, der Täter ‚verspotte' das FBI. Ich persönlich würde eher sagen, er gibt uns Informationen oder rechtfertigt sich." Sie zuckte mit den Schultern.

Aiden ließ den Blick über die Fotos der Karteikarten schweifen, die man bei den letzten sechs Opfern gefunden hatte. „Jedes Mal, wenn er uns mitteilt, was diese Typen getan haben, informiert er sozusagen auch die Presse. Er möchte, dass alle wissen, weshalb er das tut."

„Man nennt ihn den ‚Henker von Norfolk'", warf Noah ein und blickte vom Handy auf. „Und eins muss ich sagen, die Kommentare zu diesen Artikeln sind eine Sache für sich. Es gibt Leute auf beiden Seiten des politischen Spektrums, die der Ansicht sind, das FBI sollte dem Kerl einen Orden an die Brust heften, wenn wir ihn finden, während andere meinen, wir sollten ihn einsperren wie einen gewöhnlichen Serienmörder."

Winter rieb sich mit beiden Händen übers Gesicht. „Das wäre vielleicht das erste Mal, dass Leute von rechts und links dasselbe wollen."

„Da bald Wahlen sind, werden sich wohl bald auch die Kandidaten zu Wort melden.“ Noah seufzte und steckte das Handy ein. „Je eher wir den Typ finden, desto eher sind wir auch die Medien los. Jeden zweiten Tag eine Pressekonferenz, das macht mich ganz krank.“

„Also“, sagte Bree, „wenn wir ihn irgendwann schnappen, werden die Leute Schlange stehen, um ihm die Hand zu schütteln. Oder ihr.“

„Und es werden auch ein paar Agents in der Schlange sein. Und der Gerichtsmediziner“, meinte Aiden. „Ohne die Medien im Nacken würde das FBI nicht mal die finanziellen Mittel für die Ergreifung des Täters genehmigen.“

Bree trat von der Tafel zurück und begutachtete ihr Werk. „Das können Sie wohl laut sagen. Er nimmt uns die halbe Arbeit ab und erspart dem Staat Virginia eine Menge Kosten, mit den acht Fällen, die nicht vor Gericht kommen. Eine Million?“

„Ein Killer ist und bleibt ein Killer.“ Winters Tonfall war so ausdruckslos wie ihre Miene. Offenbar war sie das Thema leid.

„Immerhin tut er uns einen Gefallen“, erwiderte Aiden.

„Indem er uns vorführt?“ In Winters blauen Augen lag ein gereiztes Funkeln, als sie ihn ansah. „Es gibt viele Leute, die Scheiß über den FBI und die Cops verzapfen. Er zeigt auf, was diese Typen getan haben, und erweckt damit den Eindruck, die Polizei sei planlos. Ich meine, wenn ein einzelner Mann diese ganzen Fälle löst, warum zum Teufel schaffen es dann nicht die Cops?“

„Das betrifft nicht das FBI“, rief Aiden ihr in Erinnerung. „Keiner dieser Fälle fiel in die Bundeszuständigkeit, zumindest nicht von Anfang an.“

„Und außerdem“, sagte Bree, „wenn die örtliche Polizei oder selbst das *FBI* diese Fälle übersehen hat, die so offensichtlich waren, dass ein Zivilist darauf gestoßen ist, haben wir’s vielleicht verdient, dass sie ans Licht kommen. Die Ordnungskräfte haben mehr als einmal versagt, und das sollte geklärt werden, zumal diese jungen Frauen die Versäumnisse mit ihrem Leben bezahlt haben. Das macht deutlich, dass es noch Raum für Verbesserungen gibt, auch wenn wir uns auf den Rücken klopfen, weil wir angeblich einen so guten Job machen."

Brees harter Gesichtsausdruck überraschte ihn. Selbst bei der anstrengenden Jagd nach Douglas Kilroy war Bree stets freundlich und sogar optimistisch gewesen. Sie lächelte gern, und er hatte noch nie erlebt, dass ihr Humor sie verlassen hätte.

Bis jetzt.

Obwohl Winter Verständnis für Bree zeigte, wirkte sie unverändert entschlossen. „Mag sein, aber ich glaube nicht, dass ein selbsternannter Rächer das geeignete Mittel ist, auf unsere Schwächen aufmerksam zu machen."

„Mir scheint, ein selbsternannter Rächer ist sogar das Einzige, was dazu taugt, die Öffentlichkeit auf das Problem aufmerksam zu machen", entgegnete Bree und begradigte den Papierstapel. „Denn als die Mädchen verschwunden sind, hat niemand Notiz davon genommen."

„Ja", beantwortete Aiden die unausgesprochene Frage nach diesem Wortwechsel. „Das wäre dann alles. Sie können gehen. Ich werde Agent Brandt und Agent Ming in Kenntnis setzen, wenn sie zurück sind. Bis dahin sollte auch Agent Weyrick im Büro sein."

„Sieht so aus, als stünden bald wieder Telefonanrufe an", brummte Noah Dalton, als er sich erhob. Er folgte Bree auf den Flur, doch Aiden hielt Winter auf, bevor sie den Besprechungsraum verlassen konnte.

„Hey."

Sie zog eine Braue hoch und erwiderte Aidens Blick. „Ja? Was gibt's?"

„Glauben Sie wirklich, wir sollten diesen Typ genauso behandeln wie jeden anderen Killer?", fragte er, bevor er sich eine geschicktere Formulierung zurechtlegen konnte.

Winter verschränkte die Arme über ihrem Blazer. „Glauben Sie etwa nicht, wir sollten das wie einen normalen Fall behandeln?"

„Das ist kein normaler Fall." Seine Antwort fiel so trocken aus, dass sie zerkrümelt wäre, wenn man sie angefasst hätte. „Der Täter kennt sich mit Polizeiarbeit aus und ist vermutlich ein dekorierter, kampferprobter Veteran. Die Opfer sind ausnahmslos, ich bitte die Ausdrucksweise zu entschuldigen, Dreckskerle. Also nein, Winter, ich finde, das ist kein normaler Fall."

„Wir können uns nicht zurücknehmen oder anders arbeiten, nur weil uns die Opfer nicht zusagen", entgegnete sie und machte die Augen schmal. „Was wir tun, ist nicht immer eindeutig. Ich glaube, das haben Sie mir gesagt, als ich meine Ausbildung in Quantico abgeschlossen habe, hab ich recht? Schwarzweiß ist es nur selten. Wir bewegen uns *fast immer* in einer Grauzone. Das haben Sie doch gesagt, oder?"

Auch Aiden kniff die Augen zusammen. „Worin unterscheidet sich das, was er tut, von dem, worauf Sie bei der Kilroy-Ermittlung aus waren? Mann, wäre Kilroy eher identifiziert worden, und unser Typ hier hätte es mitgekriegt, hätten wir neben Kilroys Leiche ebenfalls eine Karteikarte gefunden."

Wenn es eine todsichere Methode gab, Winter Black auf die Palme zu bringen, dann war es die Erwähnung von Douglas Kilroy.

„Der Unterschied ist, dass ich es nicht getan habe", fauchte sie. „Ich habe keinen auf Revolverheld gemacht und Leute niedergeknallt. Ich habe mich am Riemen gerissen und die verdammten Regeln eingehalten, Aiden. Außerdem war ich nicht die Einzige, die sich bei der Kilroy-Ermittlung wie ein Arsch benommen hat, oder etwa nicht?"

Ihre offenherzige Bemerkung ließ ihn die Kiefermuskeln anspannen. Damit hatte sie nicht unrecht.

„Und wenn ich mich beherrschen kann, anstatt auf den Typ loszugehen, der meine Familie getötet, der meine *Mutter* vergewaltigt und verstümmelt hat, dann ist es wohl nicht zu viel verlangt, dass auch andere ihre Wut bezähmen. Ich weiß, was Sie sagen wollen, Aiden. Ich habe Ihr Täterprofil gelesen. Sie glauben, der Täter habe Ähnliches durchlitten. Genau darauf will ich hinaus. Es gibt eine richtige und eine falsche Art, mit seiner aufgestauten Aggression umzugehen, und Menschen zu ermorden, ist falsch."

Bevor er etwas erwidern konnte, machte sie auf dem Absatz kehrt und stapfte hinaus.

Einer Frau, die alle moralischen Bedenken in den Wind geschlagen hatte und den vagsten Hinweisen nachgegangen war, um Douglas Kilroy zu schnappen, hätte er keine so entschiedene Haltung zugetraut.

Offenbar hatte er sie falsch eingeschätzt. Er hatte geglaubt, sie werde seiner Aussage zustimmen. Sie hatte ihm einmal so sehr nachgeeifert, dass er angenommen hatte, sie werde sich im moralischen Graubereich seiner Haltung anschließen. Bis jetzt war ihm nicht klar gewesen, wie einseitig seine Sicht auf Special Agent Winter Black war.

Noch vor sechs Monaten hätte ihn die Erkenntnis, dass sie seinen Erwartungen nicht entsprach, noch deprimiert, doch heute war das anders.

Das Lächeln, das um seine Lippen spielte, drückte auch Stolz aus.

Diese Empfindung war ihm fremd, und er konnte nur vermuten, dass sie den Gefühlen von Eltern glich, deren Kind das Studium mit Bestnote abgeschlossen hatte.

Er und Winter mochten bezüglich des Henkers von Norfolk unterschiedliche Ansichten haben, doch es gab auch eine grundlegende Gemeinsamkeit: Sie waren beide prinzipientreu.

Er war ihr ein guter Lehrer gewesen.

Einunddreißigstes Kapitel

Ich betrachte mich nicht als Serienmörder, aber die Medien tun es.

Die Bezeichnung ‚Serienmörder' beschwört die Vorstellung eines Mannes herauf, der die Realität aus dem Blick verloren hat und nur deshalb tötet, um seine perversen Gelüste zu befriedigen.

Obwohl mir bewusst war, dass meine Aktionen keine Revolution auslösen würden, habe ich meine Opfer aus einem ganz bestimmten Grund ausgewählt. Wenn sie bei mir und dem Rest der Menschheit ihre Schuld beglichen hatten, war die Welt ein bisschen besser geworden.

Vielleicht war ich der Definition nach ein Serienmörder, doch ich zog die Bezeichnung ‚Rächer' vor.

Die Verfasser dieser verdammten Artikel hätten sie wenigstens dem ‚Serienmörder' voranstellen können, um mich von Abschaum wie Ted Bundy, Richard Ramirez oder Douglas Kilroy abzuheben. Es war gut, dass das FBI Kilroy erschossen hatte. Sonst hätte ich ins Gefängnis eindringen und ihn persönlich umbringen müssen.

Ich habe seit einer Ewigkeit nicht mehr die Messe besucht, bin aber religiös aufgewachsen. Meine Mutter war bis zu ihrem Tod gläubige Katholikin, und ihr Glaube hat ihr geholfen, Beschwernisse zu überstehen, welche die meisten Leute sich nicht einmal vorstellen können.

Die Staatsbürgerschaft bekam sie erst, als ich schon beim Militär war, und einige Male haben die Kirchenfreunde meiner Mutter uns vor der Deportation bewahrt.

Auch wenn ich vielleicht nicht so fromm wie meine Mutter war, wusste ich doch immer religiöse Gemeinschaften zu schätzen. Jeder Atemzug, den Männer wie Douglas Kilroy taten – Männer, die ihren Glauben als Rechtfertigung für Vergewaltigung und Mord benutzten -, war ein Schlag ins Gesicht dieser Gemeinschaften.

Ich sah auf den halbmondförmigen Bogen und den Pfeil nieder, die ich mir auf den Unterarm hatte tätowieren lassen, damit sie mich vor unziemlichen Gedanken bewahrten.

Ich fuhr mir mit der einen Hand durchs Haar und entsperrte mit der anderen mein Handy. Das Familienbild auf dem Display war alt – ich hatte noch keine grauen Strähnen so wie jetzt. Tina hatte sich das dunkle wellige Haar zum Pferdeschwanz gebunden, doch Evie fiel das Haar wie immer über die Schultern.

Der Tag, an dem das Foto aufgenommen worden war, hatte sich meinem Gedächtnis unauslöschlich eingebrannt. Es war, als wäre es erst gestern geschehen und nicht vor zehn Jahren.

Evie würde jetzt das College besuchen. Vielleicht hätte sie aufgrund ihrer Begeisterung für griechische Mythologie Geschichte studiert. Sie hätte sogar schon einen Abschluss haben können.

Evie war der Grund für meine Tätowierung. Sie war in die siebte Klasse gegangen, und in Geschichte hatten sie ein ganzes Halbjahr lang das alte Griechenland und Rom behandelt. Evie war bereits bestens in der griechischen Mythologie bewandert, deshalb hatte sie nicht viel Neues gelernt.

Ich konnte mich noch gut an den Tag erinnern, als sie nach Hause kam und sich beklagte, ihr Lehrer habe die Geschichte der Göttin Artemis beschönigt.

„Tut mir leid, Mädchen", murmelte ich im leeren Wohnzimmer und schlug die Hände vors Gesicht.

Ich weiß nicht, wofür ich mich entschuldigte. Ich wusste, es war nicht meine Schuld, dass Brian, Tinas Bruder, in diesem Sommer in Evies Zimmer geschlichen war, doch ich bezweifelte, dass Tina wusste, dass es auch nicht *ihre* Schuld gewesen war.

Aus irgendeinem bescheuerten Grund gaben Tinas Eltern mir die Verantwortung, während Tina sich selbst Vorwürfe machte.

Wir hielten uns für eine tolle Familie, als wir den Kerl ein paar Monate bei uns wohnen ließen, damit er finanziell wieder auf die Beine kam. Wir glaubten, das wäre eine gute Tat, wir stünden jemandem in Not bei, doch wir hatten das Raubtier nur zu seinem Opfer geleitet.

Das Glück hatte ihn damals verlassen – seine Frau hatte nach fünf Jahren Ehe die Scheidung eingereicht, und sie stritten sich um das Sorgerecht für ihre beiden Kinder. Eine Schlacht, welche die Mutter Gott sei Dank gewann.

Ich hatte am vierten Juli Heimaturlaub, und die Atmosphäre war irgendwie seltsam.

Ich glaubte, sie müssten sich erst wieder an mich gewöhnen, hätte aber lieber meinem Bauchgefühl trauen sollen. Ich hätte nachbohren sollen, die richtigen Fragen stellen, hätte meinem kleinen Mädchen klar machen sollen, dass ich nur einen Telefonanruf entfernt war, selbst wenn ich mich in den nächsten Monaten auf der anderen Seite des Atlantiks aufhielt.

Könnte ich in der Zeit zurückreisen, wüsste ich genau, was ich zu tun hätte.

Ich würde nicht zögern, würde nicht mit mir hadern, würde nicht warten, bis dieser Dreckskerl mein kleines Mädchen töten würde. Bevor er Evie auch nur ein Haar krümmen könnte, würde ich Brian die Kehle von einem Ohr zum anderen aufschlitzen. Ich würde ihn verstümmeln und die Körperteile auf fünf verschiedenen texanischen Feldern verbrennen. Ich würde ihm zuvorkommen.

Deshalb habe ich das getan.

Ich habe Männer wie Ben Ormund, Tom Cotman und Mitch Stockley getötet, damit nicht andere Eltern den gleichen Schmerz erleiden müssen. Ich habe diese Männer getötet, damit sie niemandem wehtun können, obwohl sie das bereits zur Genüge getan hatten, als ich sie mir vorknöpfte.

Wie das Sprichwort lautet: Besser spät als nie.

Heute würde ich eine weitere Schuld einfordern.

Zweiunddreißigstes Kapitel

„Matt Lewin, dreiundvierzig, wurde gestern Nacht bei sich zu Hause ermordet.“

Als Bobby Weyrick aus einem Zeitungsartikel vorlas, vermochte sich Noah ein Aufstöhnen nur mit Mühe zu verkneifen.

„Die Behörden nehmen an, dass Lewin von derselben Person getötet wurde, die in den vergangenen sechs Monaten für acht weitere Morde verantwortlich war“, fuhr Bobby fort und lehnte sich zurück. „Hört zu, Leute. Das Beste kommt noch.“

Noah verschränkte die Hände hinter dem Kopf. „Das Beste?“

„Genau, Agent Dalton.“ Bobby lachte glucksend. Er schwenkte das Handy, dann las er vor. „Der Killer, auch Henker von Norfolk genannt, hat in seiner kurzen Laufbahn als Serienmörder eine sektenähnliche Anhängerschaft um sich geschart. Anonymen Quellen zufolge wurde Matt Lewin getötet, weil er mutmaßlich eine Vorliebe für minderjährige Mädchen hatte.“

„Moment“, warf Winter ein, die blauen Augen weit aufgerissen. „Was war das? Woher zum Teufel wollen die das wissen? In Lewins Akte steht nichts dergleichen.“

„Eben weil es nicht offiziell ist“, sagte Sun Ming, bevor Bobby etwas erwidern konnte.

Der Mann aus Tennessee nickte. „Genau. Die brauchen keinen hinreichenden Verdacht, um einen Artikel zu schreiben. Sie kriegen es aus einer verlässlichen Quelle gesteckt, und solange sie das Wort ‚mutmaßlich‘ draufklatschen, können sie schreiben, was sie wollen. Dabei setzen sie nur ihre Glaubwürdigkeit aufs Spiel, und wenn sie wirklich Pech haben, handeln sie sich ein Verleumdungsverfahren ein.“

Als Noah zur Vorderseite des Raums sah, räusperte sich Max Osbourne. „Agent Weyrick hat recht. So hat der Täter von den Verbrechen dieser Leute erfahren, während wir im Dunkeln tappten. Er kann herumschnüffeln und das Gesetz brechen, und er braucht keinen hinreichenden Verdacht, um zu morden. Interessanter aber ist die Frage, weshalb er gestern Nacht zugeschlagen hat. Parrish? Irgendwelche Vermutungen?"

Aiden Parrish, der in der Ecke des halbdunklen Raums saß, machte den Eindruck, als sei er soeben aus dem Schlaf aufgeschreckt. Sein Aufzug und sein Haar waren so makellos wie eh und je, doch in seinen Augen lag eine Erschöpfung, die auch Noah kannte.

Vermutlich waren alle ausgelaugt. Wenn der Fall gelöst war, hatte Noah vor, sechzehn Stunden am Stück zu schlafen.

„Das bedeutet, er nähert sich dem Ende der Liste", antwortete Aiden und unterdrückte ein Gähnen. „Wir wissen, dass er eine Liste abgearbeitet hat. Sonst hätte er die Namen und Daten der Opfer nicht parat gehabt. Aber die Liste ist begrenzt. Anfangs waren die Morde zeitlich gestreckt, und dass das jetzt nicht mehr der Fall ist, könnte bedeuten, dass er sich den letzten Opfern nähert."

Schweigen senkte sich herab, während Noah und Winter paranoide Blicke wechselten.

„Was passiert danach?", fragte Winter. „Geht er dann in einen anderen Bundesstaat?"

Aiden schob das Stahlarmband seiner Uhr zurecht und zuckte mit den Schultern. „Kommt drauf an. Nach jetzigem Wissensstand und auf Grundlage des erstellten Täterprofils ist nicht auszuschließen, dass er aufhört zu morden. Er könnte aber auch nach weiteren Vergewaltigern und Pädophilen suchen und eine neue Liste anlegen. Ob er in Virginia bleiben wird, lässt sich nicht vorhersagen. Viele Serienkiller sind mobil."

„Scheiße", knurrte Noah. „Dann könnte sich das Zeitfenster für uns bald schließen, oder?"

Aiden Parrish nickte wortlos.

„Der Tatort war sauber", warf Bobby Weyrick ein. „So sauber wie alle anderen. Keine Überwachungsvideos, keine Augenzeugen. Der Gerichtsmediziner schätzt, dass das Opfer gegen vier Uhr morgens getötet wurde."

Winter legte den Kopf schief, um eine Verspannung zu lösen. „Das erklärt, weshalb es keine Augenzeugen gibt."

„Was ist mit der Karteikarte?", fragte Sun und richtete ihre dunklen Augen auf ihren Sitznachbarn.

„Die haben wir gefunden. Zwei Namen und zwei Datumsangaben, wie bei der vorigen."

„Na schön“, meinte Max und verschränkte die Arme. „Sie wissen, was zu tun ist, Agents. Seit zwei Wochen die gleiche Prozedur. Identifizieren Sie die Opfer, gehen Sie Freunde und Angehörige durch und so weiter.“

Inzwischen verwarfen alle ein persönliches Motiv für die Morde, doch der Mangel an forensischen Beweisen bedeutete, dass sie keinen Alternativen nachgehen konnten.

Es gab keine sozialen oder beruflichen Querverbindungen zwischen den Getöteten; die einzige Gemeinsamkeit war ihre Neigung gewesen, Frauen und Mädchen zu missbrauchen.

Bislang hatte jeder Name auf den Karteikarten zu einer Frau geführt, die man vergessen und deren Akte man bei den ungeklärten Kriminalfällen abgelegt hatte. Jedoch nur dann, wenn die Polizei Ermittlungen zu ihrem Verschwinden oder wegen sexueller Übergriffe angestellt hatte.

Obwohl fast alle so genannten Opfer mindestens einmal gemordet hatten, waren nur zwei als Serientäter klassifiziert worden: Ben Ormund und Mitch Stockley.

James Bauman hatte zwei minderjährige Prostituierte getötet, hatte aber durch die Morde eine Anklage wegen Vergewaltigung vermeiden wollen. Die traurige Ironie der Tat war dem Dreckskerl wohl entgangen.

Die übrigen Opfer gehörten in die Kategorie Raubtier, falls es so etwas gab.

In den vergangenen zwei Wochen hatte Noah erfahren, dass die Mehrzahl der sexuellen Übergriffe von wenigen Wiederholungstätern begangen wurde. Statistisch betrachtet standen die Chancen gut, dass ein Vergewaltiger erneut straffällig wurde, besonders dann, wenn er nicht gefasst worden war.

Und bis jetzt war noch keines der Opfer des ‚Henkers von Norfolk’ gefasst worden.

Als Noah auf den Flur trat, legte jemand ihm die Hand auf die Schulter, und er schreckte aus seinen Gedanken auf. Er nahm sich zusammen und wandte den Kopf.

„Hey“, sagte Winter mit schwachem Lächeln. „Tut mir leid, dass ich dich erschreckt habe.“

„Macht nichts.“ Er winkte ab, dann gähnte er hinter vorgehaltener Hand. „Um diese Tageszeit braucht es dazu nicht viel.“

„Kein Wunder.“ Sie lehnte sich an den Türrahmen. „Sollen wir eine Kaffeepause einlegen, bevor wir unseren Tag im Callcenter beginnen?“

Stöhnend rieb er sich die stoppelige Wange. „Ich würde sagen, da führt kein Weg dran vorbei, Liebes.“

„Meinst du, wir können das steuerlich absetzen?", fragte sie. „Als Arbeitskosten? Kaffee ist für unseren Job eigentlich unabdingbar."

Er lachte, und ein Teil der Anspannung fiel von ihm ab.

Nachdem Noah fast vier Stunden lang mit Polizisten und Angehörigen von Matt Lewis' Opfern telefoniert hatte, war die Vermutung, die er bei der morgendlichen Besprechung geäußert hatte, zur Gewissheit geworden. Alle normalen Ermittlungswege endeten in Sackgassen.

Als er das Handy auf die Kunststoffoberfläche seines Schreibtischs legte, hätte er einen Drink vertragen können. Jetzt wusste er, weshalb man beim FBI schon mit siebenundfünfzig in Pension geschickt wurde.

Wie bei den vier anderen Opfern waren die Angaben auf der Karteikarte, die der Killer bei Matt Lewin zurückgelassen hatte, zutreffend.

Levi Brandt erhielt den nicht beneidenswerten Auftrag, Kontakt mit Lewins Opfern aufzunehmen. Wie sich herausstellte, lebte nur noch eines von ihnen. Maria Hernandez, das andere Opfer, war kurz nach ihrem fünfzehnten Geburtstag verschwunden.

Die Ermittlungen waren bestenfalls halbherzig durchgeführt worden. Angehörige und Freunde sagten aus, Maria sei in schlechte Gesellschaft geraten, und ihr Vater sei zu zugedröhnt gewesen, um sich um ihr Verschwinden zu scheren.

Im Alter von elf Jahren hatte Maria ihre Mutter und ihren jüngeren Bruder bei einem Verkehrsunfall verloren.

Vor dem Tod ihrer Mutter war Maria eine gute Schülerin und eine liebevolle Tochter und Schwester gewesen. Ihre Eltern hatten sich scheiden lassen, und ihr Vater hatte keinen Anteil an der Erziehung seiner Kinder gehabt, allerdings hatte Marias Mutter die entstandene Lücke hervorragend ausgefüllt.

Die kleine Familie war nicht reich gewesen, aber glücklich.

Alles veränderte sich, als Yolanda Hernandez' kleiner Honda vom betrunkenen Fahrer eines schweren Lincoln gerammt wurde. Der Mann im teuren SUV hatte überlebt, doch Yolanda und ihr Sohn waren noch am Unfallort verstorben.

Der Großteil von Yolandas Familie lebte noch in El Salvador, deshalb bekam Marias drogensüchtiger Vater das Sorgerecht zugesprochen. Vorübergehend riss er sich zusammen, doch die Scharade war nicht von Dauer.

Einen knappen Monat vor ihrem Verschwinden wurde Maria wegen Besitzes von Marihuana bei einer Hausparty festgenommen. Dem verhaltenen Zorn nach zu schließen, der aus Levis Notizen sprach, vermutete er, dass Maria auf dieser Party Lewin kennengelernt hatte.

Lewin war zu dem Zeitpunkt neunundzwanzig gewesen, und sein jüngerer Cousin – der eine höhere Klasse der Highschool besuchte, auf die auch Maria ging, hatte die Party veranstaltet. An dem Abend waren zahlreiche Drogen konsumiert worden, darunter Methamphetamin und Kokain.

Fünf Wochen später verschwand Maria Hernandez von der Oberfläche des Planeten.

Klassenkameraden machten sich Sorgen, weil sie in der Schule fehlte, und ein paar ihrer Freunde deuteten an, Maria und ein paar andere Neuntklässler hätten angefangen, härtere Drogen wie Meth und Koks zu konsumieren.

Als ihr Vater Maria als vermisst meldete, nahm die Polizei an, sie sei fortgelaufen. Sie unternahmen halbherzige Anstrengungen, sie zu finden, doch letztlich interessierte sich die Presse nicht für das Verschwinden eines Teenagers aus der Unterschicht, deren Vater drogensüchtig war.

In den vergangenen zwei Wochen hatte Noah viel mit Levi Brandt zu tun gehabt und ihn besser kennengelernt. Inzwischen wusste er, weshalb Levi bei der Opferberatung des FBI angeheuert hatte. Levis Vorgeschichte ähnelte der von Autumn Trent, und er wollte dafür sorgen, dass Menschen wie Maria Hernandez nicht durch die Maschen schlüpften.

Levi war ein guter Mensch und ein verdammt tüchtiger Agent, aber Noah musste sich eingestehen, dass er furchteinflößend war, wenn er außer sich geriet.

Als Winter ihm von dem Vorfall mit Gina Traeger und der Polizei von Richmond erzählte, hatte er geglaubt, sie übertreibe.

Manche Leute fluchten viel, wenn sie zornig waren, und manche hatten Mühe, sich verständlich auszudrücken, doch für Levi galt das nicht. Agent Brandt war in angesäuertem Zustand ebenso wortgewandt wie in gelassenem. Bree zufolge hätte er einen guten Gangsterboss abgegeben.

Als das Display von Noahs Handy aufleuchtete, blinzelte er mehrfach, um sich zu vergewissern, dass er nicht eingeschlafen war.

Nein, er war noch wach.

Mit einem leisen Stöhnen nahm er das Handy in die Hand und las die Nummer des Anrufers ab. Er vermutete, dass es sich um eine Reaktion auf einen der sechstausend Anrufe handelte, die er diesen Monat getätigt hatte, doch die Vorwahl war nicht die von Virginia.

„Texas“, murmelte er. Vielleicht hatten seine Mom oder seine Schwester eine neue Nummer, überlegte er. Seine Neugier war jedenfalls geweckt, als er im letzten Moment den Anruf annahm.

„Hier Agent Dalton.“

„Agent Dalton“, sagte ein Mann mit ausgeprägtem Texas-Akzent. Er klang beschwingt, beinahe aufgeregt, doch Noah vermochte seine Stimme nirgendwo einzuordnen.

„Wer ist da?“, fragte Noah.

„Mark Quesada, SAC der Abteilung für Gewaltverbrechen in Dallas. Einer unserer Freunde bei der Polizei, Detective Jake Nielson, hat mich an Sie verwiesen. Sie waren doch früher bei der Polizei von Dallas, oder?“

„Das ist richtig.“ Noah rieb sich mit der freien Hand die Augen. „Vier Jahre Dallas PD. Überwiegend taktische Einsatzkräfte. Detective Nielsen war bei der Drogenfahndung, wir hatten immer miteinander zu tun, wenn es bei einem Kartell eine Razzia gab. Was kann ich für Sie tun, SAC Quesada?“

Der SAC lachte. „Das hat mir auch Detective Nielsen gesagt, und ich habe Sie natürlich nicht angerufen, um ein bisschen zu quatschen. Wie gesagt, ich bin bei der Abteilung für Gewaltverbrechen. Das ist auch Ihre Abteilung, nicht wahr?“

„Ja“, bestätigte Noah, doch er vermutete, dass der SAC bereits sämtliche Details seines Lebens kannte, bis hin zur Schuhgröße.

„Gut. Wir haben uns den Fall angesehen, den Sie da in Virginia bearbeiten, den Henker von Norfolk. Er tötet Vergewaltiger und Pädophile, richtig?“

„Ja. Und auch Mörder.“

„Ja, ja“, erwiderte Quesada. „Das hatten wir hier auch.“

Noah straffte sich und nahm den Kuli in die Hand. „Fahren Sie fort.“

„Das liegt fünf Jahre zurück, jedenfalls die letzte Tat“, erklärte der SAC. „Aber ja. Wir haben uns aus Neugier ein paar alte Fälle vorgenommen, und es sieht so aus, als suchten wir nach demselben Täter. Vor etwa sechs Jahren hatten wir eine Reihe von Morden, die Ähnlichkeiten mit denen in Richmond und Norfolk aufweisen.“

„Wie viele Opfer insgesamt?“, fragte Noah.

„Zehn, von denen wir wissen. Das erste sechs Monate vor den anderen. Seltsam dabei war, dass der Täter nur die ersten Opfer erschossen hat. Die ersten vier, um genau zu sein. Alle mit derselben Waffe, doch als wir das vierte Opfer fanden, lag die Waffe dabei. Ein G36 von Heckler und Koch.

Keine Seriennummer, keine Spuren. Sah so aus, als hätte er das verdammte Ding selbst zusammengebastelt."

Noah sträubten sich die Nackenhaare. „Wir haben am dritten Tatort ein Scharfschützengewehr gefunden, ein Barrett 98 Bravo. Die ersten drei hat er damit getötet, und die nächsten ..."

„Mit einem Jagdmesser", beendete Quesada den Satz. „Ja, Agent Dalton, genau so ist es hier passiert. Die Hälfte der Toten wurden im Umkreis von Killeen gefunden, die andere Hälfte näher bei Dallas. Aber nicht alle lagen in einem urbanen Umfeld. Einige auch im ländlichen Raum, außerhalb der Stadt."

„Soweit wir erkennen können, gibt es kein räumliches Muster bei den Tatorten", sagte Noah.

„Bingo. Das einzige Muster ist die Vergangenheit der Opfer. Und die Notizen, die der Täter zurückgelassen hat. Ob Sie's glauben oder nicht, aber die sahen genauso aus wie Erpresserbriefe im Kino. Aus Zeitschriften und Zeitungen ausgeschnittene Buchstaben."

„Jetzt sind es Karteikarten, und der Text ist getippt."

„Schätze, unser Rächer ist effektiver geworden im Laufe der Jahre", meinte Quesada. „Aber wir suchen nach demselben Täter, oder, Agent Dalton?"

Noah lehnte sich zurück. „Ja, das würde ich auch sagen."

„Wir schicken Ihnen alles, was wir über die Morde haben, dazu die Täterprofile der Verhaltensanalyse und das Material zu den Verdächtigen, die wir ausgeschlossen haben. Ich lasse eine meiner Agents noch heute Abend zu Ihnen nach Richmond fliegen. Sie hat am Fall des Henkers von Killeen gearbeitet, gleich nachdem sie von Quantico zu uns gestoßen ist. Special Agent Chloe Villaruz wird kurz nach dem Abendessen bei Ihnen sein."

Dreiunddreißigstes Kapitel

Noch nie hatten sich so viele Personen im Besprechungsraum versammelt. In Anbetracht der Medienberichterstattung zum Fall des Henkers von Norfolk war der Personalaufwand allerdings berechtigt.

Nach ihrem Evaluierungsgespräch mit Sun Ming hatte man Autumn um eine Einschätzung zu den Aktivitäten des Mörders im Umkreis von Killeen gebeten. Ihre grünen Augen huschten hin und her, als Winter die Glastür hinter sich zuzog.

Winter empfand zwar ein gewisses Mitgefühl mit ihrer Freundin, war aber froh, dass sie bei der Morgenbesprechung dabei war. Wie Aiden hatte auch Autumn ein scharfes Auge für Details, welche die meisten Menschen übersahen.

Als Winter neben Noah Platz nahm, entging ihr nicht der abschätzende Blick, mit dem Sun ihre Freundin bedachte. Für den Fall, dass Sun Autumn noch mehr giftige Blicke zuwerfen sollte, nahm Winter sich vor, die Agentin mal zu fragen, was zum Teufel ihr Problem sei.

Möglicherweise hatten Suns Vorbehalte mit der Art und Weise zu tun, wie Aiden sich zu Autumn hinüberneigte, als er ihr etwas ins Ohr flüsterte, und mit dem Lächeln, mit dem sie reagierte.

Wegen des Stimmengemurmels im Raum bekam Winter nicht mit, was Aiden sagte, doch Sun reichte es anscheinend schon, dass er eine Bemerkung zu einer anderen Frau machte.

Winter musste sich beherrschen, um nicht die Augen zu verdrehen, als sie den Pappbecher mit Kaffee an die Lippen setzte.

Max räusperte sich. Das Gemurmel erstarb, und alle Blicke richteten sich auf ihn. Der SAC stand neben einer großen, gertenschlanken Frau, deren grün und bernsteinfarben gesprenkelte Augen im Licht der

Deckenbeleuchtung zu glitzern schienen. Das schwarze Haar hatte sie zum Pferdeschwanz gebunden, und sie hatte sich eine schwarze Lederjacke über den Arm gelegt.

Als Winter Noah ansah, war ihr, als packte eine Hand ihre Kehle. Seine Mundwinkel hatten sich gehoben, und in seinen Augen lag ein unübersehbares Funkeln.

Winter streifte sich eine Haarsträhne aus dem Gesicht, schluckte mühsam und konzentrierte sich wieder auf Special Agent Chloe Villaruz.

Von dem, was die Frau sagte, bekam sie kaum ein Wort mit.

Ein dunkler Abgrund hatte sich in Winters Psyche aufgetan, der sie zu verschlucken drohte.

Ein flaues Gefühl im Magen und sauren Geschmack im Mund, tat Winter so, als mache sie sich Notizen, während Max sie über die Morde informierte, die vor fünf Jahren im Umkreis von Dallas, Texas, begangen worden waren.

Als sie den Blick senkte, um durchzulesen, was sie notiert hatte, kam ihr das alles neu vor. Sie erinnerte sich kaum an die Worte, geschweige denn daran, dass sie sie aufgeschrieben hatte.

Sie nahm an einer der wichtigsten Besprechungen ihrer Laufbahn teil und konnte sich nicht konzentrieren.

Sie fixierte Max, sah aber nur Noahs seltsamen Gesichtsausdruck vor sich. Als sie in sich hineinhorchte, war sie sich nicht sicher, ob sie das Gefühl für Eifersucht halten konnte.

Das *hätte* sie empfinden sollen, oder? War es nicht das, was eine normale Frau empfand, wenn sie ihren engen Freund dabei ertappte, dass er eine attraktive Frau angaffte?

Hatte Noah überhaupt gegafft?

Je länger sie über seinen flüchtigen Gesichtsausdruck nachdachte, desto größer wurde ihre Unsicherheit.

Obwohl sie ihren Freund seit einiger Zeit in neuem Licht sah, blieb die Tatsache bestehen, dass Winter und Noah kein Paar waren.

Bis vor Kurzem hatte sie sogar alles darangesetzt, ihm klar zu machen, dass dem nicht so war. Nur weil sich etwas bei ihr verändert hatte, musste das nicht heißen, dass Noah die gleiche Veränderung durchgemacht hatte.

Er glaubte wohl, sie seien Kumpel, die sich ein paar Mal linkisch geküsst hatten.

Winter war sich bewusst, dass sie nicht die einzigen Freunde waren, die sich unbeholfen geküsst hatten – Autumns sarkastisches Grinsen, als sie ihr davon erzählte, stand ihr noch immer vor Augen.

Auf der Uni war Autumn mit einem Studenten vor dem ersten akademischen Grad befreundet gewesen, der Organisationspsychologie studierte. Obwohl ihre Beziehung rein platonisch gewesen war, hatte es mindestens ein Missverständnis zwischen ihnen gegeben, das zu einem Kuss geführt hatte.

Sie hatten darüber gelacht, und jetzt schrieben sie sich immer noch SMS und E-Mails.

Autumns Freund war inzwischen verheiratet, und er und seine Frau erwarteten für Januar oder Februar ihr erstes Kind.

Würde es mit ihrer Freundschaft zu Noah ähnlich laufen?

Würden sie in ein, zwei Jahren nur noch durch elektronische Nachrichten miteinander in Verbindung stehen? Hin und wieder mal videochatten? Würde Noah sie per E-Mail zu seiner Hochzeit einladen, oder würde er ihr eine Karte schicken?

Sie wollte das nicht. Es ging ihr gegen den Strich. Sie wollte ihn nicht regelmäßig auf dem Laufenden halten, falls er nach Texas zog, sie wollte ihn nicht auf Skype frienden, bloß um sein strahlendes Lächeln zu sehen, und sie wollte bestimmt nicht dabei sein, wenn er irgendeine Fremde heiratete.

Doch jedes Mal, wenn sie Chloe Villaruz betrachtete, wurde sie daran erinnert, dass er irgendwann in ihrem Leben fehlen würde.

Der Gedanke war eigensüchtig, das wusste sie. Sie sollte ihrem Freund nur das Beste wünschen, und wenn es eine andere Frau war, dann sei's drum.

Sie wollte, dass er glücklich wurde, doch zum ersten Mal wurde ihr bewusst, dass sie der Grund für sein Glücklichsein sein wollte. Nicht Chloe Villaruz sollte das sein, auch nicht irgendeine andere Frau, die er noch kennenlernen würde, sondern Winter.

Denn es war nicht ausgeschlossen, dass der Abend in der Küche die letzte Gelegenheit gewesen war.

„Agent Black."

Max' raue Stimme riss sie wie eine Leuchtfackel in tiefster Nacht aus dem dunklen Abgrund.

Anstatt zu antworten, erwiderte sie seinen eiskalten Blick und nickte.

„Sie und Agent Villaruz fahren zur Gerichtsmedizin und informieren sich über Alex Rolaz, unseren neuesten Fall. Dr. Nguyen sollte den Toten inzwischen untersucht haben."

Ohne Chloe Villaruz anzusehen, nickte Winter erneut. Sie kam sich vor wie ein Alien, das soeben zum ersten Mal sein Raumfahrzeug verlassen hatte.

Während Max den übrigen Anwesenden – mit Ausnahme von Autumn - Aufgaben zuteilte, fuhr Winter mit dem Finger über die Klebebindung ihres Notizblocks. Sie spürte kleinsten Unebenheiten nach und konzentrierte sich auf den schwachen Erdbeer-Vanille-Duft ihres Körpersprays.

Noah machte ihr öfters Komplimente zu dem Duft, doch diesen Gedanken schob sie sogleich beiseite.

Das Erden sollte eine Panikattacke vermeiden und keine auslösen. Morgen würde sie vielleicht den Limonen-Kokosnuss-Duft verwenden, den Autumn ihr zum Best-Friend-Day geschenkt hatte. Autumn hatte Noah eine Kerze aus demselben Laden geschenkt, und seitdem kaufte er dort regelmäßig Ersatz.

Verdammt noch mal.

Um ein Haar hätte sie vor sich hingemurmelt. Das Erden funktionierte nicht, wenn jeder Gedanke sie zu der Person hinführte, die sie zu vergessen versuchte.

„Noch einmal danke, dass Sie gekommen sind, Dr. Trent", hörte sie Max sagen, als es ihr wieder gelang, sich aufs Zuhören zu konzentrieren.

„Gern geschehen", erwiderte Autumn. Lächelnd reichte sie dem SAC die Hand, der sie schüttelte. Autumn behielt ihre freundliche Miene unverwandt bei.

Genau, dachte Winter. *Denk an Autumn oder an Max, oder meinetwegen auch Aiden. Sie lächeln sich da drüben gegenseitig an, und du träumst hier herum wie eine Highschool-Schülerin, die in den König des Ehemaligenballs verknallt ist.*

Nein, Noah war nie zum Ehemaligenkönig gekrönt worden, auch nicht zum König des Abschlussballs. Er hatte die Highschool gehasst und die meiste Zeit auf der Ranch seiner Großeltern verbracht, die seinem Onkel bei der Übernahme geholfen hatten.

Gleich nach dem Abschluss war er in die Fußstapfen seines Stiefvaters Chris getreten und zum Militär gegangen.

Verdammt, dachte sie. *Du fängst schon wieder damit an. Schluss jetzt.*

„Agent Black?“

Winter riss den Blick von Autumn, Aiden und Max los und sah die Sprecherin an.

„Ja, hier“, sagte Winter. Herrgott, sie hörte sich an wie ein Vollidiot. „Tut mir leid, ich hab heute noch nicht genügend Kaffee intus. Freut mich, Sie kennenzulernen.“ Winter erhob sich mit routiniertem Lächeln und reichte der Frau die Hand.

„Das kann ich Ihnen nachfühlen“, meinte Chloe. Ihr Lachen klang angenehm, beinahe melodisch. „Ich bin ein Koffein-Junkie, also sind Sie in guter Gesellschaft. Wir können auf dem Weg zur Gerichtsmedizin bei einem Starbucks halten.“

„Rühren Sie bloß den Kaffee im Pausenraum nicht an“, riet ihr Noah.

Winter hätte ihm am liebsten den Mund zugehalten, damit er nicht seinen üblichen Charme verströmte, doch sie behielt ihr Lächeln mit Mühe bei. „Ja, der schmeckt wirklich furchtbar.“

„Danke für den Tipp“, erwiderte die Agentin grinsend. „Wir haben alle zusammengelegt, eine Kaffeemaschine angeschafft und auf einen unserer Schreibtische gestellt. Unser SAC hat auch eine in seinem Büro, die wir benutzen dürfen. Anfangs haben sich die hohen Tiere gewundert, weshalb wir eine Kaffeemaschine brauchen, wenn doch eine im Pausenraum steht. Wir haben denen geantwortet, sie sollten das Zeug mal probieren, und anschließend hatten sie keine Einwände mehr. Ich glaube, inzwischen hat jede Schicht eine eigene.“

„Wir haben auch eine.“ Winter wäre beinahe zusammengeschreckt, als Bobby Weyrick sich vernehmen ließ. „Tut mir leid, ich wollte nicht lauschen. Oder jedenfalls war es mir nicht bewusst. Ich muss langsam ins Bett, das ist das Einzige, was ich mit Sicherheit weiß.“ Er unterdrückte ein Gähnen.

„Moment mal“, sagte Noah und musterte den Agent von der Nachtschicht scharf. „Bei euch gibt’s eine Kaffeemaschine, und du hast uns nie davon erzählt?“

„Hey, ihr habt gehört, was die Frau gesagt hat.“ Ein Lächeln spielte um Bobbys Lippen, als er die Arme ausbreitete. „Jede Schicht kriegt ihre eigene. Ihr wollt eine, und ihr werdet eine bekommen. Oder ihr wechselt zur Nachtschicht.“

„Nein, danke.“ Noah machte ein entsetztes Gesicht. „Das habe ich hinter mir. In Dallas habe ich zwei Jahre lang nachts gearbeitet.“

Als Chloe Bobby zulächelte, verspürte Winter beinahe Erleichterung.

Vor zwei Tagen hatte sie erfahren, dass Bobby und seine Frau sich auf die Scheidung geeinigt hatten, doch soweit sie wusste, hatte Bobby noch keine Neue.

Weyrick war ein Jahr jünger als Noah, und zum ersten Mal ließ sie seine Erscheinung auf sich wirken.

Wäre sein dunkelblondes Haar nicht gestylt gewesen, hätte es ihm bis unter die Ohrläppchen gereicht. Sein schwarzer Anzug war maßgeschneidert, wenngleich sie bezweifelte, dass Bobbys Kleidung in derselben Preiskategorie angesiedelt war wie Parrishs.

Winter fragte sich, ob die Ausbildung der Männer in Quantico Kleidungsfragen beinhaltet hatte.

Bobby Weyrick war zweifellos ein gutaussehender Typ. Autumn hatte das erwähnt, als sie mit Bobby zusammengearbeitet hatte. Doch bis jetzt hatte sich Winter noch kein eigenes Bild gemacht.

Ein rascher Blick zu Noah ergab, dass er bemerkt hatte, wie sie Bobby musterte, doch die Niedergeschlagenheit in seinen Augen war nicht die Reaktion, auf die sie gehofft hatte.

Weshalb konnte er nicht die Augen verdrehen oder schnauben wie ein normaler Mensch?

Anstatt ihre Nerven zu beruhigen, hatte ihre dumme kleine Einlage das flaue Gefühl in ihrem Bauch noch weiter verstärkt. Am liebsten hätte sie ihn umarmt oder ihm wenigstens aufmunternd zugelächelt. Doch sie waren in einem Besprechungsraum mitten im FBI-Gebäude, und sie musste zumindest nach außen hin ihre professionelle Fassade wahren.

Zum Glück bemerkten weder Bobby noch Chloe etwas von dem stummen Austausch, sondern führten ihre Unterhaltung über ihre Lieblingskaffeegetränke fort.

Das Gespräch drehte sich um Kaffee mit Eiscreme, als Winter sich entschuldigte. Sie hatte erwartet, er werde ihr nachkommen und sie fragen, was zum Teufel ihr Problem sei, doch als sie sich auf dem Flur umsah, war er nicht da.

Sie hatte gesagt, sie gehe auf die Toilette. So groß Noahs Neugier auch sein und so viel für ihn auf dem Spiel stehen mochte, dorthin würde er ihr bestimmt nicht folgen.

Und wenn doch, wer könnte dann schon sagen, was passieren würde?

Zu ihrer Erleichterung war sie allein auf der Toilette, als sich ihre Wangen röteten. Was stimmte eigentlich nicht mit ihr heute Morgen? Sie schwankte so schnell zwischen Verzagtheit und Frivolität, dass sie ihre Motive nicht mehr nachvollziehen konnte.

Beim Anstellen des Wasserhahns überlegte sie, ob sie sich das Gesicht nassspritzen oder sich ohrfeigen sollte.

Eine breite dunkelrote Schnittwunde zog sich von einem Ohr zum anderen. Der Schnitt war so tief, dass Winter die durchtrennten Sehnen und Bänder sehen konnte. Ungeachtet des Toten auf dem Untersuchungstisch war Dan Nguyen so freundlich wie immer.

Wenn Winter bei der Begrüßung die Augen geschlossen hätte, wäre es ihr so vorgekommen, als betrete sie eine Bäckerei und keine Leichenhalle.

„Die gleiche Todesursache wie bei den anderen“, meinte Dan und zeigte auf Alex Rolaz’ leblosen Körper. „Das heißt, mit Ausnahme von James Bauman.“

Chloe nickte und richtete ihre grünen Augen auf Dan. „Die Männer in Killeen und Dallas wurden auf die gleiche Weise getötet. Soweit wir wissen, wurden alle überrascht. Gibt es Abwehrverletzungen, die auf einen Kampf hindeuten würden?“

„Nein, ich habe nichts dergleichen gefunden. Auf dieser Grundlage und nach allem, was wir über ihn wissen, würde ich Ihnen recht geben.“

„Was ist mit Bauman?“, fragte Winter. „Er wurde in den Rücken gestochen, oder?“

„Richtig. Das stimmt. Wurde eines der texanischen Opfer von hinten erstochen?“

„Nein“, antwortete Chloe. „Die ersten vier wurden erschossen, die letzten sechs starben wie Rolaz. Der Schnitt im Hals war so tief, dass sie fast enthauptet wurden.“

„Weshalb fällt Bauman aus der Reihe?“, fragte Winter und blickte von Dan zu Chloe und wieder zurück.

„Vielleicht hat er sich gewehrt“, meinte die Agentin aus Texas. „Dr. Nguyen, wissen Sie noch, ob James Baumans Leichnam Abwehrverletzungen aufgewiesen hat?“

„Ein Bluterguss am Nasenrücken.“ Dan zuckte nachdenklich mit den Schultern. „Könnte auch daher rühren, dass er gegen eine Wand gedrückt wurde.“

„Und anstatt ihm die Kehle aufzuschlitzen, hat der Mörder ihn von hinten niedergestochen, bevor er sich richtig wehren konnte“, sagte Chloe und hob beide Schultern.

„Das war eine präzise Stichwunde“, erklärte Dan. „Genau zwischen die beiden mittleren Rippen und durch die Lunge ins Herz. Diese Technik setzen auch die Navy SEALS ein, das heißt, es ist ziemlich wahrscheinlich, dass die gesuchte Person eine militärische Eliteausbildung absolviert hat.“

Diesmal zog Chloe die Brauen zusammen. „Woher wissen Sie das?“

„Ich war sechs Jahre lang beim Navy-Geheimdienst“, antwortete Dan. „Hatte viel mit den SEALS und den Spezialkräften zu tun, da hab ich so einiges aufgeschnappt. Übrigens habe ich ein Alibi. Das wurde bereits überprüft.“

Als Agent Villaruz den Mund aufmachte, um zu protestieren, musste Winter lachen.

„Tut mir leid, Villaruz“, sagte sie, „ich lache nicht über Sie. Ich lache über Dan. Er hat einen eigenartigen Sinn für Humor.“

Dan wirkte erfreut. „Den hättest du auch, wenn du den ganzen Tag in toten Menschen herumwühlen müsstest.“

Als sie sich verabschiedeten, hatte Chloe sich von der allgemeinen Fröhlichkeit anstecken lassen. Sie hatten zwar Neues zum Fall erfahren, doch der Besuch bei der Gerichtsmedizin hatte keine *verwertbaren* Informationen erbracht.

Wie gehabt.

„Der Gerichtsmediziner, mit dem wir immer zu tun haben, ist ein muffeliger alter Sack“, sagte Chloe. Der unerwartete Kommentar veranlasste Winter, den Kopf zum Beifahrersitz zu wenden.

„Das nervt bestimmt“, erwiderte Winter und hoffte, dass Chloe ihre Reserviertheit nicht bemerken würde.

„Inzwischen haben wir uns dran gewöhnt, deshalb nervt es nur dann, wenn wir merken, dass nicht alle Gerichtsmediziner muffelige alte Säcke sind. Wie zum Beispiel der hier in Richmond.“ Chloes Tonfall fehlte der melodische Tonfall, den sie Noah gegenüber anschlug, doch ihr Südstaatenerbe war nicht zu überhören.

„Dan ist richtig cool“, meinte Winter zerstreut und setzte den Blinker. „Wenn ich den in einer Bar oder sonst irgendwo treffen würde, käme ich nie drauf, dass er Gerichtsmediziner ist.“

Winter runzelte die Stirn. Die großgewachsene, schlanke, wunderschöne Agentin gefiel ihr immer besser. Verdammt. „Ja, ginge mir auch so.“

Bevor Chloe etwas erwidern konnte, tönten ein paar bekannte Gitarrenriffs aus dem Radiolautsprecher. Als sie die Hand zum Gerät ausstreckte, biss Winter die Zähne zusammen und machte sich schon auf eine erhöhte Lautstärke gefasst.

Zu ihrer Erleichterung brach der Song abrupt ab, weil Chloe den Sender wechselte.

„Tut mir leid“, sagte sie und wedelte mit den Händen. „Nichts für ungut, aber ich kann die Metalbands der Achtziger nicht ausstehen.“

„Ach, wirklich?“ Winter lachte. „Ich auch nicht.“

„Gott sei Dank“, seufzte Chloe. „Ich weiß nicht, wie's kommt, vielleicht liegt's ja an der Luft, aber die Typen in Dallas *lieben* ihre Metalbands. Mich macht das ganz kirre. Ich übernehme meist das Fahren, denn dann bestimme ich das Programm. Ist mir scheißegal, wenn AM-Talkradio läuft, Hauptsache, ich muss mir nicht dieses infernalische Gekreische anhören. Nein, danke, nicht mit mir.“

„NPR.“ Winter blickte ihre Beifahrerin an und zuckte mit den Schultern. „Bei dem Sender muss ich kotzen. Die örtliche Radiostation sendet nicht so viel von dem Kram, aber aus irgendeinem Grund steht man da auf Mötley Crüe.“

Chloe lehnte sich aufstöhnend zurück und schüttelte den Kopf. „Ich bin richtig froh, dass Nirvana und Grunge die Metalära beendet haben. Vor 1991 wäre ich völlig fehl am Platz gewesen.“

„Die haben Metal abgelöst?“, sagte Winter verwundert. „Ist mir neu.“

„Aber ja“, sagte Chloe und nickte heftig mit dem Kopf. „Als Nirvana berühmt wurde, fragten sich alle, was Songs eigentlich bedeuteten, und es stellte sich heraus, dass die Leute Melodien lieber mögen als eine Jamsession im Stripclub. Vince Neil, der Frontman von Mötley Crüe, *hasst* Grunge. Mit ein Grund, weshalb ich die Musik so liebe. Sie haben uns damit allen einen großen Gefallen getan.“

„Heilige Scheiße“, meinte Winter lachend. „Das hab ich nicht gewusst. Ich glaube, ich sollte mir ein Nirvana-Shirt kaufen. Ich meine, ich mag ‚Smells Like Teen Spirit‘, aber ich kann nicht behaupten, dass ich ein Nirvana-Experte wäre. Das trifft eher auf Noah zu. Auf Agent Dalton.“ Sie verstummte, und ihr Lächeln verflog.

„Ihr beide seid ein nettes Paar“, bemerkte Chloe nach kurzem Schweigen. „Gemeinsamkeiten sind entscheidend, sagt man nicht so?“

„Oh.“ Winter riss die Augen auf. „Nein, wir ... wir sind nicht zusammen. Wir sind bloß gute Freunde.“

„Echt jetzt?“

Winter wappnete sich für die Frage, ob Noah Single sei, doch sie blieb aus.

„Schade“, sagte Chloe stattdessen. „Und was ist mit eurem Gerichtsmediziner? Ist der Single?“

„Dan?“ Winter hustete und hatte Mühe, den Namen herauszubringen. „Da bin ich mir nicht sicher. Ich habe ihn nie einen Ring tragen sehen, aber er hat auch nie eine Freundin erwähnt. Bloß eine Ex.“

Chloe klaubte eine Fluse von ihrer Hose. „Scheint mir ein ziemlich cooler Typ zu sein.“

Winter lächelte und überlegte, wie sie Dan für Chloe noch schmackhafter machen könnte. Wenn Chloe sich auf Dan fixierte, wäre Noah aus dem Schneider.

Herrgott ...

Was für einen kindischen Unsinn dachte sie da eigentlich? Und wie zum Teufel sollte sie den kindischen Unsinn wieder aus ihrem Kopf rausbekommen? Mit einem weiteren linkischen Kuss in der Küche?

Sie krampfte die Finger so fest ums Lenkrad, dass es wehtat.

Sie brachte sich allmählich um den Verstand. Weil sie sich nicht mehr auf den Preacher konzentrieren musste? Oder tat sie alles, um bloß nicht an ihren verschwundenen kleinen Bruder denken zu müssen?

Es war schon eigenartig, dass ihre Intuition bei ihr selbst versagte.

Vielleicht ...

Vielleicht musste sie das ja gar nicht allein schaffen. Das war ein merkwürdiger Gedanke.

Sie hatte sich so sehr daran gewöhnt, alle Herausforderungen allein zu meistern, dass sie beinahe vergessen hätte, dass Noah nicht ihr einziger Freund war.

Wenn jemand Ordnung in Winters Gefühlschaos bringen konnte, dann Autumn Trent.

Vierunddreißigstes Kapitel

Die Schule hatte erst vor ein paar Wochen wieder begonnen, doch Emma Olmsted hatte bereits entschieden, nach dem Volleyball-Training noch zu bleiben.

Ihre Teamkolleginnen lachten und schüttelten den Kopf, aber Emma rief ihnen in Erinnerung, dass sie dieses Jahr Highschool-Schülerin im dritten Jahr war, und wenn sie die Virginia Tech mit einem Diplom und *ohne* Schulden absolvieren wollte, die sie ein Leben lang würde abstottern müssen, musste sie eine Top-Spielerin werden.

Irene Spring, ihr Coach, hatte in den nächsten Monaten Mutterschaftsurlaub, doch sie hatte Emma mit einem Anwerber der Virginia Tech bekanntgemacht. Wenn Emma ihre Leistung hielt, würde sie ziemlich sicher ein Vollstipendium bekommen und ins Volleyball-Team aufgenommen werden.

So sehr Emma Volleyball liebte, beruhte ihr Engagement doch eher auf praktischen Erwägungen als auf dem Wunsch, ihr Spiel zu perfektionieren.

Sie war noch ein Kind, als ihre Eltern sich scheiden ließen, und beide hatten hart gearbeitet, um ihre Familien durchzubringen. Vor Kurzem hatte ihre Mutter ihr das Von-der-Hand-in-den-Mund-Prinzip erklärt, und die Erkenntnis, dass ihre Eltern auf diese Weise überlebt hatten, war ernüchternd gewesen.

Emma wollte ihren Eltern nicht auf der Tasche liegen, und das bedeutete, dass sie es aus eigener Kraft aufs College schaffen musste. Coach Spring war eine füllige Frau mit einem ausgeprägten Sinn für Humor und der verblüffenden Fähigkeit, über sich selbst lachen zu können. Emma und fast alle anderen Spielerinnen verehrten sie, und die Loyalität zu ihrem Coach war die Basis des Zusammenhalts in ihrem Team.

Doch jetzt, da Irene in Urlaub gegangen war, um ihr erstes Kind zu bekommen, mussten sie mit dem Assistenztrainer Marco Yarr vorliebnehmen.

Mr. Yarr unterrichtete Biologie in der zehnten Klasse, und das Witzereißen war ihnen bald vergangen.

Der Typ war unheimlich.

Emma streifte sich ein paar lockige Haarsträhnen aus dem Gesicht, blickte sich in der geräumigen Turnhalle um und dachte an Mr. Yarr.

Es hätte sie nicht gewundert, wenn er aus einer dunklen Ecke heraus mit seinen kleinen Knopfaugen ihren Bewegungen gefolgt wäre. Als sie den Widerling mit der Halbglatze nicht sah, trabte sie über den glänzenden Boden und hob einen Volleyball hoch.

Eigentlich hatte sie bis sieben bleiben und ihren Aufschlag üben wollen, doch dem leuchtenden Display ihres Handys nach war es erst Viertel vor.

Sie bekam an den Armen eine Gänsehaut. Zeit zu gehen.

Zuhause hatte sie auch einen Volleyball, und wenn nötig, schleppte sie ihre kleine Schwester in den Park und trainierte dort mit ihr. Ihre Mom arbeitete nachts nicht weit von zu Hause als Geschäftsführerin eines Diners, deshalb musste Emma sich an sechs Tagen die Woche um ihre zwölfjährige Schwester kümmern.

Anfangs hatte sie das Babysitten gehasst, auch wenn Jenny in der Zeit, da ihre Mom weg war, meistens schlief. Doch inzwischen hatte sie einen Wachstumssprung getan, und es gab Spiele und Aktivitäten, die sie beide mochten. Volleyball gehörte dazu.

Wollte sie etwa nicht mit ihrer kleinen Schwester abhängen? War das der Grund, warum sie nach der Schule noch länger blieb? Hatte sie wirklich deshalb entschieden, sich dem gruseligen Marco Yarr auszuliefern?

Bei dem Gedanken schnaubte sie.

Sie war an Coach Spring gewöhnt, nicht an Mr. Yarr. Coach Spring konnte sie um Ratschläge und Tipps bitten. Mit Yarr hingegen wollte sie so wenig wie möglich zu tun haben.

Als sie ihrer Mom von ihrem Widerwillen vor Mr. Yarr erzählte, hatte sie es für hormonbedingte Paranoia erklärt. Emma war damals Neuntklässlerin gewesen, und ihre Familie war neu in der Gegend.

Zum Ende des Schuljahrs waren Emma jede Menge Geschichten über den unheimlichen Coach zu Ohren gekommen.

Wie ihre Mom hatte sie sie zunächst als abwegig abgetan, doch es kursierten zu viele Gerüchte – nicht alle konnten falsch sein.

Auch Marco Yarr war neu im Schulbezirk, und es wurde gemunkelt, an seiner vorigen Schule sei ein Mädchen verschwunden, bevor er nach Richmond gezogen war. Und dann dieser Blick, mit dem er Emmas Mitspielerinnen ansah, wenn er sich unbeobachtet wähnte ...

Trotz der Scheidung ihrer Eltern war Emma behütet aufgewachsen, aber sie erkannte das Raubtierfunkeln in den Augen eines Mannes auf den ersten Blick.

Doch obwohl Emma Marco Yarr für einen Vergewaltiger und ein Raubtier hielt, schwieg sie. Andernfalls hätte ihre Mom sie aus dem Team genommen und wäre Yarr vorher an die Kehle gegangen – im übertragenen oder wortwörtlichen Sinn. Bei Amber Olmsted wäre beides denkbar gewesen.

Emma verbarg die hässliche Wahrheit nicht deshalb vor ihrer Mutter, weil sie Sorge hatte, sie könnte in ihrem Zorn irgendeine Peinlichkeit begehen. Sie schwieg deshalb, weil sie nur dann ein Volleyball-Stipendium bekommen würde, wenn sie der verdammten Mannschaft angehörte.

Die eine Hand ums Handy gelegt, warf Emma den Ball in einen Plastikbehälter. Als sie an der wackligen Holztribüne vorbei zum Flur ging, hatte sie das Gefühl, über ein Minenfeld zu wandeln. Als könnte jeden Moment jemand aus der Dunkelheit auftauchen und sie wegzerren.

Sie trabte zur Frauenumkleide und kam sich vor wie die Idiotin in einem Horrorfilm, die den Fehler macht, ihre Sachen zu holen, obwohl der Tod bereits auf sie wartet. Sie hatte feuchte Hände, in ihren Ohren rauschte es, und das Herz klopfte ihr bis zum Hals.

Sie konnte den Rucksack nicht in der Umkleide lassen – der Haustürschlüssel war in der Seitentasche. Mom und Jenny waren beide zu Hause, doch sie würde ordentlich was zu hören kriegen, wenn ihre Mom erfuhr, dass sie den scheiß Haustürschlüssel in der Umkleide zurückgelassen hatte.

Emma blickte in jede Ecke, jede Nische, musterte jeden Quadratzentimeter des trüb erhellten Raums. Als sie am Spind anlangte, hatte sie sich bestimmt fünfzig Mal umgeschaut. Das einzige Geräusch war das Summen der Neonröhren an der Decke. Es war nicht nur ruhig, es war *totenstill*.

Sie befand sich tatsächlich in einem Horrorfilm. Jemand rief ihr aus dem Zuschauerraum zu, sie solle machen, dass sie wegkomme, während ein Mädchen ihre Freundin fragte, weshalb diese blöde Gans ihren Schulrucksack holen gegangen sei.

Scheiße, Scheiße, *Scheiße*.

Weshalb hatte sie sich nicht an die Buddy-Regel gehalten? Seit der zweiten Klasse bläuten ihre Lehrer ihnen die Buddy-Regel ein, doch Emma hatte entweder nicht hingehört, oder es war ihr egal.

Emmas Mom erlaubte ihr zwar, in den Sommermonaten Pfefferspray mit sich zu führen, doch in der Schule hätte ihr das eine einjährige Sperre eingebracht. Deshalb musste sie sich mit dem Handy begnügen.

Sie blickte kurz aufs Display und entsperrte es mit der PIN. Dann tippte sie aufs Telefon-Symbol und gab 9-1-1 ein. Ihr Daumen schwebte über dem Anruf-Icon.

So. Wenn sie jetzt von einem gruseligen Assistenztrainer angegangen wurde, müssten innerhalb weniger Minuten die Cops an die Tür klopfen.

Jeden einzelnen Schritt tat Emma mit Bedacht, und sie machte kein Geräusch, als sie die Metalltür aufdrückte. Sie blickte auf den Flur hinaus, dann erst öffnete sie die Tür ganz und trat aus der Umkleide.

Die Doppeltür am Ende des Gangs verriegelte sich nach fünf automatisch, und sie ärgerte sich über ihre Vergesslichkeit. Da sie den Hauptausgang nicht benutzen konnte - die Tür, die direkt auf den Parkplatz hinausging -, musste sie die entgegengesetzte Richtung einschlagen. Die Alternativroute führte an der Männerumkleide vorbei zum Eingang der Turnhalle und zu den Lehrerbüros. Jeder Schüler, der nach fünf die Schule verlassen wollte, musste sich im Büro des Direktors beim Wachmann melden.

Sie wischte übers Display, damit es nicht dunkel wurde, und begann die beschwerliche Reise. Eine weitere Doppeltür trennte den Flur vom Hauptgebäude, und Emma hatte den Verdacht, dass Hilferufe auf der anderen Seite nicht zu hören wären.

Sie schluckte trocken und zwang sich, einen Fuß vor den anderen zu setzen. Auf dem Betonboden zeichnete sich ein gelber Lichtkeil ab, der zuvor nicht da gewesen war.

Vor einer Stunde war die Beleuchtung gedimmt worden, und das grelle Licht stach ihr in die Augen. Das Büro wurde von zwei

Assistenztrainern benutzt, doch um diese Jahreszeit konnte das nur einer sein.

Sie warf einen Blick über die Schulter, doch nichts regte sich auf dem Gang. Wenn Emma nicht bald nach draußen käme, würde sie noch durchdrehen. *Jemand* war hier – aus dem Büro drangen Geräusche hervor.

„Mr. Yarr?“, rief sie, blickte vom Handy zur Tür und wieder zurück.

Der Türspalt war so schmal, dass Emma nicht den ganzen Raum sehen konnte, doch ihr Blick wurde magisch angezogen von einem leuchtend roten Farbklecks.

Zuerst glaubte sie, das müsse eine Dekoration sein oder eine Requisite.

Vielleicht hatte sich einer der Assistenztrainer einen vorzeitigen Halloween-Scherz erlaubt.

Aber wenn es keine Requisite war, was war es dann? Ein Zombie? Ein Untoter, der hinter dem Schreibtisch des Trainers saß?

Als die Tür sich knarrend nach innen öffnete, sog sie scharf den Atem ein.

Die Gestalt, die das Licht verdeckte, war nicht Marco Yarr.

Der Mann trug einen schwarzen Hoodie und eine dunkle ausgewaschene Jeans, nicht das Polohemd und die Khakihose, die typisch waren für Yarr. Er hatte dunkle Augen, nicht die blassblauen Augen, die so häufig auf ihren Mannschaftskolleginnen verweilten. Tiefschwarzes Haar lugte aus der Kapuze hervor.

Doch der Grund für ihren Japser war nicht der Fremde, sondern Marco, dessen Kopf mit dem Gesicht nach unten in einer Blutlache lag und dessen Halbglatze im weißen Neonlicht glänzte.

Alles drängte Emma, wegzulaufen, die schwere Doppeltür aufzuziehen und am Büro des Direktors vorbei zum Parkplatz zu rennen.

In den vergangenen Jahren hatte sie so viel gespart, dass sie sich ein Auto kaufen konnte, und sie hätte gern gewusst, wie schnell sie damit fahren konnte, um das verdammte Schulgebäude hinter sich zu lassen.

Im eiskalten Griff des Adrenalins rang sie nach Atem. An Flucht war nicht zu denken.

„Ich tu dir nichts,“ sagte der Mann in gedämpftem Ton, doch wegen seiner tiefen Stimme klang es dennoch wie ein Befehl.

„W-wirklich nicht?“, stammelte sie.

Er schüttelte den Kopf. „Nein."

Er spielte mit ihr. Sie glaubte wieder die Kinozuschauer zu hören, die ihr zuschrien, sie solle weglaufen. Stattdessen stotterte sie: „A-aber, i-ich meine, ich habe Sie d-doch gesehen?"

Der Anflug eines Lächelns spiegelte sich in seinem glattrasierten Gesicht wider. „Das hast du. Und ich bin sicher, du wirst tun, was du für richtig hältst, wenn ich weg bin."

„W-wie meinen Sie das? Sie ... Sie haben ihn doch ..." Ihr Blick wanderte an dem Mann vorbei, und sie musste den sauren Geschmack in ihrem Mund hinunterschlucken. „Wer sind Sie?"

Er lachte leise und hob die behandschuhten Hände. „Ich? Niemand. Ich habe den erledigt, wegen dem ich hergekommen bin, und du warst es nicht."

„Sie meinen Mr. Yarr?"

Warum unterhielt sie sich mit einem Mörder? Sie hörte, wie das Publikum über ihre Blödheit stöhnte.

Der Mann nickte, der eine Mundwinkel senkte sich. „Richtig. Marco Yarr war ein Raubtier. Er hatte es auf die Schwachen und Verletzlichen abgesehen, und er hat seine Machtstellung ausgenutzt, um seine Opfer am Reden zu hindern. Aber Marco wusste nicht, dass es da draußen noch gefährlichere Raubtiere gibt."

„Heilige Scheiße", flüsterte Emma. „S-Sie haben ihn getötet, weil ... weil er die Mädchen belästigt hat? Das hab ich mir nicht eingebildet?"

„Nein", bestätigte der Fremde.

Ihre Neugier war geweckt. Sie fürchtete sich noch immer, aber sie hatte weniger Angst, als man hätte erwarten sollen. War der Mann ein Held? Hatte er sie und die anderen Mädchen davor bewahrt, dass ihnen dieser Dreckskerl wehtat?

„Und warum?" Ihre Stimme war fester geworden. „Haben Sie eine von ihnen gekannt? Sind Sie der Vater eines der Mädchen?"

„Nein. Du kennst doch bestimmt die Geschichte der Artemis? Der Göttin der Jagd?"

Sie musste nicht lange in ihrem Gedächtnis forschen. Sie mochte Geschichte. Das war eins ihrer Lieblingsfächer. „Ja, die kenne ich."

„Artemis war nicht nur die Göttin der Jagd", sagte der Mann und zeigte ihr das Artemis-Tattoo auf seinem Unterarm. „Sie war auch die Hüterin der Mädchen und Frauen, die ansonsten dem Abschaum der Gesellschaft ausgeliefert wären. Heutzutage gibt es niemanden mehr wie sie. Niemanden, der die Opfer auffängt, die durchs Raster fallen. Die Polizei tut, was sie kann, aber sie kann nicht überall sein und weiß nicht alles. Deshalb springe ich in die Bresche. Ich beseitige den menschlichen Müll."

„Oh mein Gott", entfuhr es ihr.

Emma sah nicht oft Nachrichten, doch sie hatte sich online über den Henker von Norfolk informiert. Als er mal im Fernsehen erwähnt wurde, hatte Emmas Mutter gemeint, die Polizei solle ihn anstellen, wenn man ihn erwischte.

Lächelnd trat er auf den Flur und wandte sich zur Doppeltür. Als er in der Cafeteria verschwand, schaute Emma ihm wie gelähmt nach.

Sie könnte fortgehen, überlegte sie. Sie könnte vergessen, was sie gesehen hatte, und den gleichen Weg nehmen, den der große Mann genommen hatte, am Büro des Direktors vorbei, könnte einfach in die Nacht hinaustreten. Er würde sein Leben weiterführen und sie das ihre.

In der ganzen Schule gab es Überwachungskameras, doch nach allem, was sie über ihn gelesen hatte, verstand er es, ihnen auszuweichen.

Emma nicht.

Wenn die Polizei sich die Aufzeichnungen ansehen würde, käme ans Licht, dass sie am Tatort gewesen war.

Sie vergegenwärtigte sich alle möglichen Kriminalfilme.

Sie musste es halt schlau anstellen.

Nur weil sie wusste, dass sie die Polizei anrufen musste, hieß das nicht, dass sie die Nummer jetzt gleich wählte. Sie war Zeugin eines Mordes geworden.

Sie ließ sich auf den Boden sinken und begann zu weinen.

Schließlich war sie traumatisiert.

Fünfunddreißigstes Kapitel

Noah hatte sich auf dem Sofa ausgestreckt, als er einen Anruf von Max Osbourne bekam. Nachdem er Max zwei Mal um eine Wiederholung gebeten hatte, sprang er auf.

Winter war in Autumns Apartment, und er rief sie auf dem Weg zur Tür an und teilte ihr mit, es gebe eine weitere Augenzeugin.

Sie hatte ihr Gespräch mit Max soeben beendet, und der SAC hatte auch ihr die Wahl gelassen, entweder zu Hause zu bleiben oder ins Büro zu kommen. Bobby Weyrick, Sun Ming, Miguel Vasquez, Max Osbourne und Chloe Villaruz befanden sich bereits in der FBI-Niederlassung, und sie vermutete, dass dort zu viele Agents herumsitzen und mit Däumchendrehen beschäftigt sein würden.

Ihre Vermutung war zutreffend, und Noah ließ sich ihre Worte durch den Kopf gehen, als er bei Gelb über die Ampel fuhr.

Max hatte ihm gesagt, Sun solle die Zeugin befragen, sobald deren Eltern eingetroffen seien. An einem guten Tag war die Frau etwa so umgänglich wie ein Kaktus, und an einem schlechten Tag hatte ihr Auftreten mehr Ähnlichkeit mit einer Stange Dynamit.

Selbst wenn Sun die beste Laune hatte, wäre ihre einzige kooperative Augenzeugin einem stachligen Wüstengewächs ausgeliefert.

Wäre Levi Brandt bereits im Dienst gewesen, hätte Noah sich fürs Zuhausebleiben entschieden. Er brauchte dringend eine Pause von der Ermittlung und vom FBI. Morgen war Freitag, aber die Wochenenden hatten keine große Bedeutung, wenn es einen Serientäter aufzuspüren galt. Doch da Levi nicht verfügbar war, musste jemand sicherstellen, dass der Kaktus ihrer Zeugin nicht zu nahe kam.

Seufzend brachte er den Schalthebel in Parkstellung. Mit Blick in den Rückspiegel versuchte er, sein Haar zu bändigen, dann zog er den Zündschlüssel ab und trat ins Parkhaus hinaus.

„Agent Dalton", begrüßte ihn Max Osbourne, als er sich den Schreibtischen der Abteilung für Gewaltverbrechen näherte.

„Sir", erwiderte Noah und nickte. „Wo sind die anderen?"

„Die Eltern der Zeugin sind soeben eingetroffen. Kommen Sie, ich wollte gerade zum Verhörraum. Agent Ming ist normalerweise gut bei Vernehmungen."

Noah war sich da nicht so sicher. „Sie versteht es, Verdächtigen Informationen zu entlocken, aber bei allem Respekt, der Umgang mit Zeugen ist nicht gerade Agent Mings Stärke. Offen gesagt gilt das für alle, von denen wir wollen, dass sie mit uns kooperieren. Agent Black hat mir berichtet, wie es mit Gina Traeger bei der Polizei von Richmond gelaufen ist. Wir können es uns nicht erlauben, dass sich so was wiederholt."

Der SAC sah ihn an. „Fahren Sie fort."

„Das ist kein normaler Fall mit normalen Zeugen. Hier geht es nicht darum, dass jemand einen wie Ted Bundy hat herumschleichen sehen. Dieser Typ, der Henker von Norfolk oder wie zum Teufel die Leute ihn nennen, genießt Sympathien bei den Menschen in der Gegend. Mann, er genießt sogar Sympathien hier beim FBI."

„Und Sie glauben, Agent Ming würde Mist bauen?"

Noah befand sich auf schlüpfrigem Terrain, und das war ihm bewusst. „Noch mal, bei allem Respekt, Agent Ming kann da nicht reinstürmen, wie es sonst ihre Art ist. Wenn doch, wird sie's vermasseln, so wie Detective Olson es bei Gina Traeger vermasselt hat. In den vergangenen Wochen haben wir zwei Mal versucht, etwas aus Gina herauszubekommen, aber sie mauert. Jemand muss mit dem Mädchen und den Eltern wie mit normalen Menschen reden, nicht wie mit *Verdächtigen*."

Max kniff die Augen zusammen, doch er nickte. „Sie haben recht, Agent Dalton. Gute Idee. Dann Sie und Agent Ming."

Noah hätte Sun Ming am liebsten ganz aus der Vernehmung rausgehalten, doch der Miene des SAC war zu entnehmen, dass er zu keinen weiteren Zugeständnissen bereit war. Noah biss die Zähne zusammen und trat in den Raum hinter der Einwegglasscheibe.

„N'Abend, Agent Dalton", begrüßte ihn Bobby Weyrick. „Willkommen bei der Nachtschicht."

„Sie sind hier der Einzige, der tatsächlich bei der Nachtschicht ist", rief Chloe Villaruz ihm in Erinnerung.

Als die Agentin aus Dallas Bobby angrinste, meinte Noah, bei Sun einen Anflug von Gereiztheit wahrzunehmen. Er hätte den Eindruck gern als

Hirngespinst abgetan, doch er wusste es besser.

Na großartig, dachte er. *Erst ist Sun vom Fall genervt, und jetzt ist sie sauer, weil Agent Villaruz Bobby Weyrick anlächelt.*

Das würde ein richtig guter Tag werden. Beziehungsweise eine richtig gute Nacht. Egal.

Er wünschte, Winter wäre hier, und einen Moment lang überlegte er, ob er sich entschuldigen und stattdessen sie bitten sollte, ins Büro zu fahren.

Winter war gern mit Autumn zusammen, und seit sie im Fall Haldane ermittelten, hatten die beiden Frauen häufig Gelegenheit gehabt, sich privat zu treffen. Außerdem waren fünf andere FBI Agents vor Ort.

Zu viele Köche, dachte er.

Wenn Winter mit von der Partie wäre, würde sie an die Seitenlinie verwiesen werden und durchdrehen.

Stattdessen nahm er sich vor, sich all die verlegenen Blicke und peinlichen Pausen zu merken, damit er ihr später davon berichten konnte. In der Zwischenzeit würde er sich das Videomaterial aus der Schule ansehen, damit er nicht wie ein Idiot dastand.

„Agent Ming", rief Max eine Viertelstunde später mit rauer Stimme. „Agent Dalton. Sie sind beide hier, und die Mutter der Zeugin ist auch eingetroffen. Alle anderen schauen sich die Videoaufzeichnungen der Überwachungskameras an und wenden sich an Agent Brandt, wenn jemand den Tatort besichtigen möchte. Er ist in der Schule bei der örtlichen Polizei, hat uns aber bereits die beiden Namen von der Karteikarte übermittelt. Sie wissen, was zu tun ist, Agents."

Noch mehr Telefonate. Verdammt, Winter konnte von Glück reden, dass sie nicht hier war.

Die drei Agents – Bobby Weyrick, Chloe Villaruz und Miguel Vasquez – nickten zustimmend, dann traten sie auf den Flur hinaus.

„Also gut", sagte Noah und blickte Sun an. „Showtime." Zwei braune Augenpaare richteten sich auf die Tür, als Noah, gefolgt von Sun, in den tristen Vernehmungsraum trat. Er lächelte das Mädchen und dessen Mutter freundlich an und hoffte, dass dies den finsteren Blick seiner Kollegin wettmachen würde.

„Sie sind Amber Olmsted, nicht wahr?", sagte Noah. „Ich bin Agent Dalton, und das ist Agent Ming."

Sun nickte steif, als er auf sie zeigte.

Er unterdrückte einen Seufzer, zog einen wackligen Metallstuhl unter dem Tisch hervor und setzte sich.

„Agents“, erwiderte die Mutter. Sie wirkte angespannt, doch es lag kein Groll in ihrem faltenlosen Gesicht. Sie war auf der Hut, aber nicht feindselig.

Noch nicht.

Als Sun sich neben ihn setzte, behielt er seine liebenswürdige Miene bei.

Amber hatte Emma beschützend die Hand auf die Schulter gelegt und wechselte Blicke mit ihr. „Sie möchten meiner Tochter ein paar Fragen stellen?“

„Gern“, antwortete Noah.

„Na schön“, sagte Ms. Olmsted und drückte ihrer Tochter die Schulter. „Nur zu, Emma.“

Emma streifte sich eine widerspenstige lockige Strähne hinters Ohr und nickte. „Okay. Was wollen Sie wissen, Agents?“

Noah faltete die Hände auf dem Tisch und lächelte den Teenager aufmunternd an. „Schildere uns doch bitte, was nach Schulschluss passiert ist.“

„Okay.“ Das Mädchen holte tief Luft. „Also, ich, äh, bin im dritten Highschool-Jahr, und mein Coach, Coach Spring, nicht Mr. Yarr, das ist der Assistenztrainer, Coach Spring hat mir geholfen, mich um ein Volleyball-Stipendium an der Virginia Tech zu bewerben. Dann bräuchte ich kein Studentendarlehen aufzunehmen und könnte studieren, was ich will.“

„Woran hast du denn gedacht?“, fragte Noah.

Er spürte Suns prüfenden Blick, ließ sich von ihr aber nicht aus der Ruhe bringen. Er versuchte, eine Beziehung zu Emma Olmsted aufzubauen.

Emma zuckte mit den Schultern und nahm einen Schluck aus ihrer Wasserflasche. „Ich habe an Versicherungswissenschaft gedacht, aber in letzter Zeit neige ich eher zu Ingenieurwissenschaft. Ich war schon immer gut in Mathe.“

Amber Olmsteds abweisender Gesichtsausdruck schwächte sich ein wenig ab, als ihre Tochter über ihre College-Pläne sprach.

„Meine Freundin ist auch gut in Mathe“, meinte Noah. „Aber sie hat Psychologie studiert. Da geht es viel um Statistik, zumindest im Studium. Ich schätze, wenn man gut in Mathe ist, lässt sich eine Menge damit anfangen. Auch beim FBI gibt es Statistiker.“

Emma machte große Augen. „Wirklich?“

„Ja. Sie analysieren Daten. Solltest du dir mal ansehen. Datenanalytiker werden immer mehr gebraucht, es gibt sie in fast allen Branchen. Beim Gesetzesvollzug, in der Medizin, in der Logistik, sogar in der Landwirtschaft. Wer mit Zahlen umgehen kann, hat beste Chancen."

Ein Lächeln breitete sich über Emmas Züge, und zum ersten Mal glaubte Noah an eine Außenseiterchance bei der Vernehmung.

„Er hat recht", sagte Sun, ihr Tonfall eiskalt, aber professionell. „Das ist eine vielseitig nützliche Begabung. Bist du deshalb nach der Schule noch länger geblieben? Um mit deinem Coach zu sprechen?"

Emma schüttelte den Kopf. „Nein. Coach Spring ist im Mutterschaftsurlaub. Mr. Yarr ..." Sie hielt inne und erschauerte merklich. Noah fragte sich, ob es daran lag, dass sie den Toten gesehen hatte, oder ob es einen anderen Grund gab. „Mr. Yarr ist ... er war der Assistenztrainer, aber nein. Ich wollte auch nicht mit ihm reden. Von den Sommerferien her bin ich ein bisschen eingerostet und wollte an meinem Aufschlag arbeiten."

„War jemand bei dir?", fragte Sun. „Ist es nicht gegen die Schulregeln, allein länger zu bleiben?"

Emma blickte Sun stirnrunzelnd an. „Nein, ich war allein, und das ist auch nicht verboten, sonst hätte ich es nicht gemacht. Um diese Zeit sind noch Reinigungskräfte und Wachleute da, außerdem war da noch ein anderes Mädchen, aber das ist eine halbe Stunde vor mir gegangen."

„Trainierst du öfters nach der Schule?" Sun fixierte Emma.

„Ja, also, vor allem dann, wenn Coach Spring da ist. Sie gibt mir Tipps, woran ich arbeiten soll, und dann hilft sie mir, einen Trainingsplan aufzustellen."

„Scheint ein guter Coach zu sein", warf Noah ein.

Emmas Lächeln vertiefte sich. „Sie ist toll."

„Aber wenn Mr. Yarr zuständig ist, bleibst du nicht so oft länger? Weshalb?" Sun scharrte mit den Hufen, machte sich bereit, über das Mädchen herzufallen. Na großartig.

Als Emma ihre Mutter ansah, nickte diese. „Sag ihnen, was du mir gesagt hast."

„Okay." Emma fasste wieder ihn und Sun in den Blick, nun argwöhnischer. „Wir sind vor ein paar Jahren in den Schuldistrikt gezogen, und anfangs dachte ich, die anderen erfinden irgendwelche Horrorgeschichten, verstehen Sie? Viele Kids in meiner Schule tun das. Sie machen aus allem Möglichen ein Drama. Aber es wurde gemunkelt, ein

Mädchen von der Schule, an der Mr. Yarr früher unterrichtet hat, sei verschwunden."

„Kennst du ihren Namen?", fragte Noah.

„Nein, niemand hat sie je mit Namen genannt. Stattdessen lief sie unter Mary Jane oder so. Aber das war nicht der Grund."

Als Ms. Olmsteds Augen sich weiteten, pflanzte Noah die Ellbogen auf den Tisch, beugte sich vor und fing Emmas nervösen Blick auf. „Was dann?"

„Ich war vom ersten Schuljahr an im Volleyballteam, und ein paar Mädchen sind Knall auf Fall ausgestiegen. Und als ich sie nach dem Grund fragte, sind sie ausgeflippt. Es gab Gerüchte, Mr. Yarr habe Sex mit ihnen gehabt, und sie hätten deshalb Schluss gemacht."

„Was?", rief Ms. Olmsted und fasste sich an den Hals. „Er hat junge Mädchen vergewaltigt? Willst du mich etwa auf den Arm nehmen?" Sie deutete auf Noah und Sun. „Ein Lehrer läuft frei herum, der sich an Highschool-Schülerinnen vergeht, und es passiert nichts? Wir müssen warten, bis ein selbsternannter Rächer auftaucht und ihm den Hals aufschlitzt? Ist es mit unserem Rechtssystem schon so weit gekommen?"

Das war nicht gut. Er wechselte einen flehenden Blick mit Sun, die wie erwartet die Lippen verzogen und die Augen zusammengekniffen hatte.

„Ms. Olmsted", kam Noah Sun zuvor. „Bitte verstehen Sie mich nicht falsch, aber wir sind das FBI, und seine Verbrechen fielen nicht in unseren Zuständigkeitsbereich, deshalb haben wir erst jetzt von den Vorwürfen erfahren. Ich verstehe, dass Sie aufgebracht sind. Glauben Sie mir, ich an Ihrer Stelle wäre ebenfalls stinksauer."

Ms. Olmsted setzte zu einer Bemerkung an, doch dann wischte sie sich zornig die Tränen ab, die ihr über die Wangen rollten.

Noah fuhr fort. „Bei meiner Arbeit habe ich gelernt, dass Leute wie Yarr nach einem ganz bestimmten Muster vorgehen. Sie nutzen ihre Machtstellung aus, um ihre Opfer einzuschüchtern. Und wenn die Opfer doch etwas sagen, wie das an Yarrs früherer Schule verschwundene Mädchen es vermutlich getan hat, läuft es nicht immer so, wie es sollte. Aber vertrauen Sie mir, Ms. Olmsted, in diesen Fällen dreht es sich um mehr, als dass die Polizei Mist gebaut hat."

Amber Olmsteds Augen funkelten noch vor Kummer, Zorn und tiefer Traurigkeit, doch nach kurzem lastendem Schweigen bekundete sie mit einem Nicken ihr Einverständnis. „Sie haben recht. Es tut mir leid, Agents. Das Thema ist bei mir sehr gefühlsbesetzt. Ich habe zwei Töchter, und manchmal frage ich mich, in welcher Welt sie aufwachsen müssen."

„Das verstehe ich bestens“, erwiderte Noah mit aufmunterndem Lächeln. „Emma, dann warst du also allein in der Turnhalle, oder? Es waren keine Freundinnen oder sonst jemand bei dir?“

„Nein, ich war allein. Ehrlich gesagt, wusste ich gar nicht, dass auch Mr. Yarr noch da war.“

„Okay“, sagte Noah. „Erzähl uns, was geschehen ist.“

„In Ordnung. Also, ich hab wie immer den Ball in die Kiste geworfen und bin dann zur Frauenumkleide, um meinen Rucksack zu holen. Bis dahin hatte ich nichts bemerkt, doch als ich aus der Umkleide kam, sah ich, dass die Tür zu Mr. Yarrs Büro offen stand.“

„Was passierte dann?“, fragte Noah, als das Mädchen ins Stocken geriet.

„Ich wusste ja nicht, ob er da war, und da hab ich im Vorbeigehen in den Raum geguckt, und da hab ich ihn gesehen. Er war tot, mit dem Gesicht auf dem Schreibtisch, so wie die Polizei ihn vorgefunden hat.“

„Hast du versucht, ihm zu helfen?“, fragte Sun.

Noah verkniff sich eine sarkastische Bemerkung und ließ Emma nicht aus den Augen.

„Ich ... nein, hab ich nicht. Ich meine, das viele Blut ... Es war klar, dass er tot war.“

„Wir haben uns die Aufzeichnungen der Überwachungskameras angesehen“, fuhr Sun ungerührt fort. „Du hast erst zehn Minuten nach Verschwinden des Täters den Notruf gewählt. Weshalb hast du so lange gewartet?“

Emmas dunkle Augen huschten hin und her, und sie zuckte mit den Schultern. „Das weiß ich nicht. Ich schätze, ich hatte Angst.“

„Angst, wovor?“, fragte Sun.

„Angst davor, der Typ könnte zurückkommen, ich m-meine, i-ich weiß es nicht“, stammelte Emma.

„Herrgott noch mal“, fauchte Emmas Mutter. „Sie ist sechzehn! Sie findet einen Toten mit dem Gesicht in einer Blutlache, und Sie wollen wissen, weshalb sie nicht eher die Polizei gerufen hat? Auf welchem Planeten leben Sie eigentlich?“

Sun ignorierte den Ausbruch und ließ nicht locker. „Du hast den Mörder gesehen, nicht wahr, Emma?“

Die Schatten verlagerten sich an Emmas Hals, als sie schluckte. „Ja“, antwortete sie leise.

„Beschreib ihn.“ Sun war auf dem Kriegspfad. Offenbar war ihr unbekannt, dass man mit einem Löffel Honig mehr Fliegen fing als mit einem Fass voll Essig. Und wenn doch, hatte sie es sich nicht zu eigen gemacht.

„Ich hab ihn nicht genau gesehen.“ Emma schüttelte den Kopf. „Die Beleuchtung wird nach sechs gedimmt, deshalb konnte ich wegen seiner Kapuze nicht erkennen, wie er aussah.“

„Du hast doch gesagt, in Mr. Yarrs Büro wäre das Licht an gewesen?“

„Ja.“ Emma schluckte erneut. „Trotzdem konnte ich nicht viel erkennen.“

„Warum nicht?“

Emma klappte den Mund auf und zu, zuckte aber lediglich mit den Schultern.

„Weißt du, Emma“, sagte Sun mit eiskalter Stimme, „wenn du uns anlügst, können wir dich wegen Justizbehinderung anklagen. Was meinst du, welche Folgen das für ein Stipendium an der Virginia Tech hätte?“

Ehe Emma etwas erwidern konnte, räusperte sich Noah. Wenn Sun ihre Feindseligkeit nicht in den Griff bekam, würden sie die Vernehmung gegen die Wand fahren.

„Agent Ming“, sagte er und deutete zur Tür. „Können wir uns einen Moment unterhalten?“

Sun funkelte ihn böse an, nickte aber und erhob sich.

„Wir sind gleich wieder da.“ Er lächelte Emma und deren Mutter an.

Als die Tür sich hinter ihnen geschlossen hatte, fuhr Sun zu ihm herum. „Was willst du, Dalton?“, fauchte sie.

„Ich will, dass du dich zusammenreißt, Ming“, entgegnete er. Jeder Anschein von Liebenswürdigkeit hatte sich verflüchtigt. Er würde nicht zulassen, dass Sun ihre vielleicht beste Chance, den Henker von Norfolk zu identifizieren und festzunehmen, zunichtemachte. „Wir sind hier nicht in Guantanamo, und solange du nicht glaubst, dass das Mädchen da drinnen jemanden aus fast einer Meile Entfernung mitten zwischen die Augen treffen kann, ist sie bloß eine Zeugin!“

„Sie verschweigt uns etwas“, entgegnete Sun. „Sie lügt. Sie hat mehr gesehen, als sie uns sagen will. Vielleicht kennt sie den Mörder.“

„Ich bezweifle, dass sie ihn *kennt*. Du weißt, wie es bei Gina Traeger gelaufen ist, oder? Du hast doch inzwischen bestimmt davon gehört, dass Detective Olson die Sache verbockt hat. Dass er bei der einzigen Zeugin, die den Henker von Norfolk je gesehen und *überlebt* hat, den Arsch hat raushängen lassen, und dass sie kein verdammtes Wort mehr mit uns redet. Kennst du die Geschichte?“

Normalerweise hatte Noah ein dickes Fell.

Er konnte über seine eigenen Missgeschicke lachen und nahm anzügliche Scherze kaum jemals persönlich. Doch jetzt, da er Sun Ming anstarrte und auf ihre Reaktion wartete, war er mit seiner Geduld am Ende.

Wenn sie die einzige Gelegenheit vermasselte, einen Mann zu identifizieren, der mindestens zwanzig Menschen getötet hatte – ohne dass auch nur ein einziger verwertbarer Hinweis dabei herausgekommen wäre -, würde er ausrasten.

„Sie lügt, Agent Dalton“, wiederholte Sun.

Er richtete sich zu voller Größe auf und kniff die Augen zusammen. „Wenn du Mist baust, Sun, kommst du mir nicht wieder ungeschoren davon wie beim Presley-Fall. Du glaubst vielleicht, ich sei irgendein beschissener Neuling aus Quantico, aber ich bin lange genug dabei, um zu wissen, wie der Hase läuft. Wir haben noch einen Versuch, den Kerl zu finden, und wenn das schiefgeht, bist du dran. Hast du mich verstanden?“

Sie biss die Zähne zusammen und funkelte ihn an. „Sie muss mit einer Anklage rechnen. Sie wird jetzt kooperieren, Dalton. Vertrau mir. Ich habe Erfahrung mit so was.“

Ihr Tonfall war eindeutig herablassend, doch er sah die Angst, die in ihren Augen flackerte. Sie wusste, sie hatte einen Fehler gemacht, und jetzt versuchte sie ihn zu überzeugen, dass sie damit nicht die ganze Ermittlung gefährdet hatte.

„Das wird sich ja zeigen, oder?“ Er funkelte sie noch einmal an, dann legte er die Hand auf die Klinke und öffnete die Tür. „Ich bitte um Verzeihung“, sagte er und trat wieder in den Raum.

„Kein Problem.“ Amber Olmsteds Tonfall war so scharf, dass man damit einen Betonziegel hätte durchschneiden können. „Meine Tochter ist verängstigt, Agents. Sie hat einen Serienmörder gesehen, der einem Mann die Kehle durchgeschnitten hat. Sie kann von Glück sagen, dass sie überlebt hat. Ich hoffe, Sie können nachempfinden, weshalb eine Teenagerin Schwierigkeiten hat, darüber zu reden.“

Noah blickte Sun an.

Sie nickte, wenn auch ziemlich steif. Er spürte, wie seine Schultern sich ein wenig entspannten. „Ja. Das kann ich. Emma, hat er etwas zu dir gesagt?“

„Es ging um griechische Mythologie“, antwortete Emma mit leichtem Kopfschütteln. „Um Artemis, die Beschützerin der Mädchen und Frauen, und dass er das Gleiche tut wie sie.“

Noah sog scharf die Luft ein. Winter hatte vor Kurzem in einer Vision ein Fest zu Ehren der Artemis miterlebt.

„Er hatte eine Kapuze übergezogen, aber ich glaube ..." Emma stockte und blickte ihre Mutter an. Als diese nickte, fuhr sie fort. „Ich glaube, ich könnte ihn ungefähr beschreiben. Aber ich hab keine Ahnung, ob die Beschreibung es trifft."

„Was hat er dir auf seinem Arm gezeigt?", fragte Sun so behutsam, wie Noah es bei ihr noch nie erlebt hatte. „Auf dem Video ist zu sehen, dass er dir etwas gezeigt hat."

Das Mädchen schluckte. „Ein Tattoo."

Suns Tonfall blieb unverändert sanft. Noah empfand unwillkürlich Stolz auf ihre Sensibilität. Er hatte gar nicht gewusst, dass sie dazu fähig war. „Was war es, Emma?"

In Emmas Gesicht spiegelten sich widerstreitende Gefühle. Schließlich seufzte sie, und Tränen rollten ihr über die Wangen. „Artemis."

„Lassen Sie ein Phantombild anfertigen", schlug Ms. Olmsted vor. „Wir können das heute noch machen, aber dann ...", sie blickte Sun an, „sollten Sie sich an unseren Anwalt wenden, falls Sie weitere Fragen haben."

Sechsunddreißigstes Kapitel

In Winters Augen lag ein entschlossenes Funkeln, als sie Noah Daltons Anruf entgegennahm, und Autumn hätte sich nicht gewundert, wenn sie ihre Sachen genommen hätte und aus der Tür gestürmt wäre. Doch stattdessen dankte sie Noah für seinen Bericht und meinte, sie würden sich am Vormittag sehen. Winter lehnte sich zurück und legte beide bestrumpften Füße auf den Sofatisch aus Granit.

„Du fährst nicht ins Büro?", fragte Autumn, hob eine Braue und nahm einen weiteren Schluck Bier.

Winter schüttelte den Kopf. „Im Moment nicht. Noah hat gesagt, die Zeugin werde mit einem Phantombildzeichner sprechen, und das dauert eine Weile. In der Zwischenzeit könnte ich nicht viel machen. Auch Noah fährt nach Hause."

„Schon klar", meinte Autumn und nickte.

„Ich meine, ich könnte hundertfünfzig weitere Namen und Telefonnummern durchgehen", murmelte Winter. „Aber das Telefonmarketing hebe ich mir für den Tag auf."

„Wie ist die Vernehmung der Zeugin gelaufen? Hat sich so angehört, als wär's ein bisschen heikel gewesen."

Winter schnaubte. „Noah hat gemeint, er erzählt's mir morgen, aber er wurde sauer, als Sun die Initiative ergriff. Sie hat dem Mädchen eine Klage wegen Justizbehinderung angedroht, und ich schätze, sie hatte damit Glück. Im Moment wird gerade das Phantombild angefertigt, aber die Mutter der Zeugin will ab sofort einen Anwalt einschalten."

Autumn machte die Beine auf dem Sofa lang und zuckte mit den Schultern. „Auch eine kaputte Uhr liegt zwei Mal am Tag richtig."

„Außerdem haben wir jetzt die Gewissheit, dass der Täter ein Mann ist. Das sollte sich günstig auf die Alibiüberprüfungen auswirken, die ich Tag für Tag vornehmen muss."

„Wow", meinte Autumn lachend. „Ist das normal? Müsst ihr wirklich bei jedem einzelnen Fall siebenhundert Alibis checken?"

„Ach was." Winter schaute schuldbewusst drein. „Versteh mich nicht falsch, jede Ermittlung bringt eine Menge Routinearbeit mit sich, aber dieser spezielle Fall ist besonders nervtötend. Mit Datenbankrecherche oder dem Wälzen alter

Akten komme ich klar, aber wenn es um öde Telefonabfragen geht, ob die Angaben einer bestimmten Person zutreffen? Das steht auf einem anderen Blatt. Wenn ich den Rest meines Lebens bestreiten könnte, ohne mit jemand anderem zu telefonieren als mit Freunden oder Angehörigen, würde ich's sofort machen, das kannst du mir glauben."

„Dann gibt es in diesem Fall also einen größeren Kreis von Verdächtigen, oder?"

„Genau", antwortete Winter. „Und ganz ehrlich, wir haben jeden einzelnen Polizeibeamten in Virginia überprüft, und keiner kam als Täter in Frage. Es gibt ein paar ohne Alibi, die man verdächtigen *könnte*, doch die Indizien sind äußerst dürftig. Sie würden vor einer Grand Jury nicht standhalten, geschweige denn in einem Gerichtsverfahren. Deshalb überprüfen wir sogar Polizisten. Denn dieser Typ hat nicht die geringsten Spuren hinterlassen."

Autumn pfiff durch die Zähne, dann kippte sie den Rest des Biers hinunter. „Es könnte ein Tatorttechniker sein. Ich meine, wenn es jemand versteht, keine verwertbaren Spuren zu hinterlassen ..."

Autumn rechnete mit einem Lachen oder dem sarkastischen Vorschlag, auch Tatorttechniker in ihre Telefonmarketingliste aufzunehmen. Doch Winter riss auf einmal ihre blauen Augen auf, als wäre ihr eine neue Erkenntnis gekommen.

„Du hast recht", flüsterte sie. „Wir haben bei einer Arbeitssitzung darüber gesprochen, wollten das aber erst dann angehen, wenn wir die Liste mit den Polizisten abgearbeitet haben, denn es schien uns wichtiger, jemanden zu finden, der so schießen kann."

Autumn beugte sich vor. „Es gibt doch Datenbanken mit Forensikern, genau wie solche mit Cops, oder?"

Winter nickte und nahm ihre Tasche an sich. „Sieht so aus, als müssten wir eine weitere Liste durchgehen." Sie hielt mit ihren hektischen Bewegungen inne und wandte sich wieder ihrer Freundin zu. „Ich würde liebend gern heut Abend mit dir darüber sprechen, aber das muss warten. Erinnere mich dran, okay?"

„Ich lasse dich nicht von der Angel", erwiderte Autumn grinsend.

Winter fand, sie hätte ein schlechtes Gewissen haben sollen, weil sie ihre Freundin so unvermittelt sitzenließ, doch Autumn war inzwischen ebenso engagiert bei dem Fall wie die Agents der Abteilung für Gewaltverbrechen.

Winter schickte Noah eine SMS, bevor sie losfuhr, und er antwortete fast augenblicklich.

Immerhin besser, als Leute anzurufen, lautete seine erste Nachricht. *Ich helfe dir dabei. Sieht so aus, als würde es eine lange Nacht werden, deshalb werd ich duschen, bevor wir zum Büro fahren. Wir sollten vielleicht an einer Tankstelle halten und uns Kaffee holen.*

Nicht nötig, antwortete Winter. *Das ist die Nachtschicht. Weyrick hat eine Kaffeemaschine, schon vergessen?*

Du vertraust auf Weyricks Kaffeemaschine? Starbucks, Liebes.

Ihr kam es so vor, als dauerte die Fahrt eine geschlagene Stunde.

An jeder roten Ampel und jedem Stoppschild musste sie ein Gähnen unterdrücken. Auf dem Weg vom Wagen zum Eingang ihres Wohnblocks fehlte nicht viel, und sie wäre gesprintet.

Am liebsten hätte sie sich umgezogen, sich den Laptop geschnappt und wäre wieder nach draußen gerannt, doch Noah hatte recht: Nur weil es in Virginia eine Datenbank mit Tatorttechnikern gab, hieß das nicht, dass die Arbeit im Vergleich zu der Unmenge von Telefonanrufen, die sie bislang getätigt hatten, weniger mühsam sein würde. So revolutionär die neue Spur auch sein mochte, sie würde akribische Arbeit erfordern.

Da Winter noch genug öde Sucherei vor sich hatte, verlangsamte sie ihren Atem und beruhigte ihr Herzklopfen. Der Täter würde sich nicht offenbaren, wenn sie und Noah durch den Eingang der FBI-Niederlassung traten – sie würden Stunden, vielleicht *Tage* brauchen, bis sie fündig werden würden.

Unter der Dusche entspannten sich ihre müden Muskeln, und als sie sich das Haar spülte, war sie wieder klar im Kopf.

Mit ihrer deprimierenden Erkenntnis - einer Erkenntnis, an die sie immer dann erinnert wurde, wenn sie an Noah dachte – konnte sie sich ein andermal befassen. Sie musste einen Serienmörder fangen.

Sie wiederholte ihr Mantra, doch die Stimme in ihrem Hinterkopf wollte einfach nicht verstummen. Die Idee war vage wie ein Wispern, übertönt von Geschrei, aber es gelang ihr nicht, sie zum Schweigen zu bringen.

Was würde sie tun, wenn er fortging? Was würde sie tun, wenn er jemanden fand? Erwartete sie wirklich, er werde sein Leben so lange einfrieren, bis sie ihre widerstreitenden Gefühle in den Griff bekommen hatte?

Waren ihre Gefühle überhaupt noch widersprüchlich?

Sie hatte Aiden in den vergangenen Wochen häufig gesehen, doch die Begegnungen hatten keinen Adrenalinschub bei ihr ausgelöst. Wenn er sie anlächelte, zeigte sich nicht mehr als ein Anflug von Stolz in seinen blassblauen Augen.

Zum ersten Mal war ihr Miteinander nicht nervenaufreibend, sondern ... ja, was? Freundlich. Gelassen. *Normal.*

Als sie aus der warmen Dusche trat und sich das Haar kämmte, dachte sie über den langsamen Wandel ihrer Beziehungsdynamik nach. Seit Beginn der Ermittlungen zum Haldane-Fall beschränkte Aidens und Noahs Hickhack sich auf gelegentliche sarkastische Bemerkungen. Und selbst die wirkten eher wie Insiderwitze, nicht wie Beleidigungen.

Zwanzig Minuten später ging sie zu ihrem Lieblingskaffeehaus, während Noah im Wagen wartete. Und wurde beinahe umgeworfen, als sie ihre Geldbörse aus der Tasche holte.

Starke Hände fassten sie bei den Oberarmen und hielten sie fest. „Tut mir leid, Ma’am. Ich ...“

„Ich hab nicht aufgepasst", sagte sie gleichzeitig.

Der Mann trug einen Kampfanzug. Und als sie seine sandfarbenen Stiefel, seine tarnfarbenen Hosenbeine und sein glattrasiertes Gesicht musterte, wurde sie vom pulsierenden Schmerz in ihren Schläfen überrascht.

Der Griff des Mannes wurde fester, als sie sich nach links neigte. Besorgnis spiegelte sich im Gesicht des blauäugigen Soldaten wider. „Alles in Ordnung, Ma'am?"

Nein, war es nicht. Allerdings nicht aus dem Grund, den der Mann vermutete.

Sie lachte gezwungen. „Ja, sicher. Tut mir leid, dass ich so unaufmerksam war."

Sie eilte zur Toilette.

Scheiße. Scheiße. Scheiße.

Sie hatte jetzt keine Zeit für eine verdammte Vision, doch inzwischen wusste sie, dass es sinnlos war, sich gegen das Unvermeidliche zu sträuben.

Als sie hinter sich abschloss, drang der sengende Schmerz weiter in ihr Gehirn vor. Sie ließ sich auf die Bodenfliesen sinken. Sie hatte sich beim Hinfallen schon oft genug den Kopf angeschlagen. Je näher sie dem Boden kam, egal wie schmutzig er war, desto kürzer der Fall und desto geringer die Verletzung.

Als sich ihre Lider flatternd schlossen, befand sie sich schon nicht mehr in der Kabine. Die Sonne schien ihr aufs Gesicht, und sie blinzelte gegen den Wüstenstaub an, den der Wind ihr in die Augen wehte.

Abgesehen vom Umzug nach Albany, New York State, wo sie das College besucht hatte, war Winter in ihrem sechsundzwanzigjährigen Leben nicht viel gereist. Doch obwohl sie noch nie in der Wüste gewesen war, glaubte sie die öde Landschaft und die sengende Sonne wiederzuerkennen.

Sie befand sich auf einem Felsvorsprung, und unter ihr erstreckten sich Sand, Steine und Gestrüpp, so weit sie sehen konnte.

Der Wind heulte klagend, aber sie vernahm auch ein anderes Geräusch. Ein mattes Seufzen.

Es kam von einem Mann an der Felskante, und seine Kleidung bestätigte, was sie bereits vermutet hatte.

Er trug einen Tarnanzug mit Schutzweste und sandfarbene Stiefel. In der einen Hand hielt er ein mattgraues Gewehr, mit der anderen fuhr er sich durchs schwarze windzerzauste Haar. Winter hätte gern sein Gesicht gesehen, konnte sich aber nicht vom Fleck rühren.

Er war's.

Nicht der Mann, mit dem sie gerade eben zusammengestoßen war.

Der Mann, der ihr den Rücken zuwandte, war der Henker von Norfolk.

Als es in der Ferne knallte, drehte der Mann sich zur Seite, und sie sah das Abzeichen an der Schulter. Doch so sehr sie sich auch bemühte, sein Gesicht bekam sie nicht in den Blick.

Winter sog scharf die Luft ein, riss die Augen auf und setzte sich kerzengerade hin. Unwillkürlich tastete sie unter der Nase nach Blut, doch zu ihrer Erleichterung fand sich am Finger nur ein kleiner roter Fleck.

Sie hatte zwar das Gesicht des Mannes nicht gesehen, doch er hatte die Uniform eines Army Rangers getragen. Es gab keinen Zweifel, dass sie soeben den Mann gesehen hatte, der für die Ermordung Tyler Haldanes verantwortlich war – den Henker von Norfolk.

Sie spritzte sich Wasser ins Gesicht, riss sich zusammen und lächelte den besorgten Soldaten an, der vor der Damentoilette stand. „Alles in Ordnung, Ma'am?“

Am liebsten hätte sie ihn umarmt. Nicht weil er sich um sie sorgte, sondern weil er ihr ein Geschenk gemacht hatte, von dem sie ihm nichts erzählen durfte.

„Alles bestens. Ehrlich.“

Und das war es auch.

Wegen ihm würde sich ihre mühselige Suche wesentlich verkürzen.

Jetzt musste sie nur noch vor sich rechtfertigen, einen Mann festzunehmen, der sich als Beschützer der Frauen und Mädchen ausgab.

Sie hatte Magenschmerzen und wollte keinen Kaffee mehr.

Siebenunddreißigstes Kapitel

Während er beobachtete, wie Winter auf das Holzpodium an der Vorderseite des Besprechungsraums stieg – den er inzwischen als sein zweites Zuhause betrachtete -, spielte ein Lächeln um Aidens Lippen.

Obwohl Winter sagte, Autumn sei auf die Idee gekommen, war sie es gewesen, die den Fall gelöst und alle Puzzleteile zusammengesetzt hatte. Das war Winters großer Moment, und er hatte dazu beigetragen.

Der Weg war gewunden und beschwerlich gewesen, doch nach all den widerstreitenden Gefühlen, all der Bosheit und Reizbarkeit, all dem Gezänk und all dem sinnlosen Gegeneinander hatten sie ihr Ziel erreicht. Und Winter würde einigen der hellsten Köpfe des FBI verkünden, sie habe den Serienkiller identifiziert, den sie jagten.

Trotz des Drucks der Medien, dem sie seit der Ermordung Tyler Haldanes ausgesetzt waren, hatte Winter es geschafft. Er war stolz darauf, wie weit sie es gebracht hatte, und war sicher, dass sie noch lange nicht am Ende ihres Aufstiegs angelangt war.

Sie wirkte so selbstsicher und professionell, als sie sie zu sprechen begann. „Der Henker von Norfolk ist der Grund, weshalb wir uns hier versammelt haben. Gestern Abend hat er sein zehntes Opfer in Virginia umgebracht und sein zwanzigstes insgesamt ... jedenfalls soweit wir wissen. Bis gestern gab es keinen Augenzeugen. Heute, unmittelbar vor dieser Besprechung, hat die Zeugin den Mann bei einem Fotovergleich erkannt."

Winter verschwieg, dass der Abschluss der Ermittlung ein Kinderspiel gewesen war, nachdem sie die Liste der Verdächtigen auf einen Army Ranger mit Artemis-Tattoo eingeengt hatte. Dass Emma vor einer Stunde mit tränenüberströmtem Gesicht den Verdächtigen identifiziert hatte, war lediglich das i-Tüpfelchen gewesen.

Die Gefühle des Mädchens bezüglich des Mörders waren ebenso zwiespältig wie bei ihnen allen.

Doch sie hatte das Richtige getan.

Mit einem leisen Klicken schaltete sich der Overhead-Projektor ein und warf eine Fahrerlaubnis an die Wand.

„Das ist er", sagte Sun. Sie saß an der anderen Seite des Tisches neben Bobby Weyrick, so wie bei fast allen Besprechungen zur laufenden Ermittlung. Doch als

Aiden überlegte, ob die beiden vielleicht heimlich eine Affäre hatten, stellte er fest, dass es ihm egal war.

Winter nickte. „Ja, das ist er. Augusto Lopez, ein Veteran der Army Rangers mit zwanzig Jahren Dienstzeit. Er ist vor neun Jahren mit achtunddreißig aus der Army ausgeschieden und arbeitet seitdem in der Kriminaltechnik. Zuletzt war er in Fort Hood stationiert, weshalb er anschließend in der Gegend um Dallas wohnen geblieben ist. Vor seinem Ausscheiden aus der Army verschwand seine Tochter. Der Hauptverdächtige war der Mann, den sie beschuldigt hatte, sie im Sommer sexuell belästigt zu haben: ihr Onkel mütterlicherseits. Die Polizei von Killeen konnte ihm das Verbrechen nicht nachweisen, doch sie brachten den Fall trotzdem vor die Grand Jury. Der Mann stritt alles ab, und da das Mädchen erst nach einer ganzen Weile damit herausgerückt war, gab es keine Sachbeweise. Der Grand Jury reichten die Indizien nicht. Neun Monate später beging Tina Lopez, Augustos Frau, Selbstmord, während er in Afghanistan war, und einigen Freunden der Familie zufolge gab er sich die Schuld an ihrem Tod. Der Verlust seiner Familie machte ihm schwer zu schaffen, und er zog sich zurück. Ich glaube, das kann man ihm nicht verdenken, ehrlich gesagt. Die Cops haben Augusto einmal vernommen, als der Bruder seiner Frau verschwunden war, doch dessen Leichnam wurde nicht gefunden. Ein Jahr später wurde der erste Vergewaltiger in der Gegend von Killeen mit einem Kopfschuss aus einem G36-Gewehr von Heckler und Koch getötet. Keine Patronenhülse, keine Fußabdrücke, nichts. Der nächste Mord wiederum sechs Monate später." Winter hielt inne und blickte Chloe Villaruz an.

„Mit derselben Waffe", warf Villaruz ein. „Noch zwei weitere Männer wurden damit getötet, beim vierten Mord hat er sie am Tatort zurückgelassen. Wie das Barrett, das Sie gefunden haben. Keine Seriennummer, absolut nichts. Wir hielten es für möglich, dass er, falls er in der Strafverfolgung tätig war, vielleicht einen Waffenhändler kannte, der einem Kartell angehörte. Von dem könnte er das G36 *und* das M98B bekommen haben."

„Richtig." Winter nickte. „Wir haben beide Waffen an die Sicherheitsbehörde weitergeleitet. Höchstwahrscheinlich wird man dort auch nicht weiterkommen, aber der Waffenhändler, der sie Augusto verkauft hat, fällt nicht in unseren Zuständigkeitsbereich."

Aiden war froh, dass sie sich nicht mit den mexikanischen Drogenkartellen befassen mussten, doch das behielt er für sich.

Einen Serienmörder zu jagen, war eine Sache, aber Gestalten wie Pablo Escobar standen auf einem ganz anderen Blatt. Dass Sun zeitweise der Ermordung Tyler Haldanes verdächtigt worden war, hatte schon für genug Aufregung gesorgt. Er konnte sich nicht vorstellen, in einem so gefährlichen und heiklen Umfeld zu arbeiten, dass sogar andere Bundesagenten als Sicherheitsproblem galten.

„Emma Olmsted hat gesagt, der Mann habe die griechische Göttin Artemis erwähnt", fügte Winter hinzu und rief mit einem Druck auf die Fernsteuerung das nächste Bild auf. „Das ist die Tätowierung auf Augusto Lopez' Unterarm. Pfeil und Bogen, das Symbol der Artemis."

„Gute Arbeit, Agent Black“, erklärte Max. „Wir haben einen Haftbefehl für Augusto Lopez. Und wir treffen uns in zehn Minuten mit einem Eingreifteam, um zu besprechen, wie der Haftbefehl vollstreckt werden kann. Ich denke, inzwischen ist jedem die Gefährlichkeit dieses Mannes bewusst. Wir haben ihn vermutlich identifiziert, sind aber noch nicht aus dem Schneider.“

Aiden hatte angefangen, den Kopf zu schütteln, noch ehe der SAC geendet hatte. „Nein“, sagte er. „Ich glaube, er ist nicht gefährlich *für uns*. Emma Olmsted hat ausgesagt, er habe sie gesehen und laufen lassen. Wenn er wirklich fest entschlossen wäre davonzukommen, hätten wir sie neben Marco Yarr tot aufgefunden. Gina Traeger desgleichen. Auch wenn sie nicht mit uns kooperiert hat, wissen wir doch, dass sie ihn ebenfalls gesehen hat.“

„Er hat recht“, sagte Autumn. „Ich habe mir heute Morgen sämtliche Informationen angeschaut, die zu dem Mann vorliegen. Ich soll meine Einschätzung beisteuern, schon vergessen? Augusto Lopez ist nur für die Personen eine Bedrohung, die auf seiner Liste stehen. Er hat Emma Olmsted gesagt, sie solle tun, was sie für richtig halte. Redet so ein Mann, der auf eine Gruppe von Polizisten das Feuer eröffnen würde?“

Aiden sah Autumn an und vermochte sich ein selbstgefälliges Grinsen kaum zu verkneifen. Es war noch nicht mal neun, doch er wusste bereits, dass heute ein guter Tag werden würde.

Als ich den schwarzen Van bemerkte, der um den Block fuhr, wusste ich, was bevorstand. Ich hatte mich bereits darauf eingestellt, den Rest meines Lebens hinter Gittern zu verbringen oder hingerichtet zu werden.

Mein Rat an Emma Olmsted, zu tun, was sie für richtig halte, war ernst gemeint gewesen, und das Mädchen hatte meine Erwartungen nicht enttäuscht. Es wäre einfach für sie gewesen, den Kopf in den Sand zu stecken, doch sie hatte den schwierigen Weg gewählt - den *richtigen* Weg.

Weshalb hätte ich ihr daraus einen Vorwurf machen sollen?

Ich habe die Artikel zu den Männern, die ich getötet habe, nie gelesen. Wenn ich ihren Namen durchstrich, war ich jeweils mit ihnen fertig. Doch so sehr ich mich auch bemühte, den Fernsehberichten und Onlinenachrichten zu entgehen, war ich mir doch bewusst, dass ich großes Aufsehen erregt hatte.

Das ganze Land interessierte sich für Richmond, und ich war der Grund.

Als ich das Foto von mir, Tina und Evie auf dem Kaminsims geraderückte, hielt ich inne.

Für jemanden wie mich gab es in einer zivilisierten Gesellschaft keinen Platz. Ich war in dem Labor, in dem ich arbeitete, zwei Mal befördert worden, dabei verfügte ich lediglich über ein besonderes Talent, das Töten. Doch einen Killer würde diese Welt niemals aufnehmen.

Bevor ich meine Frau und meine Tochter verlor, hatte mich meine Familie in der Wirklichkeit verankert. Jetzt aber wanderte ich von Ort zu Ort wie eine Erscheinung. Meine Bindung an die allgemein geltenden moralischen Werte hatte sich verflüchtigt, und es war an der Zeit, mich meinem Schicksal zu stellen.

Auch wenn noch nicht öffentlich nach mir gefahndet wurde, war ich doch lange genug dabei, um zu wissen, was die Cops verschwiegen … sie suchten nach mir.

Zunächst aber hatte ich ein paar letzte Sachen zu erledigen.

Bevor die Tür des Vans aufglitt, der auf der Straße gehalten hatte, schoss ich Greg Winstead in den Kopf und warf ihn aus dem Fenster im ersten Stock, hinter dem ich mich platziert hatte, als der Funkbetrieb der Polizei reger geworden war. Ich hatte bereits eine Karteikarte mit den Namen der Opfer am Hemd des Vergewaltigers befestigt.

Zu Ehren der sechs Mädchen, die dieser Mann seelisch und körperlich zerstört hatte.

Vielleicht würden sie heute Nacht etwas besser schlafen.

Das hoffte ich jedenfalls.

Denn als ich mich umdrehte und den verängstigten Männern in die Augen sah, die an das Stahlrohr gekettet waren, das ich an der Schlafzimmerwand befestigt hatte, wurde mir klar, dass auch ich heute Nacht ruhiger schlafen würde.

Ich grinste.

„Russell Peterson … der Zeitpunkt ist gekommen, für deine Verbrechen zu büßen.“

Achtunddreißigstes Kapitel

Als ein Schuss fiel, bekam Winter Herzklopfen.

Bevor sie reagieren konnte, riss jemand sie in den Van zurück, und die zufallende schwere Stahltür verfehlte ihre Sneakers nur um Haaresbreite.

Winter rappelte sich hoch, sah aus dem kleinen Fenster und bemerkte, wie etwas an dem Farmhaus herunterfiel, dem sie sich soeben genähert hatten.

„Verdammter Mist", murmelte Noah, der sie an der Schutzweste festhielt.

Er versuchte, sie auf den Boden zu ziehen, doch Winter wehrte sich. „Lass mich los!"

Er hielt sie weiter fest. „Wer zum Teufel ist das?"

Wer?

Als sie das Ding am Boden musterte, erkannte sie, dass Noah recht hatte. Es war ein Mensch. Eine Person. Genauer gesagt, ein Mann.

Sie schüttelte den Kopf. „Keine Ahnung." Sie sah genauer hin, versuchte das Blut auszublenden. „Aber das ist nicht Augusto Lopez."

Durch die Wand des Vans hindurch hörte Winter einen Laut, von dem sich ihr die Härchen auf den Armen sträubten.

Gebrüll. Grauenhaftes Gebrüll.

„Was ...?", rief Noah.

Ein weiterer Schuss schnitt ihm das Wort ab. Alle im Van verstummten, schauten nach draußen und warteten. Sekunden später stürzte ein weiterer Mann aus dem Fenster.

Diesmal sah Winter, dass etwas am Hemd des Mannes befestigt war. Sie wusste gleich, worum es sich handelte.

Scheiße.

„Er beendet, was er angefangen hat", sagte Winter, dann schrie sie den Fahrer an: „Zurück, zurück, zurück!" Sie hielten sich fest, als der Van Kies emporschleuderte und in rasender Fahrt zurücksetzte.

Weitere Vans und Polizeiwagen ... eine Armee von Fahrzeugen begann das Haus einzukreisen. Noah schnappte sich das Funkgerät und befahl den anderen, sich ebenfalls zurückzuziehen. Einen Moment lang herrschte Chaos, während alle sich bemühten, die Lage einzuschätzen.

„Agent Black, Meldung." Sie erkannte Aidens Stimme.

Sie kletterte aus dem stickigen Van, ging dahinter in Deckung und atmete tief durch, bevor sie sich das Mikro an die Lippen hielt. „Hier Black."

Ehe sie weitersprechen konnte, tauchte Aiden bei ihr auf. Er war vom zweiten Van herübergelaufen, an seinen Schläfen zeichneten sich Schweißperlen ab. Sie wollte ihm gerade sagen, er brauche nicht zu rennen, denn auch wenn Augusto Lopez aufs Töten aus sei, befänden sich seine Ziele nicht auf dieser Seite des Fensters.

Ein weiterer Schuss fiel.

Ein weiterer Mann stürzte zu Boden.

„Scheiße", sagte sie. „Wir müssen etwas unternehmen."

Sie schaute sich um.

Das Haus war das perfekte Scharfschützenversteck. Das hübsche Farmhaus stand auf einer Anhöhe, und sämtliche Bäume, die ihm in den vergangenen hundert Jahren Schatten gespendet haben mochten, waren gefällt worden. Neben einem kleinen Vorgebäude waren Holzscheite gestapelt.

Die Baumstümpfe wirkten frisch, und Winter meinte beinahe vor sich zu sehen, wie der Soldat die Bäume gefällt hatte. Ob er damit verhindern wollte, dass Polizeikräfte sich Zugang zum Obergeschoss verschafften, oder ob er eine mögliche Fluchtroute der Geiseln kappen wollte, konnte sie nicht sagen.

Vermutlich traf beides zu.

Noah stieg aus und erteilte den Teams über Funk Anweisungen.

Sie wusste, dass sie zu spät kommen würden.

Ein weiterer Schuss.

Winters Kopf ruckte herum. Gegen die Sonne anblinzelnd, sah sie, wie der nächste Mann aus dem Fenster stürzte. Lopez war als Schatten zu erkennen, jedoch nur für einen Moment.

Sengender Kopfschmerz flammte auf, und sie schwankte zur Seite.

Jemand stützte sie, doch sie brauchte keine Hilfe. Die Vision hörte ebenso abrupt auf, wie sie eingesetzt hatte.

„Noch sieben weitere", flüsterte sie dem besorgten Aiden zu.

Noah fuhr herum und blickte zwischen ihr und dem SSA hin und her. Seine Verärgerung wich Besorgnis.

Es machte sie wütend.

Sie riss sich von Aiden los, pflanzte die Beine fest auf den Boden und wischte sich das Blut ab, das ihr über die Oberlippe rann.

„Es bleibt nicht mehr viel Zeit“, sagte sie, erleichtert darüber, dass ihre Stimme nicht zitterte.

Noch immer sah sie die an ein Stahlrohr geketteten Männer vor sich. Drei Paar Handschellen lagen auf dem Boden. Die Männer hatten Angst, doch Winter empfand kein Mitleid mit ihnen.

Das waren Mörder.

Vergewaltiger.

Kinderschänder.

Augusto Lopez beseitigte den Abschaum.

Ein Teil von ihr wollte ihm zujubeln, doch sie wusste, dass man ihn aufhalten musste.

Niemand durfte Richter, Jury oder Henker spielen.

Wenn sie das einem Mann durchgehen ließen, wer käme dann als Nächster?

Gesetze gab es aus gutem Grund, machte sie sich klar und dachte an die Vorlesungen über Strafjustiz, an denen sie vor nicht allzu langer Zeit teilgenommen hatte. Die sechs wesentlichen Funktionen des Gesetzes waren die Aufrechterhaltung des Friedens im Land, die Prägung moralischer Standards, die Gewährleistung sozialer Gerechtigkeit, die Ermöglichung geordneten Wandels. Außerdem bildete es eine Basis für Kompromisse und erleichterte die Durchsetzung eines Plans.

Bei ihrem Berufseintritt hatte Winter gelobt, ‚die Pflichten des Amtes, das ich zu übernehmen im Begriff bin, gewissenhaft und treu zu erfüllen, so wahr mir Gott helfe.’

Ein gesetzloses Land war ein friedloses Land. Und Winter wünschte sich nichts mehr als Frieden.

„Gott helfe mir“, murmelte Winter, obwohl sie sich nicht sicher war, wie sie über dieses Thema dachte.

Aiden und Noah musterten sie besorgt.

Aiden brach das Schweigen. „Was denken Sie?“

Ein Schuss.

Winter drehte sich nicht um, sondern schloss lediglich die Augen, als der Tote auf dem Boden aufschlug.

„Noch sechs, denke ich. Und dass nicht mehr viel Zeit bleibt, bis keiner mehr übrig ist.“

„Was will Lopez?“

Aiden betrachtete das Ganze als Geiselnahme, doch Winter wusste es besser.

„Er will ein Ende machen, sie alle erledigen."

Aiden musterte die Umgebung. „Es gibt nirgendwo Deckung. Wir müssen die Tür aufbrechen."

Winter straffte sich. „Das wird nicht nötig sein."

Bevor jemand etwas erwidern konnte, rannte sie auf die Vorderveranda zu. Eher fürchtete sie, ein weiterer Toter könnte auf sie herabstürzen, als dass sie Angst hatte, angeschossen zu werden. Sie hatte die Veranda bereits erreicht, da fiel der nächste Schuss, und der Tote schlug ein gutes Stück hinter ihr auf.

Fünf.

„Winter!"

Sie hörte das Geräusch sich nähernder Schritte, wartete aber nicht, sondern öffnete gleich die Tür. Sie war unverschlossen.

Hinter ihr stürmte Noah in den Raum und stieß Flüche aus, von denen sie normalerweise rote Ohren bekommen hätte, doch sie rannte schon die Treppe hoch. Auf halber Höhe ließ der nächste Schuss sie zusammenschrecken, und sie duckte sich instinktiv.

„Vier", murmelte sie. Ein Countdown der schlimmsten Sorte.

Oder der besten. Winter gefiel nicht, was die Stimme in ihrem Hinterkopf ihr einflüsterte.

Bämm!

Drei.

Winter war nicht so dumm, geradewegs in den Raum hineinzustürmen. Lopez schien kein Interesse daran zu haben, außer den Geiseln noch anderen Menschen wehzutun, doch sie wusste nicht, wie stark seine Motivation war, den Job zu Ende zu bringen und andere daran zu hindern, ihn aufzuhalten.

Sie lehnte sich mit dem Rücken an die eine Seite der Tür, während Noah an der anderen in Stellung ging, die Waffe im Anschlag, seine Blicke wie Dolche.

„Augusto Lopez!", rief sie. „FBI. Lassen Sie die Waffe fallen. Ergeben Sie …"

Bämm!

Zwei.

„Scheiße", sagte Noah, dann folgten ein paar weitere unpassende Bemerkungen.

Das SWAT-Team kam die Treppe hoch, und Winter wusste, dass sie mit tödlicher Gewalt vorgehen würden. Obwohl Noah heftig den Kopf schüttelte, streckte sie die Hand zum Türknauf aus.

Bämm!

Noch einer.

Sie schloss die Augen, drehte den Knauf herum und drückte die Tür auf. Noah ging knurrend als Erster hinein, bevor sie ihn aufhalten konnte. Sie folgte ihm auf den Fersen, hielt aber inne beim Anblick des Blutbades, das Lopez angerichtet hatte.

Da er wusste, dass seine Zeit ablief, hatte Lopez aufgehört, die erschossenen Männer aus dem Fenster zu werfen. Er scherte sich nicht mal mehr darum, dass sie angekettet waren. Die letzten beiden Opfer wurden nur noch von den Handfesseln in der Sitzposition gehalten.

„Waffe fallen lassen!", brüllte Noah.

Lopez richtete lächelnd seine Waffe auf den Kopf des letzten Mannes. Und drückte ab.

Ich hatte ausgeführt, was ich mir vorgenommen hatte. Vielleicht auch nur einen Teil davon. Ich wäre für die Gesellschaft gerne noch weiterhin wertvoll gewesen. Doch auch so konnte ich in dem Bewusstsein aus dem Leben scheiden, dass ich mein Bestes gegeben hatte.

Ich wusste, dieser Tag würde kommen, und ein Teil von mir bedauerte, dass ich diese Scheißkerle nicht eher angekettet hatte. Ein unerwarteter Kopfschuss aus weiter Entfernung war keine ausreichende Strafe. Aber sie in mein Haus zu locken – was gar nicht schwer gewesen war –, brachte diese Weicheier dazu, sich in die Hose zu pissen.

Zehn hatte ich zusammengebracht. Ich hatte gehofft, ich käme auf zwanzig. Fünfzig. Hundert.

Zehn mussten reichen.

Als die Agents in den Raum stürmten, hatte ich meinen Frieden mit Gott gemacht. Ich schaute lächelnd zum Himmel auf und flüsterte Tina und Evie zu, sie würden mich bald wiedersehen.

Ich war bereit.

Jedenfalls so gut wie. Erst musste ich noch Amanda Harris, Jillian Sizemore, Amy Rebstock und Sandra Palmer Gerechtigkeit widerfahren lassen. Während ich bereits in zwei Waffenmündungen blickte, betätigte ich den Abzug und löschte den wimmernden Drecksack aus, der diese unschuldigen Mädchen vergewaltigt hatte.

Dann wartete ich.

Wartete auf den Schmerz. Wartete darauf, dass es schwarz um mich wurde.

Wartete darauf, dass der Friede des Todes mich von den Schmerzen des Lebens erlöste.

Als der Friede nicht kam, starrte ich die beiden Agents an, die auf mich zielten.

„Danke, dass ich das noch beenden durfte“, sagte ich und ließ die Waffe fallen.

Welch eine Wendung: Ich war am Leben.

Als sie mir Handschellen anlegte, brach ich in Gelächter aus.

Das kam unerwartet ... doch es fühlte sich gut an.

In der realen Welt wären mir die Zielpersonen vielleicht irgendwann ausgegangen, aber an dem Ort, zu dem ich unterwegs war – im Gefängnis – wimmelte es von Männern, die den Ungeheuern glichen, die ich getötet hatte.

Als mir die Agentin meine Rechte erklärte, schwirrte mir der Kopf von Möglichkeiten.

Von unerschöpflichen Möglichkeiten.

Neununddreißigstes Kapitel

Autumn war so erleichtert darüber, dass ihren Freunden der Stress von den Schultern genommen war, dass sie beinahe vergaß, dass sie einen Serienmörder geschnappt hatten.

Auf der Pressekonferenz zu Augusto Lopez' Festnahme dankte das FBI Shadley und Latham für ihren Beitrag zur Identifizierung des Täters. Der Leiter der Abteilung für Gewaltverbrechen hob ganz besonders *Autumn* hervor.

Da sie mit dem Fall bestens vertraut war, hatte man ihr das psychiatrische Gutachten für Augusto übertragen. Das Gespräch sollte in ein paar Tagen stattfinden.

Der Auftrag war simpel und eindeutig, doch Autumn verschwieg ihren Freunden beim FBI, wie aufgeregt sie war, dem Henker von Norfolk gegenüberzutreten. Serienmörder hatten sie schon auf der Highschool fasziniert, aber sie hatte noch nie Gelegenheit gehabt, mit einem Serientäter ein Tiefeninterview zu führen.

Als sie in Adam Lathams Büro bestellt wurde, nahm sie an, es gehe um ihr bevorstehendes Gespräch mit Augusto Lopez.

Auf dem Weg zum Büro blickte sie durch die deckenhohen Fenster, welche die eine Seite des Flurs einnahmen. Die untergehende Sonne hüllte die Skyline der Stadt in einen orangegelben Glorienschein.

Autumn blinzelte und blickte wieder auf den Flur.

Verdammt, wann war es eigentlich so spät geworden?

Sie wollte sich heute Abend mit ihren Freunden auf Shelbys Geburtstagsparty treffen und hatte den Timer gestellt, damit sie rechtzeitig im Restaurant eintreffen würde. Zur Sicherheit holte sie das Handy hervor und las die Zeit ab.

Sie seufzte erleichtert, als sie sah, dass der Timer erst in einer Viertelstunde ablaufen würde.

Die Glastür mit Stahlrahmen, die in Lathams Büro führte, stand einen Spalt weit offen, aber Autumn klopfte trotzdem erst einmal an.

Shadley und Latham hatten Büros an beiden Enden des Landes. Das eine lag hier in Virginia, das andere in Arizona. An ihrem Einstellungsgespräch und den darauffolgenden Besprechungen hatte Dr. Latham mittels Videoschalte aus dem Büro in Phoenix teilgenommen. Dies war das erste persönliche Treffen mit ihrem zweiten Boss.

„Dr. Latham?", rief sie.

Er hob den Kopf, schaute durch die Tür und bedeutete ihr einzutreten. „Ich bitte um Verzeihung", sagte er. „Ich dachte, ich hätte noch einen Moment Zeit."

Autumn trat mit routiniertem Lächeln auf den Teppich. „Kein Problem."

Als er vom Notebook aufsah, lag ein Funkeln in den blauen Augen des Mannes, das sie nur als raubtierhaft bezeichnen konnte. Sie kannte diesen Ausdruck. Von der Pflegekinderverwaltung her, von den Gesichtern der Verbindungsstudenten, von allen, die Macht über Schwächere und Verletzlichere ausübten.

Obwohl sie geneigt war, ihre Reaktion als paranoid einzustufen, hatte sie doch gelernt, ihrem Instinkt zu vertrauen, wenn es um die Motive anderer Menschen ging. Ihr sechster Sinn hatte sie vor der Naivität bewahrt, die so viele junge Männer und Frauen in Gefahr brachte. Deshalb war sie auch jetzt nicht gewillt, ihn anzuzweifeln.

„Gibt es einen besonderen Grund für das Treffen, Dr. Latham?", fragte Autumn mit gezwungenem Lächeln und faltete die Hände.

„Einen besonderen Grund? Nein", meinte er kichernd und winkte ab. Er klappte das Notebook zu und schob es beiseite. „Ich wollte Ihnen bloß gratulieren. Ich weiß, Sie sind noch mit dem Augusto-Lopez-Fall beschäftigt, aber ich wollte Ihnen sagen, wie beeindruckt ich von Ihrem Einstieg bin. Es gibt nicht viele Neueinstellungen von der Uni, die einen solchen Start hinlegen. Sie haben der Firma eine Menge Publicity eingebracht, und zwar *gute* Publicity."

Sie neigte den Kopf. „Danke."

„Ich fand, ich sei es Ihnen schuldig, Ihnen persönlich meinen Dank auszusprechen. Ich weiß, ich spreche auch für Mike, wenn ich sage, dass wir froh sind, Sie an Bord zu haben, Dr. Trent. Wir freuen uns auf die weitere Zusammenarbeit. Sie steuern eine Menge bei, und das ist nicht einfach für jemanden Ihres Alters. Also, wenn Sie einen Moment Zeit haben, hätten Sie Lust, einen Drink mit mir zu nehmen?"

War das überhaupt als Frage gemeint? Glaubte er wirklich, sie könnte das Angebot leichten Herzens ausschlagen?

„Gern", erwiderte sie und nahm in einem der Sessel vor dem Mahagonischreibtisch Platz. „Aber ich habe nicht viel Zeit. Eine Freundin von mir hat heute Geburtstag, und ich bin mit ihr und ihrer Verlobten zum Abendessen verabredet."

Lathams Grinsen wurde breiter, und er bleckte seine makellos weißen Zähne. Er war in den Fünfzigern, doch abgesehen von den angegrauten Schläfen wirkte er kein Jahr älter als vierzig. Oder zumindest hätte er so gewirkt, wenn er nicht so schleimig gewesen wäre.

„Dann stimmt das Timing ja", meinte er, holte eine Flasche mit brauner Flüssigkeit aus dem Schreibtisch und zog den Korken ab.

Als er zwei Scotch in Kristallgläser einschenkte, beschloss Autumn, ihn zuerst trinken zu lassen. Sie wusste nicht viel über Dr. Latham, doch dem Kribbeln in ihrem Nacken zufolge würde sie es ihm glatt zutrauen, sie unter Drogen zu setzen.

Zu ihrer Erleichterung stellte er lediglich Fragen zur Lopez-Ermittlung. Sie war sich nicht sicher, ob sie ihm eine höfliche Abfuhr erteilen könnte, sollte er das Gespräch in persönlichere Bahnen lenken.

„Danke für den Drink." Mit leisem Klirren setzte sie das blank polierte Glas auf dem Schreibtisch ab und erhob sich.

Latham stand gleichzeitig mit ihr auf und reichte ihr mit entwaffnendem Grinsen die Hand.

Scheiße.

Autumn biss die Zähne zusammen, machte ein freundliches Gesicht und schüttelte ihm die Hand. Bei der Berührung hätte sie ihm am liebsten ihre Hand entrissen und wäre zur Tür hinausgelaufen.

Auf einmal wünschte sie, Augusto Lopez wäre ein freier Mann.

Winter hetzte zum Aufzug. Sie konnte es noch immer rechtzeitig zu Shelbys Geburtstagsparty schaffen, doch sie musste sich beeilen. Die Tür öffnete sich, kurz nachdem sie die Ruftaste gedrückt hatte, doch sie stöhnte trotzdem genervt, als der Aufzug im zweiten Stock hielt und das muntere Ding-Dong ertönte. Beim Anblick des Mannes, der zu ihr in die Kabine trat, musste sie sich beherrschen, um sich ihre Gereiztheit nicht anmerken zu lassen.

„Aiden", sagte sie in neutralem Ton. „Sie sind spät dran."

Augenblicklich ärgerte sie sich über ihre dumme Bemerkung.

Ihre Verärgerung nahm zu, als er sie forschend, aber auch ein wenig besorgt musterte. Für einen Moment fürchtete sie, er werde ihr die Hand auf die Stirn legen, um zu prüfen, ob sie Fieber habe. „Ich bleibe immer lange."

„Das stimmt. Vermutlich bleibe ich nie so lange, dass ich mitbekomme, wie lange Sie bleiben. Falls das irgendeinen Sinn ergibt."

„So wird's wohl sein." Er lachte, doch es klang so, als frage er sich, ob sie noch bei Trost sei. „Sie haben sich schick gemacht. Wohin wollen Sie?"

Sie sah auf ihre weite petrolfarbene Bluse, die schwarzen Leggings und die silberfarbenen flachen Schuhe nieder. Sie fühlte sich unbehaglich in dem mädchenhaften Aufzug. „Danke. Vergangene Woche war ich mit Autumn zusammen shoppen. Alles, was ich anhabe, stammt aus dem Ausverkauf und wurde auf ihr Drängen hin gekauft ... ich meine, auf ihren Vorschlag hin."

Er lachte. „Typisch Autumn."

Er lächelte ein bisschen wehmütig, was Winters Vermutung bestärkte, er hege nicht nur professionelles Interesse für ihre Freundin. Schon bei den anderen Gelegenheiten hatte sie diese Regung bei ihm beobachtet, aber diesmal empfand sie weder Traurigkeit noch Gereiztheit.

„Sie mögen Sie, nicht wahr?", fragte Winter und hob den Mundwinkel. Als er den Kopf schütteln wollte, stupste sie ihn gegen die Brust. „Oh doch. Nein, streiten Sie's nicht ab. Wie lange kenne ich Sie schon? Seit dreizehn, fast *vierzehn* Jahren, Parrish. Sie können mir nichts vormachen. Kommen Sie schon."

Er rollte mit den Augen, dann brach er in Gelächter aus. „Darüber wollen wir jetzt nicht sprechen. Es war ein langer Monat, und ich fahre nach Hause, ganz allein, und schlafe eine Woche lang. Ich wollte Ihnen vorher gern noch etwas sagen, deshalb bin ich froh, dass ich Sie abgepasst habe. Und nein, es hat nichts mit Autumn zu tun."

Sie konnte nicht anders, sie musste ihn necken. „Ja, ja."

Er ging nicht darauf ein. „Sie haben es wahrscheinlich schon von fünfzehn verschiedenen Leuten gehört: Sie haben einen verdammt guten Job gemacht. Ich weiß Bescheid über Ihre Kopfschmerzen, die Visionen oder wie Sie das nennen. Die waren vielleicht hilfreich, doch die eigentliche Arbeit haben Sie geleistet. Ich bin stolz auf Sie, aber ..."

Als er die Augen schmal machte, wusste sie, was jetzt kommen würde. Zuvor war sie bereits von Noah, dem SAC und der stellvertretenden Direktorin zusammengestaucht worden, weil sie so leichtsinnig in das Haus eingedrungen war. Aber sie würde es jederzeit wieder tun, obwohl sie jedem Einzelnen versprochen hatte, in Zukunft vorsichtiger zu sein.

„Sollten Sie jemals wieder eine solche Dummheit begehen, lasse ich Sie zur Verhaltensanalyse zurückversetzen, bevor Sie auch nur ‚Serienmörder' sagen können."

Sie verdrehte die Augen, dann bemerkte sie, dass ein Lächeln um Aidens Lippen spielte. „Versuchen Sie's ruhig."

Er verschränkte die Arme vor der Brust. „Wir wollen doch nicht streiten, oder? Lassen Sie mich sagen, was ich loswerden will." Als sie eine Braue hob, fuhr er fort. „Ich bin beeindruckt. Und ich bin gespannt, was Sie beim FBI noch alles leisten werden."

Sie bekam heiße Wangen. Normalerweise geizte Aiden mit Komplimenten.

„Und“, er hob den Zeigefinger, „das ist vielleicht nicht besonders professionell, und ich weiß, es kommt nicht darauf an, was ich denke, aber ich finde, er ist gut für Sie. Wenn er in Ihrer Nähe ist, sind Sie irgendwie ... ich weiß auch nicht. Dann geht es Ihnen besser. Sie wirken glücklicher.“

Als ihr Lächeln sich vertiefte, verspürte sie die ersten Nadelstiche in den Augenwinkeln. Zum ersten Mal seit einer Ewigkeit hatte sie Mascara aufgelegt, eine ihr unbekannte Marke, und kurz vor einem öffentlichen Termin wollte sie nicht dessen Grenzen durch Tränen austesten.

„Wissen Sie“, sagte sie und tippte ihm grinsend auf den Oberarm, „ich könnte jetzt eine Bemerkung über Sie und eine gewisse andere Person machen.“

„Oh mein Gott.“ Er hob die Hand und rieb sich die Augen, worauf Winter noch lauter lachte.

Vierzigstes Kapitel

In den folgenden Wochen verschlechterte sich Winters Verfassung allmählich, aber deutlich spürbar. So oft sie und Noah über die vielen Telefonate geklagt hatten, die sie während der Lopez-Ermittlung machen mussten, hätte sie diese Tätigkeit doch liebend gern wieder aufgenommen. Dann hätte sie wenigstens etwas zu tun gehabt.

Jetzt verbrachte sie ihre Tage bei Gericht anstatt am Schreibtisch. Papierkram, Aussagen und hin und wieder eine Trainingseinheit waren ihre neue Routine geworden.

Die Abteilung für Cyberkriminalität hatte bislang nicht herausbekommen, woher die E-Mail stammte, die sie erhalten hatte, doch die Experten gaben die Hoffnung noch nicht auf. Sie spürte, wie sie dem tiefschwarzen Abgrund der Hoffnungslosigkeit und Verzweiflung immer näher rückte, brachte es aber nicht über sich, ihre Freunde mit ihren Problemen zu belasten. Genau genommen konnte sie nicht einmal sagen, was genau ihr Problem war. Das begriff sie erst, als sie einen Artikel über die Serienmörder überflog, die im Laufe des vergangenen Jahres festgenommen worden waren.

Augusto Lopez' Fall hatte den größten Widerhall in der Presse gefunden, wurde aber dicht gefolgt von Douglas Kilroy. Als ihr Blick auf den Namen des Mannes fiel – auf den Namen der Bedrohung, der sie ihr halbes Leben lang ausgesetzt gewesen war -, wurde ihr der Grund für die gähnende Leere in ihrem Bewusstsein klar.

Sie war noch nie mitten in einem Film vom Sofa aufgesprungen, um zum Grab ihrer Eltern zu fahren. Im Laufe der Jahre hatte sie den Friedhof in Harrisonburg oft besucht, doch dies war das erste Mal, dass sie das Bedürfnis verspürte, den Ort aufzusuchen, an dem der Dreckskerl bestattet war, der sie getötet hatte.

Das bleierne Tageslicht wurde vom Fahrerfenster reflektiert, als sie die Wagentür zuschlug. Ihre Stiefel knirschten auf dem Kies, doch ihre Schritte wurden leiser, als sie auf einen Grasstreifen überwechselte. In diesem abgelegenen Winkel des Friedhofs waren die Grabsteine nicht mit Namen gekennzeichnet, sondern durchnummeriert. Aber Winter war auf den Namen des Mannes auch nicht angewiesen. Sie wusste, welches Grab er hatte.

„Douglas Kilroy“, sagte sie ins Leere. „Du bist der Grund, weshalb ich hier bin, kannst du dir das vorstellen? Und ich schätze, das bedeutet, du bist auch der Grund, weshalb *du* hier bist. Du hättest mich töten sollen, als du Gelegenheit dazu hattest, du dämliches Stück Scheiße.“

Als die Wolke einen Moment lang die Wolkendecke durchbrach, schaute sie zum Himmel hoch. Während die Strahlen ihr das Gesicht wärmten, dachte sie an ihre Eltern und an ihren kleinen Bruder. An Justin, der sie Tag und Nacht heimsuchte.

Winter hatte immer geglaubt, Kilroy sei das Gespenst im Schrank, doch jetzt wusste sie es besser.

Winters Gespenst war ihr kleiner Bruder.

„Aber du hast es nicht getan.“ Ihre Stimme zitterte, und sie blickte sich rasch um und vergewisserte sich, dass sie allein war. „Du hast mich nicht getötet, und obwohl du tot bist, gelingt es dir noch immer, mir mein Leben zu versauen! Du warst der einzige Grund, weshalb ich zum FBI gegangen bin. Ich wollte nichts weiter, als dich in den Knast zu bringen oder dir eine Kugel zwischen die Augen zu verpassen, aber ich hab beides nicht getan, nicht wahr?“

Der Wind nahm zu, und hätte sie an Geister oder Gespenster geglaubt, hätte sie gemeint, er lache ihr ins Gesicht. Dieser Gedanke reizte sie noch mehr.

„Vielleicht hätte ich es wie Augusto Lopez machen sollen. Vielleicht hätte ich ‚scheiß drauf' sagen und dich ganz allein zur Strecke bringen sollen. Dann hätte ich wenigstens gewusst, dass ich über mein Leben bestimme. Aber habe ich das? Habe ich mich dafür entschieden, habe ich irgendetwas davon für mich selbst getan, oder war es alles wegen *dir*?“

Die Stille war unheimlich, als sie auf den schmucklosen Grabstein hinuntersah. Sie spürte, wie sie zurücktaumelte, und fragte sich, wie lange sie noch würde verhindern können, dass sie in den düsteren Abgrund stürzte. Ohne fremde Hilfe war der Fall unvermeidlich.

„Ich bin nicht allein“, sagte sie mit festerer Stimme. „Du warst allein, Kilroy, ich bin es nicht. Du warst allein, weil du ein erbärmlicher Wicht warst. Mit jedem Atemzug, den du getan hast, hast du den Gott verhöhnt, für den du dich gehalten hast.“

Mit zitternder Hand holte sie das Handy hervor. Ein Tropfen fiel aufs Display, als sie den Entsperrcode eingab. Erst glaubte sie, der Nachmittagsregen habe eingesetzt, dann merkte sie, dass sie weinte.

Sie weinte nicht um Douglas Kilroy. Er hatte ihre Tränen nicht verdient.

Vermutlich weinte sie um sich selbst, um den Menschen, der sie hätte sein können, wenn er ihr nicht die Familie geraubt hätte.

Ihre Mom. Ihren Dad. Ihren kleinen Bruder.

Als sie an ihn dachte, vergoss sie noch mehr Tränen.

„Wo bist du, Justin?“, flüsterte sie.

In der Ferne grollte der Donner.

Das musste Antwort genug sein.

Beim ersten Summen des Handys öffnete Noah einen Spalt weit die Augen, und als es zum zweiten Mal summte, tastete er auf dem Sofatisch danach. Mist. Er hatte nicht einschlafen wollen.

Blinzelnd wischte er übers Display und öffnete die Nachrichten. Beide waren von Winter, und als er den ersten Satz las, setzte er sich kerzengerade auf.

„Scheiße", fluchte er. Sie war auf dem Friedhof, auf dem Douglas Kilroys Urne bestattet war, und der zweiten Nachricht zufolge verlor sie gerade den Verstand. „Scheiße", wiederholte er und warf die Mikrofaserdecke ab.

Ich bin gleich da, antwortete er.

Anstatt sich mit dem Grund für ihren plötzlichen Zusammenbruch zu befassen, testete er, wie viele rote Ampeln er überfahren konnte, ohne andere Verkehrsteilnehmer zu gefährden. Normalerweise dauerte die Fahrt zu dem am Stadtrand gelegenen Friedhof zwanzig Minuten. Noah benötigte heute nur zehn.

Er kannte die Stelle nicht, an der Douglas Kilroys sterbliche Überreste beigesetzt waren, doch die dichte graue Bewölkung ließ darauf schließen, dass nur wenige Besucher dort sein würden. Als er um die zweite Kurve nach dem Eingang fuhr, erblickte er zu seiner Erleichterung den kleinen Honda Civic. Kaum verstummte das röhrende Motorengeräusch seines Trucks, sprang er auch schon hinaus und schlug die Tür hinter sich zu.

„Winter!", rief er und näherte sich der Rasenfläche.

Mit leisem Schniefen blickte sie vom Grabstein auf. Sie wischte sich über die glasigen Augen, die im trüben Tageslicht schimmerten.

„Oh mein Gott." Er wunderte sich, dass er überhaupt etwas herausbekam, denn bei dem Anblick schnürte sich ihm die Kehle zu. „Winter, Liebes, was hast du denn?" Ehe sie antworten konnte, ging er zu ihr und zog sie an sich.

„Ich weiß es nicht." Ihre Stimme klang dumpf, da sie das Gesicht an seine Schulter drückte. „Ich habe keine Ahnung, was ich hier mache. Ich meine nicht bloß den Friedhof, sondern, ich weiß auch nicht. Überhaupt alles. Warum arbeite ich beim FBI? Habe ich das alles für Kilroy getan? Wegen Kilroy?"

Er streichelte ihr langes Haar und schwieg. Er wollte, dass sie sich das Ganze von der Seele redete.

„Noah ... mein ganzes Leben war darauf ausgerichtet, diesen Dreckskerl zu finden, und ich habe mir nie Gedanken darüber gemacht, wie es weitergehen sollte, wenn er tot wäre. Vielleicht habe ich geglaubt, am Ende gäbe es automatisch ein Happy End, und alles würde sich fügen, ich weiß auch nicht. Ich weiß einfach nicht mehr, was zum Teufel ich überhaupt mache."

„Schatz, nur weil Kilroy tot ist, heißt das nicht, dass er jetzt endgültig fort ist. Das macht es ja so schlimm. Er ist tot, aber die Menschen, die er verletzt hat, suchen immer noch nach ihrem Weg."

Er hielt inne und vergewisserte sich, dass sie ihm trotz der Schluchzer zuhörte. Als sie mit geröteten Augen zu ihm aufsah, brach es ihm beinahe das Herz.

„Was soll ich tun?"

Er drückte ihr die Lippen auf die Stirn. „Du weigerst dich, ihm Macht über dich einzuräumen, und lässt dir Zeit, dich an die neue Normalität zu gewöhnen. Sei nachsichtig mit dir. Es ist kein Wunder, dass du von der Rolle bist."

Ihr Auflachen klang beinahe wie ein Schluchzen. „Okay, schon kapiert."

So verletzlich sie wirkte, war sie doch so schön wie nie. Er musste den Blick abwenden.

„Wir suchen den Grund für das, was wir tun, Liebes, und manchmal tut das weh. Ich hab das Gleiche erlebt. Als ich nach der langen Militärzeit in die Staaten zurückkam, hatte ich auch keine Ahnung, was ich tun sollte."

„Aber", schniefte sie, „du hast es herausgefunden."

„Ja“, sagte er und fuhr mit den Fingern durch ihre weichen Haarsträhnen. „Und das wirst du auch.“

Sie krampfte die Hand in sein Hemd. „Ich will nicht, dass du mich alleinlässt.“

„Alleinlassen?“ Er schnaubte. „Wer redet denn von Alleinlassen?“

Einen schreckerfüllten Moment lang fragte er sich, ob sie auf etwas anspielte, von dem er noch nichts wusste. Sollte er versetzt werden? Bei seinem Glück würde er in Florida landen, an einem Ort, wo sogar die Landschaft feindselig war.

„Und wenn du jemanden findest?“, quetschte sie hervor.

„Ach“, sagte er und entspannte sich ein wenig. „Das meinst du. Vertrau mir, Liebes, auch das wird nicht so bald passieren. Ich weiß nicht mal mehr, wie lange mein letztes Date her ist, und ich habe nicht die geringste Lust, mich zu binden.“

„Wird man nicht immer dann fündig“, murmelte sie, „wenn man gar nicht auf der Suche ist?“

„Nicht, wenn man nicht bereit dafür ist.“

Ihr Schniefen hörte sich wie ein Lachen an, und nach kurzem Abwarten löste er sich aus ihrer verzweifelten Umarmung. Er hob ihr Kinn an und blickte ihr sanft, beinahe andächtig in die blutunterlaufenen Augen.

„Ich gehe nicht fort. Wir stehen das gemeinsam durch, und ich werde bei dir sein, während du daran arbeitest.“

Die Sekunden verstrichen, während sie ihn anschaute, und obwohl es ihm wie eine kleine Ewigkeit vorkam, wandte er erst dann den Blick ab, als ein dicker Regentropfen auf seinem Nasenrücken landete. Es donnerte in der Ferne.

„Komm“, sagte er, legte ihr den Arm um die Schultern und drehte sie zu den geparkten Fahrzeugen herum. „Heute soll es gießen. Eine gute Gelegenheit, sich vor die Glotze zu hängen. Wir könnten zu mir fahren und Pizza bestellen. Mein Sofa ist viel besser als deins.“

Halb lachend, halb schluchzend, nickte sie. „Da hast du wohl recht."

Obwohl er glaubte, es habe sich eine Gelegenheit geboten, ihre Freundschaft in Liebe zu verwandeln, hatte Noah sich schon vor Monaten geschworen, nicht den ersten Schritt zu tun. Der Ball war in Winters Feld, und er hatte sich fest vorgenommen, seinen Schwur nicht zu brechen. Doch als sie eingeschlafen war, das Gesicht an seinen Hals geschmiegt und den Arm um seine Hüfte gelegt, fragte er sich doch, ob er eine kluge Entscheidung getroffen hatte.

Er hatte ebenso gute Gründe, sich vor einer Veränderung ihrer Beziehungsgrundlage zu fürchten wie sie. Sie beide wollten ihre Freundschaft nicht gefährden, doch wann wäre der Moment gekommen, es darauf ankommen zu lassen?

Jetzt?

Nie?

Der Sturm in seinem Kopf legte sich schließlich so weit, dass er einschlief. Im Traum ging er einen Gehsteig entlang. Der Beton war glatt und hatte keine Risse, doch als er den Blick hob, stieß er mit dem Fuß gegen ein Hindernis und begann zu stürzen.

Bevor er auf dem Gehsteig aufprallte, sog er scharf den Atem ein und schlug die Augen auf. Winter stöhnte müde und regte sich, doch ehe er die Augen wieder schließen konnte, hörte er das Handy auf dem Tisch summen.

Er wusste, wessen Gerät das war – Winter hatte ihr Handy auf den Teppich gelegt.

„Verdammter Mist", murmelte er nach dem zweiten Summen. Es war ein Anruf, und da es ein Uhr nachts war, musste es ein dringender sein.

So behutsam wie möglich streckte er den Arm aus und nahm das Handy in die Hand. Die Nummer kannte er nicht, oder vielleicht lag es auch an der Vorwahl.

Wenn sich da jemand verwählt hat, dann Gnade ihm Gott ...

„Hier Agent Dalton", sagte er in gedämpftem Ton.

„Noah?“, sagte ein Mann mit panischer Stimme.

Obwohl er sie seit Jahren nicht mehr gehört hatte, erkannte er sie auf Anhieb. Das war die Stimme von Eric Dalton, seinem leiblichen Vater.

„Eric ...“, sagte er scharf. Nach all der Zeit hatte der Mann die Anrede ‚Dad’ nicht verdient. Weil er nicht wusste, was er sagen sollte, griff er aufs Naheliegende zurück. „Weißt du eigentlich, wie spät es ist? Was zum ...“

Winter regte sich, und Noah schloss die Augen und nahm sich zusammen.

„Noah, d-du musst mir helfen.“

Er setzte sich auf und runzelte die Stirn, als Winter im Schlaf vor sich hinmurmelte.

„Was?“

Winter wachte auf, obwohl er die Stimme nicht gehoben hatte. Zumindest war er sich dessen nicht bewusst. Sie legte ihm die Hand auf den Arm, musterte ihn besorgt. Er schüttelte den Kopf und sagte lautlos: *Mein Vater*.

Ihre Augen weiteten sich, und sie verlagerte die Haltung, als er aufstand. Er musste sich bewegen, um sich abzureagieren. Seine Gefühlsaufwallung verschlug ihm den Atem. Aus dem Augenwinkel sah er, dass sie ihr eigenes Handy hochhob, und er hoffte inständig, dass sie jetzt nicht gehen würde. Er brauchte sie, wurde ihm bewusst. Er brauchte sie in seiner Nähe.

„Ich hab Scheiße gebaut, Noah“, sagte Eric.

Noah schnaubte. „Ich bin geschockt.“ Sarkasmus war im Moment sein mächtigstes Werkzeug.

„Mein Sohn ...“

Noah knirschte mit den Zähnen und machte den Mund auf, um dem Samenspender zu sagen, er sei nicht sein Sohn. Um ihm zu sagen, er solle nie wieder anrufen. Um ...

„Ich hab richtig Scheiße gebaut.“ Eric brach die Stimme. Der Mann hatte wirklich Angst.

Noah hielt mit seiner Wanderung durchs Zimmer inne und blickte Winter an. Sie sah auf ihr Handy. Sie wirkte aufgelöst, beinahe so, als habe sie ein Gespenst gesehen.

Doch darum konnte er sich im Moment nicht kümmern, denn sein eigenes Gespenst aus der Vergangenheit sagte: „Noah, wenn du mir nicht hilfst, bringen sie mich um."

Sie hatte einen schönen Traum gehabt.

Einen netten, normalen Traum. Sie war über ein Feld mit Sonnenblumen gelaufen, die Sonne hatte ihr ins Gesicht geschienen. Noah war ihr gefolgt, einen Picknickkorb in der Hand.

Das waren Dinge, die normale Paare taten. Jedenfalls stellte sie es sich so vor.

Sie verabredeten sich. Machten Picknick. Küssten sich. Schliefen miteinander.

Doch jetzt war Winter wach, und in Noahs Wohnzimmer war nichts normal.

Als er *mein Vater* hauchte, hatte er gewirkt, als habe er ein Gespenst gesehen.

Weil sie sich schon so lange kannten, schämte sie sich, dass sie überlegen musste, um sich an den Namen zu erinnern. Eric Dalton.

Der Mann, der seinen Sohn verlassen hatte, rief mitten in der Nacht an. Warum? Winter konnte sich keinen Grund denken.

Wie spät war es eigentlich?

Sie nahm ihr Handy und las die Zeit ab. Und noch etwas anderes wurde angezeigt. Eine SMS von ihrem Freund in der IT-Abteilung.

Während Noah auf und ab tigerte, wischte Winter übers Display. Beim Lesen der Nachricht wurde sie blass.

E-Mail-Herkunft bestätigt: Harrisonburg, Virginia.

Sie bekam Herzklopfen, ihr Atem ging flach.

Die E-Mail - *Hallo, Schwester, hab gehört, du hast nach mir gesucht* -, deren Absender sich als ihr Bruder ausgegeben hatte, war in ihrer Heimatstadt versendet worden.

An dem Ort, wo der Preacher ihre Eltern abgeschlachtet hatte und ihr Bruder verschwunden war.

Ende

Fortsetzung folgt ...

Danke fürs Lesen.

Alle Bände der Winter-Black-Serie sind bei Amazon erhältlich.

Danksagung

Wie bedankt man sich angemessen bei all den Menschen, die einem geholfen haben, aus einem Traum Wirklichkeit zu machen? Lassen Sie es mich versuchen.

Zusätzlich zu meiner Familie, deren zuverlässige Unterstützung für mich das Fundament ist, auf dessen Grundlage ich meine Gedanken mit genug Zeit und Energie zu Papier bringen kann, möchte ich mich bei den Lektor*innen bedanken, die meine Worte auf Hochglanz poliert haben.

Ein großer Dank gilt meinem Verlag für seine Bereitschaft, das Risiko mit einem Neuling einzugehen, bis ich Selbstbewusstsein entwickelt hatte und eine gestandene Autorin wurde.

Mehr aber als all diesen möchte ich Ihnen, liebe Leserinnen und Leser, danken. Sie haben sich für eine Unbekannte entschieden und diesem Buch Ihr wichtigstes Gut gewidmet, Ihre Zeit. Ich hoffe von ganzem Herzen, dass es sich für Sie gelohnt hat.

Alles Liebe
Mary

Über den Autor

Mary Stone lebt mit ihren zwei wilden Jungs und einem sehr geduldigen Ehemann in Gesellschaft von zwei Hunden und vier Katzen in den majestätischen Blue Ridge Mountains des östlichen Tennessee.

Als Kind ging sie jeden Abend mit der Frage ins Bett, welche Kreatur wohl im Dunkeln darunter lauern mochte. Erst als sie älter wurde, begriff sie, dass das Wesen, das sie am meisten fürchten musste, der Mensch war.

Heute schreibt sie eindringliche Geschichten mit starken Heldinnen und niederträchtigen Verbrecher*innen. Sie lädt Sie in ihre Welt ein, die mit FBI-Agent*innen und Serienmörder*innen bevölkert ist, niemals aber mit schwachen, hilfsbedürftigen Frauen. Bei ihr können Frauen sich selbst behaupten, sie begegnen den Männern, seien es Helden oder Bösewichter, auf Augenhöhe.

Erfahren Sie mehr über Mary Stone auf ihrer Website.

www.authormarystone.com

Connect with Mary Online

Printed in Poland
by Amazon Fulfillment
Poland Sp. z o.o., Wrocław

11710221R00161